女管家

海飞 著

新世界出版社
NEW WORLD PRESS

图书在版编目（CIP）数据

女管家 / 海飞著. -- 北京：新世界出版社，
2017.8

ISBN 978-7-5104-6356-3

Ⅰ.①女… Ⅱ.①海… Ⅲ.①长篇小说－中国－当代
Ⅳ.①I247.5

中国版本图书馆CIP数据核字（2017）第179656号

女管家

作　　者：海　飞
责任编辑：贾瑞娜
责任校对：宣　慧
责任印制：王宝根
出版发行：新世界出版社
社　　址：北京西城区百万庄大街 24 号（100037）
发 行 部：（010）6899 5968 （010）6899 8705（传真）
总 编 室：（010）6899 5424 （010）6832 6679（传真）
http://www.nwp.cn
http://www.nwp.com.cn
版 权 部：+8610 6899 6306
版权部电子信箱：nwpcd@sina.com
策　　划：杭州蓝狮子文化创意股份有限公司
印　　刷：北京中印联印务有限公司
经　　销：新华书店
开　　本：710mm × 1000mm 1/16
字　　数：350 千字　印张：18.5
版　　次：2017 年 8 月第 1 版　　2017 年 8 月第 1 次印刷
书　　号：ISBN 978-7-5104-6356-3
定　　价：42.80 元

目录

楔子

耀眼的闪电撕开浓重的夜幕，一个霹雳打来，大地微微颤动。

安徽安庆的四海客栈内，正在酣睡的年轻郎中吴啸天被炸雷惊醒，睡意蒙胧中强睁开一只眼睛向窗外望去——暴风裹挟着雨点疯狂抽打着窗户，树影摇晃。

风雨声中夹杂着隐约的打斗声。

吴啸天睡意全无。黑暗中，他瞪大眼睛，侧耳倾听……隔壁房间凳子落地的声音沉沉传来。

出事了！

吴啸天一个激灵从床上弹起，火速披上衣服趿上鞋子向隔壁奔去。

待他赶到，四周却像什么事情都没有发生一样，刚才的打斗声像是幻觉，只有风雨如故。

吴啸天紧张得能听到自己的心跳声。他发现隔壁房间的门是虚掩着的。他缓缓推开门，刚刚踏进的一只脚底似乎踩到了黏黏的东西，低头一看——是淌过来的鲜血。血腥味直冲过来，他惊恐地向前望去，只见冰冷的地上躺着两个人。他惊呆了，飞速冲进去。现在，他看清楚了——地上的两个人是自己的师兄和嫂子！

师兄东方介德胸口中刀，嘴角鲜血直流，气息全无；嫂子也是胸口中刀，仰躺在地，双目圆睁，死不瞑目。在嫂子的身体前，一个碎裂的凳子歪倒一边，四岁的小师侄显然是被刚刚落地的凳子砸中，倒在墙角。

吴啸天与师兄从小一起学医，一起长大。师兄年长几岁，说他是师兄一手带大的也不为过。师兄成亲后，衣帽鞋袜俱是嫂子亲力亲为，便是亲嫂子，也不过如此。现在，他们一家横死。吴啸天目眦俱裂，痛苦不已。

屋内另一角，杜远山正把浑身是血的兄弟杜远川抱在怀里，表情急切而痛楚。杜远川嘴中冒着血泡，用尽最后一丝力气指向地板。杜远山抬眼望去，血泊中摊着一本线装古书——竟是《神农药典》。传说，这本书乃是神农氏尝百草后所作，记载了各种药物的特性，并收录了许多治病救命的方子。后人增添删改，又添加了许多良方。

看着杜远山从血泊中捡起书，杜远川终于咽下最后一口气。

吴啸天双目通红，缓慢放下师兄，抄起椅子，劈头盖脸地砸向杜远山。

杜远山看亲弟弟死在眼前，心中有些恍惚。他还没缓过神来，吴啸天抄着的椅子已经虎虎生风地砸了下来。杜远山下意识用手臂一挡，手臂应声而断，椅子“咔嚓”一声，碎裂在一旁。

吴啸天愤怒道：“杜远山，你们兄弟俩杀人越货，杀我师兄、嫂子，连那么小的孩子也不肯放过，我吴啸天今天和你们拼了！”

此时，门外传来杂乱的脚步声，只听一男子高呼：“快，别让他们跑了！”

吴啸天一惊，步步后退。“呛啷”一声，踢到地上一把刀。他捡起刀，咬牙切齿地道：“杜远山，你为了这本药典就杀我师兄一家！我要你的命！”

杀心已起，自然无所顾忌，吴啸天大喝一声，冲向杜远山一顿乱砍。杜远山仓皇躲避，不料吴啸天的刀用力过猛，深深砍进床架。吴啸天一愣，方才拼命出刀，力道太大，一时之间，刀竟拔不出来了。好在杜远山一臂折断，武力受限，僵持中，也不能把他怎么样。

就在吴啸天费力拔刀之际，被子下面两岁的东方靖琪被吵醒，懵懂地坐起身来，呆呆地看着吴啸天，脸上竟露出一丝无邪的微笑。在这雨夜灭门惨事中，这笑容竟是一点微小的希望。

吴啸天没有想到覆巢之下尚有完卵，一时呆在那里。小侄女逃出升天，可见苍天有眼。方才搏命的想法急剧退去，汹涌而来的念头是要把小侄女救出去，令东方家香火不绝。

恰在此时，手持刀棍的三名汉子涌入屋内，杀气腾腾。

吴啸天一惊。

眼看着其中一名持刀汉子奔向了东方靖琪，吴啸天忙冲上前去将她抱起，自己却躲避不及，左肩挨了一刀。

吴啸天一咬牙，连连出刀。他的身手不错，三名汉子在吴啸天刀光下都近不得身，连退数步。吴啸天借此空隙，抱着东方靖琪用力撞开后窗，飞身跃起，消失在茫茫雨幕当中……

杜远山望着打开的窗，喘着粗气挡住了想要跃出追击的三名汉子。

逃离出来的吴啸天又当爹又当妈。他一个大小伙子，耐着性子学着给靖琪喂饭，给她梳辫子……虽然开始总是手忙脚乱，可做着做着也就熟能生巧了。靖琪每天都被他拾掇得比那些有爹有娘的孩子还齐整干净。

他把伤养好后，却是无力报仇，便把心思都用在了培养东方靖琪上。

等到东方靖琪年岁略长，吴啸天又陪着她向一名账房学打算盘。东方靖琪十分有天分，几岁的孩子，算盘就打得让人眼花缭乱。

为了培养东方靖琪，年逾不惑的吴啸天忍着痛让初学医术的东方靖琪照着医书在自己身上练扎针。

他费尽心思抚养、教导东方靖琪，为的就是把她培养成才，东方家的血仇还等着她去报。

时光荏苒，转眼已是二十年。

第一章

暨阳县商会坐落于全县最热闹的大街上，每日人来人往，熙熙攘攘。

这一天，商会外早早挂上了大红横幅：暨阳县茅渚埠大码头五十年经营权竞标大会。

商会内却又是另一副模样。院子中间的主席台上，一个梳着大背头、身穿红色小马甲的拍卖师正翘着一根兰花指，尖着嗓门喊："马万年二十九万大洋，一次！"

参与竞标的座席第一排坐着神情肃穆的王富贵、马万年与马老太爷。马万年的亲信马三胖则站在主子的身后。

其他几位参与竞标的富商互相望望，纷纷摇头，小声议论：

"二十九万，这价也太高了！"

"看来这次马家是势在必得！"

"南马北杜，这次杜家看来敌不过马家了。"

听着这些议论，马万年脸上不禁露出了一丝得意之色。

人声渐低。杜家的大管家王富贵不疾不徐地举起写有"杜"的牌子："三十万。"

"杜远山三十万大洋！一次！"拍卖师大声道。

台下一阵嘘声。

马老太爷不动声色。

马万年看了一眼马老太爷，果断举起写有"马"的牌子："三十一万。"

“马万年三十一万大洋！一次！”

王富贵再次举起手中写有“杜”的牌子。

“杜远山三十二万大洋！一次！”

王富贵摇摇头道：“加到四十万！”

拍卖师惊讶地瞪大了眼睛，“四十万大洋？！”

“你没听错！”

拍卖师翘着那根兰花指，兴奋地大叫：“各位可听好了！杜府王管家举牌，四十万大洋一次。”马万年犹豫地望望马老太爷，见马老太爷微微颔首，便迟疑地举起了手中的牌子：“四十一万。”

“马万年四十一万大洋！一次！”拍卖师这一嗓子差点破音。

王富贵笑眯眯地说道：“真没想到高了这么多你们还肯要！开弓没有回头箭，烫红薯拿到手可就不能反悔了！”

马万年擦着额上的细汗，跟马老太爷耳语道：“王富贵这个坏种，故意哄抬价格，让我们多出钱，看来我们吃定这亏了！”

马老太爷镇定地回：“不用理他，这码头老夫势在必得。马家绝不能输给杜家。”

马三胖听到老太爷的话，忙在一旁小声劝：“老太爷，这价格实在太高了！”

“是啊，爹，现在可是泰山压顶，再加一根稻草，就能要了咱们的命！”马万年的声音里满是掩不住的焦急。

马老太爷紧紧一握马万年的手，示意他不要再说，转过头直视着拍卖师。

“马万年四十一万大洋！两次！”

王富贵冲着马万年微微一笑，果断地再次举起手中的牌子。

“杜远山四十二万大洋！一次！”

王富贵再次摇头：“五十万！”

因为激动，拍卖师的嗓音略显嘶哑：“杜远山五十万大洋，一次！”

所有在场的人面面相觑，窃窃私语：

“五十万大洋！”

“这王大管家胆子也太大了！”

“杜家老爷怎么不出面，这么大的事让一个管家出面。”

“知道什么？这才是胆识！”

这下就连马老太爷也坐不住了，取出手帕不住抹着额角新冒出的汗。

马万年气馁万分，喃喃道："疯了，王富贵疯了！"

马三胖也目瞪口呆："他区区一个管家竟敢做主五十万的生意！"

拍卖师兴奋地伸出两根手指，大声喊出："杜远山五十万大洋！两次！"

王富贵神情镇定地等待最后的结果。

马老太爷捏着手指迅速盘算。"王富贵不会错的，他一个管家肯出这个价，一定是跟杜远山商量好的！咱们家世代管家，这点事我能不知道？举，绝不能让他们得逞！"

马万年的手在膝盖上弹动着，仿佛拨拉着算盘，连连摇头："赚不出的，一个码头赚不出那么多的！"

拍卖师一手已经高高举起了锤子，高声道："还有没有人出价？"

"举！快举啊！"马老太爷的声音颤抖着，一把抓住马万年的手要举起来。

马万年一个劲儿往后躲，急道："爹！咱不能为了争一口气做赔本的买卖！"

"杜远山五十万大洋！三次！成交！"拍卖师手中的锤子重重落下，在场的人全部起立鼓掌。

马老太爷像一只斗败的公鸡颓然倒在椅子上。"完了完了！这茅渚埠大码头原来是民国的，可现在成了他杜家的！"

主席台上，拍卖师正把一张契约送到王富贵手边，慎重道："大管家，您收好了，这可是暨阳县茅渚埠大码头五十年的经营权！"

王富贵接过契约，转手递给仆人长寿。长寿小心翼翼地把契约放进一个早已准备好的木头小盒子里。王富贵将一把精致的小锁"咔嗒"一声锁到盒子上。这一声锁响令马老太爷彻底绝望，他长长地叹了口气，不甘地闭上了眼睛。

王富贵志得意满的目光扫过马三胖，与马万年不服输的目光相遇。马万年不服气地嘟囔着："哼！逞一时之意气！只怕到时候赔掉了脑袋，哭都找不到准韵！"

王富贵一笑，回头，慢悠悠地说："马老爷别吃不到葡萄说葡萄酸！我们杜家之所以势在必得，不外乎三点。第一，这茅渚埠大码头不出三年必成暨阳、嵊县、新昌三县唯一的也是最大的码头。咱们家杜老爷早就合计好了，原来的货运码头年久失修，现在的货船吨位又重，在老码头经常搁浅，我们拿到经营权后马上开始扩建茅渚埠大码头，更名为杜家大码头。第二，到时候杜家大码头就能停靠大客船，这大客船的生意我们杜家也是要做的。至于第三嘛，我们杜家药厂、米行、丝厂的货运以后全部走水运，节省下的成本还能继续扩大生意。

这么算下来，这大码头五十年能赚的别说是五十万,五百万都会有。马老爷，你说是不是？”

马万年被王富贵说得脸上一阵青一阵白。

众人议论纷纷。“有理有理！”“这下杜府更要发达了！”王富贵微笑着冲大家拱拱手：“承让承让！”说罢带着几名家仆扬长而去，只留马万年怔在原地。

马老太爷瞥了一眼马万年，低声道：“你个败家子！败家子啊！败家子！”

回过神来的马万年满面羞赧。“三胖！服侍老太爷回家！”

马三胖殷勤地扶老太爷上轿，上轿前马老太爷怨恨地瞪了马万年一眼。

茅渚埠大码头上船来人往，一艘货船正忙着卸货，成群结队的搬运夫肩挑背扛，喊着响亮的号子，又一条小客船正在缓缓靠岸，一派繁荣景象。

一乘小轿行来，停在了码头上。

马三胖掀起轿帘，将颤颤巍巍的马老太爷扶下轿。

马万年垂头丧气地走在马老太爷身后。

马老太爷抬头望望“茅渚埠大码头”六个大字，又看了看码头上货船卸货的繁忙景象，忍不住唠唠叨叨：“想我们马府三代管家，第一代是大清后宫三品总管，到我这代也是先当管家后出来自立门户。万年，你也算是当过管家的人，没想到如今竟败在另一个管家手里，丢人，丢人啊！还有我那个宝贝孙子，竟然不学经商，喜欢当什么警察，真是黄鼠狼下耗子——一辈不如一辈啊！”

马万年有些不耐烦：“爹，您这怎么又扯到致远身上了，他天生的一根筋，认准了的事就是九头牛都拉不回来，您又不是不知道。”

马老太爷用手指点着马万年的头，颤声道：“五十年，五十年啊！暨阳县的码头姓杜了！南马北杜！马杜两家一向在暨阳县城平起平坐，可现在咱们姓马的一辈人，不！三辈人都翻不起这个身来了！”

马老太爷说着说着突然急火攻心，双目紧闭，仰天喷出一口鲜血。

马万年不由惊慌失措，连忙伸手扶住老太爷：“爹！”

马家仆人连着许多看热闹的人呼啦一下将马老太爷围了起来。

“闪开闪开，看热闹不嫌事大！你们这样围着，病人不死也得让你们憋死了！”一个女人气喘吁吁地喊道。众人闻声望去，原来是一个肩搭褡裢，一手举着“药到病除”的布幌子，一手摇着手中摇铃的女郎中。

马老太爷已经不省人事。情急之下，马万年大吼：“都闪开，放那个郎中过来给我爹看病！”

马三胖急忙指挥仆人让开了一条路，女郎中冲到马老太爷跟前，摸了摸马老太爷的脉搏，皱起眉头，又连忙扒开马老太爷的眼皮，轻声道：“或许还有救！”

她急忙从褡裢中抽出随身携带的银针包，只见其中一排长短不齐、大小不一、寒光凛凛的银针，从中选了一根最长的，一针扎进马老太爷胸口，又迅速在马老太爷的头部行针……等马老太爷缓缓醒来，头上已是刺猬般布满了银针。

见病人醒来，女郎中又搭上马老太爷的脉搏。半晌，她皱着眉头把马万年拽到一边低声道：“老太爷怕是回光返照，只有半个时辰的熬头，你得抓紧问问老太爷还有什么放心不下的。”

马万年呵斥道：“别给我胡说这些不吉利的，要是老太爷有个三长两短都是被你给咒的！”

女郎中一听这话，脸色当即沉下来，冷冷道：“医者仁心，谁都不希望老爷子有事，可病来如山倒，我劝你还是早做准备！”

“那你的意思是不用送医院了？说实话，杜远山那混账开的医院我还不想进呢。”

那女郎中一听这话，失声问道：“你说什么？杜远山开的医院？！”

“暨阳县城除了杜远山家的惠民医院就没别的医院了。这杜远山，跟我斗了几十年，我平时连瞄他一眼都懒得抬眼皮子。”

女郎中问：“杜远山是不是有个弟弟叫杜远川？”

马万年心中记挂马老太爷的身体，并没有发现女郎中的异样，只随口应道：“杜远川外出做生意，十多年前听说和人在安庆打了一架，被打死了。”

女郎中眼珠一转，紧咬下唇，望着焦灼万分的马万年，沉吟道：“要是这县城有家大医院，老爷子八成还有救！”

马万年顿足道：“哪来的大医院啊，以前都是中医诊所！就杜家那个惠民医院也不过杜远山的儿子开的一个小医院！”

女郎中问道：“杜远山那医院有西医吗？”

马万年说：“有。”

“那就更可以一试。”

马万年怒道：“试什么？我们马家有自己的大药房，坐堂的先生可是方圆百里最有名的老郎中。来人，送老太爷回府。”

闻言，马三胖急忙背起马老太爷就走。

女郎中望着马万年一行人远去，不知为何竟一脸失望，许是悬壶济世的人更容易怜悯生命的逝去吧。

不料刚走不远，马老太爷突然拍拍马三胖的肩膀，马三胖立刻停住。

马万年连忙道："爹，你想说什么。"

马老太爷气喘吁吁道："去惠民医院。"

马万年愣住了，纳闷道："爹，你不是最瞧不上惠民医院了吗？"

马老太爷眼中闪过一丝狡黠，虚弱地道："死马当活马医，看好了，皆大欢喜；看不好，就算我最后给咱马家尽点力吧！"

马万年皱眉："爹！别说不吉利的。"

马老太爷固执地说："听我的。快！叫上刚才那个女郎中，到时候好做个见证。"

听罢，马万年忙回头对女郎中大喊："女郎中，麻烦你跟我们一路去医院，路上也好帮我照应一下老太爷！你的诊费，我加倍付你。"

女郎中闻言一愣，等反应过来，连忙爽快地跑过来，脆声道："好嘞！帮人帮到底！"

马三胖背着老太爷，女郎中、马万年紧紧护扶着，众人脚步凌乱，奔进惠民医院大门。

马万年一见到惠民医院的院长杜明江和医生陈守礼，便嚷嚷："明江世侄，快！让你家医生赶紧帮我家老太爷看看！刚刚吐了一大口血！"

杜明江看到是马万年，面露犹豫，指挥着将病人安顿到诊床上。

陈守礼拿起听诊器给马老太爷听诊。听了一会儿后，放下听诊器，陈守礼看了一眼马万年，稍一迟疑，道："病人年老体虚，久患肺痨，最好是先输液止血。如果血止住了，病人还有得治。如果止不住……"

马万年急道："会怎么样？"

陈守礼转身对杜明江道："院长，恐怕回天无力！"

杜明江叹息道："那尽力吧！"

陈守礼点点头。

顿时，马万年激动地叫起来："放屁，这女郎中明明说我爹有救，你说回天无力！明江世侄，你请的是什么庸医？"

杜明江皱了皱眉："这是我们医院最有名望的医生，他说的不会有错。"说完又打量了一下女郎中，轻蔑道："您既然信女郎中，就让她来治好了！"

女郎中闻言亦轻蔑道："我赤手空拳的哪能治，你们这大医院应有尽有才能治！"

眼瞅着几个人争吵聒噪，马万年更加烦躁，怒道："杜明江，你别说这些没用的，赶紧让你的医生给老爷子看病！我不怕花钱，有什么好药你给我都用上！马家有的是钱！"

杜明江略有不快："这不是钱的事！惠民医院一定尽力，但有句话马世伯一定要记住，郎中只会看中医，不会看西医，急病别在她那瞎耽误工夫。"

女郎中翻了一眼杜明江，一言不发。

杜明江吩咐陈守礼："陈医生，按你刚才说的，该怎么治就怎么治。"

女郎中冷笑一声，慢慢走出医院。她走得很慢很慢，似乎是在等待什么。不一会儿，只听到身后有人大喊："惠民医院出人命了！把马老太爷给治死了！"

女郎中得意地笑了。

第二章

诊室内一片狼藉，马三胖对着药架子东砸西砸。杜明海和陈守礼脸上一片血污，被马家的三名仆人用木棍逼到了墙角。

得知消息的马致远带着四名警察匆匆奔到医院，见到这副状态，立时大声喝止："你们这是干什么！"

马万年看到是自家儿子来了，顺着杆子就往上爬，道："干什么？我拆了这害人命的破医院！"

马致远夺下了马三胖的棍子扔在一边："有话好好说，不准动棍子！"

马万年赶忙眼泪鼻涕糊了一大把，哭诉道："致远，你爷爷被他们害死了！"

马致远依言看去，只见马老太爷直挺挺躺在病床上，双目紧闭，了无声息。他这才发现事情不对，松开马万年，走到病床前，颤抖着把手探到马老太爷的鼻孔下试了试呼吸，泪水随即淌了下来。

马致远擦了擦眼泪，望着满屋狼藉问："我爷爷是怎么死的？"

马万年咬牙切齿道："被杜家害死的！"

马致远望着马万年，一个字一个字地道："证据呢？我只相信证据！"

马万年一下子被问得愣住了，旋即怒道："证据？你爷爷被治死了就是证据。"转而指着瑟缩在墙角的陈守礼："就是这个庸医害死了你爷爷。"

马致远冲陈守礼勾勾手，"过来！我有话问你！"

杜明江把陈守礼护在身后："马队长！马老太爷积重难返，作为医院，我们自问已经尽力了。我是惠民医院的院长，有什么冲我来，不要难为我的医生！"

马致远拔枪指向杜明江："杜明江，我现在是以巡警队长的身份调查取证，不是以我爷爷孙子的身份在这儿寻衅闹事。今天你手下这个医生我必须带走！"

杜明江朗声道："要走我跟你走，你们砸我医院，打我医生，我绝不答应！"

马致远倒也一板一眼："国有国法，家有家规，国在上，家在下。我马致远一定秉公执法。来人，把杜院长给我带回警局调查。"他用眼神示意几个警察，准备带走杜明江。

这时，门口围观的众人忽然让出了一条路来，只见杜家大管家王富贵带着几名杜家仆人走进了诊室。

一见是自家人，陈守礼立即大声叫嚷道："大管家，就是治死了人，也不能只怪咱们啊！我接诊之前，还有个江湖女郎中给马老太爷扎过针！就是有责任，那个江湖女郎中也有一半的责任！"

马万年一听这话，立刻叫嚷开了："让谁来都一样，这事就是你们惠民医院的责任！"

双方争执不下，马致远倒是一派镇定："我马致远办事从来都讲个公道二字，就听他们的，也好让他们心服口服，马三胖，你现在就去找那个女郎中！"

大街上，女郎中吴小七一边向不远处的惠民医院张望，一边心不在焉地吆喝着："各类疑难杂症，大到伤筋动骨，小到小儿百日咳嗽，一帖良方，药到病除，妙手回春……"

一路跑来的马三胖在小七摊前一个急刹，气喘吁吁道："喂！野郎中，跟我走一趟！"

小七不理睬马三胖，自顾自哼着小曲。

一见女郎中反应，马三胖不耐烦道："喂！老子跟你说话呢！"

杜家小厮长寿受了王富贵的嘱托，一路偷偷跟着马三胖，见状一把扯开马三胖："马三胖！你这是干吗？姑娘，你不看僧面看佛面，算我王长寿求你了！我进杜府二十年，看着大少爷长大的。大少爷对下人可好了，真是个大好人啊！我求你救救他！你要是出面给他做个证，我给你作揖！不，磕头！"

马三胖怒道："王长寿，你别来这套。臭丫头，我告诉你，你要是敢偏向杜家我拆碎了你！"

小七看着跪在地上不断磕头的王长寿，无奈道："那个医生确实冤枉！可我能帮上什么忙呢？"

长寿一脸真挚地仰望着小七道："姑娘，你只要如实地把事情的经过说出来，对我们杜家就是莫大的恩惠了！你不能眼看着我们大少爷受冤枉，见死不救啊！"

小七想了想："好，我去！"

医院内，马万年有些焦躁："怎么这么长时间还不来？我看那姑娘八成已经离开暨阳了，还是把他们先抓回去调查是正事！"

话还没说完，老远就传来了王长寿的声音："来了，来了，证人来了！"

众人都把目光投向若无其事的小七，马致远有些惊喜，"我猜就是你！"

小七扫了一眼屋里被打砸的情景，大大咧咧道："马大队长！你也在啊！"

王富贵有些怀疑，道："女郎中，你莫非跟马队长是旧相识？"

小七倒是满不在乎，"算不上旧相识，刚认识而已！"

小七这话倒也不假。在此之前，她与马致远确实有一面之缘。那次，小七路遇孝女石友琴葬父。听说那石老汉是死于肠梗阻后，小七眼珠一转，冒险把石老汉的身体翻了过去，猛拍他后背。几下过后，原本已经死了的人居然活了！石友琴大悲之后大喜，刚忙着给救活自己父亲的恩人磕头，不料，石老汉肚子上做过手术的伤口崩裂出血，只"啊"了一声，就两眼一翻倒了下去，死透了。石友琴是个急性子的妇人，一看这情况，不得了了啊！连忙求小七救人，小七心知这次是真的回天乏术了。摇了摇头。石友琴急怒攻心，一把掐住小七，因为太过用力指甲几乎陷进了肉里，咬牙切齿责骂。是过路的马致远拉开了石友琴，小七才得以脱身。

王富贵一听，不疑有他，安下心来，道："噢！听说是你救了马老太爷，那就请你赶紧把前因后果说说，也好还我们大少爷一个清白！"

马万年皱起眉头威胁道："女郎中，你可得照实了说！"

小七不接他的话头，神情自若地道："我肯定实话实说，至于能不能还惠民医院清白，能不能让马家满意，可不是我一个人说了算的，那得听听大家的公断！"她冲大家拱拱手后继续说："各位，我吴小七不过是个游方郎中，恰巧碰到马老太爷在码头发病，当时他吐了血，我初步诊断为肺痨，迅速帮他行针止血。然后在马老爷的请求下，我才帮他把马老太爷送到惠民医院。"

马万年边听边点头道："不错不错，就是这样！"

小七横了一眼马万年，继续说道："下面我就说一下，我在医院看到的事情。"

王富贵紧盯着小七，沉声道："女郎中，你说的话事关重大，可要三思啊。"

马致远一听，慢悠悠道："王大管家，你这是在威胁证人吗？！"

王富贵瞥了一眼马致远，住了口。

小七坦然道："你们都放心，我只说我自己知道的！"

"我学的是中医，《血证论·吐血》中说'存得一分血，便保得一分命'。要达到治血的目的，最主要的是根据各种证候的病因病机进行辨证论治，其中包括适当地选用凉血止血、收敛止血或活血止血的方药……"

马万年不耐烦道："别啰里啰嗦的，你就说惠民医院的医生当时是怎么治死我爹的！"

小七看了一眼马万年，异常平静："当时惠民医院的医生诊断患者年老体虚，久患肺痨，这与我当初的诊断不谋而合！在治疗上他强调先行输液止血……"

马万年知道小七所说句句是实，依然逼问："可老爷子为什么刚一输液就死掉了？"

小七正色道："惠民医院的医生当时把话已经说得很明白，如果血止住了，患者的病还有得治，如果止不住，则回天无力！这些，马老爷都是知道的。是吧，马老爷？"

因小七句句属实，马万年颇有些窘迫："喂，你可得站中间说话啊，是你说大医院有救的！"

"马老爷，小七是说过大医院有救，可你自己说惠民医院不过是个小医院！再说小七说的是大医院八成还有救！我这话里的意思是——还有两成是因为病人自身的原因，血不能止住，救不过来！"

闻言，马万年如遭雷击。

小七又道："输上液后，我就离开了，至于马老太爷后来为何会暴毙，我没有在场，所以不敢多言！"

不等小七说完，杜明江便急切道："马老太爷暴毙的情景我来说！马家老太爷突然呼吸急促，然后喷出一大口血来！"

陈守礼也马上附和道："对对！当时就是这样！喷完血后，马老太爷才咽的气！"

马致远盯住小七，颇为信任地问道："女郎中，你推断一下，我爷爷的死因究竟如何？"

小七扫视了一下众人，慎重道："患者之所以死亡，是因为病人年老体弱，气血两虚，血没有止住，所以我推断，患者死亡与惠民医院的医生用药——没有关系！"

小七说完推断，马万年气得说不出话：“你你……”

马三胖更是恼火地嚷嚷：“女郎中，你他娘的到底是哪头的？”

杜明江则转向马致远，道：“马队长，按证人的说法，咱们惠民医院在诊疗过程中并没有过错，您看这事……”

马致远一脸犹豫，并没有接话。

王富贵把目光投向马万年，堆笑道：“马老爷，这事肯定是个误会。马老爷子突然大去，我王富贵十分难过。这暨阳县城，南马北杜，都是百姓眼中的大户。你看咱们两家能不能……”

马万年见王富贵想扭转事态，怒火中烧：“王富贵，你一个管家敢对我马万年指手画脚，别忘了你自己的身份！老爷子的死你们惠民医院绝逃不了干系！”

马致远见自家老爹如此坚持，倒也下了决断：“行了，今天的事还是得把杜明江和陈守礼带回去调查一下，不能光听女郎中的一面之词，等法医验尸后，我自会主持公道！”

话音刚落，杜府的几个仆人立刻望向王富贵，王富贵见马致远依旧想把人带走，涨红脸怒喝道：“慢着，这证人都说了，你们马家还以权谋私，今天谁想把大少爷带走，不是不可以，不过得先踩着我王富贵的尸体过去！”说罢，一使眼色，众仆人手持木棍护在杜明江面前。

几名警察拉开枪栓，杜府的仆人举着木棍，双方剑拔弩张，一时僵持不下。

马致远也怒了：“好你个王富贵，敢暴力抗法，妖言惑众，给我一并带回警察局！请肖局长来处理。”说完，冲几名警察使了个眼色。

面对警察端枪步步逼近，王富贵岿然不动，几个仆人忙紧握住木棍，双方流血冲突眼看一触即发。

此时，马万年盯着小七，一步步走到了小七身边，一字一顿道：“丫头，今天的事你可得三思而后行，说出去的话，泼出去的水，可是收不回来的。我再问你一句，老太爷的死与惠民医院的医生用药到底有没有关系？！”

小七正色道：“马老爷，生死有命，富贵在天，老太爷去世您心里自然是万分悲痛，可您不能逼着我昧着良心说话！既然你一再追问，那我就再说一遍，依我的推断是——没有关系！”

马万年眯了眯眼道：“好，那我马家从现在开始就和你有了断不了的关系！杜家有人，我马家也有人，来啊，请这位女郎中到马家给我拔个火罐治个病！”

马三胖立即和另一名仆人上前揪住了小七，小七挣扎间踹翻了马三胖，立即又有数名马家仆人一拥而上。王长寿想上去制止，却被王富贵用眼神制止，示意他静观事态的变化。

马致远转身看到这样的情景，急迫道："爹，你这是干什么？凡事都得讲个规矩。"

马万年手指地下，冷笑道："在这地方，不讲规矩就是最大的规矩。"

这时候，一个头上戴着遮住半边脸的斗笠、嘴里叼着牙签、看起来吊儿郎当的青年，拨开门口围观的人群，挤进了急诊室里。他用戴着手套的手重重拍在马万年肩上，沉声道："世伯，这回您可把脸丢大了，您看您跟一个手无寸铁的小女人斗，太掉价了，世侄为您感到不值。十分不值啊！"说话间，只见这青年摘下斗笠，转着牙签，满不在乎地道："世伯，我可是您儿子最好的朋友杜明海啊。"

还没等众人反应过来，杜明海突然出手抢过身边一名警察的枪，抵住一名马家家仆的脑门吼："这位姑娘替杜家说了几句话，你们就想要光天化日之下绑架她。你们有几条命？！说，有几条命？小心老子的枪走火！"

王富贵忙道："二少爷，不许胡来！"

杜明海甩手一枪，"砰"地打碎了墙上挂着的急诊灯："这枪还真他妈容易走火。"

小七不禁望着杜明海笑了。

杜明海对小七挤出笑容："姑娘你放心，你为惠民医院说话那是主持正义，这帮狗腿子穿着一身黑衣服就敢四处吓人，看我怎么教训他们。"

倒是杜明江神情颇为复杂："二弟！你……提前回来了！"

杜明海冲杜明江咧嘴一笑，豪气道："没错，回来了！大哥，别怕，有我呢！天塌下来弟弟给你顶着。喂，马致远，都过去三年了，你还在当狗腿子。你有点儿出息行不行？"

马致远正色道："杜明海，你给我放老实点！"

杜明海一笑，一边玩着手里的枪，一边不屑地把嘴里的牙签"呸"的一声吐出："这枪还真不错，可惜落在你小子手里了，简直是瞎子点灯白费蜡！老子玩枪的时候，你小子还尿炕呢！你说你个书呆子当什么警察，这不是赶鸭子上架吗？"

马致远不接他茬，道："杜明海，我看你这三年乔司监狱算是白蹲了！还是一点规矩都没有！"

杜明海拍拍胸脯，亮亮胳膊上的肌肉，豪迈道："白蹲了？看见我这一身疙瘩肉，你还说我白蹲了？"

"你少废话，把枪还给我们！你千万听清了，你要是再不缴枪，就凭你袭警抢夺武器。告诉你，我可以把你当场击毙。”

杜明海置若罔闻，继续低头玩枪：“挺横啊小子！有出息，不是你小时候给我当马骑的时候了！你击毙我？我还击毙你呢！”

马致远见杜明海执意不还枪，便和被抢了枪的警察低声耳语了几句。那警察点点头，趁乱悄悄溜出了人群。

不多时，警察局长肖金水便带着一大批人，跟在被杜明海缴了械的警察后面冲了进来，所有的枪都对准了杜明海。

围观的老百姓见到像是要真的干架了，纷纷避开。现场一片混乱，只听马致远大声吼道：“公事公办，把闹事的马万年和袭警的杜明海、涉嫌治死了人的陈守礼一起带走！”

折腾了一天，天色终于暗了。

暨阳县警察局的局长办公室里，偌大的桌上堆满了纸币，肖金水正一张一张地数钱，神情兴奋又专注。

突然，一阵剧烈急促的敲门声响起，肖金水不禁被吓了一大跳。门外一个女声幽幽传来：“别又是在数钱吧？”

一听这声音，肖金水顿时松了口气，把钱往桌上一摊，打开房门：“若云啊，告诉你多少遍了，敲门要轻点，学学做淑女，就你这雷公电母的做派，将来能嫁到好人家吗？”

烫着卷发的肖若云扭着腰肢进来：“大哥，我刚听说杜明海被马致远抓了，他是不是从乔司监狱越狱了？”

肖金水一边把桌子上的钱收进抽屉里，一边漫不经心道：“我当是什么事呢！这小兔崽子的事你少管！我就纳了闷了，这个活土匪究竟哪点好，你居然对他那么上心？”

肖若云一屁股坐到办公桌上，晃荡着双腿：“要你管！你快说，到底怎么回事？”

肖金水慢条斯理地说道：“放……倒是被乔司监狱里提前放出来的！”

肖若云眼睛一亮，兴奋道：“真的！这么说他自由了！”

肖金水没好气地接道：“告诉你啊，狗成不了虎，蛇成不了龙，老鼠改不了挖地洞，这小子改不了活土匪的脾气！刚从乔司监狱出来，一脚踏进暨阳县就又惹是生非，暴力袭警，和马致远打起来了！还抢夺武器，开枪示威。是马致远把这事给揽下来了，我当作不知道，已经够给你面子了！”

肖若云松了口气，撒娇地摇着肖金水的肩膀：“我当是什么天大的事呢，谁让马致远带人去抓他大哥。以杜明海那活阎王的脾气，没把马致远撕成两半就算是手下留情了！打起来算什么，那马致远还不是全毛全翅地回来了。您看我这亲妹妹的面子，把杜明海放了吧！”

肖金水十分不快：“这事你少掺和！马致远那小子虽然是一根筋，可到底是我的手下，怎么说我也得给他些面子。”

肖若云一把推开肖金水，气囔囔道：“不放拉倒！不过你可不许难为他。要是他少了一根汗毛，我不仅跟你没完，我还跟马致远拼命！”

肖金水不怒反笑：“反了你了！要不是爹娘临死的时候交代我不许打你，看我不给你来顿竹笋炒肉！”

肖若云冲肖金水扮了个鬼脸：“你敢！”

肖金水作势要打：“你再敢胡闹，我送你回省城。”

肖若云连忙闪开，蹦跳着走出了办公室，回头嘲笑道：“我才不回去看你那些妻妾们争风吃醋，无事生非，你眼不见心不烦了，别想让我替你去受那个罪。”

夜更深了。屋外风吹树摇，片刻间下起了暴雨。

客栈里，小七正准备给吴啸天艾灸。

吴啸天歪在床上咳喘不停，摆摆手道：“小七，别费那劲了，死马当活马医，都这么多年了，没用了。想当年我还壮得可以吃掉一头牛，如今牛打个喷嚏就能把我吹走。”

小七十分伤感道：“义父，这么多年了，您风里来雨里去，把自己折腾成这样！我的父母、兄长若在天有灵，一定会感激您做的一切！”

吴啸天望着外面的雨阵，恨声道：“小七，你要牢牢记住，当年就是这样一个暴雨天，你的父母惨死于杜家两兄弟之手，当时我悲痛过度，也顾不得看你的哥哥是死是活。杜远川虽然死了，但是你家的另一个仇人杜远山现在却还活得好好的。咱爷俩一定要让他们杜家血债血偿！”

小七咬牙切齿，眼含泪水道：“此生不报家仇，誓不为人！”

“现如今杜远山家大业大，在这暨阳城也算个响当当的人物，咱们无权无势，要想报仇必须得沉住了气，想方设法接近他，然后再趁其不备……”吴啸天边叹息边用力攥紧了拳头，恨声道，“让他家破人亡。”

第三章

马家大院的门口挂起了白灯笼，在微风的吹拂下轻微摆动，如同一支哀婉的小曲。

客厅墙上已经挂上了马老太爷的遗像。马万年坐在客厅正中的太师椅上，双目紧盯着站在跟前的马致远，不由怒火中烧，厉声呵斥：“你把生你养你的老子绑进看守所，倒是你们局长把我放了。你自己说，你是我的儿子，还是他是我的儿子？”

马万年越说越怒，四处一踅摸，提起鸡毛掸子举高了作势要打。

马致远不躲不闪，摘掉帽子指着自己的脑袋，“来，往这打！来，打打打，打呀。我娘不在了，你就这样对我是不是？”

马万年一顿，回过神便扔了鸡毛掸子往外一指：“滚！不成器的东西！没有你这盆子狗肉，老子的席也照样开。我要不把码头抢回来，不跟杜家分出个子丑寅卯，我马万年就不姓马！”

马致远不作声地捡起帽子拍了拍土，带上帽子，笔挺挺地走了出去。

见少爷走了，马三胖才敢缩头缩脑地进来，“老爷，我看咱得想办法教训一下那个女郎中。这事儿我去办！”

小巷幽深，偶有犬吠，小七正扶着吴啸天缓慢前行。

一个蒙面人闪出挡住了去路，他手里掂着一根木棍，一双眼睛恶狠狠地盯住小七：“丫头片子，知道什么叫祸从口出吗？有人花钱让我教训你，好让你以后知道怎么做人。"

小七一愣，心中顿时紧张起来，一手扶着吴啸天往后退去，另一手则顺势拔出了腰间的刀。趁对方不注意，她猛地上前冲着蒙面人胡乱比画。等蒙面人回神，脸上已被划了多道血口，他愤怒地拽下蒙面巾，擦着脸上的血。

——原来是马三胖。

趁着马三胖发愣，小七拉起吴啸天夺路狂奔。

眼看形迹败露，马三胖恶向胆边生，紧追不舍。小七慌不择路，终和吴啸天一起被马三胖逼到了一堆断砖边上。马三胖一脚踹翻小七，扔掉棍子，抹了一下脸上的血，狞笑着扑向小七，"本来我还想留你一条命，既然你认出了我马三胖，我今天就让你有来无回。"

马三胖一把抓住小七的手，一用劲，小刀便脱落到了地上。可小七的另一只手里，却变戏法似的多了一把小刀。推搡之间，小刀不偏不倚正插进马三胖的胸膛。

马三胖的狞笑瞬间凝固，惨叫一声，直直倒下。

小七握着满是鲜血的小刀惊呆了。吴啸天率先回过神来，一抬头就看见了远处因听见惨叫声而飞奔过来的马致远、冯铁头以及两名巡警。情急之下，吴啸天一把夺过小七手中的刀子，把小七推开，喝道："走！"

警察们在离案发现场还有几米远的地方站定了，然后纷纷拉动枪栓。

马致远一眼望见倒在地上一动不动的壮汉，凑过去一看，立即举枪对准吴啸天和小七厉声问道："马三胖是不是被你们杀死的？"

小七惊慌地点点头又摇摇头。

吴啸天赶忙开口道："是我杀了他！"

这时小七才魂魄入体，情急道："这个胖子拦路抢劫！"

吴啸天拼命咳喘着道："杀人偿命，欠债还钱，人是我杀的，与我女儿无关！"

冯铁头问道："那你为什么要杀他？"

吴啸天气急道："他拦路抢劫，我不杀他，难道让他杀我。你们不要欺人太甚，把我惹急了，我连你们也杀。"

闻言马致远大吼一声："把这老头带回局里去。"

两个警察架起吴啸天就走，小七跌跌撞撞地跟在后面，哭喊着："不要抓我爹！"

警察局长办公室内，肖金水把两条腿架在桌子上，用指甲刀剪指甲，心不在焉地抬起眼皮瞅了瞅小七，道："你说人不是你爹杀的，是死者拦路抢劫撞到了刀子上，你觉得有人信吗？谁能证明？"

小七急忙道："我能证明！"

肖金水冷笑一声，把指甲刀扔到一边，从椅子上跳起来，围着小七转了两圈，色眯眯地上下打量着小七，"亲闺女给爹证明，你觉得有人能信吗？"

肖金水边问边把门关上，坐回座位："你刚才说的话，要想让别人相信，我倒是有个办法。"

小七急切道："什么办法？"

"我这个警察局长可不是白当的，在这暨阳县的一亩三分地上，我要是说黑就没人敢说是白，我要是说白就没人敢说是灰。"

小七也不傻，直接问道："什么条件？"

肖金水纵声大笑道："吴小七你果然是个伶俐的丫头。那我就有话直说了！我肖金水现在虽然有了一妻二妾，可这仨老娘们的盐碱地里长不出好庄稼，这么多年就给我生了两个丫头片子。老肖家一脉单传，不能在我这绝了后，何况我这些年可没少捞，没有儿子我这钱不是便宜了外姓旁人！我看你么……"话音未落，肖金水的两只眼睛在小七身上一通乱瞟。

小七一听，讥笑道："你可真会做白日梦！"

肖金水脸色一沉，道："这么说你是不愿意了？告诉你，我肖金水一般人还看不上。"

"呵呵，吴小七行走江湖多年，见过不要脸的，可像肖局长这么不要脸的倒是第一次见！"

话音未落，只听门外的冯铁头大声喊道："报告！"

肖金水不耐烦道："进来！"

冯铁头一进门就已气喘吁吁，"局长，不好了，我们刚刚审问的时候，那个新抓来的吴啸天大口咯血，怕是够呛了，要不要送医院？"

小七大惊失色，急忙道："我爹旧病复发，会有危险的，快带我去见我爹！"

肖金水鼻子里发出一声冷哼："杀人嫌犯是你想见就能见的？"

小七连忙回应道："不让我见，那就赶紧送他去医院。"

肖金水优哉游哉地道："送不送医院我说了算，他能不能挺到送医院的时候，可要看他自己的造化了！”

这时马致远也跑了进来，“局长，吴啸天必须立刻送医院，人怕是要不行了。”

吴小七一咬牙，推开肖金水，夺门而出。她一出门就看到躺在担架上奄奄一息的吴啸天。

吴啸天嘴角淌着血，已经没有力气说话，只定定地望着吴小七。

吴小七把耳朵贴在吴啸天嘴边，问：“爹，你想说什么？”

吴啸天无力道：“爹这回……过不了鬼门关，你别忘……报仇！”说罢，竟然咬舌自尽。

小七一下子扑倒在吴啸天身上，放声大哭。

暨阳县城依旧热闹非凡，街道依旧人来人往。唯有头戴白花的吴小七，面色哀戚，神情恍惚。

吴小七在曹记面摊旁摆了个卖药的小摊。面摊主曹多嘴递过一碗面，吴小七食不下咽，一筷子面挑了几下终究没放到嘴里。曹多嘴见状，坐到小七对面：“姑娘，人死不能复生，节哀啊！”小七流着泪点点头。片刻，她抹了一把泪，问：“多嘴叔，我想打听个事，如今我爹没了，我自己一个人也懒得再走江湖，有心进杜家的医院赚点饭钱，不知道难不难？”

曹多嘴忙道：“不难，不难，杜老爷在暨阳县那可是最仗义疏财、最乐善好施的。杜老爷求贤若渴，以姑娘的医术应该当场就能留下。再说杜家不仅有惠民医院，还有药厂和孤儿院、酱园、酒坊、米行、南货店，如今就连暨阳的码头也是他们的了，赏姑娘你一碗饭吃不是很容易的嘛！”

小七满脸好奇，又问：“杜远山是怎么发达起来的，你清楚吗？”

曹多嘴左右看看无人，摆出一个说书人的姿态，神神秘秘地说：“我清楚地记得，那天杜远山带着家人将他兄弟的尸体运了回来。家人全都是一身缟素戴了重孝，杜老太太哭得死去活来，不久也就因为伤心过度死去了。要说杜家真正发达，便是从那以后开始的。杜远山在老太太死后一年才打起精神，办了个小药厂。他为人随和，又会经营，杜家的成药慢慢畅销各地，杜家的日子也就一天天红得像着了火似的。”

小七追问：“他是不是有什么做药的秘方啊？”

曹多嘴思索了一会儿，道：“这我就不清楚了，可能有，也可能没有！”

小七低头不语。曹多嘴以为小七又想起了伤心事，便起身忙自己的了。

正在这时，马致远不声不响地走到小七身边坐下，见小七没有察觉，便故意咳嗽一声。小七一惊，不知所措地看向他。马致远看看左右低声道："能不能换个地方摆摊？"小七这才发现周围多了不少警察。"茶馆也许会出点儿事，我怕伤着你，赶紧走。"马致远说完拍拍小七的肩膀匆匆离去。

小七叹了口气，收拾起自己的药摊。却不想，杜家表少爷何家宝嬉皮笑脸地走过来，对她说："野郎中，你跟我去对面煮三江茶馆，咱们大管家叫你过去谈点正事。"

一名戴斗笠的女子匆匆走过人群，她看到不远处的小七，停顿了一下，便继续匆匆朝煮三江茶馆走去。

到了茶馆，戴斗笠的女人除下斗笠，与一早就到茶馆的蓝衫女人走进了二楼包厢。

蓝衫女低声道："不知道这些军火你们能不能尽快帮我们办到？"

斗笠女也压低了声音，"凤凰姐一家对咱们恩重如山，姐姐要办的所有事，咱们就是拼了命也会办成。"

只听蓝衫女说："等你们的好消息！友琴，你有了身孕，跑腿的事下次就让别的人来吧。"

斗笠女本大大咧咧道："没事，咱们乡下人皮实，再说现在都五个多月了，在肚子里早待牢靠了，这点路不算什么。"

两人正亲密地谈着，没料马致远带着五名警察蹑手蹑脚出现在茶馆二楼包厢门口。

"小二，送点心。"话音已落，却不见人开门进来。蓝衫女警觉，迅速拔出枪，对斗笠女低声道："小二敲门后都会直接开门进来，迟迟不开门，就不是小二。"

斗笠女连忙拔出手枪："姐，你先走！"

"不行，你身上怀着孩子，我等会干掉门口的，你快走！"

茶馆内传出枪声，在外埋伏的警察吹响了警哨，声声催命。大街上的行人四下逃散，乱成了一锅粥。

情势之下，斗笠女从窗口顺着窗帘滑下。

正在围观的吴小七猛地被一个人撞到，她打了个趔趄，一看，那戴着斗笠的女子居然是石友琴。

"怎么是你？"不等对方回答，小七一把拉起她，"前面有条弄堂，你往弄堂跑，弄堂尽头是龙山的山脚，上了山没人能找得到你。"

石友琴点点头，旋即发足狂奔拐进弄堂。没过多久就有两名警察追了上来，急问小七："喂，看到有一个戴斗笠的女人从这儿跑过吗？"

小七忙往相反的方向一指，警察不假思索朝小七所指的方向追去。

小七望了一眼石友琴消失的方向，大步向煮三江茶馆门口跑去。

茶馆门口，蓝衫女已经被数枝长枪顶住。她瘫坐地上，大腿不停地流着血，手中的短枪已经到了马致远的手中。肖金水大摇大摆地走来，一脚踩在蓝衫女的身上："李凤凰！"

蓝衫女没有反应。

肖金水拿着马致远呈上来的手枪看了看，"砰砰砰"，三声枪响，枪枪打在蓝衫女身边一寸的地上。

"跑过三江六码头，饮过五湖四海的水，李凤凰啊李凤凰，你在武汉、上海、绍兴都逃过一劫，没想到在小小的暨阳县城这小阴沟里翻了船！"肖金水十分得意，"来人，把乱党给我带走。"

"不能带走她。你没看到她的血快流光了吗？"只听人群里传来了制止声。

肖金水一看是吴小七，一脸不高兴地喝道："胡说，乱党的血是流不光的。"

小七单腿跪地，不等肖金水说话，唰地撕下李凤凰的一只袖子，绑在了腿部伤口上方，边打结边说："她伤到了动脉，赶紧送惠民医院止血动手术。不然她就算是只猫，九条命也没了。"

警察七手八脚抬着已经昏迷的李凤凰涌进惠民医院。

"怎么回事？"正在医院视察的杜明江不由问道。

"杜家大少爷你必须得救活她，活的三万大洋的赏金，三万啊！死了就不值钱了，救不活这钱你就得赔我！"肖金水气急败坏。

杜明江咬了咬牙，道："我们这儿唯一的西医外科手术大夫是陈守礼，可他去杭州了。"

肖金水倒吸了一口凉气，"他可真会挑时间，要是乱党死了，那陈守礼从杭州回来，我就一枪崩了他。"

这时小七挤了进来，道："我来试试。杜院长，有没有会输血的护士？"

"有。"

"刚才我给病人初步止了血，银针封了她几个穴，还用布头绑紧了伤口。你们马上验血，并且及时给病人输血。手术让我来试试。"

马致远和杜明江都愣愣地望着正卷着袖口的小七。

杜明江有些迟疑道："你……以前动过外科手术吗？"

小七一脸镇定："给我打盆水，我要洗手。准备手术器械。"

此时，护士已经在帮她准备术前清洁，连白大褂都披好了。小七大步向手术室内走去，边走边大声说道："我不是西医，也没动过手术，但我见过骨科大夫做手术，不过是个木匠活。今天我拼力一试，要是有个三长两短，各位做个见证。我吴小七医者仁心，所做的一切只不过是为了救活她。"

肖金水想要的不过是一活口，本就不在乎谁做手术。

手术成功了。小七心里知道，这次的赌博她赢了。她哑着嗓子嘱咐道："每天都得给她消炎止痛，七天之内不能间断。还有，用乌鱼熬汤给她喝，长伤口。"

肖金水吐槽："这简直就不是乱党，这是贵客！这事儿你说了算我说了算？！"

马致远倒是个和稀泥的，他不紧不慢地说："局长，小七说得没错，现在李凤凰确实是个病人。"

肖金水盯着马致远看了会儿，心想，这小子对吴小七果然没安什么好心，压低声音威胁道："马致远，吴小七是我看上的，你可别给我动什么歪心思。告诉你，主要是这个女人除了我谁也收服不了她。你想要找婆娘就找别的姑娘，我给你做媒。"

杜家客厅里，王富贵和何家宝垂首站立，杜远山慢慢品着茶。

何家宝被杜远山盯得直发毛。他看了王富贵一眼，王富贵望向别处。

"老爷，这次可真不赖我，不信你们问大管家！"

王富贵附和道："老爷，这次真怪不得表少爷。您宅心仁厚，要请这女郎中进惠民医院。可这女郎中脾气古怪，居心叵测，一会儿站在马家那头，一会儿又站在杜家这头，她觉得惠民医院是小庙，容不下她这尊大菩萨！"

"还有这等事？"杜远山疑惑道。

"大管家说的没错，她说自己在外面赚的多，我听人说她宰客用的刀子磨得可快了！她用才值几文钱的普通南瓜藤冒充什么黄金仙藤，以一根一块大洋的价卖给老百姓，是个剥皮剔骨下得了狠手的人物。"

杜远山不怒反笑，“这南瓜藤能卖得出去，那也是有本事。要知道平头百姓一个个精着呢，不是好哄好骗的笨蛋。哈哈，哈哈。”

王富贵有些懵了，道：“那老爷的意思，这女郎中还真能算商业奇才？！”

杜远山止住笑，脸一沉，厉声道：“歪才！年经轻轻，不知深浅，以次充好哄抬药价，最后只会搬起石头砸了自己的脚。”

王富贵躬身，咧嘴道：“老爷说得对，女郎中狂妄自大，目中无人。要是咱们用了她，只会砸杜家的牌子！”

“既然她那么狂傲，那也就算了。本来我还听说她老爹这两天也突然死于非命，有些怜悯她，既然她不肯来，咱们也算是仁至义尽了。”

王富贵和何家宝交流了一下眼神，颇为得意道：“是！”

第四章

茅渚埠大码头船来人往，一艘货船正在卸货，成群结队的搬运夫肩挑背扛，喊着响亮的号子。

码头不远处，小七摆起了她的药摊。

杜明海从看守所出来后，被王富贵告知自己已经被杜家拒之门外。他无处可去，干脆跑到码头谋了一份搬运工的活儿做。这会儿，他满头大汗地扛着麻袋，快步走下甲板，把麻袋扔到货堆上，用手揉着红肿的肩膀，活动着发酸的脖子。看看时间差不多该吃饭了，刚走到码头附近的小吃摊，一阵急促的钟声响彻码头。正在吃饭的码头工人们面露惊恐，急急忙忙扒了两口饭就起身赶往码头。

初到码头的杜明海哪见过这个阵仗，忙抓住一个问道：“喂，兄弟，着火了还是杀人了？”

“出事了，出事了，你没听见敲了急钟，这急钟一敲准没好事！王大管家估计又要惩办人了！”

码头高高的货堆上，跪着几个被打得浑身是伤的搬运夫，旁边站着王富贵、何家宝、胖大海等人。

何家宝清了清嗓子，厉声道：“都给我听好了，大朱哥等人装病偷懒，冒领工钱，坑害东家，十恶不赦！大管家仁慈，今天不过是杀猴给鸡看，让你们这些穷鬼都明白明白，我姑父杜老爷虽然是个大善人，可是大管家眼里可揉不得沙子！”

杜明海挤进了人群，斜着眼睛看了看货堆上的胖大海，突然像老鹰一样跃上货堆，一把提起被逼下跪的李歪脖，大吼道：“给老子站直了！男子汉跪爹跪娘跪祖宗跪天跪地跪神仙，你在这儿跪算什么？”说完，杜明海拿眼狠狠瞪着王富贵。

看清来人是谁后，王富贵笑道：“二少爷，凡事得讲个情面，这是杜老爷的码头，我记得二少爷也姓杜。”

胖大海有些疑惑：“这是……二少爷？这不是在我这儿扛了好几天麻包的杜老二吗？”

何家宝嘲笑道：“没错，这位杜老二就是杜家二少爷，不过，二少爷违反家规，如今被老爷赶出来了！他和杜家一个子儿的关系也没有。”

胖大海安心了，随即哈哈一笑，说道：“俗话说得好啊，脱了毛的凤凰不如鸡……”

杜明海也笑了：“别他娘的在我面前装，老子只要长出毛来还照样是凤凰，你就是长满了金毛你怎么看也都是只鸡！”

众人哄堂大笑。挤进来看热闹的小七也忍俊不禁。

何家宝沉着脸道：“胖大海，还不动手，是想要离开码头另找发财的地方吗？”

胖大海连忙和几个打手朝杜海明冲了过来，杜明海一个闪躲，一连几个飞踹，几个打手被他踹下货堆，但终寡不敌众，被打倒在地。胖大海扬起棍子正要下死手，一直冷眼旁观的王富贵这时急切大喊：“住手！疯了你！”

胖大海一愣，杜明海趁机起脚飞踹夺棍在手，一棍下去直砸胖大海的脑袋。胖大海一躲，棍子重重落在胖大海的左肩头。只听一声哀号，杜明海手中的木棍也断成了两截！

“你们要是想欺负我兄弟，就得先踩着我的尸体过去，不信就试试！”杜明海大声叫嚷道。

一旁的李歪脖随即附和，“大哥，这窝囊气我早就受够了。”

“咱们靠力气吃饭，要有人欺侮咱们，咱们就跟他们拼了！”杜明海越说越激动。

众搬运夫在杜明海的鼓舞下，也都硬气起来，一时群情激愤：

“拼了！”

“拼了！”

“以后二少爷就是咱们大哥。”

胖大海急了，望向王富贵，王富贵面无表情，一副撒手不管的模样。何家宝会了意，一脚踹翻李歪脖，骂道："好你们这帮臭苦力，反了你们啦！给我往死里打！"双方顿时陷入混战。

混乱之中，夹在人群中的小七被推来搡去，眼见着要被鞭子甩到，却被人一把推到一边。原来是杜明海。来不及躲的杜明海只能硬生生挨下一鞭，胳膊上皮肉撕裂鲜血直冒。紧接着又是两鞭，全落在杜明海胳膊上。

小七感激地回望了一眼杜明海，突然欺身上前，电光石火间一根银针在胖大海的右手腕上轻轻扎了一下。胖大海手腕一麻，皮鞭掉落地上，却浑然不觉怎么回事。

杜明海一脚踩住胖大海的胖脸，沉声道："叫你的人都给我住手！谁要再敢动一动，我就把你脸踩扁！"

胖大海胆子小，立马声嘶力竭地喊道："住手，都给我住手！没听到二少爷发话吗？"

混战的众人全都愣住，杜明海又一次发话："我告诉你胖大海，第一，从今天起，码头工人挣的血汗钱，一个铜板都不许你抽成，不然，我见一次打你一次！"

胖大海的脸被杜明海踩得几乎变形，好不容易从牙缝里挤出一句话："可是……是大管家私下里要抽成啊！"

杜明海脚下用力，盯着货堆上仍然站着的王富贵，对胖大海一字一字说道："你再说一遍！"

胖大海的脸变形得更加厉害，颇为艰难道："是王大管家说……"

杜明海松开胖大海，跃上货堆，用断了的木棍指向王富贵，厉声道："王富贵，那你就听我说这第二，不许你再纵容胖大海在码头上私下里收什么安全费，只要我杜明海有一口气，你们别想欺负老子的穷弟兄！"

王富贵冷冷道："杜明海，你可想清楚了，这茅渚埠码头可是姓杜的。你今天和我王富贵针锋相对，就等于是和杜家针锋相对，等于是和你爹杜老爷针锋相对！"

杜明海一脸不在乎地道："你少拿老东西吓唬我！"

"二少爷，凡事要三思而行！谁都是打年轻的时候过来的。我王富贵几十年来，什么样的人都见过，可跟自己的爹做对的，我倒是还头一次见着！"

杜明海哼了一声，道："老东西要是知道你们结党营私，他也不会放过你们！就算老子是跟他作对，又怎么样？”

说完杜明海挥了挥手中的断木棍：“王富贵，废话少说，我今天提的条件你答应还是不答应？”

众搬运夫也跟着吼：“答应还是不答应？！”

王富贵颇为无奈地道：“好，我答应你！”

杜明海缓缓放下了木棍，底下的众搬运夫齐齐大呼：“好！”

王富贵颇不甘心：“杜明海，我可以答应你，但不是因为怕你，是看在你爹的面子上不和你计较。不管怎么样我跟了你爹二十多年，你别拎不清，以为是你自己有多厉害。你听清楚了，我只不过是懒得和你计较！走！”

看着王富贵带着胖大海、何家宝灰溜溜离去，小七灵机一动：“诸位，能不能听我说两句。刚才的事大家都看到了，筷子一根容易撅折，但要是抱成团，一把筷子谁都撅不动。不如这样，大家成立个互助帮，以后互帮互助，就选杜明海来当帮主，你们看怎么样？”

众搬运夫刚刚打了一场好仗，兴高采烈地大声叫好。

李歪脖得意道：“帮主有六个手指头，我看咱们就叫六指帮吧！”

杜明海也十分高兴：“好，在场所有兄弟从今以后都算我六指帮的弟兄，以后谁要是敢欺负你们，我杜明海绝不答应！”

众搬运夫欢呼着“六指帮、六指帮”，把他们的英雄杜明海抬起来扔向天空……

杜家大院的客厅里，杜远山缓缓道：“你是说，这些人都是杜明海打的？”

“千真万确！”何家宝撩起衣服，指着身上莫须有的青印，委屈道：“姑父，他还踹了我一脚呢，我这肋巴骨到现在还疼呢！”

大太太忍不住插了嘴，“替外人出头，打自己家里的人！这不是活土匪是什么？”见杜远山抓着茶杯的手突然一紧，大太太赶忙说，“老爷，这群工人也太不像话了，居然都跟着他瞎胡闹。”

王富贵亦道：“简直是一呼百应，在二少爷的挑唆下，我们几个差点不能全身而退！”

杜远山大笑起来，笑完了竟然点点头：“想不到明海竟然还有这本事，能在工人里面一呼百应，要是以后走上正道倒也可以委以重任！”

听了这话，杜明江和大太太心中“咯噔”一下，互相看了一眼。

杜明江试探道："那爹觉得此事应该如何处理？"

杜远山有些动气，勃怒道："我们杜家一向宽以待人，工人们既然病了，就得让他们去惠民医院免费诊治。你们怎么可以动不动就打人？要是出了人命，你们是要给人家一命抵一命吗？"

胖大海不满地嘟囔道："老爷，这些工人是装病，一个个精着呢。"

杜远山横了一眼胖大海，"要真是装病，不是他们出问题了，是咱们当东家的出问题了。好好的他们装什么病？这样的事只此一次，如有再犯，你们几个全都给我卷铺盖走人！"

杜家码头，艳阳高照。杜明海正靠着货堆用草帽遮脸横躺着打盹。小七在一旁帮受伤的工人包扎伤口。

小七这厢忙完了，望了杜明海一眼，索性起身拿着绷带向他走去。

睡得好好的杜明海对吵醒他的动作十分不满，嘟嘟囔囔道："李歪脖，你怎么这么烦啊！"

小七不语，继续包扎。

杜明海掀开草帽，认出是小七后猛地坐起，道："喂！你想干什么，告诉你，老子兜里可一个大子也没有，你别想强买强卖。"

小七头也不抬，一边继续手上的活儿，一边道："你是因为我受的伤，我一个大子不要也得治好你。那一鞭子你替我挡了，我欠了你的人情，总有一天我会还上。"

"用不着！一码归一码，我一个大男人能眼睁睁看着别人欺负一个女人吗？你不收钱，我还不想欠你这份情呢！"杜明海说着把纱布几下扯下来，摔到小七身边。

小七恼火道："随你的便，你就盼着这天千万别下雨，不然有你小子好看！"

杜明海翻了小七一眼笑道："你说下雨就下雨？你别真拿自己当观世音菩萨了！告诉你，我杜明海软硬不吃。"

说也奇怪，就说话间，这乌云缓缓遮住了太阳，瞬间电闪雷鸣，下起瓢泼大雨。杜明海和李歪脖手忙脚乱地给货物蒙上苫布。杜明海的伤口暴露在外，被雨水冲洗得有些发白，他抬起头，骂骂咧咧道："奶奶的，这老天爷简直是后妈，说翻脸就翻脸"！

工棚顶上破了好几个窟窿，滴滴答答地漏雨，棚子底下只有两根大木柱撑着。杜明海躺在草堆上，头上搭着毛巾，高烧不退。

李歪脖用几件破衣裳用力包裹住发抖的杜明海，急切道："大哥，我带你去惠民医院。"

杜明海虽然意识模糊，却还是坚定道："不去！"

李歪脖不理解地道："那是你们家自己开的医院。"

杜明海勉强撑着一口气道："我说…过了…我和杜远山半文钱…关系也没有。你敢……我打折你的腿……"话还没说完，人便昏了过去。

油灯如豆。

杜明海终于苏醒过来，他用手伸向身边的破碗，却一不小心把碗打碎了。在一边打盹的李歪脖被声音惊醒，欣喜地咧开嘴道："大哥，你醒了！"

杜明海十分艰难地道："水……"

李歪脖慌忙给杜明海倒水，边递给他边道："多亏了那个女郎中了，要不然你能不能醒来都不一定！"

杜明海望着自己包扎好的伤口，"什么意思？不能醒来还能死了？"

李歪脖摇摇头道："你伤口化脓了，郎中姐说伤口化脓要是连骨髓也发炎了，你就别想站起来了。"

杜明海叹了口气，"那你的意思是，我最后还是栽在这丫头片子手里了？"

李歪脖看不过去了，直言道："大哥，你说这话可没良心，听说你昏死过去了，她二话没说就跟着我过来。路上雨大，她急得连摔了三大跤。她还四处找药，最后不知从哪儿弄来了什么羚羊粉。"

杜明海不解道："她给你什么好处了？你一个劲给她说好话。不行，我得挣回这个面子！"

李歪脖还来不及回话，外头已传来肖若云清脆的声音："想挣面子好啊！我来帮你挣面子！"

杜明海一惊，护紧自己的身体，羞恼道："喂，谁让你进来的，出去出去！"

肖若云爽朗地笑道："怕什么，你小时候下河洗澡，我又不是没见过！"

杜明海匆忙穿起衣服，破衣服有洞，胳膊竟然从破洞里穿了出来。

肖若云见状把手里的包裹打开，从里面翻出一套洋装来扔给杜明海，"换上！你那破衣服都快露出屁股了。"

杜明海抖了抖衣服，不屑道："我一扛包的，你叫我穿洋装，你这不是叫我牵着羊进照相馆——出洋相吗！”

肖若云调皮一笑，“就知道你难伺候，给！这还两套呢！我好不容易打听到你小子藏在这，特意给你多买了几身衣服！”说完又顺手扔过去一套绸布裤褂、一套粗布裤褂。

一旁的李歪脖只有艳羡的份儿，喃喃自语道：“啧啧啧，碰上仙女了，好福气啊。”不曾想杜明海顺手就扔给他一套绸布衣衫：“拿去！”

李歪脖喜出望外地胡乱往身上套，衣服太大像个袍子。

肖若云恼火道：“喂！这是我给你买的衣服，你怎么能随便送人！”

杜明海丝毫不在乎地道：“是呀！是你给我买的，给我买的就是我的了。我想送谁就送谁！”

肖若云气极道：“你混蛋！”边说边把包裹摔向杜明海，气冲冲地离开了。

杜明海摇摇晃晃地爬下床，追了出去。没走多远，身后突然传来李歪脖的声音：“不好了，有人要把房子拆了。”

杜明海一听，又踉踉跄跄地往回赶。到底还是迟了，工棚塌了，李歪脖抱了肖若云送来的新衣服站在废墟前，头上一片泥污，鼻青脸肿。

杜明海一时怒火攻心，高声道：“谁干的？”

李歪脖沮丧道：“不知道。没看清。”他又想了想，恍然大悟道：“一定是胖大海干的。胖大海虽然叫大海，心眼小得像阴沟一样。”

杜明海咬牙道：“要真是他，我得把他骨头拆下来当鼓槌使。”

李歪脖有些想哭，“这工棚毁了，咱一时半会也没地方住了。”

“毁了好，天天在这破地方住，外面下大雨里面下小雨的，我都觉得自己快变成猪了，我得想法弄笔钱，买个小院，然后把我娘接出来团圆。”杜明海安慰道。

李歪脖可不信，“啧啧，大哥咱连个小黄窝头都没得吃了，你还敢想大个的白面馒头吃。还买院子，那最少也得三百块大洋，咱们穷得只剩下这一身熬不出二两油钱的皮肉。”

杜明海想了想，一拍李歪脖的肩，豪迈道：“歪脖，没钱，咱找钱去。有钱走遍天下，没钱寸步难行。只要人在，就会有办法，大活人总不能让一泡尿憋死。”

第五章

不论众生经历再大的苦难，第二天，太阳照常升起。

西装革履的杜明海和穿着宽大绸布裤褂的李歪脖并排坐在面摊上吃面。吴小七手持布幡，挎着一只大药袋向这边走来，最后在面摊边的空地停下。

李歪脖看到小七，用肘轻轻碰了碰杜明海。见杜明海没什么反应，李歪脖干脆把他拖到了小七面前。

杜明海颇为无奈，勉强挤出一个笑容："听说你救了我，我替我自己谢谢你。等我有钱了，我买大礼来孝敬你，再鸣十八门响炮。到时候你千万别客气，你千万得收下……"

小七头也不抬："说得天花乱坠的，十八门响炮倒也不必了，你把欠曹多嘴的面钱，早些还了那才像个爷们。"

杜明海一挥手："说你胖你还喘起来了！那就当我没说！"说完拉起李歪脖就大步往前走去。

小七忍不住揶揄："嘁！光玩虚的，大老爷们儿也好意思？"

曹多嘴无奈笑了笑："算了算了，这面条也不值几个钱，他又不是问我借大洋。"

杜明海突然回头喊："对了，想起个事来！吴小七，你能借我点大洋吗？"

小七撇了撇嘴："我又不是开钱庄的！不借！"

杜明海假装可怜道："唉！这想回去尽个孝看看娘还没钱，我怎么好意思空手回去啊！"

小七问道："站住！你要多少？"

杜明海得意地冲李歪脖挤了挤眼睛，假装正色道："越多越好，以后我双倍奉还。"

小七走上前，把兜里的两块大洋拍在杜明海的手里："我就这两块大洋了，你拿去吧！给你娘买点吃的喝的。"

杜明海憋着笑说："吴小七，我这是借，可不是白拿，我拿你两块大洋，回头就还你四块大洋！"

小七不耐烦地挥挥手，杜明海得意地冲李歪脖急忙使眼色，二人匆匆而去。

曹多嘴等杜明海走远了才敢和小七说："小七，你上当了，上当了！你敢借给他钱，这不是肉包子打狗吗？"

小七想了想，匆匆地跟了上去。

果然，一路跟到了暨阳县最大的赌馆——挂着金字招牌的"转运楼"。大大的"赌"字布幌，在风中摇摆，像是在招揽客人一般。

小七看着李歪脖和杜明海进了赌馆，气恨不已，心里暗暗骂杜明海是个骗子。

烟雾缭绕、声音嘈杂的赌馆中，赌徒们一个个红着眼睛。一张桌子前围满了赌徒，伙计摇动着骰子，骰子发出急转的声音。伙计猛地把罐子扣到桌子上，骰子落地，赌馆伙计的手按在罐子上，高声道："各位爷，开押！"赌徒们争相下注，"大""小"喊成一片。

杜明海带着李歪脖大摇大摆入内，故意将两块大洋在手里不停地抛接着，赌馆刘掌柜瞄了那大洋一眼，随后往上仔细一瞧，认出了杜明海，立马谄媚道："哟，原来是杜家二少爷。早听说您回来了，一直没顾上去给您请安。今天您也赌一把，试试手气、转转运气？"

杜明海不想和他废话："来啊，先给老子来五十大洋的筹码。"

刘掌柜欢喜地吆喝道："好嘞！小三子赶紧给二少爷拿五十大洋筹码！"

伙计小三子忙指着账房的桌子，殷勤道："二少爷，您这边请！"

转眼间，满满一大盒子筹码放在了杜明海面前。李歪脖忙冲过去抱起了筹码，心虚地望着杜明海。杜明海按住发愣的李歪脖双肩，把李歪脖身子转了个方向，胳膊搭上李歪脖的肩膀就要离开。

高账房慌忙站起来道："哎哎，二少爷，您是不是忘了给钱了？"

杜明海又抛接着那两个大洋，无赖道："急什么，看看，这不是大洋吗？本少爷不是没大洋，是忘了带大洋。过会赚回来再还你不完了！你给我记账上。”

高账房慌忙拦到杜明海面前，软中带硬道：“二少爷，您看您千万别难为小的，这马家赌馆的规矩您想必比我还清楚，概不赊欠。您也知道，我们老爷那是说一不二的，再说我们致远少爷这个巡警队长也不是吃白饭的。暨阳县城，南马北杜，你这不是来找茬的吧？”

杜明海假装思索了一下，自嘲道：“北杜？北杜跟我没关系。行了，那我抵押个宝贝如何？”

高账房满脸赔笑道：“这个可以。”

杜明海伸出一手晃了晃，道：“你看我一根手指头值多少大洋？”

高账房讪笑道：“二少爷您这是跟我开玩笑，您这手指头长在您身上那是无价之宝……”

杜明海打断高账房的话，道：“噢！那就好办了，这么着吧，也别无价之宝了，我看我的手指头能值五千大洋，不过今天便宜你了，我用五千大洋的手指头，换这五十大洋的筹码！你看如何？”

高账房忙夺下李歪脖手中的筹码，压着嗓子说：“杜二少爷，那手指头长您身上甭说五千,五万都值，可要是您剁下来给我，我还真不知道把这块臭肉如何处置！”

杜明海脸上一阵红一阵白，恼羞成怒道：“你敢说老子是臭肉？信不信我把你这赌馆拆了？”

这时提壶续水的小三子一溜烟到掌柜的身边耳语了一番，刘掌柜稍一思索快步走过来，望着杜明海笑道：“五十大洋筹码？”

杜明海确认道：“五十大洋。”

刘掌柜点点头道：“来，筹码您拿上，您给我在这签个字，画个押，这事咱就算齐了。”

杜明海在一张纸上匆匆签下字，接过筹码，强塞到李歪脖怀里：“走！赢钱去！”两人一起走向一边赌得正欢的赌桌。

待杜明海走开，刘掌柜对小三子一使眼色，道：“还愣着干吗，赶紧去叫少爷过来，就说杜明海带人来赌馆找茬闹事。”

小三子正要往外跑，恰好撞到马致远带着两个巡警踏进门来，连忙殷勤道：“少爷，你来得正好，掌柜的正让我去找你。”

看到马致远一行进来，刘掌柜神情一松，忙迎了上去，低声道：“少爷，杜明海带人来咱们赌馆闹事，这小子要无赖，要押上他的手指头，换五十大洋筹码。”

马致远往赌场内一望，看到小七也在现场，一脸紧张地看着杜明海，故意大声道：“三年前那个逢赌必输的杜二少爷又给咱们送钱来了？”

刘掌柜愣了，只得连连点头称是。

马致远看小七神情专注没有离开的意思，就又对刘掌柜说道：“给我也来五十大洋筹码，我今天就破破例，好好和这小子赌一把！”刘掌柜再一次愣住了。

马致远见刘掌柜没动静，催促道：“还不快去。聋了？我说的话你没听见？”

刘掌柜这才点点头，连忙道：“是，是。马上，老高，快给少爷拿五十大洋的筹码。”

马致远转身，仿佛才看到小七一样，惊喜道：“小七，你怎么在这儿？也想玩一把吗？我正好换了筹码，赢了算你的，输了算我的！”

小七咬牙道：“杜明海那混蛋向我借了两个大洋，竟然拿来赌博。你难道也好赌？”

马致远不由笑了，“我以为你感兴趣，本来想请你玩两把，看来我会错意了！这样的地方最好少来，鱼龙混杂，乌烟瘴气。”

小七头一歪，俏皮道：“那你又怎么来了？”

“我是警察，本来就应该出现在鱼龙混杂乌烟瘴气地方，再说这是我们马家的赌馆，我不来谁来？”马致远一脸傲然。

刘掌柜殷勤地送上五十个筹码，马致远接过来对小七道：“不如你也去赌几把凑个热闹？”

小七一笑，道：“我不想凑热闹，我看看热闹就足够了！”

正在赌桌上一脸豪气的杜明海望见了小七和马致远，有些警觉，李歪脖冲小七挤出一丝尴尬微笑。

马致远挑衅道：“喂，杜二少爷，有日子在这没见着你了，今天咱们玩两把？”

杜明海扯了个笑，吊儿郎当地答道：“玩啊！输掉了裤衩可别怪我啊，你要想光屁股走我也拦不住。”

马致远一笑坐下，拨弄着筹码道：“生死由命，输赢在天，那咱们就看看到底谁会输掉裤衩！”

杜明海和马致远隔着一张桌子对坐，气氛顿时紧张了起来，众多赌徒也只敢在一旁围观，小七则站在马致远身后。

才一会儿工夫，杜明海一边的筹码盒子已经空空如也，马致远的筹码则堆了满满一桌子。

眼看已经到了最关键的一局，再输，杜明海就再无翻身之力。

一伙计卖力摇动着骰子，猛地把罐子扣到桌子上，骰子落地。伙计高声道："两位爷，押！"

杜明海瞪着一双红眼，喝道："大！"

马致远慢条斯理地道："小！"

所有人屏住呼吸，伙计小心翼翼地揭开罐子，道："小……"

杜明海彻底输了。他失望地把最后几个筹码往前一推，伙计用长竹竿把杜明海面前的最后两个筹码划拉到马致远一边。

杜明海白着一张脸站了起来，不满地盯了马致远身后的小七一眼。马致远不忘提醒他："杜明海，是该结账的时候了吧？"

杜明海脸上带着笑，故作轻松道："好啊！早结早了！掌柜的，给马队长兑筹码。"

刘掌柜嘲讽道："麻烦二少爷把您的筹码钱先结清了！"

小七也毫不客气地道："我那两个大洋也该还了吧？不对不对，你说回头还四个，那现在请你回头吧！"

杜明海瞪了小七一眼，"别跟着掺乱，咱俩的事单算！"转身又对刘掌柜道："筹码的事你看着办，要钱没有，要命一条！"

马致远倒是不温不火地道："杜明海，按我们马家转运楼的规矩，命我们是不要的，你不是刚说押上一根手指头吗？要不就按你说的再押一只手？敢不敢？"

杜明海一咬牙，道："好！一根手指头五十块大洋，这一只手最少也得二百五十块大洋。"

小七一听，急了："杜明海，你不要命了！"

杜明海嫌她聒噪，不耐烦地道："去去，没你的事，等会赢了还你那四个大洋。"

马致远笑道："行，今天我就让你过过瘾！老高，再给他二百块大洋的筹码。"

老高迟疑地看看刘掌柜，刘掌柜忙用眼色示意，口中连忙道："听少爷的！"

高账房点点头，一会儿的工夫，高账房和小三子端着一摞一摞整齐码放在木盘上的二百个筹码送到了杜明海面前。

杜明海撸胳膊挽袖子，豪气干云地道："姓马的，算你明白，本来我只想买个小院子，如今我看要不给我娘弄座台门屋都对不起你这么慷慨。"

马致远冷笑道："我倒是想看看杜六指变成杜一手以后，是不是更牛气。"说完冲刘掌柜点点头，刘掌柜将一副崭新的条形纸牌用托盘端了上来。马致远手刚摸到纸牌准备发牌，被杜明海一把按住，示意猜拳定先后。一顿猜拳后，杜明海胜出，脸上露出得意笑容，一把将纸牌拿到手里，麻利地洗牌后，开始发牌。

杜明海小心翼翼地拿起三张牌，捻开自己的那张暗牌，偷偷看了一眼，是11、12、13同花顺，顿时眼前一亮，抓起一大把筹码扔了出去："押！"

马致远两张明牌都是2，马致远有些紧张地捻开自己的暗牌，再看看杜明海的神态，嘴角露出一丝冷笑，把面前的筹码扔出了两大把，道："加倍！"

杜明海一惊，暗暗想："老子的是同花顺里的祖宗，我不信他能大过我。"想完不服气地把面前的筹码全部推了出去："老子还不信了！全押！"

马致远把面前的筹码哗啦推倒一片，轻笑道："加倍！先开你的底牌。"

杜明海一咬牙，翻开底牌，得意道："同花顺！"

"同花顺的祖宗！我的个乖乖，难怪这么有底气！"围观的群众窃窃私语。

马致远嘴角露出一丝得色，翻开底牌，从容道："不好意思，小豹子！"

杜明海不敢相信地紧紧盯着那三张2，脸上豆大的汗珠直冒。

"啊！"李歪脖失声道，"完了完了！大哥！我说不让你玩，你偏玩。完了完了，手没了手没了。"

马致远这时把一把菜刀"嘭"的一声甩到杜明海的面前，咄咄逼人道："来吧！左手还是右手，任选，反正以后我看你也干不成活了，留下一只方便讨饭端碗用的。"

众人哄笑。

杜明海脸上一阵红一阵白，右手一把抓起菜刀，高高举起，对准了左手。众人惊恐，有的人侧过脸去，或捂住眼睛不敢看。

"如果能保住杜明海的这只手，杜家上下一定会感谢我，我就能有机会进杜府复仇了。"小七想着，大声制止道："且慢！"

杜明海和马致远都是一愣。

"我来替杜明海赌一把！"

马致远惊愕道："你！"

小七头一昂，"没错，就是我！"

杜明海不解道："吴小七，你什么意思？嫌我输掉一只手还不够？"

小七耐着性子道："你别狗咬吕洞宾了。这样，我赢了留你一只手，你欠我一个人情，这个人情怎么还，我说了算！”

杜明海想了想，也没更好的办法了，硬着头皮道：“行！你要是真帮老子赢回一只手，你提什么条件老子都答应你。”

马致远发问：“你要是输了呢？”

小七一脸倔强地道：“我要是输了，进马家的大药房当坐堂先生，以身抵债！”

马致远惊喜道：“好！小七，这可是你说的，我可巴不得你能来呢，坐堂先生你要是不想当，我明媒正娶你！”

小七一瞪眼，佯怒道：“姑娘我卖艺不卖身。”

马致远尴尬笑道：“行，都依你，那咱们就再来赌几把。”

小七一笑，“没那么大闲工夫，咱们就一把定输赢！”说完快速地把纸牌拿到手里，对马致远一笑，“马警官，谁来发牌？”

马致远大度道：“你发！”

小七也不推辞，接过牌，开始洗牌，手指灵活快速令人眼花缭乱。

小七正要发牌，刘掌柜一声“慢着”，一把抢过牌来，又洗了两遍牌，才摆到小七的面前。小七只笑了笑，把牌分成两摞，拿起牌来开始发牌。

这次，马致远面前两张明牌都是 8，一张暗牌扣着。小七面前一张 1，一张 3，一张暗牌扣着。

众人一边倒地赞叹：“马少爷的牌好啊！”

小七还是一副胸有成竹的模样。

马致远看着牌，犹豫道：“小七，要不要重新发牌？”

小七叹了口气道：“杜明海，看来你这只手是真保不住了。”

杜明海头上冷汗直冒，没好气地道：“谁让你逞能，我手保不住了，我看你人也保不住了。”

李歪脖哀求道：“小七姐，重新发牌吧。”

小七做了个停止的手势，冲马致远一笑，道：“来吧，一翻两瞪眼。”

马致远小心翼翼翻开暗牌，一张 7。是个对子！

刘掌柜强撑一口气道：“对子怎么了？除非是 2，是个小顺，不然，马少爷还是会赢的！”

李歪脖合十祈祷，喃喃道：“2，一定是 2。”

杜明海倒难得的一言不发，神情是少见的严肃。

小七深呼了一口气，缓缓打开暗牌，众人全都伸长了脖子观看这决定胜负的一张关键底牌。

“真的是2！”众人哗然。

马致远失望道：“吴小七，你赢了！”

这边，杜明海兴奋地抱起了李歪脖，欢呼不已：“妈的！赢了赢了！老天爷保佑得真及时。”

马致远却迅速将杜明海的右手捉住，按到桌子上，凌厉道：“刚才小七说是赢你一只手，可没说好是哪只，我上次赢的可是左手，这次输给小七的却是右手，你左手是六指，右手是五指，这里外里可还差着一个手指头呢！”

所有人都愣住了。

杜明海被这一上一下搞得怒火中烧，“马致远，你别欺人太甚。”

马致远得意道：“杜明海，你今天留下一根手指头，咱们这账就算两清了？要是不留下，怎么着都说不过去！”

刘掌柜也火上浇油道：“二少爷，您看要不要现在通知杜老爷一声，让他来帮您结账？”

杜明海愤怒更上一层楼，喝道：“你敢！我的事和杜家没有半文钱关系！”

马致远脸一沉：“既然没关系。好！君子一言，快马一鞭，当着众人的面，把手指头留下。你要是耍无赖玩横的，这儿里外三层都围了人，黑白两道你都走不通，从此你在暨阳县，就是一个软骨头。你不能走出我们马家的转运楼，你该爬出转运楼！”

李歪脖急道：“喂，你不能这样逼二少爷。”

马致远、吴小七及一众赌徒，都静静地看着杜明海。

杜明海想了想：“人活一张脸，树活一张皮，老子不能连树都不如。”

杜明海举起菜刀砍向手指头，却被小七一把抓住了手腕，只听她道：“慢着！真要剁？”

“我不剁我有脸活下去？我就不愿看姓马的得意扬扬的嘴脸。”

“行，刑场上行刑还得有个刽子手呢，我是郎中，剁手指头我比你麻利！”

杜明海盯着小七，冷笑道：“行啊，你一个女人果然够狠，好，我成全你！我要是吭一声，我就不是杜明海。”

小七接过菜刀，想了想，迅速出手扯下杜明海左手手套，连扎数针在杜明海左手，手起刀落，一刀割下杜明海第六指。杜明海愕然之际，那根鲜血淋淋的第六指已经扔在马致远面前桌面上，众人大惊失色。

小七迅即拔下银针。电光石火间，小七麻利地用纱布洒上白药将伤口包裹，边包伤口边说道："各位老少爷们儿，既然说好是一根指头，而没有说必须是剁哪一根，那么这第六根手指头也得算数！现在杜明海手指头兑现，赌债偿还，接下来就是路归路桥归桥，各走各的道。老少爷们儿要是觉得我吴小七说得有理，请让开一条道。"

杜明海终于反应过来，大笑道："哈哈，从此以后暨阳县再没有杜六指。我的六指帮看来要改名为五指帮了。"

小七嘲讽道："嗓门大不是本事。你要算是个男人有本事就永远不要再赌，十赌九输，从古至今赌场上从来没有真正的赢家。下次你要是再光着屁股来赌手指，你的五指帮就得更名为四指帮了。"

杜明海虽然嘴硬但心里十分佩服小七行为果断，猛地一拍桌子，高声道："暨阳县的老少爷们给我听着，老子从今天起戒赌了！要是再赌我就改名叫杜四指！"

第六章

杜家院子里的一角，长寿正来回踱步。面前三个蠢笨的乡下丫头，哪一个看着都不是做丫鬟的料。长寿厌烦地摆摆手，拉长声调：“下一个！”

这一个，从脚看到头，倒是越看越满意，可等到长寿看清了脸，他不禁一惊：“怎么是你？”

小七翩然一笑：“我想进府当丫鬟，你看够格吗？”

穿过嘈杂的天井，进了大厅，只见大太太端坐在正中的太师椅上。小七忙收起探寻的眼光，垂首温顺地站定。

大太太轻抿一口茶，把杯子放下，傲慢道：“都到齐了？”

春儿低眉顺眼地应道：“回大太太，一共五个，都到齐了！”

大太太用挑剔的目光扫了一周，慢条斯理地说：“这府上规矩很多，一句半句我教不明白你们，回头春儿会仔细教给你们。我刚已经让裁缝把你们入府的衣服都裁好了，就是还没有缝好，你们自己缝自己穿。府里也要不了这么多人，本来只想要三个的，长寿说看着你们五个资质都还不错，所以让你们来试试活，今天前三个缝好衣服的，可以留下。”

大太太说话间，春儿和几个丫鬟拿出针线笸箩和五件裁好没缝的衣服摆在待选的丫鬟面前。春儿冲人拍了拍手：“刚才你们都说会缝衣服，现在谁要是撒了谎，按规矩得把嘴缝了。杜家人做事，说得到做得到。别磨蹭了，开始吧！”

穿好针线正要缝衣的小七突然发现自己的针尖竟然是钝的，小七稍一犹豫，迎头撞上大太太的目光，心中立刻明白了几分，当即手下用力，飞速缝起衣服。

不一会儿，小七和两名丫鬟缝好衣服，匆匆把衣服穿在身上。

大太太观察着小七的衣服，微微点了下头，转身又看了看另外两个丫鬟，满意地说：“不错！你们两个就留下吧！”

小七一听，急了：“大太太，我听说杜府一向公平公正，不是说取前三个吗？如果我没记错的话，我好像是第一个。”

大太太盯着小七道：“你就是吴小七吧。听王管家说了，你江湖郎中做得好好的，怎么肯委身为奴？杜府可不想用你这样不清不楚的人。”

小七不卑不亢地接道：“回大太太话，小七绝不是那种心术不正的人。小七从小随父行医，父亲去世后，小七一人流落在外。这么多年风雨飘零，加上小七医术不精，难求饱暖。杜府家大业大，我一个乡下丫头来府上讨口饭吃，万望大太太施舍！”

“行了行了！你要是凤凰，就另觅梧桐树吧。你要是乌鸦，就找个乌鸦窝。”大太太对着小七冷冷道。

这时，书房的门突然被推开，只听到一个男的高喊了声：“让她留下！”

小七一回头，只见是一个五十岁上下、面容威严的男子。

大太太不依不饶道：“老爷！这小蹄子留不得呀！”

老爷？杜家老爷？这就是仇人杜远山！小七瞪大了眼睛，一时愣在那里。

杜远山低声道：“你们刚才说的话，我在书房里听得一清二楚。杜府一向宽厚传家，既然她是真心诚意来的，就让她留下吧！”

小七压抑住内心的情绪，深深一躬：“谢老爷收留！”袖筒里，却是悄悄地攥紧了拳头。

杜府后花园里，三名新入府的丫鬟站成一排，春儿手里拿着一根竹棍，趾高气扬地训话。

“咱们当丫鬟的，第一，要恪守本分，不准阳奉阴违，更不准开小差偷懒；第二，绝对不要对自家的老爷、少爷有任何非分之想，你们得时刻记住自己的身份，下人就是下人，不要幻想有一天能飞上枝头当凤凰；第三，要打不还手，骂不还口，吃人家的饭，端人家的碗，就要让主人家顺气，拿主人当天，不要自以为是。”说完，春儿一指边上的几大盆脏衣服：“你们仨把这些衣服都给我洗干净了，到时候我会挨个检查。要是洗不干净，中午饭就别吃了。”

翠儿和燕儿望着堆积如山的脏衣服目瞪口呆，小七麻利地走到了木盆边，弯腰干活。

几个小时过去了，那堆脏衣服终于快要洗完，小七额头上布满汗珠，用搓衣板揉搓着最后一件衣服。春儿一竹棍打在小七手背上，小七的手立刻红肿开来。小七强压怒火，一言不发。

春儿抖开小七正洗着的那件衣服，道："乡下丫头就是没见识，你知不知道这件旗袍是丝绸的？这得用手轻轻揉，要是搓坏了，小心大太太揭了你的皮。"说完，把旗袍故意摔进洗衣盆里，溅了小七一脸水花。

小七擦了把脸，用手轻轻揉着旗袍。

又一竹棍敲在小七手背上。"这劲也太小了，你是早上没吃饱饭，还是对杜府不满意啊？"

小七用力搓揉，却又挨了一竹棍。"劲大了！洗出来都是褶，你让大太太怎么穿？"

小七索性停了下来，抬头望着春儿。

"你敢这么看着我，想造反吗？"春儿说着就拿起竹棍朝小七劈头盖脸抽去。小七慌忙躲闪，不多时，细嫩的胳膊上已血痕道道。

偷偷溜进杜府想要看望娘亲的杜明海正四处观望，突然听到惨叫声，顺着声音望去，发现竟然是小七在挨打。

"春儿，你再抽一下我就折断你的手骨！"杜明海冲过去，劈手夺过春儿手中的竹棍。

"我当是谁来给这小蹄子撑腰，原来是二少爷！怎么着，难怪这小蹄子跟你不清不白？"春儿一脸鄙夷。

杜明海脸上一阵红一阵白，拉起受伤的小七就往外走，"跟我走，我不许你在这当丫鬟。"

小七挣扎着道："我的事你别管！"

"慢着！这是谁啊？想来就来，想走就走，当咱杜府是什么地方啊？"大太太带着人冒了出来。

杜明海立马堆出嬉皮笑脸，"大娘！是我，明海啊。"

大太太脸一沉："明海呀，对不住了，老爷立下规矩说你不能进杜府，一旦怪罪起来，我们可要遭殃了。来人啊！把这个不请自来的家伙赶出去！"

两个男仆一拥而上，架着杜明海要拖他出府，却被杜明海打倒在地。

二太太得到消息后匆匆赶来，哀唤道："明海！"话音刚落，人便软瘫瘫地昏倒在地。

杜明海见状，扑过去大喊："娘！"

小七跑上前，一把抓住二太太的一只手腕，试探脉搏。

杜明海急道："吴小七，我娘就拜托你了！求你马上救救我娘！"

小七安慰道："二太太是热郁头痛，针灸穴位就可以治好。但是这次发作十分厉害，弄不好会有性命危险。"她顺手从衣服内侧取出一排缠着的针包，麻利打开，拔出最长的一根银针。正要施针，大太太急忙上前伸开双臂拦住，大声道："不行！这个江湖郎中心术不正，冒充丫鬟混入杜府，她就没安好心！"

杜明海压着性子道："大娘，救人要紧！"

大太太声嘶力竭地道："杜明海，老爷不在，要是你娘有个三长两短，他会拿我是问。出了问题，谁来担保？"

小七逼视着大太太，冷静地道："我吴小七用命担保！"

大太太厉声道："你担保，你凭什么担保？就你那条贱命还不如我家的狗值钱！"

杜明海大吼道："我担保行了吧！我相信她，我娘要是有个三长两短，我就一头撞死在大门口的照壁上，给我娘殉葬！"

大太太咬牙切齿地道："好你个杜明海，吃里爬外的东西，我一心为了你娘好，你居然敢以死要挟我！那咱们就一言为定，她要是把你娘治死了……"

杜明海吼道："我替小七偿命！"

就在此时，杜明江带着陈守礼及五六名医生也匆匆赶来了。不过，他们只是站在一边，并未插手。

二太太头上已经扎满了短针，小七捏起最长的一根针，手微微颤抖着，对着二太太的后脑勺扎下。二太太顿时浑身抽搐，口吐白沫，继而四肢停止抽动。

小七急忙去摸脉，脸上一惊，忙取了一枚三棱针过来，小心翼翼道："二太太突发厥证是头风病发作所致，并非小七的过错。刚才我穴百会、脑空、天柱、后顶治疗头风目眩，当务之急只有十宣放血才能治疗二太太的厥证。"

杜明江等人还是站在一边冷冷地看着。

杜明海瞪着血红的眼睛，道："那就马上放血！"

小七咬牙将三棱针利落刺入二太太中指指肚放血。血一滴滴滴到盆中清水里，漾开……

二太太脸色苍白，双目紧闭，无声无息。

小七继续集中精神快速行针，汗水沁满了额头……

屋子里鸦雀无声。

十指放血完毕，二太太还是没有反应。大太太发话了："小蹄子，要是要了老二的命，老爷饶不了我，我也饶不了你！"

小七摸了一下脉，心中有了几分确定，舒口气，镇定地道："血脉已通，现在最重要的是醒神回厥，升温发汗，以辛香走窜的药物通关开窍，开泄痰浊闭阻，达到苏醒神志的目的。"

杜明海吩咐丫鬟道："还愣着干什么？快去把府里所有的大炭炉都拿过来！"

丫鬟家丁忙不迭地抬来六只大炭炉。

小七吩咐道："生火！所有的人都可以离开了。"

杜明江终于上前，道："慢着，先让陈守礼给二娘打一针强心针，好让她早点醒过来。"

小七坚定道："不行，一定要自然醒来，不然会前功尽弃！"

杜明江看了杜明海一眼，道："这里我说了算！"

大太太道："来人啊，把这个小蹄子给我架出去！"

小七焦急看着杜明海，嘴唇颤动，最后终于蹦出两个字："信我！"

杜明海想了想，大吼："我看谁敢！再耽误时间，我娘就要没命了！你们谁再推三阻四，就是跟我杜明海做对！跟我作对者，死！"

杜明江忙道："二弟，你可不能犯浑！"

杜明海浑不吝地道："这是我娘，用不着你们管！出去！都出去！"

大太太气得直哆嗦，"我看你是中了这女人的邪了。好！杀人偿命欠债还钱，要是老二有个三长两短，老爷责问起来，就让这丫头和你一起抵命！我们走！"

杜明江望了一眼杜明海摇了摇头。杜明海"砰"的关严了门。

这时候，杜远山和王富贵也回了家。

刚走进天井，大太太迎了上去："老爷，您可回来了。您是不知道，今天老二的头风病犯了，昏了过去，可把我吓坏了！"

杜远山关切道："老二现在怎么样？"

大太太叹了一口气："嗨！别提了，明海偷偷跑回来，非让那个新来的丫头按祖传秘方给治病。现在倒好，把我们都轰出来了！你说这叫什么事儿啊！"

二太太的房门紧闭，室内的热气透过门缝散到外面。杜远山透过门缝向里张望，来回踱了几步，自我安慰似的道："都不要慌乱，没什么好担心的。到这份上了，再西医治那就是活人治死马，回天乏术。头风病病势来得急，容不得耽误工夫，不如让她折腾，孤注一掷。谁也不许吵她！"他转身走进厢房佛堂，将门紧紧关闭，转过身时脸上已泪光闪闪。

房内，六个大炭炉烧得通红，二太太脸上汗珠滚滚。小七浑身湿透，顾不得擦自己脸上的汗，却不停地为二太太擦拭头上和身上的汗水。

杜明海打了赤膊，忙着给炭炉加炭扇风，汗水顺着光着的脊梁如雨下。

房门突然被踹开，何家宝架起小七作势就走。

"你们要干什么？"

杜明海跳起来，一手扼住何家宝的脖子，瞪着一双红眼，嘶声道："放开她！不然我要你的命！"

何家宝吃痛挣扎着嚎道："大管家，杀人啦，你看杜明海要杀人啦。"

王富贵拱手道："二少爷，你难道到现在还没看清吗，这个小七是在图财害命，为了赚点赏银，竟然要了二太太的性命，你可不能糊涂啊！"

杜明海怒道："你放屁，我娘还没死！"

王富贵几不可查地冷笑了一下，道："没死？那你倒让二太太活过来看看呀？这都快两个时辰了，二太太怕是已经过了奈何桥，再也回不来了！把这个误人性命的庸医架走！"

何家宝和另一家仆架起小七就走。杜明海提起顶门杠挥舞着，吼道："放开她，不然我要你们好看！"

大太太进来，一把抓住小七头发，呵斥道："你要谁好看？你要我好看吗？我知道你对这个女人偏听偏信，可我不能眼睁睁看着你娘丢了性命。"

杜明海气愤却又无奈地道："大娘！"

大太太把小七推给何家宝，道："拉出去！"

小七被何家宝架走，完全挣扎不过力大气粗的大男人，只能急促道："二少爷，你相信我，二太太只有这一种办法会醒！不能延误，火不能停，其他一概不要管！多和二太太说说话！"

小七已经被何家宝拖到了门口，只能继续高声道："快去照顾炭炉！"

杜明海急回头，一个炭炉的火焰已经微弱，他急忙过去加炭。

"来人啊，都把这大炭炉给我搬出去，别再信这个庸医的巫术！"大太太尖刻的声音响起。

话音一落，两个仆人就立马抬出了一个大炭炉。

杜明海站在门前，如同一尊煞神，厉声道："谁敢动一下这炭炉！"

大太太气急道："杜明海你个混账东西，不打针不吃药不听医生的，信什么祖传秘方，你娘不死也得让你折腾死！"

杜明海瞪着血红的眼睛道："大娘，你要是再不带这些人出去，别怪我翻脸不认人！我数到三，给我走！一……"

大太太愤然道："好，如果你娘醒不来，你就是杀人犯。你别数二了，我们走！都走！"

小七被捆绑起来高高地横吊在了树上。一只火红的大炭炉正在小七的脚下闪着红光。

大太太站在树下，叉着腰道："伶牙俐齿，坑蒙拐骗，治死人命，要不是民国了，我就把你活活烤成肉干！"

通红的大炭炉热气蒸腾，小七的额头汗水直冒，头发都打了绺，眼睛却盯着二太太房间的窗户，无奈视线渐渐模糊。

此时，杜明海的声音从二太太屋里传出——"我娘醒了！天！老天，你终于睁眼了！我娘醒了！小七，我娘醒了！"

杜明海从里屋冲出来，狂喜地长啸道："我娘醒了！我娘醒了！谢谢老天爷！"

被吊起来的小七微微露出笑意，头一歪昏了过去。

杜明海一声大叫："小七！"

杜远山手里握着的念珠一下子掉在地上。他双手合十，喃喃道："菩萨保佑！"

杜明海把昏死过去的小七抱在怀里摇晃着吼："小七，你醒醒！我娘活了，你要是这时候死了，你就太不仗义了！"

小七缓缓睁眼，有气无力地道："乌鸦嘴……"

杜明海惊喜道："你说我乌鸦嘴没关系，你醒了就好。我娘醒了，我这就带你去见她！"

杜明海抱起小七挤开围观的人群，高声道："都让开！让开！"

第七章

杜府书房里，杜远山久久坐着，闭着眼睛。

“我赏她五十块大洋，要是别的丫鬟早欢呼雀跃了，她却不卑不亢。她还有手段，能让明海这个混世魔王俯首称臣。说起来，马老太爷的死她也在场。她不是暨阳县人氏，突然来到了这儿，却事事有她掺和。大管家，你说她这葫芦里卖的是什么药？”说完杜远山突然睁开眼，看着王富贵。

王富贵这才恍然大悟：“老爷，您的意思是让我加倍留意吴小七？”

杜远山笑了：“这杜府的事一向是你管，你得把杜府的规矩好好地给那几个新来的丫鬟敲打敲打，让那个吴小七别太出格。”

王富贵：“是！”

二太太半偎在床上，小七把两碗汤羹放到桌上，垂首站着。

杜远山进来了，小七立马躬身行礼：“老爷！”

杜远山点点头：“吴小七，你医术精湛，救了二太太，我得好好谢谢你！”

小七谦虚道：“二太太能好起来都是托老爷的福，在那恳节儿，小七只不过是尽力而为。”

杜远山接过小七递过来的银耳羹喝了一口：“小七，你老家是哪里的？”

“安徽芜湖。”

杜远山轻皱了一下眉头，放下汤羹，不动声色道：“噢，芜湖是个好地方，那里的老鸭汤不错。”

小七笑了："是。老爷喜欢这口？老鸭汤里要加几味中药的，很补，如果您喜欢，我可以做给您吃。"

杜远山："好啊！有劳你了！"

小七点头："要是没有别的吩咐，我就先走了，我得去洗衣裳呢。"

杜远山望着小七走远的背影，若有所思。

二太太赶忙说："老爷，这丫头不错，聪明、伶俐，难得的是她能治我的头风病。"

杜远山还在思索："明明就是京城口音，怎么说自己是安徽芜湖的？"

二太太惊讶道："您说小七是京城人？"

杜远山点点头："恳节儿，这可是老北平的说法！"

二太太有些疑惑："可是她对芜湖知道得也挺多。"

杜远山站起身来，走到窗边沉吟："她大概在芜湖待过不少年，但是她的口音里却半点没有安徽味。"

在小七的精心照料之下，二太太好转了许多。大太太遵循杜远山的意思，让小七去为杜远山打理书房。小七心想，这倒是个可以接近杜远山寻找《神农药典》的好机会，于是欣然接受。

第二天一早，春儿便带着小七熟悉事物。春儿指点着面前的一架书道："这里的书每天老爷翻开的，要原封不动的放好，其他的要排列整齐。这桌子上的账本千万不要动，杜府的秘密可都在这里呢。"春儿故意将"秘密"两字说得很重。

小七面上不动声色，心中却已知晓这是大太太要试探她。账本里想必都放了头发丝之类的记号，自然不会自投罗网。春儿又道："这香炉你记得每天来了以后，第一件事就是先把它点上，老爷最喜欢淡淡的檀香味，这些香料都是药厂特意为老爷特制的。记得每次不要多放，只要一小块就行。"

春儿交代完便先行离开了，书房里只剩下小七一人。小七一边清扫灰尘，一边整理书架上的书，一边翻找着，心想：看来这老狐狸绝不会把《神农药典》这么重要的东西放在书房。那药典又会在哪儿？

找不到药典的小七一脸失望，临走时，她把自己随身带的熏香料放进香炉，掏出火柴准备点燃。这时，春儿端着一盘水果走了进来。小七心下一慌，烫到了手。

书房内，杜远山轻微咳嗽了两声，突然耸动鼻子，皱起了眉头，杜远山一步步走向熏香的炉子，用牙签扒拉着香炉里的熏香。

小七端着银耳羹进来，看到杜远山在查看香炉，双手不由得微微颤抖，盛着银耳羹的碗撞击托盘发出声音。小七努力镇定，轻声道："老爷，您的银耳羹！"

杜远山看了她一眼，说："放在桌子上吧。"

小七放下银耳羹，刚要转身离开，杜远山突然道："等一下！"

小七一惊，愣在当场。

只听杜远山从容道："我觉得最近熏香的味道不是很浓，从明天起，每天给我点上两块。"

小七暗暗松了口气，躬身答应。

香炉里三炷香已经燃了一半，马家祠堂内一片肃穆，马万年跪在马老太爷的灵位前，不肯起来。

"老爷子，今天是您老五七，我带着全家上下给您烧纸上香来了。万年不孝啊！想我们马家四代单传，三代管家，在暨阳县也算是有头有脸的人家，没想到现在后继无人，唯一的根苗马致远无心经商，非去当什么警察。万年教子无方，不能将祖业发扬光大，反而处处受人欺凌。列祖列宗，万年不孝啊。"马万年已经哭倒在灵堂，任是马致远怎么拉，都不肯起来。

"爹！爷爷的事都过去这么久了，你别再老生常谈反复说这样的话了……"

马万年不理马致远，兀自立誓道："爹，我知道暨阳的大码头归了杜家，你至死都咽不下这口气，你就是活活被杜家治死的！你放心，万年有生之年，一定会把大码头抢回来的！"

马致远无奈道："爷爷被杜家气病没假，可绝对不是被杜家治死的，小七已经说得很清楚了。"

杜家天井里，小七清洗着荸荠，洗好之后捞出来放到干净的盆子里，再端起洗荸荠的泥水向侧门外走去。

大门外何家宝赌输了钱垂头丧气地回来，一边走一边摆弄着手指头嘀咕："当时我要出二筒就好了，出什么三条啊！臭手臭手！下次再输，把你砍了！"

小七出了侧门和何家宝迎面撞上，脏水洒了何家宝一身。

何家宝往后一跳，看着湿了的鞋子，骂骂咧咧："奶奶的，晦气！谁他娘的这么不长眼，往老子身上泼洗脚水！”

春儿这时挎着个篮子从院子外面回来看到，煽风点火道：“哟，表少爷，这怎么一会工夫不见成了落汤鸡了！”

何家宝道：“春儿你来得正好，你说她泼了我一身洗脚水，晦气不晦气！”

小七连忙道歉：“对不住表少爷！这事不能全怪我，再说这不是洗脚水，是洗荸荠的水！我只是不小心……”

何家宝横眉竖眼：“你还敢强词夺理，我都闻见臭味了！还荸荠！荸荠有那么臭吗？本来这几天我手气就不好，这回又被你这洗脚水给败了运，你自己说吧，怎么办。”

小七：“你爱信不信，院子里还摆着一盆荸荠呢，我是要给老爷熬荸荠水清肺喝的。”

春儿眼珠一转，夸张道：“表少爷，要真是荸荠水，那可就更晦气了！荸荠荸荠，背气背气，那以后表少爷要是再去赌博，那手气背的还不得把裤衩都输掉了！”

何家宝立刻急了：“小七，今你要不给我把这身背气的衣服鞋袜洗干净了，我跟你没完！”

小七急了：“春儿，你这么胡说八道就不怕风大闪了舌头？”

春儿挑衅道：“我这叫路见不平拔刀相助！”

何家宝粗着脖子：“小七，我也不难为你，把我把这鞋袜、衣服洗得干干净净，再用熏香熏过！”边说边扒下身上的衣服摔在小七面前，可还没全部扒完，又突然停住了，“你给我洗我凭什么自己脱，我这鞋袜你帮老子脱，老子怕沾一手晦气！”

何家宝说着 屁股坐在大门口的矮凳上，跷起了二郎腿。春儿则在一旁冷笑：“脱啊！”

小七咬了一下下唇，强压怒火蹲下身去给何家宝脱鞋袜，何家宝满脸洋洋得意的表情，不停晃着脚。

这一幕刚刚好被正在巡街的马致远看到，他大惊：“小七！你这是在干什么？”

何家宝冷冷地看了马致远一眼：没你的事，别以为穿一身狗皮了不起，这是杜家私事，滚一边去！

春儿一脸看好戏地道：“小七刚泼了表少爷一盆洗脚水，正在洗鞋袜去晦气呢！”

小七抬起脸，淡然道：“马队长，我泼水泼到了表少爷，替他洗鞋袜天经地义，你不用管。”

马致远本就属意小七，如今小七到了杜家当丫鬟，备受欺凌，当然心中一万个不痛快。他盯着何家宝，怒目而视。

何家宝更来劲了，火上浇油道："姓马的，你敢挡横？那好，今天爷爷我还就不依不饶了，小七，光洗干净衣服还就不成了，你得准备三牲五礼，杀鸡宰羊外加猪头一个，向我赔不是！不然的话，你就滚出杜家门！"

马致远怒道："你算什么东西，给我把你家老爷叫出来！"

"哟，马队长？怎么着，找我姑父？您跟他老人家约时间了吗？"

冯铁头带着几名醉醺醺的警察见着老大被人欺负，十万个不爽，挺身而出，准备硬闯。何家宝一看，非但没被吓到，反而更加傲气地道："想给我告状？想为小七打抱不平？没门！老爷吩咐过了，闲人与狗不得入内！"

冯铁头气不打一处来，重重一拳打中了何家宝左眼。何家宝捂着左眼大叫道："救命啦，杀人啦。"

长寿带着两个家仆手中拿着棍棒奔了出去。两帮人马剑拔弩张，杜府门前已是一片混乱。

在书房中，杜远山也听到了喊叫声。他望了望门外，回到书桌前。

一身长衫的杜明江疾步从府里出来，大声道："都给我住手！"他拨开人群走到马致远面前，替马致远系好风纪扣，声音温和道："马老弟，这是干什么，有事好商量，不要总这么动刀动枪的。天气干燥，动肝火可对身体不好。"

冯铁头醉醺醺地道："喂，你们杜家到底做了什么见不得人的亏心事了，当缩头乌龟是吧？那就让我们马队长进去呀，让开！"说着，随手一推杜明江。毫无防备的杜明江被推了个趔趄，摔倒在地。

不远处，杜明海提着一篮荔枝摇摇晃晃而来。他一看眼前这情景，顿时火上心头："喂，二狗子！敢欺侮我哥，一定是赶着想去见阎王爷拉家常是不是？"

杜明江一愣："明海？"

马致远扭头，冷冷地道："这没你的事，我们没欺侮你哥，我们是来评理的。"

杜明海道："评理的？评理的杜家人全被打趴在地上了是不是？"

冯铁头指着杜明海鼻子，不满地道："你刚才说谁是狗？你小子有种再说一遍！"

杜明海恼火，把荔枝篮子奋力砸向冯铁头的脑袋，大吼道："狗！狗！狗！"

冯铁头被砸得晃了两晃，荔枝滚得满地都是。众人吓了一跳，醉醺醺的警察酒都醒了一半，立马冲上去，顿时一片混战。

一旁的小七心知杜明海又闯下大祸了，冲上前去，挡住杜明海，怒道："杜明海，你疯了！你给我住手！"

杜明海翻了一眼小七，推开她，咬着牙一字一顿道："小七你站边上去，今天我难得碰上可以放开手脚打一仗的大喜事。打人的事你总管着我，打狗的事别跟着瞎掺和！"

毕竟是对方人多，半醉的警察出手狠准，杜明海一声闷哼倒地。马致远见状，心知不妙，喝道："还不够乱是不是？都给我归队！"

"归队？马致远马队长，事情已经做下了，归队没那么容易！"杜明江缓缓说道。

杜明海的手指头微微动了动，手的不远处躺着一只破碗。趁众人不备，他抓过破碗，轻轻一敲，手中仅剩一块锋利的碗片。他一把推开帮他检查伤势的小七，凌空跃起，大鹰一般从背后扑倒了马致远，手中的碗片切向马致远的脖子。

马致远脖子上带的玉扳指绳子被碗片切断，玉扳指脱落掉在地上。杜明海占了上风，一条腿跪压在马致远身上，手中碗片直抵马致远脖子。

杜明海狂笑着吼道："都给老子滚一边去，谁敢上前我就割开他的喉咙。"

小七注视着发生的一切，十分纠结。她若去帮马致远，杜府怕是待不下去了，可她也不能眼睁睁看着马致远被杜明海打死。

何家宝看看杜明江，悄声道："要不要动手？"

杜明江未置可否。

马致远并没有被热血冲昏头脑，他语气平静地道："杜明海你这是袭警！现在后悔还来得及！"

杜明海吐出一口血水，不屑道："我这不是袭警，这是自卫！让你手下滚蛋！"

马致远朝冯铁头几人高声道："你们几个听好了，马上给我撤！"

冯铁头道："队长，弟兄们怕你吃亏！"

马致远皱眉道："废什么话，杜六指不是那种人！"

杜明海见冯铁头等人远去，一把拉起马致远，嘲笑道："真不禁打，还敢打到我家门上来？下次练好了再找上门来，我每年陪你打一次，一直打到你服输磕头为止。"

杜明江看几个警察走远，这时竟暗示何家宝动手。

何家宝得了暗示，抡起一根棍子，直朝马致远袭来。杜明海看到马致远瞬间耷拉下的胳膊，大怒道："何家宝，你他娘的疯了！"

何家宝大声地道："你没见刚才谁疯了，是马致远疯了！"

便是泥菩萨也有三分土性，马致远终于血性暴发，"老子是来讲理的，你敢偷袭老子！"一把扑过去与何家宝拼命，狠命一脚踹向何家宝胸口。

小七大喝道："马队长，别打了！"她上前查看马致远的伤情，低声道："你的骨头断了，得赶紧接上。"

杜明江又扔了一个眼色。何家宝伸腿扫去，将马致远勾翻在地。几名仆人顺势一拥而上，对马致远一顿拳打脚踢。

情势不妙，小七紧紧地护住受伤的马致远，拳脚雨点般地落在她的身上。

"别打了，再打会出人命的！"

杜明海也大声喝止道："喂，你们这帮兔崽子！乘人之危！"

杜明江慢悠悠走了过去，一脚踩在了马致远身上，慢条斯理道："小七，你别多管闲事，你吃的是杜家的饭，管的却是马家的事，你这样做，不仁不义。"

"他无端挑衅罪有应得。我还要送他上警察局法办！若无法律，暨阳县难成方圆。"杜明江说完蹲下身去，低声对马致远道："你要跟我斗，我会让你很惨，你就慢慢地等着瞧。"

杜明江说完站起身慢慢退后，朝何家宝使了一个眼色。

何家宝举棍向马致远身上砸去，小七情急之下掏出银针刚好扎中何家宝手腕。何家宝手一麻，棍棒落地，捂着手腕瞪着小七,一步步逼近，小七紧盯着何家宝，丝毫也不退缩。

杜明海上前一脚踹开何家宝，道："打架还有没有规矩，竟他妈玩阴的！"

天色渐沉，被吵嚷得睡不着觉的杜远山出现在大门口。

马致远在地上呻吟道："杜世伯，我是来找你评理的，没想到秀才遇到兵，有理说不清。"

杜远山冷冷地看了杜明海一眼，"打架能打下江山来吗？能打出钱来吗？能打出女人来吗？如果都打不出来，那还打什么架？"

杜明海不服道："喂，你怎么不问青红皂白啊？我这是在帮我哥。"

杜远山却不理他，吩咐杜明江道："明江，你还不赶紧送致远去惠民医院。好好的替致远治伤！"

马致远不领情，"不用了，我不进惠民医院，那是我们老马家的伤心地。我的伤请小七帮我治好。”

小七头也不抬地道：“好，我治！背上他。”

杜明海愣了一下，才反应过来小七是在跟他说话，惊讶地道：“你让我背他？”

小七道：“背不背？你不背我背！”说着，俯下身想把马致远背在身上，却被杜明海一把推开。

杜明海背起马致远就走，小七随后跟上护持。

杜远山望着三人的背影摇了摇头。他突然发现有点儿硌脚，蹲下身摸索了一会，手中捏住了一枚玉扳指，借着灯笼光观看玉扳指上刻着的字，不由大惊。

第八章

马致远的手臂被妥帖地包了起来。小七帮他掖好被子起身，嘱咐道：“好好养着，我再给你开几副伤药。骨头靠养，没别的办法。”

马致远点点头，柔声道：“你受累了！”眼里的情意浓得化不开。

小七不知如何是好，只得别过脸去。

马万年阴着一张脸，火从心头起：“受累？暨阳县自从有了她这个女郎中，我们马家是永无宁日。”

小七愣了：“马老爷这话是什么意思？”

马万年冷冷道：“什么意思？！老太爷被杜家治死你替杜家出头作证，现在杜家把我儿子打残，也是你夹在其中，你难道不是我马家的灾星？你离我们家致远远点！咱们家惹不起但躲得起！”

小七反驳道：“马老爷，我好心把马致远送回来，你不说好听的话，还把狐狸精的帽子往我头上扣。这次算你走运，下次我一定见死不救。”说完便转身大步离去。

马致远急得连连咳嗽。眼见儿子咳得上气不接下气，马万年忙去帮他捶背。好容易止住了咳嗽，马致远习惯性地去摸胸前的玉扳指，却惊觉玉扳指不见了，一时间着急上火得连伤都不养了，吵着要去找。

马万年心痛道：“人都快被打死了，一个玉扳指算什么。”

马致远急道：“那是小七押在我这儿的，她要是来赎回去怎么办？”

马万年冷笑一声，道：“赔钱！咱马家钱不多，但是赔得起。”

马致远听不得这些话，不服道："爹，你怎么就觉得有钱就能买到一切呢？小七不是那种看重钱的人！那玉扳指可是她的传家之宝！"

都说最好办事的地方不是酒桌，就是牌局。肖金水家里，杜明江带着何家宝，正悠闲地陪着肖金水兄妹打麻将。送了几张好牌出去后，杜明江不但说明了马致远仗势欺人，希望肖局长查办的来意；散局时，还借着给肖若云添衣服首饰的由头，送了一千大洋给肖金水。肖金水半推半就地收了，硬嚷着让杜明江带走一个大罐子，说是他新收的古董。杜明江兴高采烈地抱着大罐子，只差没有千恩万谢了。

走出警察局大门，杜明江回头看看没人，一手提起罐子举起来想摔，想了想，摇了摇头，把大罐子塞给何家宝，道："好好抱着！这可是古董！"

何家宝啐了一口："呸，狗屁古董，这种东西西街上一块大洋能给你十件八件的！拿回去最多当尿壶。"

虽然送出去的钱只换到一个破罐子，但这有钱就是好使。翌日，肖金水就亲自拜访了马家，打着官腔卸了马致远的队长一职。

送走了肖金水，马万年破口大骂："肖金水这个王八蛋，就他两面三刀的那套以为我看不出来，他肯定是吃了杜家的好处！你刚好不要当什么鸟警察了，回来帮我做生意！"

马致远十分固执："不！我当警察又不是为了当官！"

"那你当警察是为了什么？"

"我当警察，就是为了当警察，没有别的原因。我是给民国政府当差，不是给他肖金水当差，那芝麻绿豆官他可以撸，这警察我还得继续当。"

马万年气愤无奈地道："疯了疯了，疯了疯了。"

自从知道小七入了自家当丫鬟，杜明海回家看望娘亲的次数明显多了起来。这天，杜明海踏进二太太房间，二太太抬头见是他，既不嘘寒问暖，也不吩咐丫鬟倒茶倒水，而是侧过身去，虚弱地骂道："不争气的东西！"

这劈头盖脸的一句，砸得杜明海十分纳闷，禁不住问道："娘，你儿子一大早来给你请安，哪又惹您不高兴了？"

二太太懒得看他，恼火道："你别以为你和小七勾勾搭搭的事情我不知道。"

杜明海一听，脸顿时就绷不住了，气急败坏地道："我什么时候和她勾勾搭搭了？”

二太太叹道：“明海！你按住自己的心问问自己，有没有想过她？”

糟糕，我好像想过她几次。杜明海心里想着，不敢作声。

二太太啐道：“你就给我记住了，只要你娘活着一天，你就别想娶她！”

杜明海不解地道：“我没说要娶她呀！凭她？想嫁给我，没门。”

二太太叹了口气，哀怨道：“娘是过来人，看得出你心里有她。杜府上下都在传这事。你从小就不肯听娘的话，才落得今天这个下场！现在唯一能让你回府翻身的机会，就是娶个大户人家的女儿！”

杜明海越发不解道：“我什么时候说想要回府了？我也不想翻身，翻身多累啊。”

二太太严肃道：“难道你真的想娶小七？”

杜明海摸了摸后脑勺，纳闷道：“听您这么一说，难道我真的看上了吴小七？不对呀，我怎么会看上她呢？”

二太太闻言大怒：“小七究竟给你灌了什么迷魂药？！你是想气死娘吗？”说着就捂着头歪倒在床上。

杜明海慌张起来：“娘！您别吓我，我知道什么人都吓不了我，就您能吓我。”

那日之后，杜明海垂头丧气地回了码头，许多天都没有回杜家。要拿什么心态什么表情对着小七，他都没有想好。杜明海心中那点百八十年没动过的少男情怀动了一动，吓得他整日就窝在码头扛包搬箱子。却不料，扛包也给杜家扛出一件天大的祸事来。

这一天与平日也没有什么不同，大朱哥、李歪脖等搬运工人正在搬运货箱。只是大朱哥一不小心，把木箱条扯下一块，看到用破麻布袋裹着的油纸，破损的油纸里面乌黑发亮的枪管露了出来。

大朱哥一惊，忙慌手慌脚地把木箱条盖好。

一边的李歪脖看到，纳闷道：“装的什么玩意儿？死沉死沉的！”

大朱哥支支吾吾地掩饰道：“不知道啊，管他是什么玩意儿，咱们就是拿汗水换钱的命。”

大朱哥说完矮下身，又背起那箱货往前走去。

李歪脖想了想，用手指扳开另一箱的木箱条，嘴里嘟囔着：“这什么玩意儿，沉得像铁似的，不会里面装着一个铁矿吧。”

看着眼前的一切，李歪脖倒吸一口凉气。

马万年正在家中边喝茶边逗弄自己的画眉鸟。

大朱哥匆匆进来，擦着头上的汗："马老爷，我有急事找你。"

马万年怕大朱哥被别人发现，紧张道："你怎么急急慌慌跑这来啦，不是告诉你有什么事跟我府上的马五联系吗？"

"今天这事急，马五爷我也没找见啊，估摸着您在家，我就来了！"

"什么事这么火烧屁股的！"

大朱哥轻声把他看到的事和马万年说了，马万年惊喜万分："此话当真？"

"我亲眼看见的，要是错了，您把我眼珠子抠出来当泡踩！这批货下午就要运走，我怕到时候误了您的大事！"

马万年一拍桌子站了起来，激动道："天助我也！这样，你赶紧回去，别动声色，给我盯紧了这批货，码头上有什么风吹草动随时来告诉我！"

"是！我已经让弟兄们盯紧了！"

马万年把钱袋掏出来拍在大朱哥的手里，"这些你先拿去，事后定有重赏！"

大朱哥眉开眼笑，欲迎还拒，道："马老爷，嘿嘿，你看你看，我又不是为了钱……"

马万年道："快走，这里人多眼杂。"

大朱哥："是！"

影壁墙后来替马致远换药，正准备离开的吴小七恰好看到了这一幕，她不禁起疑，暗道："码头上究竟出了什么事？"

马致远这时边系着衣扣边匆匆赶过来，道："喂，走那么快干吗，我又不吃人。"

小七忙不得搭话，匆匆向外面走去，马致远正要跟着送出去。

马万年叫住马致远，"致远，你跟我走一趟，我有点急事找你们肖局长。"

马致远不耐烦地道："您能有什么急事？"

马万年阴险一笑，看看左右压低了声音，道：这是一件能让暨阳县翻天覆地的大事！

杜明海和李歪脖急匆匆地走着，迎面碰见小七也急匆匆地走来。

杜明海因为心中焦急竟然没看到小七，就要擦身而过之时，小七道："喂，站住！杜家二少爷，你眼睛是出气用的！"

杜明海这才看到小七，一拍脑门，抱歉道："今天有点急事，还真没看见你，我先走了，回头见。”

杜明海匆匆向前走去，李歪脖正欲随后跟上。小七一把拉住李歪脖，低声问道：“出什么事了？”

李歪脖看左右无人，便也低声答道：“好像有人在货里夹带了枪。这要被查出来，可是杀头的事。”

小七心中一凛。

李歪脖说罢小跑几步跟上杜明海离去。小七回过神来，喊道：“喂，等一下！我跟你们一起去。”

仓库内大部分人都离开了，只留三个工人在磨磨蹭蹭地干活。见李歪脖带着杜明海和小七匆匆来到，三人互相使个眼色。

破损木箱盖被李歪脖一把掀开，杜明海匆匆掀开油纸，摸出一个枪管来：“真家伙！”

李歪脖失声道：“真的是枪！”

小七眼前一亮，稍瞬即逝。

三个工人也假装惊奇地围了过来。

杜明海看到货箱上货主名字没有写，只有一行“暨阳县杜家大码头，货主自提”的字。

杜明海迅速拿起一把砍刀撬开了旁边写有相同字样的箱子，果不其然，又一箱枪托露了出来！

杜明海拿出一杆枪拉动枪栓，道：“凡是写着‘暨阳县大码头，货主自提’的箱子都打开看看。”

李歪脖用力撬开一个，往里看了一眼，吃惊道：“子弹！”

杜明海拿起一颗子弹端详着：“新式汉阳造！”

李歪脖六神无主，道：“那现在咱这事咋办！”

杜明海拍拍箱子道：“这是走私军火，货主和负责货运的被抓住了一律死罪，去看下一共有几箱？”

“一共十个大箱子。编号是 090 到 100。”

杜明海道：“赶紧查清货主，通知王大管家把货扣下来，不然到时候警察局查起来，倒霉的是我们杜家！我们几个守在这，李歪脖你赶紧的去办正事，让大管家把货单带来！”

“好！”话音未落，李歪脖已转身跑远了。

小七一拍脑门，道：“坏了，我刚想起来，我给二太太熬的老鸭汤快到时辰了，我得先走了。”

小七匆匆离开。

三个工人有些胆怯，纷纷找借口溜走。

“帮主，我闹肚子！”

“我孩子病了！”

“我家房子漏了！”

杜明海“呸”了一声，说：“怕死的都滚蛋，别给我在这丢人现眼。但是千万不能把发现军火的事说出去，谁要敢说，我拧下他的头当尿壶！”

货运码头进门处，一个镶着玻璃的房子内，刘账房正戴着像瓶子底一样的近视眼镜忙着核对货运底单和提货单——

货运底单和提货单编号均是090~100。货物种类：卷烟机器零件。

刘账房核对无误，郑重其事地在两张单子上同时印上了一个“准予提货”的方章。把提货单递给玻璃窗外的几个提货人，为首的是一个左脸上长着一撮黑毛的壮汉。

肖金水还没到，王富贵也没到，提货的人却已经来了。兹事体大，杜明海自然不能让他们提走枪管。一言不合，便动了手。好在马致远带着警察提前到了，杜明海为救马致远挂了彩。

马致远一眼看到杜明海肩膀伤口的血问道：“姓杜的，你没事吧。”

杜明海大大咧咧地道：“没事儿，老子的血像井水一样，抽也抽不完。”

这时，李歪脖带着王富贵匆匆来到，王富贵大惊道：“这是怎么了，究竟是怎么回事！”

马致远到：“王大管家，你来得正好。有人举报你们私运军火，肖局长吩咐，要把码头上管事的和货主一起带走调查！你也跟我们一起走一趟吧！”

王富贵连连道：“误会，误会，这里面一定有误会！这批货我们底单上有记录，提货处的刘账房刚才说了是卷烟机器零件！不信我拿底单给你们看！”

王富贵把手里的文件夹子放在货堆上翻找却左翻右找找不见，急得头上冷汗直冒，“怪了，明明应该都在这里的，怎么偏偏就少了那张单子。”

马致远："别着急，事关重大，你慢点找。"

暨阳县县政府，县长办公室前，县长秘书望着一个脸上半蒙着一块花布的女子，漫不经心地道："你等着，我去通报一声。县长要是同意了，你可以见他。"

小七点点头，殷切地望着秘书向县长室走去。

县长李文廷正在办公室批阅文件。

秘书匆匆进来，道："县长，有一个普通民妇告见，说是有特别重要的事向您报告。"

李县长鼻子里发出一声冷哼："民妇？你没听错吧？这县政府的门是给民妇开的吗？不见！"

秘书低声道："她说有一份大礼要送给李县长，事关县长升迁。"

李县长思考了一下："行啦，让她进来！看看她葫芦里卖的什么药。"

小七走进门，李县长抬头打量了来人一眼，语气不快："你两手空空，竟然说有一份大礼要送给我？我告诉你，欺骗政府长官可是要蹲笆篱子的！再说了，本县长两袖清风，怎么能收暨阳县子民的大礼。"

小七一笑，道："民女听说省里保案总队和省警察厅为剿匪对枪支管理极严，若发现私运枪支者一律定死罪，不知道是否当真？"

"当然当真，你难道发现了私运枪支的事？"

"不错！"

李县长激动道："快讲！"

小七看了秘书一眼。县长冲秘书挥挥手，道："你先出去。"

秘书关上门离开。

小七慎重地说："杜家大码头现在有十箱枪支刚刚被警局的肖局长查扣，县长要是不出面，恐怕这批枪一定会落到肖金水的手里让他发了黑心财，他还会借机敲诈杜家，再大赚一笔。但是这个案子也一定会石沉大海，不会在暨阳县掀起一丝波澜。"

提货处已经闹开了锅。

杜明海揪着刘账房的脖领子，怒道："说，怎么偏偏就是那张底单没有了，你是不是和水匪串通好了，拿了黑心钱！"

刘账房吓得慌忙摇手，急道："二少爷，我在你们杜家效力十年了，你就是给我天大的胆子，我也不敢砸自己的饭碗子啊！”

杜明江沉吟道：“刘账房，有什么人进过提货处吗？”

刘账房摇摇头道：“没有没有”想了想又道：“不过，说来蹊跷，那天我刚刚给那张货单打过章，突然有人把提货处的玻璃砸了，还差点把我砸到，我出去看了看也没看见人，随后王大管家就来拿货物底单了……”

杜明江望着完好无损的玻璃，疑惑道：“有人把玻璃砸了？”

刘账房指着玻璃周边的新腻子，“是啊，这块玻璃是今天早上才安上的。”

杜明江和杜明海眼神交汇，杜明海道：“这里面一定有蹊跷！”

杜家大宅里，杜远山来回踱步，许久没有说话。

杜明江急道：“爹，请您拿个主意啊。”

杜远山沉声道：“说说你的想法，你觉得该如何做？”

“解铃还须系铃人，大管家是肖金水带人抓的，这个姓肖的一向认钱不认人。这次被他抓到了把柄，虽说没有我们杜家什么事，可毕竟底单丢了，咱们一时半会说不清楚。”杜明江一边说一边看杜远山的反应。

“你的意思是？”

见刚才的话起了效用，杜明江忙接道：“爹，救出大管家事小，杜家码头被查封事大。送钱！”

杜远山点点头道：“肖金水跟我们杜家一向面和心不合，是个唯利是图的小人，这次被他抓住了把柄，一定不会轻易放过我们。你去办吧，不要怕花钱，只当是破财免灾，不惜一切代价救出大管家。”

“是！”

第二天一大清早，肖金水打开大门，抬头便望见杜明江和何家宝带领杜府两个仆人抬着个大箱子候在门外。

肖金水假装不快道：“杜大少爷，你这是做什么？”

两个仆人把箱子抬进门后，便躬身退下了。

杜明江一挥手，何家宝打开一个箱子，里面整整齐齐码了一箱子大洋。

杜明江道：“肖局长，不成敬意，这些不过是兄弟的一点心意！希望您这次能高抬贵手，不追究大管家的失察之责。”

肖金水望着满满一箱子大洋，眼神都没分半个给杜明江，口中却长叹道：

"唉！兄弟啊，这次恐怕我帮不了你了！无能为力哪。"

"在暨阳县难道还有肖局长罩不住的事？您要是嫌少……"杜明江也是与肖金水往来惯了的，自然顺着他的心思说下去。

肖金水摆摆手，无奈道："你看，你看，自己兄弟还跟我提钱，你提钱我就跟你急。告诉你，这不是钱的事。这次的事不知道被谁捅到县长那去了，这私运军火可是大事！不但是王富贵，就连你爹这个杜家大码头的东家也都在劫难逃了！"

杜明江大惊道："肖局长，咱们可是老交情了，这事您可得千万替我们想想办法啊。"

肖金水一摊手，无奈道："来不及了，刚才县长已经下了命令，县长秘书刚刚过来催我们去将你爹缉拿归案，我这不刚压下了吗，你赶紧地回去报信，让杜老爷想办法找省里的人脉活动活动，我压得了一时，但最迟迟不过今天，就得抓人！"

杜明江顿时六神无主，道："我这就回去，找我爹想办法。"

杜明江急匆匆地从警察局赶回家，哪知刚刚进门，还没走到客厅，突然大门被撞开。县长秘书和冯铁头带着两队警察，气势汹汹地冲了进来。

冯铁头一脸正气地高声道："肖局长有令，将杜家大码头的东家杜远山缉拿归案。"

当即，两名警察不由分说将杜明江按住。

第九章

杜明海站在码头提货处和李歪脖说着话。

肖若云气喘吁吁飞奔过来，道：“杜明海，你爹都要被抓起来了，你还不快回去看看。”

杜明海一惊，“抓我爹？为什么抓我爹？谁敢抓我爹？玉皇大帝还是王母娘娘？”

肖若云上气不接下气地道：“我哥说了，这是省里的意思，要严惩私运枪支的，弄不好，你爹……”

“弄不好怎样？”

“弄不好，你爹要被砍头！”

杜明海推开肖若云狂奔回杜府。

杜家大院已是一片混乱。二太太受不住刺激晕倒在一旁。大太太六神无主，痛哭失声。

刚被押到门口的杜远山回头道：“不准哭，天不会塌。明江，安顿好家里！”

杜明海匆匆跑进门来，被眼前情景惊住了，一把抓着杜明江问：“大哥，究竟是怎么回事？”

杜明江懊恼道：“夹带枪支的事因为找不到货运底单这个关键证据，爹被连累到了！县长如今抓住这件事不放，说是我们杜家私运枪支给水匪，爹恐怕凶多吉少！”

杜明海道：“那提货单能不能当证据呢？”

杜明江道："当然能！可上哪儿去找提货单啊！"

杜明海转身就走，杜明江不明白杜明海的意图，忙喊道："明海！别干傻事，凡事有大哥呢！"

杜明海的身影早已消失在大门口，小七扶着刚刚苏醒的二太太望着杜明海消失的背影，目光复杂，对二太太道："我去追二少爷回来。"

杜明海手持砍刀瞪着血红的眼睛在仓库周边的杂物堆里和小树林里翻找着，仓皇而急切。

小七赶来，道："杜明海，你在这发什么疯？二太太让你马上回家。"

杜明海头也不抬，气喘吁吁地道："我一定要找到一撮毛，他的身上有提货单。"

"那个水匪头目没死？"小七大吃一惊。

杜明海摇摇头道："没有，他受了重伤，被我打了一枪。他要死了就好办了，偏偏就他一个人溜了，提货单在他身上！我就是掘地三尺也得把他刨出来，我必须得救我爹！"

小七想了想，劝道："找不到的，他早就跑的没影了！可能已经离开暨阳县了。"

突然，杜明海想起其中一个水匪提到芦苇荡，眼睛发直："不行，我得去一趟芦苇荡！"

小七急道："三十里芦苇荡，你去哪里找那个一撮毛？"

杜明海冲小七吼道："找不到也要找！我爹要是被枪毙了，我娘怎么办？"

杜明海向前飞奔，小七追了几步："喂，喂……"

在肖金水的办公室里，杜明江近乎哀恳地说："肖局长，你与我们杜家相交多年，知道我爹的为人！我爹这次真的是遭人坑害蒙受不白之冤，请肖局长一定出手相救，只要杜家做得到，条件你尽管提！"

肖金水抬了抬眼皮："大少爷，不是我肖金水不帮忙，可是省里的回执已经到了，上面说你爹为获暴利，私运枪支卖给土匪，必须杀一儆百，严惩不贷。三天之后，你爹和王富贵要被问斩！"

杜明江简直不敢相信自己的耳朵。

肖金水又说："这是李县长的意思。本来还说要抄家的，在我的周旋下，姓李的才答应先不抄家。不过呢……”肖金水挑衅地望着杜明江，故意不把话说完。

“不过什么？”

“不过就是要你家出十万块现大洋！三天内凑齐，不然杜家将遭灭顶之灾。”说完，肖金水补充了一句：“大少爷，舍小保大，值了！”

杜明江咬着牙，艰难地说：“好，我这就去凑。您的大恩大德，我杜明江牢记在心。”

肖金水的眼珠子滴溜溜一转，说道：“差点忘了，还有个坏消息要告诉你。马万年那老东西借题发挥，跟县长说什么杜家码头违法经营，姓李的怒了，说码头经营权要重新竞标呢！”

几日后，杜远山和王富贵被押上了断头台。

李县长端坐在监斩官的位置上，肖金水坐在一边，县长秘书举着公文高声念道：“兹有杜家大码头掌柜杜远山及其大管家王富贵，为水匪私运枪支弹药谋取暴利，扰乱地方治安，省府严令杀一儆百，严惩不贷，着即日午时三刻问斩！”

台下，身着孝衣的杜家老老小小跪倒了一片，哭声震天。

刀斧手得令，拽掉杜远山和王富贵身后的木牌，抡起了砍刀。

杜明海一下子蹿上了断头台，大喝：“刀下留人！”

所有人都愣住了。那刀斧手也不由得暂停了手上的动作。

县长一拍桌子站起来，大喝：“什么人，竟然敢来劫法场！”

秘书与县长附耳道：“这个人就是杜远山的二儿子杜明海，是个坐过监狱的混混。”

县长怒道：“看来是笆篱子没蹲够！来人啊，把这个私闯法场的家伙给我抓起来。”

见此情形，马致远飞身而上，赶忙抓住杜明海的左胳膊，道：“杜明海，你是不是疯了！”

杜明海挣扎着，用右手从怀里掏出一张揉的发皱的纸，叫道：“我爹是被冤枉的！提货单我找到了！你们看看，这单子上清清楚楚写的是卷烟机器零件，我们杜家是冤枉的！歪脖，歪脖……”

人们顺着杜明海的声音往一侧看去，只见李歪脖和一名码头工人抬着一具盖白布的尸体匆匆挤了过来。他们将尸体抬到了县长面前。一名警察上前掀开了尸体上的白布，露出了一撮毛的脸。

杜明海得意地环视着四周，将手中的纸抖得哗啦啦响。这几日，杜明海一直在找水匪头领一撮毛。功夫不负有心人，一撮毛让他找到了，提货单也在一撮毛的怀里找到了。

全场哗然。杜远山望向杜明海，老泪纵横："明海！"

李县长无奈道："呈上来！"

马致远接过杜明海手里的提货单，大步上前呈给李县长。

李县长仔细看着提货单，和肖金水低声耳语一番后，无奈地摆摆手道："放人！死罪可免，其余责任另行追究。"

杜明海急忙上前搀起了杜远山。昔日的种种不合，此时也烟消云散了。

人群里，唯有小七一脸绝望。

几日后，县政府在码头上贴了告示。

有好事者摇头晃脑地念着："兹有竞标获本县茅渚埠码头经营权之杜远山，违规经营，私运军火，触犯法律，经县政府批准，暨阳县商会同意，决定终止其码头五十年经营权，所有合约均作废。竞标时间另行通知！"

杜明江闻声走来，将告示一把撕了下来。

看着桌上的告示，杜远山强作镇定，沉声道："别慌，让我好好想想！如果重新竞标，这件事最大的受益者会是谁？"

王富贵立马回道："这还用问，一定是马万年！"

杜远山思索了一下，斩钉截铁道："不，是肖金水！"

王富贵听闻此事与肖金水有关，也丝毫不慌乱，只问道："老爷，现在咱们该怎么办？"

杜远山沉吟道："这件事马万年绝脱不了干系，他想致咱们于死地而不能，现在又处心积虑想要拿到码头经营权，想都别想。大管家，从今天起，你时刻注意县政府的告示，何时重新竞标码头，我和你一起去。就是花再大的价钱，我也绝不会让马万年得手！"

杜远山、王富贵和杜明江带着几个仆人匆匆而行。

杜远山一边走一边道："你的消息是从哪得到的？"

王富贵道："听说好几家商户已经赶去商会了，都是突然接到的通知！"

"这县政府到底是什么意思，竞标还搞得这么偷偷摸摸的！"杜明江百思不得其解。

杜远山回道："这是故意要瞒着咱们，让杜家错失竞标的良机。幸亏咱们发现得及时！快走，绝不能让他们得逞！"

终究是晚了一步。刚刚跨进暨阳县商会，他们就听见那个娘娘腔在大声喊着："马万年三十五万大洋！三次！成交！"

锤子重重落下。杜家一行人愣在门口。

马万年得意地瞥向杜远山，娘娘腔把一张契约送到马万年手上，道："马老爷，您可收好了，这可是暨阳县茅渚埠大码头五十年的经营权！"

马万年把契约接过来揣进胸口，拍了拍，大笑道："妥妥的！没人抢得走！"

杜远山疾步走过去，质问娘娘腔："人没到齐为什么开始竞拍？"

娘娘腔阴阳怪气地道："哎哟，杜老爷，真对不住，县长特别交代过，杜家因私运军火，违法经营，此次码头经营权竞拍被排除在外，所以我们就没再通知您！您看这事，可怪不得小的啊！"

杜远山道："上次杜家竞拍码头经营权是五十万，这次为什么只要三十五万？"

娘娘腔摊手道："上次是上次，再上次别说这码头，连暨阳县城都还没有呢。"

杜远山强作镇定，微笑着对会场上的竞标商户们礼貌地拱拱手，对跟在身后的杜明江道："明江，我们走！"

杜远山在前怒气冲冲地走着。王富贵、杜明江和几个仆人匆匆跟着。大家都知道杜远山心情不好，连杜明江都不敢出声劝慰，只能无声地跟着杜远山快步走着。

快走到杜府时，杜远山身子一软，倒了下来，王富贵忙一把扶住。在杜明江与几个仆人的帮助下，王富贵背着昏过去的杜远山，杜明江从后护住，一行人进了院子，边走边喊："快来人！老爷昏过去了！"

正在院子里洒水的小七听见喊声，手中的盆子"咣当"一声落在地上。

高高的货堆上，杜明海和李歪脖在一块大篷布下休息，李歪脖已经睡着，杜明海却在辗转反侧。那日，杜远山从刑场上下来，就让他回家。他留意到杜远山疲惫不堪的神态与花白的头发，心中不忍，却到底因为心中梗着那口气，不肯回家。见他态度坚决，杜远山也就随他去了。杜明海隐隐觉得，杜远山这个父亲或许并不如自己想的那么薄情。

这时，大朱哥和三个搬运工鬼鬼祟祟地摸了过来，蹲在杜明海所在的货堆下。杜明海不疑有他，正要打招呼，突然看到大朱哥放下一个口袋，里面露出许多大洋。只听大朱哥低声道：“这次马老爷高兴，每人十个大洋！”

杜明海不听则已，一听，思前想后，许多没想明白的事情顿时清晰无比。

大朱哥几人不知隔墙有耳，正兴高采烈地分着钱，杜明海突然从货堆上跃下，抱着胳膊斜着眼睛望着他们。

大朱哥从脚底下向上望，待看清杜明海的脸，吓得一哆嗦，转身就想跑，被杜明海一把抓住脖领子，扔在地上。

杜明海痞笑道：“姓朱的，说吧！做了什么亏心事怕杜家人知道啊？”

大朱哥浑身哆嗦，磕巴道：“没…没做过！我啥都没做过！我哪敢做亏心事啊。”

杜明海厉声道：“不说？那我让你儿子没爹！让你媳妇改嫁，你不是不知道我杜明海的厉害？！”

大朱哥吓得连连求饶道：“我说，我说，我都说！”

杜府里，杜远山双目紧闭，躺在床上。王富贵守在一边。自那日当街晕倒，杜远山的身体一直不见好。

小七端着药进来，恭声道：“老爷，该喝药了。这是大少爷给您配的药。”

王富贵道：“先放那儿吧。老爷这会儿在休息。”

小七将药碗放在桌上，行了礼，退了出去，王富贵意味深长地望了她一眼。

王富贵凑到床前，低声道：“老爷，杜府肯定是出了内奸！”

杜远山道：“你是说吴小七？”

王富贵毫不迟疑地道：“要我说，底单丢失那天这个吴小七偏偏出现在码头，给马万年通风报信的我怀疑也是她！杜府的所有人我仔仔细细过了一遍，最可疑的就是这个吴小七！”

杜远山正要答话，杜明海突然闯了进来，嚷嚷道：“爹，这次码头出了这么大的事，都怪我！我那帮码头的弟兄里出了内奸！”说罢，杜明海一声呼哨，李歪脖和一帮兄弟押着大朱哥和三个搬运工走了进来。

杜明海一脚把大朱哥踹跪在地，道：“就是他们给马万年通风报信！”

大朱哥可怜兮兮地痛哭道："杜老爷，饶了我们吧，我们也是迫不得已！要是不干，马万年就要让他儿子抓我们去蹲大牢！"说完，冲着旁边连使眼色，那三个搬运工也假哭起来："是啊，杜老爷，可怜可怜我们吧！"

杜明海听得心烦，怒道："都他娘的别号丧了！现在怂了，早干什么去了！"

大朱哥四个忙止住哭声。

杜明海接着道："刚才数钱的时候那股高兴劲呢，还被迫？我看你们几个就是天生的贱骨头，有奶就是娘的东西！"

杜远山招呼王富贵上前，帮自己把身子撑起来，制止道："好了好了！事情已经这样了，你就是打死他们几个也无济于事了！"

杜明海纳闷道："难道要轻饶了他们？杜家那么大的损失，就被他们几个仨瓜俩枣的给卖了？"

杜远山摆摆手，有气无力地道："随他们去吧！得饶人处且饶人！"

杜明江从一个破旧小院中走出，匆匆锁门，一转身迎面撞到小七。

杜明江压着火气道："走路怎么像只猫，吓了我一跳。"

小七纳闷道："大少爷怎么在这儿。这是什么地方，我来了这么多天都没见这里开过门！"

杜明江看看左右无人，神秘地道："这是我二叔以前住过的院子，二叔客死他乡以后，我爹很伤心，就锁了起来。我二叔是杜家的功臣，每逢我二叔的生日和忌日，我都会替我爹来这祭奠。"

小七半信半疑地道："原来是这样！"

"这里禁止闲杂人等进入的，千万记住了！"杜明江看了小七一眼，匆匆离开。

小七久久站着，望向那个小院门。

入夜后，小七又来到那个小院门前，只见大门紧闭，门上挂着蜘蛛网。这荒废多年的院子，在夜色中看来，平添了森森鬼气。

小七四望无人，悄悄用一把短刀拨开门，匆匆进门后将门掩上。第一次做这种事情，小七努力平复了一下自己的心情，便举着蜡烛开始在房间里四处查看起来——屋子里摆设齐全，正中的高桌上摆放着杜远川的灵位，小七轻轻打开柜子……阴风阵阵，烛光在风中摇摆。亏得小七跟着吴啸天走南闯北，见识多，胆子大，才没有被吓到。

突然，四处翻找的小七发现灵位下面有一个包装精致的盒子。她小心翼翼地打开盒子,《神农药典》四个大字赫然在目。

真真是：踏破铁鞋无觅处，得来全不费工夫!

小七把《神农药典》揣进怀里，偷偷溜回自己的房间。她把药典放好，从柜子最底层掏出一个小瓷瓶，然后揭开瓶盖抖了抖。一些粉末被抖落在杜远山的药碗里。小七用托盘端着那碗药，脚步匆匆地穿过院子。

杜远山房里，帐幔低垂。帐子里，杜远山似乎在沉睡。

小七端着药进来，警惕地向外看看，迅速插上门，然后轻手轻脚来到床前，透过帐子观察着帐子中的杜远山。

小七柔声唤：“老爷，该起来吃药了！”

杜远山睡意沉沉地回道：“先放在那儿吧！”

小七并没有离开，而是说：“药凉了不好，还是小七服侍老爷喝了吧！”

杜远山点头应允。

小七扶起杜远山，将药碗递过去。这时，门外突然传来一声咳嗽，小七一回头，却发现并无异样。待到小七转回头来，发现杜远山已经把药喝完了。

杜远山直愣愣地看着小七，正要张口，突然两手一松，药碗被打落在地。杜远山头一歪，倒在床上。房门外，王富贵大声叫道：“两位太太，你们回来啦！”

小七一惊，赶忙起身，匆匆从后门溜走。临出门时，她不小心将桌子上燃着的烛台碰倒。火势迅速蔓延，房间里滚起浓烟。

二太太闻到烟味，一眼看到房里的火光，失声大叫：“不好啦！快来人啊！失火了！老爷，老爷！快救老爷！”

第十章

从杜府跑出来后，小七直接去了马家找马致远。不料，马致远不在。

问了问马家的仆人，小七匆匆赶到河边。河道里河灯闪烁，岸两边游人如织，悠闲自得。小七神色匆匆，逆着人流，踮脚观望。稍不注意，被人踩掉了一只鞋，小七索性把脚上剩下的一只鞋脱下来扔掉，光着脚边跑边寻找马致远的身影。

“小七！”

听到有人叫自己，小七站定，迷茫地四处寻找，看到马致远站在河对岸正兴冲冲地朝她招手。

小七挥手，指指远处的石拱桥。马致远会意，两人都冲着石拱桥跑去。

等跑到马致远面前，小七的双脚早已破了皮。她把一包大洋递给马致远，气喘吁吁地道：“这是赎玉扳指的钱，把扳指还给我！快点！”

马致远不接，“小七，你急什么！今天是放荷花灯的日子，你看人家都一对对的，我刚还正想着你今天会不会出来，你就来了！”

小七烦躁地道：“少废话，快点把玉扳指还我！我有急事！”

马致远忙道：“急事，什么急事？要不要我帮忙？”

小七道：“把扳指还我，不然真的来不及了！”

马致远这才支支吾吾地道：“小七，我一直没敢跟你说，你的玉扳指……被我弄丢了！”

小七气急败坏：“那是我的传家宝，你知道不知道！”

马致远忙辩解：“小七，你先别生气，那玉扳指自打那天我在杜家门口打完架就丢了，我把暨阳城翻了三遍都没找到。”

小七恼火道：“马致远，你不是个东西！”

马致远正要解释，更夫打三更的声音远远传来。

小七一惊，再也顾不得玉扳指，头也不回撒腿飞奔离去。

一艘孤零零的小渡船上点着一盏渔火，船老大已经撑离了河岸。

小七背着包裹气喘吁吁奔来：“船老大，我去嵊县埠！”

船老大似乎没有听见，小船依旧缓缓行进。

小七跳进水里踩着水花一路狂奔，歇斯底里地喊：“站住！我要上船！”

船老大这才听见，忙把船停下：“姑娘，这大晚上是要去哪？”

小七已经踩着浅水处奔到了船前，在船老大的帮助下上了船：“去嵊县奔丧，钱加倍给你，马上走！”

船老大吆喝道：“好嘞！嵊县埠，起喽。”

船老大一篙撑开船。一片荷花灯海中，小七立在船头遥望暨阳县城，脸上表情复杂，小七低头双手合十，对着荷花灯海祈愿：“爹，娘，大哥，义父，大仇已报，你们可以安息了！”

码头上，六个火把由远而近，何家宝带着五个家丁沿着河边追赶而来。

何家宝望见渡船上恍惚是小七的身影，大吼：“船老大，站住！把船划回来！”

小七听到喊声，连忙道：“船老大，快走，我给你多加十倍的钱！”

何家宝歇斯底里地吼道：“船老大，这是杜府私逃的丫鬟，你要是不把船划回来，杜家不会放过你。”

船老大盯着小七，道：“姑娘，你到底是什么人？”

小七哀求道：“大叔求你救救我！他们要强抢民女，我是逃出来的，被他们抓回去，我就没命了！”

船老大左右为难，最终还是不敢得罪杜家，一咬牙将船往回划。

眼看着船离河岸越来越近，小七将身上放有《神农药典》的包裹奋力掷向远方的水域，纵身一跃跳入水中向前游走。

何家宝气急败坏地大叫：“胖大海，你们给我抓活的！船老大，要是她逃走了，我就让你全家在暨阳县城消失！”

几名家仆纷纷跳入河水中，向小七方向疾游。而小七的体力早已透支，手脚不听控制，越游越慢。

王富贵带着十几个家仆赶来。

“大管家，你们怎么来了，放心，人我已经抓到了！”何家宝急忙邀功。

王富贵看着躺在地上明显挨过打的小七，沉着脸对何家宝道：“成事不足败事有余，你差点坏了老爷的大事！”

何家宝纳闷地道：“老爷？姑父不是……已经死了？”

一盏“杜”字灯笼从远处逶迤而来，原来是杜明江挑着灯笼，搀着杜远山赶来。

小七强撑着抬起头。

王富贵厉声喝道：“东方靖琪！你不止一次地谋害雇主，偷盗杜家镇宅之宝，你还有什么话要说吗？”

杜远山走到小七跟前，蹲下去，一手捏住小七的脸。被拆穿了身份的小七死死盯着杜远山，一口唾沫吐在杜远山脸上。何家宝举手要打，被杜远山用手掌格开。

王富贵询问道：“老爷，要不要送警察局？”

杜远山神色如常，道：“你们都下去，后退三丈，我有话要对她说！”

王富贵忙冲众人摆摆手，众人退下去一点。

“爹！”杜明江有心劝阻。

杜远山加重语气，“后退三丈！”

小七鄙夷道：“为什么让别人都退后，怎么，怕他们知道你是个道貌岸然的伪君子？”

杜远山摇摇头道：“我是不是伪君子并不重要，今天我不过是想告诉你一些往事，东方家和杜家之间的往日恩怨，我不想让旁人知道。”

小七愤愤然地吼道：“往事？往事就是你们杜家贪图药典，杀我爹娘！”

杜远山平静道：“那不过是吴啸天的一面之词。真正贪图药典，杀人越货的不是我二弟，而是你心心念念想为之复仇的父亲！”

小七使劲地扭动着被绑住的身体，嘶吼道：“杜远山，你血口喷人！”

杜远山叹口气，道：“孰是孰非，总有一天你会明白。当年你们东方家族也曾显赫一时，在大清是三代御医。不料民国初建，你们全家为自保离京逃难。我知你父亲家学渊源，有心让其协办药厂，共创大业，就把一本好不容易得来的《神农药典》借给你父亲参详一晚，不料你父亲见财起意，要将药典据为己有，就在他欲带着药典不辞而别之时，被我二弟发现了端倪，起了争执……”

小七愤恨地道："杜远山，你无耻！我爹含冤九泉，你居然还诬陷他，你不要以为死无对证，你就能颠倒黑白！"越说越伤心，即使被反绑着双臂，小七也不顾一切地冲向前，张开嘴对着杜远山的肩膀咬去。

杜远山躲闪不及，被小七一口叼住了肩膀。杜远山隐忍不喊，也不挣扎。小七却不管不顾，只是奋力撕咬不肯撒嘴，杜远山的肩膀已经沁出鲜血。

众家丁见情形不对，一拥而上，连拉带拽把小七拉开了。何家宝冲上来一脚把小七踹翻，连续抽了小七几个嘴巴，口中骂骂咧咧道："不知好歹的小贱人，我打死你。"

杜明江急忙查看杜远山流血的肩膀："爹，你没事吧！"

杜远山道："没事。家宝，你住手！"

何家宝无奈住手，小七嘴角流血，惨笑着："老天爷，你怎么不睁开眼看看这个黑白颠倒的世道！"

王富贵道："东方靖琪，要不是老爷仁慈，早把你送官杀头了，你别不知好歹！"

小七倒在地上，仇恨的目光倔强不服，充满杀气。

杜远山平静地道："说了让你们退下，我的话还没有说完。"

杜明江和王富贵不安地望望小七，迟疑着未动。

杜远山提高声音，威严地道："都给我退后！哪个敢不退后，立即逐出杜府！"

众人面面相觑，王富贵大喝一声："退后。"

王富贵带着众人向后疾速退去。杜远山上前把摔倒在地的小七搀扶起来。

小七挣扎起身，仍然怨毒地盯着杜远山，一言不发。

杜远山平静地道："自打你一心想进府，我就察觉出你不是个平常之辈。我早就派大管家暗中做了调查。你义父当年可是个黑脸壮汉，为何会变得病弱不堪，你想过吗？"

小七咬牙切齿道："当年义父为了救我，在暴雨中带着我夜奔百里，患上了肺痨，变得面黄肌瘦。义父在来暨阳县的第三天就死于非命，这一切都是拜你所赐！"

杜远山说："一开始我怀疑你不过是马万年派来的内奸，直到有一天我发现你竟然要置我于死地！那日，我看到你手抖个不停，就确信熏香里有毒。"

"老狐狸，你既然已经发现了，为什么还让我每天多加一块？"小七咬牙质问。

杜远山应道："因为我想尽快揭穿你的谜底。"

小七喘着气，失声道："你装病！"

"不错，我让人化验了你用的药，然后替换了你每天放的熏香。我装病就是为了使你放松警惕，不料你抓住码头枪支事件大做文章，妄图置我于死地。幸亏明海找回了提货单，不然，我杜远山可就成了冤死鬼喽。"杜远山顿了顿，又张口："码头竞标不成，我是真的病了，而你果然也急了！我捡到那枚戒指后才想明白，你不会是马万年的内奸，而是当年吴啸天带走的那个孤女。"

接着，杜远山拿出玉扳指，在小七眼前晃了晃，问道："还记得那天马致远来杜家闹事吗？"

小七不语。

"当时你和明海送马致远走后，我就捡到了这枚玉扳指。马致远是我从小看着长大的，其他的人我全都知根知底，这枚玉扳指只能是你的！我想，你留在杜府的唯一动机应该就是拿到那本《神农药典》吧？"

"不错！"小七回道，"不过药典早就被我化成了纸浆。"

杜远山笑了，从怀中掏出一本书，递到小七面前。"看仔细了，这本才是真的。可能连你也不知道，你那枚玉扳指是你父亲的藏书章。你父亲是个书痴，他在自己所有的藏书上都印下了这枚玉扳指的印章，包括他想据为己有的《神农药典》。我让明江去引你，你果然上钩了。来，你再看看。"

小七又气又窘，道："你到底想怎么样？"

杜远山波澜不惊地道："你听我说完。我给了船老大三个月的租金，让他每天晚上在这等你到三更，以前暨阳是从没有过夜航船的！别忘了这可是我杜家的大码头，尽管现在到了姓马的手里，可我杜远山说的话还有人会听。"

小七一阵冷笑。

杜远山又道："当年这本《神农药典》是安徽安庆的老中医，庆济堂的余盛德老先生赠给我杜某人的。"说完，杜远山从怀里掏出一张发黄的契约，展开递到小七面前，"你看好了，这是余盛德老先生九十岁高龄时和我立的契约！"

小七别过头去。

杜远山继续说："我之所以不杀你，是因为你救过二太太的命。我杜远山一向恩怨分明，当年你不过是个不知世事的孩子，吴啸天也不知实情。所以，我选择原谅你！不管你信与不信，我都不会为难你！来人啊！”

王富贵赶忙递上一个包裹。杜远山接过，放到小七的手边，道：“这是我送你的盘缠，希望你以后去他乡谋个饭碗，好自为之！”扭过头，杜远山大声地道：“船老大！”

船老大点头哈腰地跑过来。

杜远山朝船老大交代：“这个女人倔强得很，你把她带走，在她想上岸的地方让她上岸，到时候再把绳子给她解开！”

杜明江焦急地道：“爹！你这是放虎归山，万万不可啊！”

王富贵也道：“大少爷说得对，老爷的一时之仁，只怕后患无穷！”

杜远山制止道：“冤冤相报何时了！东方靖琪，你口口声声要报你父母兄弟之仇，可是我一向忠厚耿直的弟弟还不是被你父亲亲手所杀！我的母亲大人因为弟弟之死而悲痛过度，撒手人寰，这两条命我又找谁去算？东方靖琪，咱们就此别过，我绝不允许你再踏进杜家半步！”说完，杜远山一挥手：“把她抬到船上去！”

几个仆人上前把被捆成粽子一样的小七往船上抬去。小七像是被抽空般，目光呆滞，任人摆布。

翌日，二太太正在绣花，杜明海直眉瞪眼地闯了进来，四处一张望，没有看到小七的身影，便急切地问：“娘，小七呢？”

二太太欲言又止。

杜明海追问道：“小七到底去哪了？”

“你就别问了！好说不好听！”

杜明海急道：“娘，你快告诉我！”

二太太道：“听说她偷了府里的东西，还妄图毒害你爹，杀人放火，被你爹赶出府去了！”

杜明海不信道：“不可能！小七绝不是那种人。就是借她十个胆，她也不敢呐。”

二太太遗憾地道：“这都是真的，人不可貌相。自打她当初费尽心机入府，你爹就开始怀疑她了。”

杜明海道：“不可能！老东西这是在栽赃！”说完，他撒腿就跑。

二太太急忙追了出来：“明海，你可千万别胡闹！”

杜明海闯进院子，大声嚷嚷道："杜远山，你给我出来！"

何家宝张开双臂阻拦道："二少爷，姑父吩咐过了……"

杜明海一把揪住何家宝的脖领子，把何家宝提的双脚离地。

杜远山这时迈着方步从客厅里踱出来，喝道："放开他！"

杜明海手一哆嗦，放开了何家宝。

二太太追赶而来，紧张地道："明海，你这是干什么？"

杜明海道："干什么？老东西冤枉小七不算，还把小七赶出了府，现在小七莫名其妙的失踪了，我听人说就是他指使人把小七扔到河里去了！"

杜远山怒道："一派胡言！滚出去！"

杜明海激动地道："话没说完我不会滚！我告诉你，你要是真把小七杀了，我跟你没完！"

杜远山冷冷地看着杜明海，道："杜明海，你偏听偏信，什么时候才能长点脑子！"

杜明海大声道："是我不长脑子，还是你不长好心！"

大太太插嘴道："杜明海，你知不知道小七大逆不道，偷鸡摸狗，毒害东家，是你爹大仁大义才放了她条生路！"

杜明海惊喜道："她还活着？"

杜远山不愿多说，一甩袖子，"来人啊！把这个混账东西给我轰出去！"

何家宝等人连拖带拽地把杜明海往外拉。杜明海一边挣扎，一边大笑道：哈哈，小七活着，哈哈，小七活着。小七，活着是本钱，哈哈。

二太太听他说得不成体统，着急道："明海！你发什么疯，还不快给你爹和大娘认个错！"

杜明海看到二太太可怜巴巴的眼神，不再奋力挣扎，反而大声道："娘，你怎么也这样说话，小七好歹还救过你的命！"

安庆的大街上人来人往。小七背着包裹好奇地左顾右盼。前几日，小七在当地询问了许多人关于庆济堂与余盛德的事情，希望能寻得蛛丝马迹。

这天，小七受人指点，走进了安庆周报报馆。工作人员将她领进了档案室，帮她一起查找。在一份旧报纸上，小七发现了一篇标题为"庆济堂余盛德慷慨赠书 暨阳县杜远山一诺千金"的文章。小七迅速拿起报纸，一字一句地念着，念到“遂赠书于暨阳杜远山”时整个人泪如雨下。

马万年前呼后拥地来到码头。

码头上到处都是唉声叹气、神情委顿躺坐在地上的灾民。

马万年不由皱起了眉头：“晦气，怎么这么多要饭的？”

仆人马五上前道：“老爷，这些都是安徽凤阳来的灾民，听说那边大涝，青黄不接，吃不上饭，都跑出来逃荒了！”

马万年道：“这码头现在姓马！我管他们吃不吃得上饭，这帮叫花子天天堆在这，碍手碍脚的，我还怎么做生意？让他们马上滚蛋！”

马五忙不迭地应声。

马万年眼珠一转，说道：“慢！去跟他们说，暨阳最大的富户杜家有饭吃！”

一条小船从水汽笼罩的河道中由远及近驶来，小七围着面纱坐在船中。

船老大热心道：“姑娘是第一次来吧，前面就是暨阳县了，听说到处都是安徽来的灾民，瘟疫流行，千万要小心啊！”

“瘟疫？”小七一惊。

船老大赞叹道：“幸亏杜老爷心善，搭了个粥棚免费施药！”

小七望着水汽笼罩的河面，低头不语，心想着：“杜老爷，以前的复仇女吴小七从今天起已经死了！报恩的东方靖琪回来了！”

第十一章

鞭炮齐鸣，一家只有两间铺面的新药店开张，匾额上书“以德大药房”五个大字。

老百姓围观指指点点，其中一人摇头晃脑地念着“以德大药房”。

大家议论纷纷：“这大药房未免也太小了点吧！”

马致远无精打采地巡街，夹着根警棍经过，从远处瞄了一眼招牌，心不在焉。正欲走过，却看到一名女子走出店门对围观的老百姓拱手作揖。

那女子真诚地道：“各位父老乡亲，今天是以德大药房开张的第一天，凡是进店光顾的，东方靖琪免费送诊，亏本一个月，买两服药送一服药，另赠香袋，驱蚊避暑。”

李歪脖在人群后听见往前挤：“还有这好事。香袋香袋，我要香袋。”

马致远惊喜地喊：“吴小七！”

靖琪对马致远拱拱手，“在下东方靖琪还请马警官多多关照。”

马致远直愣愣地看看她，不敢相信自己的眼睛。

靖琪正要转身进入，挤进人群的李歪脖认出了她，惊喜道：“小七姐！你没死啊？”

众人哄笑，靖琪冲李歪脖点头微笑，“托你的福，没死成。”

李歪脖转身拨开人群就跑，边跑边兴奋大喊：“小七姐还活着，小七姐没有死！”

杜明海一个鲤鱼打挺从床上跳起，一把揪住李歪脖的脖领子，“你再说一遍，给老子说清楚些。”

李歪脖大声地道：“小七姐，是小七姐回来了！”

杜明海欣喜地狂奔而去，脚上的鞋掉了都没顾上捡，光着一只脚跑了几步，觉得不对劲，索性把脚上的另一只鞋踢飞了。

码头上的工人愣住，议论纷纷。

“帮主没疯吧？”

“说什么呢你！干活去！”

“这叫人逢喜事精神爽！不懂了吧！”

大药房内人声嘈杂，东方靖琪被一群问诊的人围在中央，正在耐心给一个老太太号脉看病。

杜明海像一阵风一样奔进来，几把拨开人群挤了进去，一把拽起靖琪上看下看，气喘吁吁地道：“你真的没死！”

靖琪连连点头微笑：“活得好好的！”

杜明海的眼圈红了，拼命忍住，直愣愣地盯着靖琪看。

靖琪微笑着，杜明海用力拧了自己胳膊一下，咧嘴笑了，“嘿嘿，是真的！”

杜明海轻声而动情地哽咽道：“小七，你怎么不早点回来？”

靖琪开玩笑道：“大老爷们哭什么哭，不怕难为情吗？”

杜明海用手指拭去眼角的泪水，冲着靖琪露出开心的笑容，道：“谁哭了，跑得急，灰眯了眼！妈的，这灰尘可真大。”

靖琪道：“回头告诉码头上的弟兄们，有什么小毛小病的，尽管来以德药房找东方靖琪。”

“东方靖琪？”杜明海痴痴地望着眼前人。

靖琪微笑着点点头，坐下来接着号脉。

杜明海恋恋不舍地打量着屋里的摆设，一步一步退后，绊到门槛上差点摔倒。

熏香袅袅，杜远山正在书房内练习书法。“仁爱”两个大字写的银钩铁划，很有风骨。

王富贵在一旁垂手而立，道：“惠民医院这半月的流水比上半月少了三成。”

杜远山平淡道：“街坊们吃药的少了，这是老天爷的恩德，好事。”

王富贵欲言又止，“也不全是……”

杜远山不动声色地写着字，“说！”

王富贵迟疑了一下：“吴小七，哦不，东方靖琪回来了。”

杜远山写字的笔忽然有些停顿，但随即继续写了下去。

杜远山搁下了笔，一脸严肃：“你快让人去盯着！”

王富贵：“是，老爷。”

没过几日，李歪脖背着奄奄一息的张大壮匆匆跑进“以德大药房”。

靖琪见状急忙迎过去，道：“怎么回事？”

李歪脖道：“大壮胃疼，贪便宜去惠民医院抓了六服药，说是买一送二，花了两服的钱多给了四服，可吃了不管用啊，这胃痛得更厉害了，刚才就哆嗦了，现在疼晕过去了！”

靖琪急忙示意李歪脖在躺椅上放下张大壮，连忙上前为张大壮号脉。靖琪眉头渐渐收紧，“他吃过的药呢？”

李歪脖忙递上一包药，道：“这不，还剩了一包没来得及吃呢！”

靖琪麻利地打开药包，用手指轻轻拨弄辨认着，拿起其中的几样对着阳光仔细看着，一惊道：“这药掺了假！难怪不管用！”

靖琪拿出几粒放在桌子上，和手中的相比较，解释道：“你们看，他们这药并不是真正的小茴香，而是秕谷。小茴香一般比较饱满，而秕谷则细看都是空壳，轻重区别很大。”

靖琪将药分别递给大家，大家都拿手掂了掂。

李歪脖怒道：“这不是骗人吗！”

靖琪又拿起一枚纸包里的药道：“这个炒白术是木香冒充的，虽然外形与炒白术十分相似，但细看起来就非常容易识别，木香的色泽深于白术，质地又较松。你们闻闻，是不是能闻出微弱的木香辛味？”

曹多嘴闻了闻，连连点头：“对对，是有股木香味！”

“要是惠民医院敢卖假，我马致远绝不放过！”马致远愤愤不平。

靖琪摇摇头道：“制假卖假倒是小事，可这药是救命的，出了人命这账该怎么算得清？”

马致远一把抢过靖琪手中的药：“不行，我必须马上报告给肖局长。”

在这种时候，肖金水的行动总是快得惊人，隔日便有两个警察把封条贴到了惠民医院的大门上。

路人见着好奇，便都上前围观。杜明江恰好经过，心里一惊，快走几步赶到医院门口，看清了封条上的黑字——暨阳县警察局封，民国十七年七月。

杜府大院的祠堂内，杜远山满脸怒气，来回踱着步。

杜明江匆匆进门，正欲开口，王富贵对他连使眼色。杜明江头上冷汗直冒，用手帕不停地擦额头，一句话都不敢说。

杜远山怒道："杜明江，你做的好事！"

杜明江求饶道："爹，你听我解释！我这也全都是为了杜家。"

杜远山气急道："你就是这么为了杜家的，杜家几十年诚信经营，童叟无欺，惠民医院和杜氏药厂的金字招牌就这样被你毁于一旦！"

杜明江道："爹，我也是为了杜家的利益！我没想到事情会成这样，都是下面的人办事不力，弄错了药，甚至偷工减料。"

杜远山冷笑道："利益？你为什么要买一送二？不好好做生意，靠这样来吸引顾客成不了大事，反倒弄巧也拙！跪下！"

杜明江吓得"扑通"一声跪倒在地。

杜远山怒气稍缓，冲王富贵问："大管家，照你看，应如何处置？"

王富贵沉吟了一下，道："图一时之利，贻害乡里，应请家法重责。"

杜远山一拍桌子，厉声道："那还愣着干什么，请家法透骨鞭！"

王富贵无奈毕恭毕敬冲着杜家的祖宗牌位三鞠躬，取下供在牌位前的一根软钢鞭。

杜远山颤抖着道："大管家执掌家法！"

王富贵为难地道："老爷！"

杜远山道："让这个逆子给我背杜家十忌！你打一下，让他给我背一句！"

王富贵无奈，只得轻轻一鞭子抽下，杜明江轻轻地哼叫了一声。

杜远山厉声道："大管家以正家门门风为先，以管理家族秩序为次，以家族利益为再次。王富贵，你是想辞了杜家管家之职吗？"

王富贵谦恭道："富贵不敢。"

杜远山厉声道："那就给我用力！"

王富贵无奈发力，一鞭下去杜明江皮开肉绽。

杜明江咬牙大吼："一忌有志不恒；二忌信用不诚……"

几鞭下去，杜明江背部已是一片血肉模糊。大太太心疼得不得了，急忙过去阻拦，哀求道："老爷，求你了，明江真的不行了！"

杜远山怒气不减，不为所动，反而高声道："从今天起，杜明江不再担任惠民医院院长之职，医院由我亲自管理，让这个孽子去三省堂面壁反省三天，由大管家亲自教导！伤好以后罚他去孤儿院做义工，直到他认清自己的过错！"

大太太扑了过去，哭泣道："老爷，你也太狠心了，明海犯了那么多错，你都没用透骨鞭打过，这次为什么这么对待明江！"

"因为他犯的是不可饶恕的大错！害人害已为祸乡里！更可怕的是这一次，他会让杜家产业一蹶不振。你可知，创业难，守业更难！"

趴伏在地上的杜明江眼里闪烁着仇恨的光芒，像一只受伤的狼。

药房里，靖琪正忙着给人看病，杜明海百无聊赖地坐在一边，往嘴里扔花生豆。

马致远提着两包点心进来。杜明海晃晃悠悠地站起来走过去，挑衅道："马致远，算你有孝心，来，我帮你尝尝。"

马致远把糕点藏在身后，撇了撇嘴，道："想吃白食？这是我给靖琪买的桂花糕。除非她答应让你吃，那算你有本事。"

杜明海笑："别靖琪靖琪的，靖琪是你叫的？"说罢，又小声地道："喂，我告诉你，靖琪是我媳妇！"

马致远也笑："杜明海，你也太不要脸了吧！靖琪那么聪明的人，能看得上你个无赖？"

杜明海道："她还就看上我这无赖了怎么着？还甭说，你大小算个媒人！当初靖琪替我从你手里赢回一只手，让我答应她一件事，你猜是什么事？"

马致远一愣，疑惑地问："你是说……"

杜明海嬉皮笑脸，低声地道："没错，她要我以身抵债，来还她那个人情！"

马致远一脸愕然。

靖琪听到了，起身拿起扫把作势要打。"杜明海，以后那件事不许再提，算我没说过，你欠我的人情债一笔勾销。"

杜明海转身逃出门，边逃边说："不行，这笔人情债我必须得以身抵债，不然还算什么男子汉。"

靖琪恨恨地道："无赖！"

马致远大笑道："靖琪，这个无赖要是再敢来捣乱，你告诉我，我把他逮到警察局关起来。"

靖琪把扫把往墙角一靠，道："不用了，你也别掺和，我自己的事会自己解决。"

鸿福楼戏院内，高朋满座，开场锣鼓已经敲响。戏台上，伶人已粉墨登场，唱的是《西厢记》。

二楼包间里，大太太神情不定地向门口望去，直到看见杜明江彬彬有礼地引着肖若云上来，才长长松了口气。大太太赶忙起身，亲热地拉着肖若云的手，感叹道："若云啊，你可来了。快快快，坐这儿，这都开场了。"

肖若云左顾右盼地道："明海呢？不是说好他也来吗？"

大太太眼珠一转，道："他是说来，可什么时候来，我还真说不准。"

杜明江故意道："我二弟就那个脾气，你也知道。高兴就来，不高兴就走，谁也拦不住。连我爹也拿他没办法。"

肖若云不满地道："这个混蛋把我诳来，他反倒不露面了。"

这时肖若云恰好看到在楼下普通观众席上正在寻找座位的二太太，兴奋地站起来招手："菡姨，这边有座！"

杜明江和大太太对视一眼，脸色难看。千算万算，人算不如天算。神色变幻间，二太太已经走上楼来，温和道："若云也来看戏啊！"

肖若云快言快语，直接道："菡姨，明海也来吗？"

二太太道："他还看戏？他就像只猴子，屁股坐不到板凳上！"

肖若云晃荡着二太太两只手，娇声道："不嘛，菡姨，你喊他来，不然，我在这儿看也没意思！"

二太太笑着点头道："好好！我这就叫人去找他！长寿，去喊明海来陪我看戏。"

以德大药房外，"免费赠饮凉茶"的招牌下，杜明海正帮着靖琪给百姓们倒凉茶，忙得不亦乐乎。

突然，杜明海被人拍了下肩膀，他猛一回头，看清来人后松了口气，道："长寿，你个兔崽子吓我一跳。"

长寿道："二少爷，我找了您半天了，您真在这啊，二太太请您去鸿福楼看戏！"

杜明海随口问道："什么戏？"

长寿忙道："《西厢记》。"

杜明海眼珠一转，道："这戏不错，你先回，我这就过去！"

长寿走后，杜明海装得急急忙忙地跑到靖琪面前，急道："不好了，不好了，我娘的头风病又犯了，你快跟我走一趟！”

靖琪一听，十分焦急，“二太太在哪？”

杜明海道：“鸿福楼，快，十万火急！”

靖琪朝屋内喊道：“小豆子，我的药袋！”

小豆子跑出来把药袋递给靖琪，杜明海一把扛起靖琪飞奔而去……

杜明海望着鸿福楼的招牌，脸上露出笑容，把靖琪放在了大门口，一拽靖琪：“快！”

靖琪一脸怀疑。二太太头风病犯了，不去杜府，来鸿福楼做什么？还没等靖琪问出口，肖若云看到了杜明海，喜形于色地站起来招手。

杜明海把蓬头垢面、高挽着袖子的靖琪拽进门。肖若云顿时脸上一黑，一屁股坐下。

靖琪忙道：“二太太呢？”

“我娘就在上边。”杜明海朝二楼指了指。

紧锣密鼓声中，杜明海和靖琪走进包厢。肖若云盯着走上楼来的二人，眼中简直要喷出火来。大太太和杜明江对视一眼，并不作声。

“明海？你怎么把东方姑娘也带来了？”二太太面露不快。

靖琪仿佛明白了什么，冷冷地看着杜明海，问：“说吧！葫芦里卖的什么药？”

杜明海赶紧地向二太太使眼色：“娘，你不是犯头风病了吗？”

二太太不理他，十分不满地道：“犯病？犯什么病？我好好的，倒是人家若云等你半天了。你怎么才来？”

靖琪闻言，笑了：“二太太，既然您身体安泰，靖琪就先告退了。”

肖若云幽幽地道：“来都来了，就坐下一起看戏吧。”

几个人各怀心思，只有杜明海不明所以地道：“是啊，靖琪，一起看戏吧。”

大太太终于开口了，喝道：“老二，你的胆子可越来越大了。老爷说过，不许这奴才再进杜家的门，你竟然还跟这奴才勾勾搭搭！”

二太太回头，惶恐道：“大姐，我真不知道她今天会来。”

靖琪不卑不亢地：“大太太，杜老爷是说过不许靖琪再回杜家，可我没听说过这鸿福楼也是杜家的！”

杜明海满脸无所谓：“大娘，人是我带来的，跟我娘没关系。再说了，靖琪现在也不是奴才，她是……”

肖若云鄙夷地道："她能是什么？一日为奴，终身为奴！"

杜明海索性一搂靖琪的肩膀，大声地道："她是我媳妇！我杜明海的正宫娘娘！"

靖琪用力甩开杜明海的胳膊，跑了出去。杜明海赶紧追上。

肖若云也不依不饶地走到两人身边，下巴对着靖琪，高傲地道："你一个乡下丫头想必也没见过什么世面，今天能看场戏也好懂得个高低贵贱，眉高眼低。"

靖琪站定，不卑不亢地道："谢谢若云小姐的好意！今天这戏不巧我已经看过了。"

肖若云夸张地道："哟，看过了？那你应该知道这戏是什么意思吧？"

靖琪慢条斯理道："说的是崔莺莺和张生的故事。"

肖若云含沙射影地道："让我说，这张生也忒有点自不量力，他要是能认清自己的身份，不瞎勾搭，这崔莺莺说不定能找个门当户对的少爷，也就没这么多波折了。"

靖琪微微一笑，道："我倒是觉得，有缘就不怕波折，最后张生金榜题名，结局还不是皆大欢喜。

肖若云讥讽道："可不是每个人都是张生，都有当状元的命！"

靖琪悠然道："如今是民国了。我听说在城里念书的小姐少爷们，都兴自由恋爱了。杜二少爷总跟我说，他只想做他喜欢的事，其实我最欣赏的就是他这一点。我猜他日后娶媳妇，一定不会在意门当户对这件事，你说是不是，明海？"

杜明海马上接口，干脆利落道："那是！"

肖若云看杜明海这样帮着靖琪，心痛道："杜明海，你混蛋！"语音未落，抡起左手就给了杜明海一个耳光，转身就跑。

有人闻声往这边看，指指点点。杜明海摸了摸脸，拉上靖琪走了。

第十二章

舞台上，欢快的锣鼓声响起，张生与崔莺莺正在拜堂。

台下观众们纷纷站起，鼓掌叫好。看戏的人总是喜欢看花好月圆的结局。

戏院伙计端着铜盘，满场绕着请人打赏："请赏，请赏，嘿嘿，请赏。"

忽然听得人群中一阵骚乱，只见胖大海浑身是血，捂着耳朵踉踉跄跄跑进门，绊倒在门槛上艰难地挥动着手臂，声嘶力竭地喊道："大太太，二太太，不好啦！老爷被绑票啦！"

杜家人闻声大惊。杜明江快步跑到胖大海身边，问："胖大海！你的耳朵去哪儿了？"

胖大海嘴一咧哽咽道："被水匪割去了。"

杜明江焦急道："到底怎么回事？"

胖大海语声惶急，七尺的汉子，竟如垂髫孩童，语声若泣，"白塔湖水匪……水阎王的干儿子水鬼一伙……劫了我们的船，绑了老爷的票，要咱们两天后的酉时之前拿着十万现钞去白塔湖赎人！不然他们就撕票！"

二太太的眼泪瞬间涌了出来，站不住差点摔倒。哭哭啼啼地道：老爷……老爷，你可不能死啊……

大太太喘着粗气，吼道："住嘴，老爷还没死呢，你号什么丧！又是水阎王这个杀千刀的！"

杜明江对胖大海道："你还傻愣着干吗，赶紧跟我去报警！"

大太太纠结地道："报警就怕水匪知道，不报警又怕水匪不讲信义，这可怎么办好！”

杜明江急了："娘！现在不是犹豫的时候，当断不断，必受其乱！”

杜明江迈步就往外走，胖大海一把抱住他的腿："大少爷，水匪们就藏在那片迷魂阵一样的芦苇荡里。水鬼说了，别说看见个警察，就是看见只眼生的麻雀飞过，他们都得杀了老爷！这水鬼是三十里芦苇荡水阎王的干儿子，那可是个杀人不眨眼的主。

二太太腿一软，跌坐在地，喃喃自语道："真是冤孽，真是冤孽……“

杜明江一脚踹翻胖大海，怒道："别长他人志气灭自己的威风，起来跟我走！”

胖大海仓皇地爬起身来。

杜明江回头道："娘你和二娘先回家去，把大管家找回来商量事！我去完警察局就赶回家。”

待杜明江回到家时，客厅内已有不少人。

大太太长叹了口气，护着心口喃喃地道："但愿这帮水匪这次也只图个财！”

王富贵沉吟道："胖大海说水匪里为首的叫水鬼。水鬼说了，只准派一个人带着钱过去，他们有人在湖心水道上等着，一手交钱一手放人。”

"我过去！”杜明江说，"娘，明江身为杜家长子，不论有多危险，都会把爹好好地带回来。”

听杜明江说得情真意切，王富贵若有所思。

大太太擦着眼泪，欣慰道："好儿子，不枉你爹养你那么多年。”说完，又转头对王富贵道："大管家，老爷平时最器重你。现在老爷落了难，咱杜家没了主心骨，老爷说过，家有千口，主事一人。他若不在，这杜府就是你这个大管家说了算，现在是该大管家请祖师爷号牌，号令全府的时候了！”

王富贵躬身，道："既然大太太和大少爷都这么说，那富贵就当仁不让了！”

客厅外传来一片纷乱声。

杜明海径直往里冲，一拳打在长寿的鼻子上，怒吼道："滚开。”

长寿被打得鼻血直流。

杜明海朝屋子里喊道："我爹都落在水匪手里了，你们不赶紧去救人，还在这废话！养你们这帮奴才就只会耗子扛枪窝里横吗！”

王富贵听他话说得难听，也怒了，"杜明海，祖师爷号牌在此，我现在代行东家老爷职责，不许胡闹！”

杜明海道："老子是回来拿枪的！你那号牌对我有鸟用？我也用不着你管！"

眼看越闹越不成体统，杜明江忙出来打圆场道："明海！现在大管家请了祖师爷号牌，全府上下都得听大管家的！"

杜明海不耐烦道："你们爱听谁的听谁的，老子把话搁在这。就那几个水匪，现在惹到老子头上了，老子直接杀过去端了他们的老窝！"

王富贵压低声音，道："二少爷，老爷还在他们手上，切不可鲁莽行事，别因小失大。否则的话我就要请出杜家的家法透骨鞭了！"

杜明海冷笑道："王富贵你个混蛋，你当我杜明海是吓大的！"

杜明江喝止道："明海，救爹的事大管家都已经安排好了，你就不要再跟着瞎折腾了！"

杜明海从小都听杜明江的，听他这样说口气随即转缓，"大哥，救人算我一个！就算老东西不认我这个儿子，冲我还姓杜，冲他给了我一条命，我这次也得学哪吒，就是剔骨剥肉也还了他这恩情！哥，这事我还就管定了！"

杜明海说罢，把挡在前面的王富贵推开，径自向后面走去。

王富贵气愤道："无法无天，难成大器。"

码头上，杜明海正在给码头的弟兄们分发棍棒、扁担、鱼叉。杜明海腰插短刀，背后绑着一杆长枪。

李歪脖带着靖琪匆匆赶来。靖琪一看这阵势，嘴一咧，道："哟！杜二爷果然厉害啊！"

杜明海回头，惊讶地道："你怎么来了？！"

靖琪夺过李歪脖手里的一根破木棍，掂了掂，扔到一边，道："就凭这些破烂家伙，你就想去救人？你以为那水鬼和人马都是纸糊起来的？"

杜明海一亮背上的枪，底气十足，"老子有枪！"

靖琪讥讽道："这也能叫枪？你这锈铁疙瘩里有子弹吗？"

杜明海被她拿话一堵，脸憋得通红："你怎么知道没有！"一边说着一边伸出手，掌心里亮出两颗子弹。

靖琪笑道："就凭你这两颗花生米就能杀得了芦苇荡那几十上百个水匪？他们可是个个手里都有真家伙！"

杜明海懊恼道："早知道有今天这一仗，上次码头上那批枪老子就该留下两箱！不过就那些个水匪，老子一只手就能捏死他们！那你说该怎么办？"

靖琪挥了挥手臂，大声道："散伙！"

"那我就眼睁睁看着水匪绑了我爹不管！"

靖琪一扭杜明海的耳朵，低声道："就你这么张牙舞爪的，还没出发，水匪早得着信了！赶紧散伙。要救人，马上跟我走。"说完转身就走。

杜明海半信半疑，冲弟兄们喊道："散伙，散伙！"说完，紧追靖琪而去。

码头弟兄们面面相觑，不一会儿也三三两两地散了。

杜明海一路跟着靖琪来到河畔，一艘小船正停在岸边。

靖琪跳上船，冲杜明海使了个眼色。杜明海一脚上了船，靖琪便把拴在桩上的绳解开，小船顺水划开。

杜明海手忙脚乱地把枪摘下放好，扯过渔网盖在上面，紧张地扶着船帮，左右看看道："你到底行不行？不会翻了吧！"

靖琪不耐烦地道："你不是想救你爹吗，要是有胆就跟我走！"

杜明海不屑道："怎么没胆跟你在一起，就是死了我也认了！咱俩要是生生死死都在一起，马致远那混蛋非得眼热死！"

靖琪瞥他一眼，不再理他，全神贯注开始划船。

小船灵巧地在水中穿行，驶进了芦苇荡。

杜明海穿戴好蓑衣，看着周围的芦苇啧啧称奇。

靖琪斜他一眼，道："把斗笠戴上！要是有人问话，就说是打鱼的。对了，记着你叫二牛。"

杜明海涎着脸道："我是二牛，那你呢？"

靖琪脸一红，支吾道："二牛媳妇！"

杜明海一拍大腿，大叹道："二牛这小子真他娘的幸运。"话音未落，他看到小船仿佛要搁浅，急忙喊，"哎哎哎，小心！"

靖琪慢条斯理地摇着橹，淡然道："嘘！别大惊小怪的。"

杜明海好奇道："你什么时候学的划船？"

"我小时候就长在河边，那里也有无边无际的芦苇荡，我是喝芦苇荡的水，吃芦苇荡的鱼虾和野菜长大的。我经常和义父一起到芦苇荡里挖野菜、打猪草、捕鱼摸虾……"靖琪回忆道。

杜明海啧啧称奇："难怪你水性这么好！我小时候可没你这么走运。我因为偷着下河摸鱼，屁股被我爹打烂了，一个月不敢沾凳子。"说着说着，杜明海突然有点伤感，“我现在倒是希望他能突然跳出来打我一顿，哪怕是骂我两句也好！”

靖琪安慰道：“吉人自有天相，杜老爷一定会没事的！”

几条船停在芦苇荡深处湿地的岸边，随着水波漂漂荡荡。湿地上有几处房子，木制哨塔上，一个持枪的水匪在瞭望哨上来回地走着，警惕地观察着四方。

杜远山被绑在柴房的柱子上。他受了轻伤，被蒙了眼、堵了嘴，叫天天不应、叫地地不灵。

不远处的大堂里，关老爷面前的香炉里插着三炷香，青烟袅袅而上。

水鬼恭恭敬敬磕了三个头，双手抱拳，朗声道：“求关老爷保佑我水鬼这次旗开得胜，马到成功！也保佑我媳妇能平平安安生出个大胖小子，让我老水家后继有人！”话音一落，三炷香突然断了一根，香灰重重砸在香案上，如同无声的拒绝。

水鬼看着折断的香柱，连连叩头，惊恐地道：“关老爷，您这是怪罪我了吗？是，我水鬼一向劫富济贫，从来不绑肉票，这次是真没办法了！我干姐姐李凤凰在暨阳县失手被抓，被押送到嵊县关押。我找人疏通，没想到那嵊县王县长贪得无厌，诬陷我凤凰姐姐是革命党，狮子大开口索要十万块钱保证金，不然就砍头示众。我为救凤凰姐弄的一批军火被暨阳县警察局扣了不说，手下几个兄弟全被那杜明海给弄死了！我也是没法子了才破了自己十多年来只收买路钱不绑肉票的老规矩啊！我绑了杜远山，引来他儿子杜明海，好杀了他祭奠弟兄们，为替兄弟们报仇，关老爷你可得保佑我！”水鬼说罢，又重重地磕了三个头。

靖琪和杜明海的小船悄无声息地靠近湖中湿地。

眼尖的杜明海发现瞭望塔上有人守卫，忙做手势，靖琪急忙把船划向芦苇荡深处，不料船无意中撞到了水匪提前设置的机关，绊箭齐发。靖琪扑过去，按倒发愣的杜明海，竹制的绊箭带着风声凌厉地在两人身边呼啸而过。生死一线，靖琪吓得满头大汗。缓过神再看杜明海时，杜明海却笑嘻嘻地望着她，她这才意识到自己还倒在杜明海身上，顿时羞红了脸，手忙脚乱地仓皇起身，嗔道：“还有脸笑呢，有绊箭射过来都不知道趴下。“

杜明海美滋滋地道：“还别说，你刚才那一扑，还真有点老虎扑兔的意思！”

靖琪白了杜明海一眼：“都什么时候了，还有心思说笑话！你在这儿等着，我去探探情况。”说着，她麻利地在芦苇上折下一根空管，叼在嘴上，没等杜明海反应过来就一个猛子扎进了水里，眼前水波层层漾开。

杜明海也学着靖琪的样子折下一根芦苇管叼在嘴里，一猛子扎进水里。

癞头阿四发现自己船旁边的水面上出现了奇怪的芦管，试着用桨去戳。水下的杜明海一把拽住船桨，癞头阿四一惊往回夺桨，杜明海顺势把癞头阿四拽进湖里，两个人在水中缠斗。

船上另一人见形势不妙，“扑通”一声跳进了水里，却是避开打斗，拼命往远处游。

杜明海水性不好，被癞头阿四抓住脖子不停灌水，没多会儿就翻起了白眼。

靖琪浮出水面，甩手将一把飞针射中癞头阿四身上穴位，癞头阿四掐住杜明海脖子的手缓缓松开，杜明海连连咳嗽终于喘上口气来。癞头阿四的四肢动弹不得，嘴里骂骂咧咧也挡不住身体往下沉。靖琪见状，撒下渔网将癞头阿四网住，招呼杜明海一起将癞头阿四拖到船舱里。

杜明海抹了一把脸上的水，连踹几脚，骂骂咧咧道：“奶奶的，敢淹老子！”

靖琪拉开杜明海，拔下癞头阿四身上的银针，重重地按压癞头阿四的胸腔。

癞头阿四喷出一嘴的水，缓缓醒来，正欲喊叫。靖琪冲他扬了扬针，威胁道：“你要敢乱叫，我就让你当一辈子哑巴！”

癞头阿四吓得赶紧闭嘴。

靖琪低声恐吓道：“我问你答，不许废话！”

癞头阿四忙不迭地点头。

靖琪道：“刚才逃走的是什么人？”

癞头阿四连忙道：“是个郎中。”

靖琪又道：“是杜老爷受伤了？”

癞头阿四慌慌地点点头。

杜明海一听，急了，一把抓住癞头阿四的领子问道：“我爹伤得很严重？”

癞头阿四不敢作声。

靖琪又问阿四：“你们这白塔湖到底有多少人？”

癞头阿四老老实实回道：“七八十口子。”

杜明海问：“多长时间一换岗？”

癞头阿四道：“每个时辰有两小队人换岗。”

靖琪再问："一个小队是多少人？"

癞头阿四肯定道："六个！"

趁靖琪和杜明海在思考，癞头阿四挣扎起身，想翻身跳下船。靖琪一惊迅速将银针重新刺入癞头阿四的穴位，癞头阿四再次昏迷过去。

靖琪看着癞头阿四对杜明海道："你把他衣服扒下来换上，我去船舱外等你。"

杜明海稍一发愣，立刻会意。

船离湿地越来越近。靖琪和杜明海这下看清了，那木头架子搭成的小型瞭望塔上，有个水匪正挥舞着一面黄色小旗。

杜明海纳闷地道："这什么意思？"

靖琪道："这叫旗语，应该是他们的暗号！"

还没等靖琪说完，杜明海一眼就看到船舱里也有一面黄旗和一面小镜子。他顺手抄起黄旗，对着瞭望塔一顿瞎比画。

靖琪着急道："你干吗啊，别露馅了！"

杜明海一惊坐下，但已经来不及了。瞭望塔上的水匪看着那一通乱七八糟的旗语，举枪就瞄准了杜明海。

正当两人不知所措的时候，瞭望塔上那人却突然收枪，大声问道："是昨天新入伙的阿贵吧？"

杜明海就坡下驴，连忙道："哎哎，对，我是新来的阿贵。"

水匪对杜明海比画着让他靠岸，喊道："早就听说你笨，不着调！郎中接来了吗？赶紧靠岸，靠岸，大当家的都等急了！"

杜明海大声道："接来了，哎哎！马上靠岸。"

有惊无险。杜明海得意地朝靖琪挤眼。

两人一上岸，四个持枪水匪就围了过来。特别是有个叫二毛的，绕了靖琪转了整整一周。杜明海下意识地把靖琪护在身后。

二毛热情得出奇："阿贵！这姑娘就是你接回来的郎中？"

杜明海忙不迭地道："对对，这就是郎中。"

靖琪把手中的帆布药包举了起来，盯着二毛，认认真真道："三代行医，手到病除。"

二毛吩咐旁边的水匪阿三："阿三，你带郎中去看看那老头。"

杜明海抬脚也要跟着过去，二毛突然伸出胳膊拦住。杜明海一惊，下意识地去摸他揣了一路的两颗子弹。

二毛慢条斯理道："阿贵，你往哪儿走啊，大当家等你老半天了，让你一回来就去他那儿。"

杜明海大大咧咧地走进水匪营地的大厅。他看见正中间那把座椅上，水鬼正跷着二郎腿擦鱼叉，数名水匪排列两侧。

二毛走到水鬼面前毕恭毕敬地道："寨主，人我给你带来了！"

水鬼皮笑肉不笑："阿贵！"

杜明海大声道："在！"

水鬼手中那把雪亮的鱼叉突然飞出，眼看就要扎到杜明海的脚。杜明海机灵，向后一跳，鱼叉在杜明海脚趾前一毫米的地方深深没入地面。

水鬼大喝一声："还不给我拿下！"

屋内众水匪一拥而上，瞬间把杜明海拿住。

杜明海挣扎着，不死心道："寨主，你们这是开什么玩笑？我是新来的阿贵啊！"

众水匪哈哈大笑。水鬼笑骂道："你是阿贵，那老子是谁？阿贵是本寨主的名字，在这芦苇荡里没有第二个水鬼阿贵！"

柴房内，靖琪仔细查看着杜远山伤势，发现他的腿被打断了。

靖琪呵斥阿三："你们这是想要他的命吗？腿都折了还这么绑着！"

被蒙着眼的杜远山听到熟悉的声音，心里面惊诧不已，但意识到水匪在场，并没有表露出什么。

靖琪吩咐道："去，烧些开水来，我得给他清洗伤口。"

阿三看了靖琪一眼，又看了看杜远山，径自走出了门。

屋内，靖琪摘下杜远山的眼罩，道："杜老爷，是我！我和二少爷来救你了！"

杜远山努力睁开眼睛，长时间的蒙眼让他觉得光线很刺眼。他眯着眼睛，急切道："你快走，这帮水匪诡计多端！我腿折了，逃不掉的。救人哪有这么容易？"

靖琪易一边为杜远山松绑一边说："要走咱们一起走！我这就给您接骨。您忍一忍，有点儿疼。"

过了一会儿，靖琪向柴房门外警惕地望望，见到不远处水鬼及众水匪推推搡搡，押着被绑的杜明海走来。

杜明海看见靖琪的脑袋，大喊："快带我爹走！"喊完，他奋力踹向水鬼，水鬼一个踉跄差点倒地，众水匪一拥而上。

靖琪趁乱搀着杜远山出门。

水鬼大怒道："这个贼婆娘是杜家请来的帮手，快给我拿下！"

隐藏在草房后的阿三一木棍将靖琪打倒在地。杜明海的双手被绑，只能扑上去死死咬住水鬼的耳朵，水鬼失声大叫。杜明海又被众水匪连打带踹地拽开，一顿拳打脚踢。

水鬼抹了一把耳朵上的血，大怒："奶奶的，你这条疯狗，老子淹死你！"

杜明海毫不客气："有种你放了我爹和靖琪！老子这条命就归你了！"

水鬼把刀架在靖琪的脖子前，威胁道："你以为我不敢？告诉你，老子要先拿你换点儿钱再杀了你！你小子要是再不老实，老子现在就杀了这个女的！"

杜明海呲着满是血的牙，嘶吼道："水鬼，你敢动老子的女人，老子就是做鬼也不会放过你！"

水鬼挥手道："把他们先押进去，给杜家下最后通牒！这次是赎三个，赎金再加两万，十二万现钞一个子儿都不能少！交易提前两个时辰，由酉时提到申时！每晚一炷香的功夫，就剁肉票一根手指头！晚两个时辰不交，全部撕票！"

第十三章

杜府上下在焦急等待着消息。

长寿惊慌失措地跑进来，手里拿着一封鸡毛信，仓皇地道：“不好啦，不好啦！水匪，水匪！”

二太太被这突如其来的声音吓得浑身发抖，惊恐道：“水匪又怎么啦？”

杜明江走了过来，呵斥道：“慌什么？你看见水匪啦？”

长寿哭丧道：“大少爷，我刚出门就看见这封鸡毛信！水匪倒是没看见，早没影了！不过肯定是水匪一箭射在门板上的。”

杜明江迅速接过信，匆匆展开，轻声地念道：“杜府不讲规矩，暗闯芦苇荡，现已将杜明海和女郎中擒获，加上杜远山，赎金增至十二万大洋。交易提前两个时辰，由酉时变为申时！逾期不交，每一炷香时间切掉肉票一根手指头，超过两个时辰或报警捣鬼，全部撕票！”

杜明江还没念完，肖若云已经失声痛哭道：“杜明海，你果然和那个死丫头一起去送死了！”

二太太痛呼一声“明海”就晕倒了。

一通忙乱后，肖若云带着王富贵去找肖金水借两万法币。

杜明江提着樟木箱子进了房间，做的却是另外的打算。他望望门外没人，反手将门插好。迅速拉开床底的暗格，将樟木箱子里的钱手忙脚乱地往暗格里放。

这时，突然传来一阵急促的敲门声。杜明江心惊手抖，颤声问：“谁？！”

“表哥，是我！”

杜明江听出是何家宝的声音，长舒了口气，把暗格匆忙推回去，没好气地道："等着！"

打开门，何家宝提着一只铁皮箱子挤了进来。

杜明江探头看看门外没人，又匆匆插上门。

何家宝看他关好门，道："表哥，你要的假币我给你弄来了！黑市价，一换十！"说着把箱子放在桌子上，"啪"地打开箱子的搭扣。铁皮箱子里一沓沓整整齐齐的崭新法币。

杜明江连忙将铁皮箱子里的假币一摞摞放进樟木箱子，最后在假币最上面铺上一层真币。

杜明江漠然道："大管家去肖家借的两万,万一借到了，就全盖这上面。我交代你的几件事，你都记住了吗？"

何家宝点点头，"表哥，放心，我都安排好了！"

杜明江盯着何家宝的眼睛，阴恻恻地道："天知，地知，你知，我知，要是漏出去半个字，你就别活了！"

警察局外已经围了许多看热闹的百姓。院内，马致远等巡警正在焦急等待，交头接耳，而肖金水却迟迟不露面。

何家宝带着一大帮人匆匆赶来，哭哭啼啼："各位乡邻，我姑父杜远山杜老爷平日里扶贫济困，造福乡里，这次被水匪绑了票。在场的几乎都受过恩惠，各位一定要请肖局长剿灭水匪，救杜老爷出来！"

众人纷纷大喊："剿灭水匪，救杜老爷！剿灭水匪，救杜老爷！"喊声此起彼伏。

马致远大踏步过去，一推何家宝，道："你这么兴师动众的，要是惊动了水匪怎么办？你这是在要杜老爷的命！"

何家宝不服气地回嘴："我们杜家出了这么大的事，要是不给警察局点压力，我姑父的命还能保住吗？"

百姓越聚越多，马致远看看事态难以控制，大声道："乡亲们都请回吧！警察局不过是例行点验，大家就不要在这看热闹了！"

何家宝激动地说："马致远！你胡说八道！你们到底什么时候去剿匪？"

这时，肖金水走出来，接话道："我们这次要端掉水匪的老巢！"

众百姓群情激动："剿灭水匪！救杜老爷！"

肖局长面对众人，用手往下压了压，示意大家听他说话。“父老乡亲们，我肖金水既然镇守暨阳县，就得保一方平安，如今暨阳第一大善人杜远山杜老爷被水匪绑票，这不仅是杜家的事，也是咱们全暨阳县的事，咱们有钱的出钱，有力的出力。这次一定要剿灭水鬼一伙，端了他们老窝，还百姓一片清明！”

混在其中的水匪二毛见此情形，压低草帽偷偷溜走。

杜明江一袭长衫屹立船头，风吹衣袂，猎猎作响。小船离岸越来越远，杜明江低头看看怀表，时间已经不多了。他神色如常，“啪”的合上怀表，目视前方。

此刻，杜远山、杜明海和靖琪被绑在瞭望塔的柱子上。

水鬼肩挎盒子炮，手持雪亮鱼叉，带着众水匪威风凛凛地站在塔下。水鬼看了看旗杆的影子，缓缓转过身来，阴冷地道：“已经到点了！姓杜的，我看你大儿子是宁舍你的命也不舍财啊！那咱们这次就来个鱼死网破！来人啊！把这老头子的手指头给我剁下一根来！”

杜远山冷冷地看着水鬼：“我要是少了一根手指头，你这芦苇荡怕是保不住了！”

水鬼无所谓道：“保不住？老子大不了换地方当寨主！绝不能坏了老子在江湖上说一不二的名声！切！”

癞头阿四拔刀向前，眼看就要手起刀落，杜明海大声道：“水鬼，有种冲我来！你二爷爷的手指头已经切过一根了，不在乎再多切一根！”

水鬼走过去拍拍杜明海的脸，嘲笑道：“别着急，咱们一个一个来！要不是看你是杜家的二少爷，我第一个先切你的！现在是看在你还值几个大子儿的份上，暂且先饶了你！”却望着靖琪笑了。“来人啊，把那个女郎中的手指头先切一个，派快船给杜家送去！”

这时，二毛媳妇惊慌失措地跑来，上气不接下气地道：“大当家的，不好啦，不好啦。”

水鬼一愣，道：“二毛家的，怎么回事？”

二毛媳妇急道：“大奶奶破水了，要生了！”

水鬼一惊，道：“怎么偏这个节骨眼生！不是还要半个月吗？”

二毛媳妇道：“好像是这两天惦记您干的大事，动了胎气。”

水鬼急怒道：“这他娘的连个产婆都没有，可咋办啊？”说着惊慌失措就要离开。

靖琪大声说：“站住！”

水鬼回头，阴森森地盯着靖琪：“你又要出什么幺蛾子？”

“我是郎中，放我下来，不放我下来，我保证你后悔十辈子！”靖琪的话掷地有声。

水鬼一拍脑袋，恍然大悟道：“还愣着干什么，快放她下来！”

两个水匪急忙上前为靖琪解开绳子。靖琪揉着手交代道：“想要让我救你老婆，一不许打人，二不许切手指头，三要好吃好喝好招待。”

水鬼不耐烦地道：“行了，我都应了，别给我啰唆。赶紧的！”

水鬼带着靖琪进门。靖琪一眼看到床上的大肚婆在挣扎呻吟，惨白的脸上，汗珠直冒。

靖琪倒吸一口冷气，面呈难色，道：“这样的阵痛和叫法，怕是要横生！”

水鬼扑过去，抓住老婆的手，心疼道：“小琴！别着急，我给你请了个女郎中来！”

水鬼老婆抬头看到来人，一惊：“怎么是你！”

靖琪也一愣：“石友琴？”

水鬼疑惑地望着靖琪，道：“你们怎么会认识！”

石友琴虚弱地道：“阿贵，这就是我跟你说过的，让我爹死去活来又死了的那个女郎中！”

水鬼怒道：“原来是那个庸医！滚滚滚！绑了，押回去。”

石友琴阵痛再来，痛苦地号叫着：“啊！”

靖琪一把推开水鬼，用手摸了摸石友琴的肚皮，大惊道：“是臀位！上次是个意外，这次我保证让他们母子平安。”

石友琴挣扎道：“阿贵，就让她试试吧，我受不了了！”

水鬼一咬牙，道：“好！”

靖琪满头大汗在石友琴的肚子上摸索着，石友琴还在痛苦挣扎，办法都用遍了，孩子还是不肯出来。

石友琴虚弱地道：“我怕是不行了，一定要保住孩子！我们的第一个孩子刚出生就夭折了，阿贵盼这个孩子已经盼了很久了，你帮我切腹把孩子抱出来吧！”

靖琪汗流浃背地道：“不行！你别着急，臀位是难生，我们再试试，我已经摸到胎儿的头了！孩子不能没有妈妈，你要有信心！”

杜明江望见水面上出现了浮标。

起风了，芦苇乱摆，阴森可怖。杜明江有些不寒而栗，觉得有无数双眼睛在盯着他，他望着四周的芦苇荡一惊一乍的。

在芦苇的掩映下，水匪的八双眼睛正紧张地注视着杜明江的一举一动。

二毛啐道："妈的，好像是来送货的！都过了一个时辰了才来。把他们引到芦苇荡，先把货收了！"

阿三点点头，大声地道："喂，是不是杜家的？"

杜明江壮着胆子喊道："我是杜家大少爷！我给你们送钱来了！你们好好地把我爹他们送过来，要是少了一根汗毛，你们一个子儿也休想拿到！"

二毛啐了一口，道："奶奶的！这小子好大的口气！喊话！让他们跟着浮标走。"

阿三点头，喊道："看到浮标了吗？跟着浮标指示的方向走，就能见到你爹了！"

船老大有些担心地道："大少爷，不能进芦苇荡啊，这芦苇荡盘根错节，深不可测，是水匪们的老巢，多少人都是有去无回啊！听说有一家三口渔民，误入芦苇荡，连小孩子都被割下头抛尸湖中……"

杜明江担忧地看了一眼自己脚下的船底，一个大木塞堵住了船下的漏洞。他稍稍放心，想起自己与何家宝的计划——只要拔开塞子，水就会从船尾的洞里漫进来。何家宝等人提前赶到湖心的位置，找地方藏起来接应。只待救起杜远山，就杀了杜明海、东方靖琪与船老大。

远远地，马致远带着人跟着杜明江的船。

狭窄的芦苇荡中，船老大战战兢兢地划着船，杜明江站在船头指挥："这里这里，浮标在这里！"

船老大颤抖着道："大少爷，第五个了！连我这个老船夫都分不清东西南北了！"

杜远山和杜明海望着茫茫芦苇荡，叹了口气。如今生死都握在水匪手里，不知道还能不能有明天。杜远山有心与杜明海说和，无奈杜明海牛脾气上来，父子俩越说越僵，最终还是不了了之。

水鬼的屋子里，为石友琴接生的靖琪好不容易顺正了胎位。阿三跑来报告，说杜明江带着钱来赎人了。水鬼获知警察没有进芦苇荡，决定先放杜远山。

阿三得令后，赶到瞭望塔下，匆匆解着杜远山的绳子。

杜明海紧张道："喂！你要把我爹弄哪去？"

阿三边解绳子边道："你们家来赎人了！"

杜明海一听，旋即道："那把老子和小七也赶紧放了啊！"

阿三道："等当家奶奶生完孩子再放你和那女郎中走！"

杜明海怒道："奶奶的，我管你们生不生孩子，一手交钱一手交人，这是江湖上的规矩！"

阿三拔刀架在杜明海的脖子上，一字字道："再啰唆就杀了你！"

杜明海听阿三这样说，越发奋力挣扎反抗，刀在杜明海的脖子上割出血痕。

杜远山瘸着一条腿直冲到阿三面前，拦住，强硬地道："我杜远山的儿子要是有个好歹，我就是倾家荡产，也照样雇人杀了你！"

阿三闻言，才抬起了刀。杜明海摸着脖子上流出的血，吃惊地望着杜远山。

阿三推搡着杜远山往前走，杜远山回头嘱咐道："明海，别莽撞。"

杜明海点点头，哽咽道："知道了，爹！"

杜明江等到杜远山上船，激动万分地一把抱住了杜远山，声泪俱下地道："爹！你还好吧？"

杜远山连忙道："我没事。明江，快走，离开这个是非之地！"

杜明江示意船老大往回划船。

船行了一段路程，杜远山觉察到芦苇荡里的异样，问道："警察是不是在外面？"

杜明江点头道："就在外面，只等我一发信号，他们就来剿匪。"

杜远山马上道："不行，你二弟和靖琪还在他们手里，不能出兵。"

杜明江心里恨不得杜明海马上就死，却还是冲着杜远山点了点头。

埋伏在芦苇荡中的何家宝见到杜明江的船，禁不住自言自语："怎么就回来老爷一个？"话未说完，就见杜明江伸了个大大的懒腰，举起了一只胳膊。何家宝顾不得多想，迅速掏出蒙面的黑布蒙在脸上，一挥手："扮匪！"

何家宝等人假扮的蒙面水匪手持大刀直直地撞过来。

杜远山大惊道："水匪！"

杜明江假装惊恐地道："水匪不讲信用，要钱还要命！"

船夫吓得浑身发抖，竟一猛子跳进水里，再也不管船上的杜远山与杜明江了。小船在水面上打着旋，转得杜远山头晕眼花，杜明江忙捡起船桨装模作样地拼命划船，何家宝趁机跳上船。

杜明江挥舞着手中的船桨，佯装与何家宝假扮的水匪格斗，想寻机跳船逃生。爱子心切的杜远山为救杜明江，顾不得年老体衰，瘸着一条腿奔到何家宝前面，不要命地勒住了他的脖子，声嘶力竭地道："明江，快逃！"

杜明江抬眼看到不远处有船划来，怕事情败露，用船桨猛击杜远山的后脑。杜远山缓缓倒在船上。何家宝害怕不已，浑身哆嗦地瘫坐在地。

那吓到了明江的船越靠越近，原来是李歪脖带着几个人。

李歪脖看到前面的船上隐约是熟悉的身影，试探着问："是杜家大少爷吗？"

杜明江闻声，对着瘫坐在一旁的何家宝道："别傻愣着了，砍我一刀！"

何家宝浑身哆嗦着不敢下手。杜明江怒踹了他一脚，催促道："废物，快点！"

何家宝只得抖抖索索地捡起扔在一旁的刀，闭着眼砍下一刀。杜明江闷哼一声，捂着流血的胳膊道："你马上绕道回去，和马致远他们一起去剿匪，到时候该干什么你自己明白。"

第十四章

李歪脖等人驾船行至杜明江船边，却只见到捂着胳膊、浑身颤抖的杜明江和倒在船上、生死未卜的杜远山。想不到水匪竟如此凶狠！李歪脖等人唏嘘着，自觉没有胜算，只得留下杜明江与杜远山，划船回去找马致远拿主意。

警察的五条小船在水面上泊着。

李歪脖等人惊慌失措划着小船而来，叫着："不好啦，不好啦！"

马致远眉头一皱，问："怎么回事？"

李歪脖紧张地比画着："水匪……水匪杀了杜老爷，砍伤了大少爷。"

坐在船上的肖若云猛地起身，问："明海呢？明海怎么样了？"

李歪脖答："还在水匪手里。"

肖若云一跺脚："还等什么，快去救杜明海啊！"

马致远疑惑地看着李歪脖，问："是杜明江让你来报信的？他怎么没发信号呢？"

李歪脖无奈道："他受伤了！估计发不了信号了。"

李歪脖还没说完，已经换了衣服的何家宝划着船匆匆赶到，冲着马致远说："马致远，我也要去剿匪。"

马致远满脸不屑："你能干什么？别在这儿添乱了。"

何家宝说："我姑父在水匪手里，我姑不放心啊！我姑不放心，就等于是我不放心。"

李歪脖也赶紧凑过来："马队长，我们几个也要一起去！"

一旁的肖若云抹着眼泪，嘴上却不饶人："马致远，赶紧啊，别关键时候装孙子！"

马致远一挥手，道："行了行了，没工夫跟你们啰唆，愿意去就得听招呼！子弹不长眼！冯铁头，你是队长，你来下令。"

"兄弟们，继续往前，加强警戒，注意安全！"冯铁头一声令下，七条小船全速划动，浩浩荡荡冲向芦苇荡。

不远处，一根细如头发的铁丝横跨芦苇荡两侧。

马致远隐隐约约望见一线模糊的影子心中一惊，刚喊了一声："小心！"冯铁头的小船已经触动了铁丝上连接的水雷，一声巨响，水花四溅，船瞬间被炸翻，船上的冯铁头、肖若云还有两名警察跌落水中。

听到此起彼伏的爆炸声，水鬼心中了然——杜家报了警，这是一早就知道的，现在杜远山回去了，警察要来剿匪了。水鬼只吩咐下去，若是警察冲过了水雷阵，让一干弟兄千万顶住，万事都等石友琴生了孩子再说。

片刻后，石友琴生了一个男婴。谁知这男婴双眼紧闭，面色发紫。水鬼抽出刀架在靖琪头上，吵嚷着要靖琪偿命。

靖琪头上豆大的汗珠直冒，她仿佛没看见水鬼手里的刀，一丝不苟地轻拍男婴的后背。终于，男婴放声啼哭起来。

石友琴喜极而泣："活了，阿贵，你儿子活了。"

水鬼手中的钢刀"当啷"落地，随即跪在地上，移步上前接过孩子。望着怀中啼哭不止的孩子，堂堂的水匪老大眼眶也湿了。

不过，还未来得及高兴太久，一连串的水雷爆炸声远远传来，如声声惊雷。

水鬼旋即起身，把孩子递给石友琴，拾起地上的钢刀，道："二狗子破了我们的水雷阵，老子跟他们拼了！"

靖琪连忙拦住水鬼去路，急切道："等等，你跟他们拼了？你的老婆孩子怎么办？你自己去跟人拼命了，那你不如不生这孩子，对不对？这样吧，趁着警察还没有到，赶紧带着你的老婆孩子逃出去，找个地方落脚，先过了这一关再说！"

水鬼不服道："我水鬼在这八百里芦苇荡也算个响当当的人物，就这么灰溜溜地逃了，以后在江湖上还怎么混？"

靖琪一针见血地道："可是，没法在江湖上混比没法在人世间混，要风光得多了。"

水鬼略一思索，大喊："来人啊，抬当家奶奶走！通知二毛，让他们马上给老子撤回来！”说完，水鬼眼睛转动着，突然用刀逼住小七："对不住了，我想来想去实在是信不过你。你好人做到底，送佛到西天，再陪我们走一程。来人！先把她和那个姓杜的小子绑在一起。”

芦苇荡的火力胶着在一起，正打得难舍难分。

一帮水匪在向远处观望，水鬼从后面摇摆着过来，问道："怎么样，这帮兔崽子能撤回来吗？”

瘌头阿四匆匆来报："刚才我吹苇笛让二毛他们撤，二毛发信号说来不及了，估计现在已经跟二狗子干起来了！”

水匪们纷纷抄家伙就要登船去支援。

水鬼大声道："都给我站住！不许去芦苇荡，往苇塘撤！留得青山在不愁没柴烧！早晚有一天，我会带着弟兄们再打回这三十里芦苇荡！你们要是还认我这个大当家的，就马上跟我往苇塘撤！”

众人不敢再说什么。

水鬼在撤离之前，把两串炸弹分别挂在靖琪和杜明海的脖子上，朝芦苇荡里大吼道："二狗子们都给我听着，认得炸弹吗？今天我可把我所有的存货都挂在这俩肉票身上了，半个时辰之内，如果有人敢踏上岸一步，我就打死肉票、引爆炸弹，让你们一个个粉身碎骨！”

藏身在芦苇荡里的冯铁头不屑道："吓唬老子，老子还不信这个邪了！弟兄们，给我冲。”

水鬼大声道："不要命的就过来！再敢动一动，我就先打死这两个人质。”

马致远和冯铁头一愣。焦急不已的肖若云已经一把拔出冯铁头的枪，对准冯铁头，道："冯铁头，你要是把杜明海害死了，我要把你的铁头打成铁筛子。”

冯铁头询问地望了一眼马致远，马致远点点头。

冯铁头低声命令道："全体原地待命。”

水鬼和一个手下分别用枪指着杜明海和靖琪，拖着他们步步后退。没有警察的火力威胁，他们很快隐没在瞭望塔旁的芦苇丛中。

小船在芦苇荡中穿行，杜明海和靖琪被捆在船尾。

石友琴抱着襁褓中的孩子，回头望望靖琪，把孩子递给水鬼。他夫妻二人感情深厚，心意相通，水鬼自然知道她要做什么，只能用眼神制止她。石友琴摇了摇头，算是拿定了主意。

杜明海低声地道："这帮水匪说话未必算数，咱们得找个机会跳水逃跑。"

靖琪点点头，两人配合着偷偷挣脱绳索。

石友琴走了过来，把两人脖子上的水雷摘下放在一边，帮靖琪解开了绳索，道："恩人，对不住了！我们既然已经逃出来，过了前面的大苇塘，就把你们放了。"

靖琪揉着发麻的手腕，准备帮杜明海解绳子。

水鬼出声制止道："不行，这个人暂时不能放。"

靖琪道："放心，只要有我在，他绝不跑。"

石友琴望了水鬼一眼，点点头，水鬼默许，却向一个手下努努嘴。那手下心领神会，持枪坐到靖琪和杜明海的身后。

半晌之后，小船划进了苇塘。水鬼松了口气："过了苇塘，就安全了。"

话音未落，一阵乱枪打来。水鬼慌忙将石友琴和孩子挡在身后，猝不及防中被一阵乱枪打中，船头的几名水匪均被打死打伤。

杜明海大喊："靖琪快跳水。"

又是一阵乱枪打来。一个沙哑的声音狂叫："阿贵，你打瞎老子一只眼，老子今天是来报仇的！"

水鬼浑身鲜血，对石友琴道："是独眼龙一伙来落井下石了！"

石友琴一手抱着孩子，一手抱着水鬼，满眼含泪道："当家的，这是你自己留下的祸根，你得认命。当初你就应该杀了这个欺师灭祖的叛徒。"

水鬼有气无力地道："我怕是不行了，好好带大我们的儿子……"说完，倒头死在石友琴的怀里。石友琴厉声长嚎。

靖琪摸了一下水鬼的脉，对石友琴摇了摇头，道："现在不是哭的时候，你得挺住了！带领弟兄们打赢这场仗，大家才能活命。"

石友琴擦了一把眼泪，把水鬼的尸体放到舱底，大声道："弟兄们，独眼龙不顾江湖道义趁火打劫，谁要是能杀了这孽徒为阿贵报仇，谁就是新的大当家的！"

靖琪也抄起一支船桨，对杜明海道："杜明海，我不能眼睁睁看着刚接生的孩子就这么死了，你把枪拿好了，咱们护着他们母子俩离开。"

杜明海无奈地道："靖琪，咱们……不是肉……肉票吗？"

靖琪迅速将船往回划去，毫不犹豫地道："我只知道郎中随时都得救人。"

独眼龙又大声道："水鬼死了，剩下都是些小虾米！弟兄们把招子放亮点，杀过去，从今往后水鬼的地盘就是咱们的了！到时候咱们大秤分银圆，大碗吃肉。"话音刚落，四面八方一齐开火。

靖琪匆匆划桨，石友琴紧张地抱着怀里的孩子。杜明海和一名水匪持枪一前一后警戒。另两条水匪的小船尾随在后，船上各有几名水匪个个神情紧张，人心惶惶。

突然，一艘小船横在了水路的前方。

众水匪十分紧张，把石友琴的船挡在身后，冲着小船就是一阵乱枪。

小船上一点动静都没有。

划近观看，才发现那是一艘空船，船帮上被子弹打得千疮百孔，在水面上兀自漂摇。

众人正在纳闷，靖琪看见水中不停冒泡，大叫一声："不好！"

四只手已经扒上了船帮，来者正是独眼龙的手下！ 杜明海手疾眼快，连开两枪，两名不速之客的血水瞬间染红了湖水。

水面重新恢复了平静，静得有些吓人。靖琪和杜明海警惕地扫视着周围。靖琪看到岸边苇丛里一点反光，突然一惊。杜明海顺着靖琪的目光望去，抬手就是一枪。

岸边芦苇丛中，独眼龙捂着眼睛倒下。

一阵乱枪扫过去，杜明海带着一众水匪划船上前。

一名水匪回来报告："当家奶奶，独眼龙一伙死干净了。"

石友琴激动地道："水鬼，孽徒已除，你大仇得报，死也能瞑目了！"

靖琪见状，道："这里不是久留之地，你们赶紧走吧，我和杜明海也得回去了。"

石友琴突然抱起孩子跪倒在杜明海的面前，高举着一块令牌，大声道："刚才我说过，谁杀了独眼龙，谁就是新的大当家的。如今，杜家二少爷杀了独眼龙，我石友琴决不食言。这阿贵的令牌在三十里芦苇荡里就是圣旨，令出必行、说一不二，请杜二少爷收好。从今天起，弟兄们就认下你这个新的大当家的。"

杜明海惊诧道："喂喂喂，你们这玩笑开得有点大了吧！我是你们绑来的肉票，这怎么跟你们成了一伙的了！"

靖琪也有些生气了，道："石友琴，我知道你是个言出必行讲义气的主，可杜明海是杜家二少爷，他怎么可能当你们的老大。依我说，你们还是赶紧离开这儿，我们就此别过，从此恩怨两清，井水别再犯河水。"

石友琴跪地不起，恳切道："恩人，你的话我不能不听，要是杜二少爷实在不愿意做这个大当家的，我就替我儿子拜他为干爹。只要杜二少爷愿意来，水鬼帮大当家的位置永远给他留着！”

靖琪看看杜明海无奈的脸色，扯扯杜明海的衣袖，低声道：“这个干儿子是我亲自接生的，要不你就认下吧。”

杜明海打蛇随棍上，道：“想认我干爹容易，但我有个条件。”说着，抬手一指靖琪，“这还有个现成的干娘，让我干儿子一起认了吧。”

靖琪听他说得不像话，嗔道：“胡闹！”

石友琴忙冲着靖琪磕了个头，道：“请恩人干娘给干儿子起个名字。”

靖琪望了一眼杜明海，故意道：“要是不嫌弃，就叫小海吧！”

杜明海愣了：“真成我儿子了？”

一锤定音。

石友琴连连道谢。靖琪顺手拽下杜明海胸前的玉佩挂到小海脖子上，说：“这是你干爹给你的见面礼。”

石友琴伸手捉住靖琪的手，紧紧握了一下：“恩人，算我欠你一条命！”

靖琪轻轻掰开石友琴的手拍了拍，笑道：“保重！”

杜远山平躺在客厅的睡榻上，脸色苍白，面无血色。

大太太进门，凄切地叫了声：“老爷！你这是怎么了？”

杜明江愧疚道：“爹受了重伤，怕是不行了。”

大太太见到儿子安然无恙，喜极而泣，一把拉住杜明江的手，爱怜道：“明江，你能活着回来就好，不然，我头顶上的那块天就要塌了！”

二太太进来就扑在杜远山身上大哭：“老爷啊！你可不能死啊，你丢下我可让我怎么活啊！”

大太太厉声道：“大夫还没来呢，你就敢给老爷判死刑，你这一通号丧，老爷就是没事也被你咒死了，你安的是什么心！”

二太太忙止住哭声，依旧抽抽搭搭地擦着眼泪，一把抓住杜明江，“大少爷，明海呢？明海怎么没回来？”

杜明江假装难过道：“明海还在水匪手里。”

二太太绝望地跌坐在地，“这八成是回不来了，完了，回不来了。”

第十五章

杜明海一阵风似的跑到屋里。二太太一看见他，高兴坏了，捧着他的脸，激动地道："明海！你还活着！"

杜明海道："当然得活着！娘，我爹怎么了？"

二太太擦着眼泪道："你爹被水匪打成重伤，怕是不行了！"

杜明海察看着杜远山的伤势，难以置信地道："不可能，水匪明明把爹给放了！"

杜明江望着杜明海，心中暗恼，沉重地叹了口气，道："水匪出尔反尔，要钱又要命！明海，爹成了这样，没有一个人不难过。听说，你为了那个东方靖琪留在水匪那儿。我在想，假如多了你这个帮手，爹肯定不是现在这个样子！"

杜明海这才看到杜明江吊着一条胳膊，惊道："大哥，你也受伤了？"

杜明江冷笑道："我一个文弱书生，除了能拼死护爹，替爹挨了一刀，能有什么办法！幸亏李歪脖他们赶来，才把水匪吓跑了！"

杜明江三言两语就把祸头引到了杜明海头上，加上大太太在一旁阴阳怪气地煽风点火，杜明海一气之下跑出了杜府。

三天后，杜远山醒了。

这天，杜明海正在帮曹多嘴往以德大药房里搬药品。二太太急匆匆地找上门来，拉他回家。杜明海先是犹豫，听了靖琪的奉劝后，就颠儿颠儿地跟着二太太回家去了。

杜远山伤势渐复但腿仍无知觉，心中难免郁结。

杜明海推门进来，垂着头，闷闷道："爹，你好些了吗？"

杜远山惊喜道："明海，你终于肯回来了！"

杜明海依旧垂着头，道："爹，我想进药厂帮忙，等药厂那边有起色了，我再回家。"说完，见杜远山心情不错，杜明海试探道："爹，您在屋里憋闷久了。我雇了顶小轿，想抬您出去晒晒太阳，散散心。"

杜远山十分高兴地答应了。

等杜明海掀开轿帘，杜远山看了一眼，纳闷道："这是哪里？"

靖琪走过来，微笑道："杜老爷，这是我用您相赠的盘缠开的以德大药房。这也算是杜家产业！"

杜远山索性进屋看了个仔细。只见这以德大药房虽然面积不大却是铺面规整，药房内看病、拿药有条不紊，微微颔首道："不错！不错！"

靖琪得了杜远山的夸赞，开门见山："听二少爷说，杜老爷腿疾难愈，因您的吩咐，靖琪不敢贸然进杜家，才出此下策。如果您信得过，我这就为您疗伤。"

杜远山看她神色真挚不似作伪，就答应了。

杜明海忙拿过诊枕，垫在杜远山手腕下，示意靖琪把脉。

"看杜老爷的脉象气血亏虚，以致下肢萎废不用，如果用补气养血、安神定志的归脾汤调养，再辅以每日一次的针灸活血化瘀通络，补泻兼施，十天为一疗程，我相信杜老爷的症状一定会很快有所改观。"诊完脉，靖琪认真地道。

杜远山微微颔首。

杜明海站在一旁，十分狗腿地帮靖琪说好话，"爹，人家能把死人都给医活了，还不得把你治得活蹦乱跳？"

杜远山斜了他一眼，杜明海连忙打自己一巴掌，赔笑道："说错了，爹只会龙腾虎跃。"

靖琪不由得笑出了声，递了一个药枕给杜明海，却是朝杜远山道："这是我亲手帮您做的药枕，里面装着的是既能益气养血，又能健体补脑的中药材，对您的腿疾有好处！"

杜远山感动道："让你费心啦！明海，你帮我收下！"

眼看杜远山对她非但不记恨，反而赞赏有加，靖琪又拿出一瓶伤药，道："多谢杜老爷信任。实不相瞒，这次请杜老爷出来，除了为您诊病，还有一事相求。"

杜远山道："说吧，只要我能做到的！"

靖琪也不遮不掩，道："我最近研制出一种特效红伤药，外敷内服，既能止血止痛、散瘀消肿，又能祛腐生肌、抗菌消炎。无论是跌了、打了、扭了，还是肿了、疼了、骨头断了、外伤出血了，它都挺管用。"

杜远山感叹道："如今正逢乱世，听你这么说，这药倒是难得的好药，老百姓用得着啊。不知道成本是不是太高？"

靖琪道："此药的原料以三七、红花、赤芍、冰片等药材为主，成本低廉，适合大规模投产。我想请您试用一下，要是您觉得疗效显著，我愿意将此秘方无偿转让给远山药厂。"

杜远山激动地道："靖琪，你这哪里是求我，你这分明是要救我的药厂啊！"

靖琪听杜远山这样说，知道他是同意了，忙端过一杯水，请他试药。

杜远山不疑有他，仰头便服下伤药，然后慎重道："十日后，我会决定是否投产这种伤药。"

靖琪欠身道："静候佳音。要是能投产，我一不要钱二不要名，只请求主抓此药生产，以保药品质量。"

杜远山当即表示："红伤药要是真有疗效，我会考虑请你来厂里的！"

十日后，杜家药厂大院外，众工人齐聚。

杜远山被人前呼后拥地抬来，王富贵紧紧跟随其后。杜明海从药房把靖琪带了过来。

杜远山威严扫视众人，高声道："诸位可能都知道，由于水匪作祟，杜家遭受沉重打击，老朽虽然保住性命回来，但也倍受痛楚。咱们远山药厂，原来生产的都是名贵补药，用料讲究，售价高昂，如今因为资金不足，难以大规模生产，这就像一匹瘦马拉着辆大车，想跑也跑不动。"

众工人纷纷附和。

杜远山又道："天无绝人之路！以德大药房掌柜东方靖琪献出她最新研制出的特效红伤药秘方。这药成本低廉、效果显著，我亲自试用后又找了近百人试用，疗效十分显著。我决定除保留原来的两个名贵补药车间接受大批量预定以外，其他八个车间全部转产这种红伤药。同时……"杜远山顿了顿，看着众人，神情坚毅地说："我决定聘请东方靖琪为远山药厂的大掌柜，行使药厂管事之职，就算是药厂的大管家！"

众工人脸色茫然，窃窃私语。

靖琪一愣，不可思议地重复道："药厂的大管家？"

杜远山淡然道："不错！就是让你主抓药品生产。王富贵王大管家，聘书！"

靖琪被杜明海一推，窜上前去。这下，这聘书不接也得接了。

王富贵从长寿递上来的托盘里拿起聘书，递给靖琪。靖琪双手接过，对杜远山深深一躬："谢杜老爷赏识。我东方靖琪一定尽力而为，争取三个月之内让杜家药厂恢复红火。"

杜远山道："我们大家伙儿就等着看你的了。"

东方靖琪走到台前，对工人们说："各位兄弟姐妹，众人拾柴火焰高，真正要让杜家药厂恢复红火，还望各位配合我多多出力。

杜明海激动地吹起口哨，众工人纷纷鼓掌叫好。

东方靖琪在药厂的房间里边翻账本边打算盘。杜明海百无聊赖地在一旁等着，等了半天，也没见靖琪给他一个眼色。

杜明海无趣道："喂！你还有完没完，药厂明明有账房，你自己还弄上一本账，真是操不够的心。我这肚子都饿得咕咕叫了！"

靖琪瞥了他一眼，道："这还不是为了自己心里清楚。今年上半年，药厂应收货款 15 万元，而单单惠民医院就打了两万块的白条。惠民医院经营状况一向良好，可偏偏就是不肯还药厂的账，这两万块现大洋，你说到底去哪儿了？"

"你问我我问谁！"杜明海浑不吝地回道

东方靖琪道："喂，这可是你们杜家的药厂。"

杜明海从鼻子出了口气，道："是杜家的药厂，那你也不能逼着我说这两万大洋去哪儿了呀！"

东方靖琪思考道："这药厂的账面和各药店的账面也不符。以前都是何家宝在负责这块，看来有猫腻啊！"说完，又凑在杜明海耳边吩咐了几句。杜明海连连点头。

杜远山坐在一摞摞账本后，认真翻看着。王富贵、长寿和四个账房先生侍立在侧。

杜远山问道："所有的账本都在这里了吗？"

东方靖琪点头道："是，总账都在这了。"

这时，门外出现喧哗声，各药店的掌柜都抱着账本急匆匆涌了进来。杜明海也随着他们进门，嘴角漾起得意的微笑。

王富贵看着众人，惊讶地道："你们怎么都来了？"

听王富贵这么一问，其中一个掌柜一脸愕然地道："回大管家，昨天夜里，府里的人去我那里，说老爷今天一早让各药店来药厂对账！"

其他人纷纷附和。

王富贵心中明了，便冲四个账房先生使了眼色，

四个账房先生会意。其中一个姓刘的出来说，他们四个来得匆忙，没有吃早饭。杜远山让四人先去吃饭，王富贵也以安排晚饭为由，带着长寿找机会走了出来。

刚走出账房，王富贵就跟长寿耳语道："快去告诉大太太和大少爷，就说老爷要查账，让大太太早作准备。"

账房内，东方靖琪提着水壶嘟囔："今天早上几位先生说吃咸了，喝了好多水。"

杜远山一惊，道："你等等。你说先生们早上吃咸了？"

杜明海一脸无辜，道："对啊！他们吃了早饭的，我在厨房亲眼所见。"

东方靖琪假装惊慌地点点头。

杜远山愤怒地道："推我去厨房！"

厨房的门被紧紧合上了，桌子上摆着咸菜、馒头和米粥，热气袅袅，却都一动没动。

王富贵正心急火燎地和四个账房先生商量对策。

门突然被推开。王富贵正要发怒，见门后露出杜远山的面孔，失声道："老爷！您怎么来了？"

杜远山假装不经意地道："见他们都来吃饭，我也饿了，这不，也来这儿吃点饭！怎么，你也没吃早饭？"

王富贵慌张道："早上没吃饱，想着再来吃口！老爷，您坐！"

杜明海推着杜远山，冲王富贵一瞪眼，催促道："快吃啊你们！那边还等着呢！"

四个账房先生忙抓起筷子，勉强吃了起来。

杜远山坐下，喝了口粥，慢条斯理道："我就在这等你们吃完了，咱们一起回去。"

王富贵和四个账房先生有苦难言，对视了一下，勉强吃了起来，个个咽得异常艰难。

杜明海一瞪眼："快吃快吃，这是让你们吃饭呢还是咽药呢！"

杜远山嘴角露出一丝微笑："吃撑了可不好，一定要量力而行。"

王富贵坐不住了，借上厕所溜了出去。他找到杜明江，为难地问："大少爷，惠民医院的药钱怎么办？"

杜明江塞给他一张万元银票，低声道："那个毕竟我打了白条，先应付过去再说，我手里现在确实没有那么多现金，你知道的，全都放出去了！"

王富贵咬牙道："那些高利贷一时半会儿也收不回来，我先想法把账做平吧，打白条的事决不能让老爷知道。"

几个账房先生紧张地算着账，账本被急速翻过，算盘珠子噼里啪啦。王富贵匆匆入内，若无其事地将银票放进一个纸盒中，气定神闲地在账本上写着什么。杜明海和东方靖琪手忙脚乱地整理着账本。

杜远山疲惫地伸了个懒腰，王富贵忙体贴地给杜远山围上一块毯子，道："老爷，这查账的事不是一时半会就能好的，少说也得个七八天十来天的，您要是累了就先回去歇着吧。"

杜远山点点头，道："也好，你们几个多费心。靖琪，你和明海在这儿多学着点。"

王富贵下意识皱了下眉头，虽然不愿，却也无可奈何。

查账一事让大太太与杜明江恼火不已。大太太无处撒气，就把账算在了二太太的头上。当着一众家丁、丫鬟的面，大太太硬是逼着二太太还从账上预支的五十块大洋，让二太太颜面尽失。

第十六章

长长的弄堂里，杜明江一个人缓缓走来。

杜明海坐在一个窗口，啃着苹果，边吃边“呸呸”的吐皮。

一个苹果核落在杜明江脚下，杜明江还没来得及抬头，杜明海跳了下来，恭敬地道：“大哥！”

杜明江一惊，马上露出笑容，亲切道：“二弟，你怎么在这儿？”

杜明海却冷笑道：“叫你声大哥，是敬你比我年龄大，不代表我原谅你了。我有话要对你说！”

杜明江耸了耸肩，道：“有什么话不好在家里说？”

杜明海反问道：“你说呢？”

“你是说二娘的事？”杜明江脸上的表情很不自然。

杜明海道：“你知道就好！大娘是我长辈，我应该敬重她。但是下次大娘要是再欺负我娘，再拿我进牢房的事说事，我就把当初是为了救你才打架，还替你顶缸入狱的事告诉杜府上下！走阳关道还是独木桥，你们母子自己选。”

杜明江一凛，皱起眉头道：“我娘她老糊涂，你让二娘别跟她一般见识！”

杜明海落寞道：“大哥，虽然我们不是同胞兄弟，可这么多年来我们比亲兄弟还亲！小时候一起下河抓鱼，回来的时候被爹发现，你说是你出的主意替我挨打，从小到大，你在我心里就是我亲大哥。可现在你变了。”

杜明江把手搭在明海肩上，故作亲昵道：“明海，我一直把你当亲弟弟，可你被那个女人迷住了，竟然联合外人来查自家的账……”

杜明海推开杜明江的手，道："靖琪不是外人，早晚我把她娶回来。"

杜明江不屑地道："一个来历不明的野郎中，你竟然这么上心。她不是外人，难道你大哥我是外人？"

杜明海正色道："大哥，我不想跟你多说！我只告诉你，这个世界上，我最在乎的只有两个女人，一个是我娘，一个就是靖琪。以后，如果你再敢让我娘受气或者挤兑靖琪，我就把所有的事都到爹面前说个一清二楚！"

杜明江强笑着，给杜明海整整衣领，"二弟，你想哪去了！你要相信大哥的清白，也要相信我们永远是亲兄弟！"

杜明海慢慢推开杜明江的手。

杜明江望着杜明海离去的背影，面上的笑容一点点褪去，目光也越来越阴冷。

杜家药厂仓库内，杜明海举着灯笼站着。

东方靖琪锁上大门，长松一口气道："终于盘完货了。天也不早了，你快回去歇着吧，明天一大早记得给阜阳和杭州那几家药店发货。老爷还让我上午去账房那边帮忙。"

杜明海拍着胸脯道："你放心，我就是忘了我自己姓杜，也忘不了大掌柜的吩咐！"

东方靖琪把仓库钥匙递给杜明海，慎重道："油嘴滑舌，钥匙你拿着，千万别晚了！"

杜明海道："我就是睡得比狗晚，起得也比公鸡早。放心吧，晚不了！"说着，杜明海把灯笼递给靖琪，靖琪自然而然地接了过去。红红的灯笼映出红红的光，灯光照得靖琪面庞红润，俏丽无比。杜明海忍不住亲了靖琪一下。

靖琪急忙推开杜明海，薄怒道："喂，杜明海！你再胡来……"

杜明海涎着脸道："怕什么，我早晚要娶你做老婆！迟胡来不如早胡来，嘿嘿。"

靖琪踢了杜明海一脚，"还不快滚回去歇着！"

翌日，骄阳似火。

药厂仓库门口聚集了一大堆搬运工人，他们吵吵嚷嚷：

"这都什么时辰了，二少爷还没来！"

“太阳晒屁股喽！”

“这头一班的货轮怕是赶不上了！”

东方靖琪匆匆赶到，皱起眉头打听杜明海的去向。

王富贵迈着大步走到靖琪身边，说：“你在找二公子吗？昨晚，他在醉红楼喝花酒，又想赖账，人被扣住还挨了一顿打。大公子一早就去领人了。”

靖琪瞪了王富贵一眼，往醉红楼的方向跑去。

醉红楼门口，人们围成一团，指指点点。

靖琪带着李歪脖挤到最前面，只见衣不蔽体的杜明海神志不清地蜷缩着。靖琪一惊，但又瞬间镇定。她迅速蹲下身检视杜明海的瞳孔，又搭住杜明海的手腕诊脉。

杜明江就是这时来的。他走上前，冷着一张脸望着靖琪。

靖琪装作没看见杜明江，侧身吩咐道：“歪脖，背二少爷回去。”

李歪脖连忙背起杜明海离开。

望着越走越远的背影，人们窃窃私语，更有人出言不逊、骂骂咧咧。

靖琪起身，大声道：“各位，杜明海得罪谁了？是挖绝户坟了还是踹寡妇门了？碍着你们哪位的心肝脾胃肺了？就算杜明海逛了妓院，那也是他自己的事，这逛妓院总比暗中害人强吧？”靖琪说着，把刀子一样的目光刺向杜明江，她心里有火，却不知道要怎么发泄。

杜明江一言不发，扭头走了。

杜明海被李歪脖背着回到杜府，靖琪在后面小心护送。

正在天井摇椅上晒太阳的杜远山看见了，怒道：“怎么回事？”

靖琪正要说明，随后跨进大院的杜明江急切道：“爹……不怪明海！”

靖琪不想看杜明江假惺惺的嘴脸了，便打断他的话，道：“老爷，您不觉得奇怪吗？”

杜远山狐疑道：“哪里奇怪？”

靖琪道：“如果我没猜错，明海是被人下了药。我估计他神智已经清醒，却口不能言。您来看看明海的眼睛。”

靖琪说着，抬起杜明海的头。杜远山凑过去一看，果然杜明海双目无神。

靖琪道：“明海神智尽失，脉象缓慢无力。我怀疑他中了迷药。”

杜远山若有所思地点点头，一转身恰好看到杜明江和何家宝在交流眼神。杜远山一凛，脑海中突然闪过一些片段：依稀中，当时那个蒙面水匪的身形跟何家宝很相似。而且，到底是谁从后面偷袭了自己呢？明明那个时候除了杜明江没有其他人。

一阵头痛袭来，杜远山强作镇定，吁了口气。

二太太闻讯赶来，连忙道："老爷，我从小看着明海长大，明海是什么样的孩子我一清二楚，他一定是被冤枉的啊！"

大太太厉声道："什么被冤枉的！我看啊，他现在是没醒酒，舌头给木住了。大管家，还不请家法？"

王富贵垂立在旁，一脸询问地望着杜远山，等杜远山发话。

杜远山目光扫过众人，道："没有证据不能私用家法。事实究竟是什么，我会查清楚，不冤枉也不姑息！所有人都要有则改之、无则加勉！"

众人不敢忤逆，只得称是。

杜明江露出一股失望的神色，杜远山尽收眼底。意识道到杜远山在看他，杜明江微微欠身，谦恭道："爹，多谢你放过明海。"

杜远山道："明海如果真的做了伤风败俗的事，杜家家法严惩不贷。送我回房休息，我头痛得厉害。"

杜远山的书房外，靖琪轻轻敲门，压低声音道："老爷，我有急事相告。"

杜远山听见了，道："靖琪？进来吧！"

靖琪推门而入："老爷，靖琪实在是有几句话如鲠在喉，不吐不快！"

杜远山了然道："我知道你是为明海的事来的，有什么话你就直说吧！"

靖琪道："是。老爷心里跟明镜似的。暨阳县说大不大，说小不小，丑事传万里。二少爷要么把自己刚刚被泼在身上的污水洗干净，要么坐实了花名。依我看，三十鞭"满堂红"不能省去，不然杜家家法岂不是成了儿戏。"

杜远山没有料到靖琪竟说出这么一番话，瞠目结舌道："靖琪，你有把握……"

靖琪打断杜远山的话，干脆利落地道："老爷，一切都看二少爷究竟有没有做过。"靖琪顿了顿，似乎下了很大的决心，慎重道："不只是这件事，老爷还记得自己是怎么受的伤吗？"

杜远山迟疑道："这……我记不清了，只记得当时有人重重击打我的后脑！"

靖琪追问道："当时谁在您的身后？"

杜明江的身影浮现在脑海中，杜远山却不愿细说，只摇摇头："记不清了！"

靖琪咬咬牙，艰难道："以我推断，伤您之人不可能是水匪！我说的这些话您可能会不相信，可您对我恩重如山，我不忍心看到杜府兄弟相残，眼睁睁看着您大半辈子的辛苦落入不肖之徒手里！"

杜远山的心思被靖琪一语道破，他枯坐半晌。靖琪也不催他，就安安静静地等他开口。半晌，杜远山开口道："靖琪，你说的兄弟相残我不明白是什么意思。你和明海虽然年纪相当，可你比他老成得多，难得他也肯听你的，以后不论是做生意还是做人，都请你替我多教导他。"

靖琪认真道："我凡事会尽量帮衬明海的，可您就任由杜明江……"

杜远山摆摆手道："不要说这些。我只盼着明海能快快成长起来，能替我担起杜家这副重担！你也就说给我一个人听听，到了外面切不可乱讲。"

殊不知，这一番对话早已被藏在门外的杜明江听得清清楚楚。

杜明江急了。为了补上远山制药厂两万大洋的亏空，他联合王富贵与何家宝，准备再次下手对付杜明海。王富贵虽然心有不忍，但最终还是咬牙同意了。

杜明海对即将到来的危险毫无预知，他酒醒后，竟是什么也记不得。从旁人口中听说了自己的事迹后，他直接冲去醉红楼大闹了一场，场面大得警察局都惊动了。

醉红楼的老鸨子花七婆不得不说了实话，承认他没有在醉红楼喝花酒。不过，至于幕后主使是谁，那花七婆只道万万不敢透露。杜明海知道自己再闹下去也得不到想要的答案，干脆扭头去了远山制药厂。

进了厂门，杜明海直奔靖琪办公室，对着靖琪咧着嘴笑道："靖琪，我今天差点把醉红楼给一把火烧了，总算讨回个说法，把我一世英名给扳回来了。"

靖琪淡淡地道："你最应该告诉的是你爹。你告不告诉我，都没关系。"

杜明海得意道："我就知道你相信我。"

东方靖琪翻了杜明海一眼，道："是我认定你没这色胆。"

杜明海挠挠头，又咧开嘴笑了，在靖琪那里待了一会儿，就被靖琪哄回家去了。

一回到杜家，杜明海眉飞色舞地告诉杜远山，自己已经证明清白了。杜远山就势让他跟东方靖琪一起去参加杭州药品展销会。

王富贵把这个消息告诉了杜明江。要知道，往年这展销会都是杜明江与王富贵去参加的。这回要是俩人谁也去不了的话，在远山制药厂的两万大洋亏空是没法填平的。杜明江牙一咬，心一横，派何家宝去找嵊县青龙会的人。杜明海与东方靖琪的命看来是不能久留了！

一辆马车满载着药品匆匆前行，杜明海和靖琪坐在车上优哉游哉地观看着周围的景色。

远处，乌云滚滚而来，雷声隆隆。随即，豆大的雨点开始滴落。靖琪和杜明海慌手慌脚展开苫布，刚刚把药品盖好，大雨瓢泼而下。

不一会儿，靖琪的衣服被淋湿了。她摸着脸上的雨水，焦急地道："快走！这些药一旦受潮就糟了！"

杜明海道："这方圆几十里，只有暨阳和嵊县交界处有个梅岭驿客栈。下不下这雨，咱们都得在这儿住。"说完，杜明海奋力拍了一下马屁股。"驾！东方大掌柜您可坐稳了！"

马长嘶一声，扬蹄狂奔……

第十七章

雨越下越大，几乎看不清前路。幸好杜明海和靖琪在天黑之前赶到了梅岭驿客栈。两个人浑身泥水、形容狼狈，每人抱着几个大药箱闯入大厅。大厅里有几个旅客正在吵吵嚷嚷争抢房间。

原以为只要赶到客栈就能沐浴换干净衣裳，还能好好休息一晚。结果，现在才发现，客栈早已人满为患。店小二急吼吼地喊："都听好了！上等房没了，下等房也没了，要住店的话只能睡大厅和走廊。"

杜明海自己倒是无所谓，但是他不能让东方靖琪也睡在一帮糙汉子老爷们眼皮底下。于是，他二话不说，提着钱袋就走到一间上等房门前，重重着地拍门。

半晌，一个穿着浴袍、看起来文质彬彬的男人一边擦着头上的水，一边打开了门，客气道："请问有什么事吗？"

杜明海不答话，直接拉开那人往房间里面闯。里面倒是十分敞亮，里外套间，至少能住两个人。

杜明海打量着那个人，道："这房就你自己住？"

那人对杜明海的粗鲁十分不快，冷冷道："当然！"

杜明海大大咧咧地坐到沙发上颠了颠，道："这也太浪费了！不如这样，我给你二十块大洋，你去外面委屈一宿，净赚十九块大洋，你看怎么样？"说着，把钱袋扔给那个人。

那人一笑，摇摇头，把钱袋放到杜明海面前，道："带着你的钱，马上从我的房间里滚出去！"

杜明海被那人呛得心头火起，一把掐住对方脖子，怒道："你敢耍老子？"

寻找杜明海的靖琪正好经过门口，看到这一幕急忙冲了进来，道："杜明海，你给我住手！"说着，推开杜明海，对原先的住客深鞠一躬，道："对不住！我们东家脾气火爆，多有得罪。不过他也是侠义心肠，一心为了给小女子找个住处，小女子替他谢罪了！"

那人见面前的小姑娘说话办事有礼有节，便缓和了态度，笑道："我看姑娘你倒是个明白人。人非圣贤，孰能无过？过而能改善莫大焉。既然姑娘这么说，周某人也就释怀了！"

靖琪垂手站定，问道："周先生，您叫什么名字。"

那人回道："姓周名山口。"

杜明海阴阳怪气地接道："山口好，山口好，山口比村口好多了。"

靖琪将手背后，偷偷掐了杜明海一下，掏出随身的一个香囊递给周山口，道："这是我亲手缝制的香囊，里面装有艾叶、紫苏、丁香、薄荷等几种药物，可以驱蚊避暑。小小物件送给先生以示歉意，还望先生别嫌弃！"

周山口接过香囊，看到上面精致的绣花，微笑起来，顺手拿起桌子上的一支毛笔，道："礼尚往来。我看姑娘也是知书达理之人，这是我在湖州新购的两只湖笔，赠给姑娘一支，不成敬意！"

周山口身体微躬双手敬上，靖琪正要接过来，杜明海一把抢了过来，鄙夷道："就这破玩意儿，搁我们家都是用来烧火的！别套近乎了！靖琪，我们走！"

杜明海把毛笔扔到桌子上，拉着靖琪就往外走。靖琪尴尬地对周山口一笑，道："不好意思，先告辞了！那个驱蚊香囊要隔衣佩戴，避免直接接触皮肤。"

杜明海催着东方靖琪离开。周山口捏着香囊，怅然若失。

这时，走廊斜对面客房的门突然打开，门内站着的人竟是马致远。原来，马致远也是受父命准备前去参加药交会，他十天前就定好了房间。

既然马致远有房间，便好办了。杜明海大大咧咧地让马致远给靖琪腾房间，马致远爽快地把套间腾了出来。不过，马致远表明，自己的房间不会收留杜明海。

杜明海倒也无所谓。只要靖琪有个沐浴休息的地方，他码头上睡惯了的人，睡哪里不是睡？他抱着药箱，晃回大厅。大厅里，店老板在为大家分发席子，不少人已经靠墙打起了地铺。

杜明海闷不吭声地把几箱子药堆到角落里，弄了张席子铺到药品旁，准备打地铺。店老板却嫌杜明海的药箱堵死了通道，让他把箱子放到马厩里去。杜家选出来去参加药交会的都是些精细贵重的药品，自然不能随便扔到马厩里。杜明海一阵抓耳挠腮，干脆抱起药箱，死命用脚踢马致远的房门。

马致远开了门，看看一大堆药箱，止不住地摇头。

杜明海进了门直接席地而坐，闭着眼睛骂道："还看什么？摇什么头？我告诉你，老子留在这不是想蹭你的房住，老子是要在这看着我们家的药。不然，这些药被你偷了怎么办？"

马致远回骂道："杜明海，你以小人之心度君子之腹，简直是不可理喻。"

杜明海闭着眼睛依旧没睁开："错了，我是以君子之心，度小人之腹。你爱理不理，不爱理我乐得清静。"

马致远被他气得说不出话来，气愤无奈间，看到桌子上一盘苹果端起来向里间走去。

杜明海猛地睁开眼，侧耳倾听。看来马致远是给靖琪送苹果去了，这又是削皮又是切片的也就罢了，还聊理想表心迹的。

杜明海听不下去了，一掀门帘吊儿郎当闯了进去，抢过马致远手里的苹果，大大咬了一口，道："酸甜可口！马致远，没想到你这木头疙瘩买的苹果还不错！"

马致远顿时又尴尬又恼火，道："杜明海，这是给你削的吗，要吃自己削去！"

杜明海将自己咬了一大口的苹果递过去，嘴里嚼着，口齿不清地道："不是给我削的？那行，还给你！"

马致远厌烦地翻了杜明海一眼，"真是没教养！"

靖琪看着二人插科打诨有些忍俊不禁。

"真是小肚鸡肠。"杜明海回道。

马致远瞥了杜明海一眼，无奈地摇着头，去了外屋。

靖琪翻了杜明海一眼，杜明海假装不知，学清朝的行礼单膝屈腿请安："东方大掌柜，天也不早了，您也该歇着了，奴才这就告退了！"

靖琪好笑地道："跪安吧！"

梅岭驿客栈的两盏灯在雨后的风中飘摇着，像是急切的等待，又像是不安的警告。

客栈的大厅里，打地铺的人们横七竖八昏昏睡去；柜台后，店小二和衣而眠在偷懒打盹。

房间里，杜明海在地铺上大声打着呼噜；马致远在沙发上辗转难眠，烦躁地用枕头压住脸。

整个世界都坠入安静，人们各自做着离奇或缤纷的梦。

走廊里，五个黑影分头行动，用竹管捅破每个房间的窗纸，插入房间的竹管幽幽地冒出一股青烟。

一股甜香味袭来，东方靖琪翻了个身，沉沉地睡过去。

窗外，一个黑影在往门缝里倒油，随后迅速划亮了火柴。

屋内，火焰像蛇一样蹿进，烟雾在房间内积聚。

靖琪被烟呛醒，睁眼发现火已经很大。她迅速起身，捂住鼻子高声喊："不好，着火了！"

本来就没睡着的马致远听到靖琪的喊声立刻跳了起来，踢醒地上的杜明海，吼道："快起来！着火了。"说完，开始四处找火势小的角落。

杜明海从迷蒙中醒来，直接就往里间冲。靖琪已经跑了出来，试图越过熊熊烈火。杜明海把一盆水往靖琪身上泼，道："靖琪，小心了，跟紧我！"

走廊里烟雾弥漫，火光冲天。杜明海拉着靖琪在前，马致远跟在后面。

靖琪甩开杜明海，拿起客栈走廊上的铜盆猛敲道："着火了，大家快跑啊！"

客栈大门被人从外面紧紧锁住，里面的人拼命摇晃着，大门却打不开。

刚刚冲到大门口的杜明海和马致远看到这一幕大惊。

马致远急道："有人封死了出口！"

杜明海道："姓马的，跟我一起撞开！"

马致远会意，上前帮忙，立即有几名汉子上前一起冲向大门。大门晃了晃，没有撞开。

连撞三下，大门仍未被撞开，而火越烧越旺。

杜明海看到不远处有一把劈柴的斧头，冲过去，拿起斧头，吼道："都给我闪开。"说完，冲到门边，顺着门缝连连猛劈。

门终于被劈开，轰然倒下，众人蜂拥向外。

杜明海扔掉斧子，回头不见靖琪，急得大喊："靖琪，靖琪。"

马致远闻声四下张望，也没寻见靖琪的身影。他一跺脚，一把拉下院子里晾着的床单，把床单在水缸里浸湿，披在身上往回跑。杜明海见状，忙往自己身上浇了桶水。两人一前一后冲入火海。

周山口的房门前，靖琪被烟熏倒在地上。马致远用湿被单将靖琪裹住，将她扛了起来。靖琪艰难地说："里面……有人……"

杜明海只得向前冲去，一脚踹开了门。不一会儿，他扛着周山口从屋里奔了出来。

马致远扛着靖琪走到院子里，放下靖琪后便歪歪斜斜地跌倒在地上。靖琪因为被湿被单裹着，没有烧伤，她忙上前掐马致远人中。

此时，杜明海扛着周山口跑过来。他将周山口扔在地上，对靖琪道："你没事吧？"

靖琪挤出一丝苦笑，艰涩道："我没事，马致远晕过去了。"一扭身，靖琪翻开周山口的眼皮，查看周山口的嘴巴，道："周先生呛伤了气管，人还有救！明海，你来帮我按压他的胸口。"

周山口悠悠醒来，看到靖琪的脸，眼中闪过一丝惊喜，嗓子嘶哑地道："谢谢。"

"你的嗓子被烟熏伤了，少说话！"靖琪并没有停下手上的动作。

周山口听话地点点头。

一阵咳嗽后，马致远也醒了过来。他看到靖琪，喃喃道："你没事就好。"

靖琪站起身，望着杜明海道："明海，这火有点蹊跷。"

杜明海眯着眼睛道："你想说什么？"

靖琪还没有理清头绪，只是摇了摇头。

经历了一劫，客栈已成了冒着黑烟的残垣断壁。

靖琪和杜明海灰头土脸地望着被烧毁的残破药箱，一时不知该怎么办是好。

带来的所有药材都付之一炬了，杜明海决定打道回府。靖琪恋恋不舍地捡起一个破药箱看了看，无奈扔下，心疼道："本来想着这些药拿到药展会上能谈个好价钱，多找几个大买主，这下，全毁了。"

"等一下！"正在闭目休养的周山口突然挣扎着起身。

靖琪问："周先生，什么事？"

周山口道："我想跟你们一起回去。"

杜明海瞪了他一眼，不满道："跟我们回去？你想干吗？"

靖琪对周山口柔声道："周先生，你要是没有亲朋可以投靠，身体又受了伤，可以去我们那里先养好了伤再走。”

周山口点点头，笑道：“多谢姑娘美意。我本来是要去杭州药展采购药品，既然和姑娘有缘，我想，不必舍近求远了，不如去姑娘的药厂采购一些。如此一来，咱们双方也可互利互惠。”

杜明海上下打量着周山口，满脸不相信地道：“就凭你？那你先说说，你开多大的药铺子？”

周山口从容道：“家父的产业遍及江浙、上海，再加上京、津两地，共有七十二家分店，兼做一些外贸出口生意。”

杜明海和马致远一脸惊愕，对视一眼，谁能想到大火还给烧出一个大订单来呢？

马致远道：“做那么大生意，别说是在暨阳县城，就是在江浙一带也没几家啊。”

杜明海大笑，指着周山口道：“想不到还是个财神爷呢！对了，你到了暨阳县城，就住我家。别忘了是谁救你的！”

周山口笑道：“多谢您把我从火阵里扛出来。”

杜家大院里，杜明江正逗弄着笼子里的鹦鹉，王富贵站在一边。

何家宝气喘吁吁地在杜明江耳边一阵嘀咕。

杜明江一脚踢飞了鸟笼子，鹦鹉被惊得在笼子里乱撞。

“你不是说青龙会从不会失手吗？”杜明江狠狠道。

何家宝愁眉苦脸地道：“青龙会就负责放火！这杜明海和马致远简直是活阎王，那么大的火还能活下来。”

端着一盏茶水的春儿偷听到这一切，倒吸一口凉气，露出惊恐的神情。

杜远山正歪坐在轮椅上看报纸。长寿匆匆进门：“老爷，二少爷和东方掌柜回来了。”

杜远山纳闷地问：“怎么今天就回来了？按理说，他们这会儿应该在杭州啊，药展不是今天才开始吗？”

长寿垂着眼回道：“听说是在梅林驿遭了匪，药全被烧光了！”

杜远山大吃一惊：“人呢？人没事吧？”

长寿答：“东方掌柜受了伤，二少爷也挂了点儿彩，所幸没什么大碍。他们还带来一位客人，这会儿在客厅等着见您呢。”

长寿推着杜远山进了客厅。

杜远山把杜明海和靖琪上上下下看了又看，确定他们没什么事，便叹了口气，道：“真是不幸中的万幸啊！”

周山口在旁彬彬有礼地道：“杜老爷好，在下周山口。这次多亏明海兄弟和东方掌柜舍命相救，特意前来道谢！”

杜远山望着这个新面孔，道：“周先生，既然来到我们暨阳县，那就多住些日子，也好好养养伤。东方掌柜不仅会制药，医术也相当好。”

靖琪羞涩地低下了头。

周山口道：“多谢杜老爷。周某家中是做药材生意的，如果方便的话，我想参观一下远山药厂，看是不是有长期进货的可能。”

杜远山大喜：“好！欢迎欢迎。明海，你和周先生差不了几岁，人家可比你稳重得多，以后你要多向周先生请教一二。”

杜明海撇着嘴：“他不就会拽几句酸文吗？着起火来还得靠个女人救命，有什么可请教的！真遇上事，拼的还是这个！”说完，拍了拍自己手臂上的肌肉。

杜远山连忙呵斥：“明海！”

周山口表情尴尬，道：“明海兄弟说得对。要不是他把我扛出来，我早成了焦炭。”

这时，肖若云风风火火地闯进门，直接扑到杜明海的面前，抓住他的胳膊上下打量：“明海，你没事吧？你的伤在哪儿？快让我看看。”

靖琪忙把目光移向别处。

周山口观察着靖琪细微的表情，又看看杜明海和肖若云。

杜明海不耐烦地往回抽出胳膊：“都是些小伤，别大惊小怪的，死不了。”

肖若云大呼小叫：“小伤？你骗谁呢？我刚碰见马致远了，他说你差点送了命！”

杜明海皱着眉头道：“听他胡说八道！我杜明海不是不会死，而是阎王爷不敢收！”

周山口一直冷眼旁观。

马致远回家后可就没有杜明海这么好的待遇了，马万年把他骂了个狗血淋头。得知错失了周山口这样的财神，马万年气得跳脚，自己的宝贝儿子不懂拉拢也就罢了，还只知道去报案。报了案，也没有把人带到自己家的药厂里看看。

入夜后，杜明海安排好周山口。回了杜府，杜家父子三人一起分析这次遇险会是谁下的杀手。

杜明江察言观色地把脏水往马家身上泼，杜明海却因为亲眼见到马致远遇险而不赞同。毕竟虎毒不食子，马万年就是想杀他，也不会锁了大门，烧死自己的儿子。

杜明江见杜明海不肯入套，禁不住神情紧张，头上冷汗直冒。

杜远山观察到杜明江的表情，心中一凛，最终摆摆手，制止了杜明海继续往下猜。

翌日，杜家药厂的车间内，工人们在低头挑拣中药材，一副井井有条的样子。

靖琪一边走一边解说道：“我们的药材都是精挑细选的上等品。从药材进厂到生产成药，一共要经过十八道工序。”

周山口细心地拿起中药材查看，放在鼻口闻了闻，道：“果然是上等的好药。”

靖琪拿起一个红药瓶递给周山口，道：“这红伤止痛散是我们厂的主打药品，外敷内服，既能止血止痛、散瘀消肿，又能祛腐生肌、抗菌消炎。您看看。”

周山口连连点头。

靖琪又道：“要是周先生需要的量大，我会说服东家再给周先生降低一些价格。”

周山口豪爽道：“价格好商量，但是一定要保质保量。”周山口又道：“另外，我想在暨阳县建立药品外贸分行，专门收购江南良药，。东方掌柜如果有意出山，我将给你比这里多三倍的报酬。”

靖琪还没来得及回答，杜明海就闯了进来，急吼吼地道：“别说三倍，就是十倍靖琪也不会跟你走，你信不信？”

周山口愣住了。

杜明海凑到靖琪耳边，低声道：“王富贵查完账了，说药厂的账没有任何问题。”

靖琪背过身跟周山口道歉，顺便安排了一个有经验的工头带领他继续参观。周山口却摆了摆手，表示自己对药厂和药品的情况已经有数，愿意签订购药合同。

杜家账房里，王富贵看着杜远山难以捉摸的神色，小心道：“老爷要是看完了，没什么问题，我就把账本先抱回去了。”

杜远山若有所思地点点头。

杜明海拉着靖琪气喘吁吁地跑进来，王富贵一惊。

靖琪笑道："如果老爷不介意，靖琪愿意帮大管家再核对一遍药厂的账目。"

王富贵一听，冷着脸呵斥道："慢着，要是对不出什么毛病来，东方掌柜你该怎么交代？"

靖琪摆着胸脯道："要是对不出来，我愿罚跪绝食三个时辰。话说回来，这也是为了咱们药厂好。"

王富贵后退一步，做出"请"的姿势。

半个时辰之后，靖琪对好了账。

杜明江利用管理惠民医院之便贪污挪借货款，中饱私囊，已经是板上钉钉的事。

杜远山罚杜明江三年不领月例，降级去做慕江南丝厂管事，以示惩戒。而大太太、王富贵，以及掌管药厂业务的何家宝均知情不报，有失察之责，各罚月例半年。

杜明江挪用公款一事总算尘埃落定。

第十八章

走出杜家大院，靖琪和杜明海与行色匆匆的春儿撞了个满怀。靖琪要帮春儿查看伤口，就让杜明海先离开了。

靖琪的手在春儿的脉搏上搭了一会儿，神色突变。在靖琪的再三追问下，春儿吞吞吐吐地说自己和杜明江有过几次风流。眼下，她已经怀孕，杜明江却如同凭空消失一般。

靖琪劝春儿打掉孩子，忘了杜明江。春儿却一心想着杜府的荣华富贵，执迷不悟。

夜深了，沉沉如墨。

靖琪从春儿房里出来，背着药箱挑着灯笼朝自己房间走去，突然看见前面闪过一个黑影。那黑影除了杜明江，还能有谁。

靖琪一口吹灭灯笼，快步跟了上去。

杜明江进了房间，刚要关上门，靖琪便闯了进来，道："大少爷回来了！"

杜明江醉醺醺地道："我当是谁呢？原来是东方掌柜啊。"

靖琪讥笑道："大少爷该不会把我当成春儿了吧！我今天是替春儿来找你的！"

杜明江一脸不明所以："春儿找我做什么？"

靖琪摇了摇头，道："那我打开窗户说亮话，春儿已经有了你的孩子，她一心想嫁给你，你想怎么安置她？"

杜明江突然紧张起来，道："安置？安什么置？她有没有孩子与我何干？"

靖琪道："春儿的事你不能不管。要是老爷知道了，我怕大少爷面子上也不好看！"

杜明江喷着酒气，道："别想拿我爹来压我！自打你来了，这杜府上下就被你搅得乌七八糟！你想要怎么样，你想让我听你的是吧？行，只要你肯做我的女人，我就什么都听你的！"说着还动起手脚来，猛地抱住靖琪欲行非礼。

靖琪拼死反抗，大喊道："杜明江，快放开我！不然你一定会后悔一辈子！"

杜明江欲强吻靖琪，靖琪一边挣扎一边摸索，幸好从桌子上摸起一个花瓶，狠狠砸在杜明江的头上。

杜明江身子一颤，松开靖琪。靖琪惊恐地瞪着满头是血的杜明江。

杜明江酒醒了一半，狞笑道："东方靖琪，我忍你很久了，今晚我要办不了你个小蹄子，我就不姓杜！"

靖琪急忙转身跑向房门，无奈她没跑出几步就被杜明江一把从身后拦腰抱住。靖琪大惊之下，更是拼尽全力地反抗，挣扎中一脚踩在杜明江脚背上，杜明江疼得呲牙咧嘴，手上更是用劲，终于把靖琪拦腰放倒在地。

杜明江抓过一块布头塞进靖琪嘴里，毫无人性地道："你放心，大少爷我住的地方偏，不会有人来救你的！"说着他甩开上衣，淫笑着扑过去。

这时，门被人一脚踹开，春儿红着眼睛站在门口。

杜明江恼羞成怒地爬起来，一把抓住春儿的脖子凶狠道："小浪蹄子，你是想死吗？你想死我送你上路！"

春儿也冷了心肠，面色麻木道："想让我死也行，别以为你让何家宝干的那些伤天害理的事我不知道，信不信我告你杀人灭口！"

正在整理衣服的靖琪一惊，愣住了。

杜明江大惊失色，越发用力地掐着春儿的脖子，咬牙切齿道："去死！"

靖琪使劲扳住杜明江的手，大叫道："来人啊！杀人了！"

春儿被掐得直翻白眼，杜明江仍不肯松手，情急之下靖琪狠狠一口咬在杜明江手上。杜明江疼痛松手，恼羞成怒，回手摸到一把椅子狠狠砸向正低头想搀扶起春儿的靖琪，杜明海正好冲了进来，挥手挡住杜明江抡下来的椅子。椅子在地上摔得粉碎，杜明海的胳膊立刻耷拉了下来，他疼得呲牙咧嘴。

大太太带着丫鬟、婆子赶了过来。众人看着奄奄一息的春儿和衣衫不整的靖琪，心中立马明白了几分。

大太太冲上去左右开弓地扇了春儿两个嘴巴，骂道："小贱蹄子，大晚上的，你在这儿演的是哪一出啊！来人啊！先把两个小蹄子绑了关起来，明天开祠堂，把她俩打个‘满堂红’！”

春儿和靖琪分别被绑在柴房的柱子上。

春儿抽抽搭搭地向靖琪哭诉道：“杜明江怎么如此狠心！”

靖琪有气无力地回道：“春儿，一开始你就错了。不怕走错路，就怕看错人。”

春儿饮泣道：“我早该明白，他既然敢出钱请青龙会的人……我一个丫鬟又算得了什么！我不过是他的一个玩意儿，玩过了也就随手扔了。”

靖琪一惊，逼视春儿，道：“你说什么？他请青龙会的人干什么？”

春儿自知失言，支支吾吾地道：“没什么……”

靖琪追问道：“春儿，你告诉我，他请青龙会的人怎么了？”

春儿连连摇头道：“靖琪，你别逼我，我不敢，真的不敢。”

话音未落，何家宝从外面一脚踢开门，解开春儿身上的捆绳，恶狠狠扯着春儿的头发就走。何家宝口中骂骂咧咧地道：“你个不要脸的荡妇，大太太要问你话。”

柴房恢复了平静，靖琪一个人静静地看着屋顶发呆。

杜明海四处看看无人，凑到柴房的窗户边，低声轻呼：“靖琪，你在吗？我来救你了。”

靖琪动弹不得，回道：“不行！别把本来咱们有理的事变成没理的！还有，我刚听春儿说，客栈的事好像跟杜明江有关。她这会儿被人带走了，等她回来，我想再问问她。”

“那你小心，我就在外面守你一宿，有事你就喊我。”杜明海一边说着，一边从窗口隐去。

杜家祠堂院里，杜远山坐在轮椅上，大太太坐在上首，二太太、王富贵站立一边，全体丫鬟、仆妇肃立。

春儿和靖琪被推推搡搡带到。

早已心中有数的杜远山没有为难靖琪与春儿，而是直接请了家法，任凭大太太如何求情都不心软，坚持重责了杜明江十鞭。

无奈杜明江并不领情，也不觉得自己有什么错处。涂好伤药的杜明江满心都在算计杜远山怎么才能死，只是碍于大太太在场，不敢直接说出口罢了。

春儿在杜府自然是待不下去了。靖琪想送春儿回家，春儿却死活不肯回去。

靖琪宽慰了春儿几句，春儿一把抓住她的衣角，慎重道“告诉二少爷一定要提防杜明江，客栈的事就是他指使何家宝请了青龙会的人做下的！我亲耳听到的！”靖琪也没有多想，点头应了。需要处理的事情还有很多，靖琪匆匆离去。

隔了几日，靖琪和杜明海提着几包草药来到春儿门前。推开门，却看到春儿的身体孤零零地吊挂在房梁上。

杜明海急忙把春儿放了下来。靖琪走过去一摸，才发现春儿的身体已经僵了。靖琪一屁股坐在地上，一言不发。

杜明海心疼不已，欲把靖琪搂在怀中。靖琪缓慢推开他，脸上全是泪水。

第十九章

马万年戴着老花镜，一边翻看账本一边打着算盘，手指翻飞令人眼花缭乱。马致远在旁看着，十分纳闷。马万年却语焉不详，把话题引到靖琪身上去了。马致远听到马万年愿意出比杜家高五倍的工钱请靖琪做马记药厂的大掌柜，便高兴得什么都忘了。

隔日，马致远请了靖琪到茶楼喝茶，将马万年的意思说了。

马致远满心以为靖琪会答应，没想到被靖琪一口回绝：“杜老爷对我有恩，他现在有难，我东方靖琪决不能见利忘义，背叛旧主！如果以后有其他事，我一定尽力。这件事恕难从命。我还有别的事，先告辞了。

靖琪匆匆下楼。马致远急忙把一块大洋拍在桌子上：“老板，茶钱。”

人群熙熙攘攘，一辆黄包车穿行其中。一身洋学生打扮的杜明霞坐在黄包车上，正兴奋地四处看着。忽然，她看到了马致远，兴奋地喊：“致远哥哥！”

马致远没注意到杜明霞，只是快步追着靖琪，边追边喊：“靖琪，你怎么说走就走呢，我话还没说完呢！”

杜明霞跳下黄包车，拦在两人中间。

马致远一愣：“杜明霞，你什么时候回来的？”

杜明霞满脸娇羞地道：“致远哥哥，我方才喊你来着。为了早点见到你，我一放假就往回赶了。”

马致远尴尬地看着靖琪：“你瞧瞧这丫头，这都说的是什么傻话。”

靖琪认出了杜明霞，微微颔首，道："大小姐回来了。"

杜明霞满脸嚣张，尖声尖气地说："喂，你以后离我致远哥哥远点儿！"

靖琪一笑："大小姐，我想你是多心了。"

马致远敲了一下杜明霞的头，佯装生气："小丫头，别管别人的闲事，放学就要早点回家，知道吗？"

杜明霞低声对靖琪说："马致远是我的。我今年十八岁，已经看上马致远十八年了。"

靖琪也低声地回："杜马两家历来不和，马老爷应该不会同意你和马致远的婚事。不过我倒是可以帮你说合。"

杜明霞不以为然地道："用不着！都什么时代了，还媒妁之言父母之命。民国可是自由恋爱的时代！"

靖琪一笑，匆匆离开。

马致远忙追了上去："靖琪，哎，靖琪，你等等我！"

杜明霞看着马致远远去的背影，气愤地一跺脚，上了黄包车，扬手道："磨蹭什么！还不送我回家！"

月儿弯弯照九州，几家欢乐几家愁。

杜远山因为杜明江做的一系列事情心灰意冷，暗中嘱咐杜明海学习经营，好接手家中产业。杜明海本想推辞，但禁不住杜远山老泪纵横，慌忙答应了。杜远山见他应允，又嘱咐杜明海让靖琪做好准备，算盘、口算、心算都要多练，靖琪是当大管家的料，自己有意让她接任杜家大管家一职。杜明海自然十分高兴。

杜明海全面介入杜家的生意，最生气的莫过于大太太。她挪用了杜家慕江南丝厂的钱去放高利贷，借高利贷的人还不上钱，已经跑了。她不但没有赚到利钱，还亏了本钱。如今杜明海插手杜家生意，这件事怕是要藏不住了。

转眼就到了杜家张榜选大管家的时日。杜家大门口人头攒动，众人围着一张告示议论纷纷。

满头银发戴眼镜的老学究摇头晃脑地读着告示："英雄帖。今有杜府大管家五年任期已满，现面向全暨阳招贤纳士，凡男性，自觉有管家之才者，亲疏不避，高矮不限，均一视同仁，皆可报名参加遴选。一经选用，连任五年，待遇优渥，薪酬丰盈，即日起开始报名，三天后公开遴选，择优录用，一诺千金。杜府远山特此通告，翘盼佳音。”

老学究道：“好啊好啊，老夫子我等这一天又等了五年了。报名在哪里？”

长寿忙道：“报名的请到这边来。”引着老学究到一侧的桌子边。

负责登记报名的账房甲开玩笑地道：“孙老夫子，您连着都来了两次了，今年可是第三次了。中选我们杜府的大管家比范进中举可还难啊！”

孙老夫子道：“谁说不是呢！你小子记性不错，老夫子我等这一天又等了五年，从五十参加遴选，到现在都六十五岁了。”

一群人涌到桌子前报名。

杜明海拉着靖琪来到报名处。前几日，杜远山向杜明海表明，自己有意培养靖琪做杜家大管家，全面接替王富贵。杜明海心里藏不住事儿，乐呵呵地对靖琪说：“快点快点，你看，我说告示一大早就会贴出来，你偏要等出货完了再过来。”

杜明海把报名的人群挤开，火急火燎道：“让一让，杜府远山药厂的大掌柜优先报名。”

众人纷纷退后，露出不满的表情。

王富贵踱了过来，看了一眼，嗤笑道：“我当是谁不守秩序，原来是二少爷。”

杜明海不满道：“没错，是我！怎么了，我带靖琪来报名，为杜府招揽人才，有错吗？”

王富贵故作惊讶道：“哟，二少爷难道没看告示？”

杜明海急了：“王富贵，你什么意思？还没比试就怕了？是怕靖琪抢了你的饭碗吧！”

靖琪使劲扯了扯杜明海的衣袖，示意他不要再说下去。

王富贵一笑说：“怕倒是没有怕，只是……东方掌柜好像没资格报名。”

杜明海不服气地道：“这满头白发的老头都能来报名，靖琪年纪轻轻的不能来报名？”

王富贵：“当然不能。告示上可写得清清楚楚，孙老夫子，你来说，为什么东方掌柜不能报名。”

孙老夫子摇头晃脑地念：“凡男性，自觉有管家之才者……老夫子我虽然年迈，可也是个顶天立地的男子汉，大丈夫是也！”

东方靖琪疑惑着，几步走到告示前，迅速看完告示，一愣。

杜明海心中不忿，直接冲进了杜府大院，闯进客厅，大声道：“爹！为什么不让靖琪报名！”

杜远山一惊，道："没有的事！告示上不是写着，亲疏不避，高矮不限，均一视同仁。"

杜明海道："可上面写着"凡男性……"三个字。"

杜远山记起自己告诉过王富贵要改一改只限男性的规矩，既然没改……杜远山把目光转向大太太。

大太太支吾着，把责任推得一干二净。

杜明江也觉得杜远山这个决策不妥。杜府老少两代当家的都是男人，弄个女人来当大管家似乎多有不便。

王富贵匆匆进门，一拍脑门，只说一时疏忽，照抄了往年的英雄帖，直接张贴了。但是木已成舟，加上大管家不但要管理内宅，还要管理药厂、钱庄、丝厂、商铺，经常要和外人打交道，抛头露面不说，还要经常去外地跑生意，这和老爷一起出门也就算了，两位少爷个个都是龙精虎猛，万一出点什么事，这传出去岂不让人笑话。

杜远山斟酌再三，觉得王富贵言之有理，告示也已经贴出去了，不便再更改，最终决定这次遴选大管家就先只选男性管家。

杜府大门口搭起了高高的擂台。"杜府遴选大管家竞聘大会"巨大的横幅挂在擂台中间。

台上，肖金水、商会金会长及暨阳商会的社会名流就座。

台下，参赛的众人均已坐好，每人一张小方桌，一张小木凳，桌子上放着笔墨纸砚、算盘和答题用的白色硬纸板。只有一张小方桌后还空无一人，分外刺眼。

杜明江双手递给金会长一根锣槌，道："请金会长宣布开赛。"说完，杜明江揭开旁边蒙着红布的铜锣。

金会长用力击打铜锣，大声道："本会长现在宣布，杜府五年一度遴选大管家竞聘赛，马上开始。"

杜明江上台宣布规则："第一轮遴选，所有报名选手全部参加，根据答题的准确度和速度，十组题后取前两名；然后进入第二轮，两轮比赛规则一样，最快最准者胜出。"

这时，马万年拨开围观人群，带着一名手捧红木算盘的仆人，慢悠悠地坐到了空着的比赛座位前。

王富贵看到马万年坐到自己旁边，不由得一愣。

在一边执勤的马致远见状，呆了，急忙凑过去，低声道："爹，你怎么来了？"

马万年翻了马致远一眼，慢条斯理道：“我怎么就不能来？”

杜远山看到马万年落座也是一惊，低声对杜明江道：“他怎么来了！”

杜明江道：“参赛的名单我曾经扫过一眼，有个叫马齐五的一直没有来，没想到是马万年报的名。”

杜远山走下台，来到马万年身旁，道：“马老爷，你是不是坐错了地方？”

马万年不卑不亢道：“鄙人姓马，名万年，字齐五。马某今天前来给杜世兄捧场。”

杜远山满脸堆笑：“多谢马贤弟看得起杜某，只是马贤弟这老胳膊老腿的坐得久了怕都不行了。来人，给马老爷搬张太师椅。”

长寿忙从台上搬了一把太师椅送到台下马万年的座位处，替换他的小凳子。

杜明海偷空去药厂把正在算账的靖琪拖了过来。马致远挤到二人跟前，问：“靖琪？你怎么来了？”

东方靖琪笑了笑：“我来救火。”

一阵忙乱后，杜远山吩咐开赛。

杜明江冲长寿摆摆手，长寿拉动绳索，擂台正中的竹帘缓缓卷起，被竹帘遮盖的考题缓缓露了出来……

杜明江大声读出考题内容：“杜府租用仓库堆放三万斤东北大米，每月仓库的租金七个大洋。每天销售货物，需三个月售罄。每月得银七十五个大洋。问，不计利润，净得大洋该是多少？”

王富贵及参加遴选的马万年、孙老夫子等人，读罢题后纷纷低头用算盘演算，“噼里啪啦”的算盘声四起。

一会儿，长寿将纸条一一收起，拿到台上。

“第一轮第一名王富贵胜出！”杜远山又看了一眼名单一愣，无奈宣布：“第二名为……马万年。”

所有人都震惊地张大了嘴巴。

金会长“呵”了一声，赞道：“这马万年还真有两把刷子。”

肖金水幸灾乐祸，抿着嘴笑个不停。

杜明江大声地道：“请前两名的二位上台，开始第二轮遴选——珠算。”

马万年和王富贵噼里啪啦打着算盘。

杜远山微微闭目养神，杜明江紧盯着王富贵。王富贵抬头看了一眼，与杜明江四目相对，倍感压力，满头豆大的汗珠直冒，手指在算盘珠上犹豫着。一旁的马万年气定神闲，手指上下翻飞……

马万年果断拨下最后一个算盘珠，迅速拿起毛笔在白纸板上写下“五百一十二两”几个大字，微笑着冲着杜远山、金会长等人举了起来。

杜远山抢过杜明江手中的答案，看了一眼，脸色发青。

王富贵手指颤抖着拨下最后一个“二”，仿佛浑身虚脱了一般歪倒在椅子上。

杜明江瞥了一眼王富贵失望已极的神情，暗骂：“废物东西。”

金会长举起马万年的手，高声道：“本会长宣布马万年胜出，为此次杜府大管家遴选中的状元，也就是未来五年杜府的大管家。”

马万年得意道：“杜老爷，快宣布吧，你那告示上可是写得明明白白。公开遴选择优录用一诺千金！你不会是想让全暨阳的人都认为你杜远山是个说话不算数的人吧。”

杜远山仍然面带微笑，从台上望了望台下的东方靖琪，朗声道：“我杜家遴选大管家，岂是儿戏，我自当……”

“慢！我有话要说。”

众人所有目光“唰”地又投向说话的人，原来是东方靖琪。

众目睽睽之下，靖琪大步登上擂台，道：“在下东方靖琪！我有一事不明，马老爷在暨阳也算是数一数二的大东家，怎么突然肯屈就到杜家来当大管家。马老爷要是不解释清楚，恐怕大家都会以为马老爷包藏祸心，有着不可告人的秘密吧？”

马万年急道：“东方靖琪，你别蛊惑人心。这就叫人各有志，马某以前当过十年的管家，没当过瘾，想借杜世兄这块宝地再过过瘾、尽尽力，有何不可？杜世兄的英雄帖上可都说了，凡男性，自觉有管家之才者，亲疏不避，高矮不限，均一视同仁。”

靖琪径自朝杜远山道：“杜老爷，可惜我东方靖琪是一介女子，不然倒是可以和马老爷比试比试。”

杜远山顺水推舟，道：“各位，这位是我远山药厂的大掌柜东方靖琪，在我们杜家可以说是我的左膀右臂。如今大管家既然已经选定，作为大管家，一定要比东方掌柜技高一筹方可上任，大家认为是也不是？”

众人纷纷道：“对对！这是应该的！”

杜远山就势道：“那我现在就宣布，加赛一场。要是东方掌柜胜出，那我只好对不起马贤弟了。再说，我原本也有意摒弃管家只征男不征女的规矩。不知道金会长认为如何？”

金会长看了马万年一眼，又看看杜远山，思索道："也有道理。"

杜远山亲自出题，以决胜负。第一题，由四名丫鬟每人手里拿着从一到十的十张数字卡片，每次随意抽取一个数字，这四个数字组合成一个数字，由杜明海与杜明江随机展示演算符号，或加，或减，或乘，或除。两位参赛者在数字展示之时，不许用算盘计算，当十组数字全部展示完毕后，再凭记忆力开始演算。记忆准确，且算出得数最快者获胜。

题目刁钻古怪，大出马万年意料，他暗自嘟囔着："这叫什么题，简直是考记性。"

杜远山沉声道："开始！"

四个丫鬟迅速抽取不同数字亮出，杜明江和杜明海则随机抽出加、减、乘、除四个大字，展示速度令人眼花缭乱。负责演算答案的杜府四名账房先生则不停用笔记录着数字。

靖琪全神贯注的同时，用手不停盲打，仿佛空气中有一架无形的算盘。

马万年则不停地用手指盘算着，头上渐渐冒汗。

四名丫鬟十组数字展示完毕。

杜远山大喊一声："展示完毕，开始演算。"

马万年慌忙在红木算盘上演算起来，时不时停手蹙眉，思考数字是否正确。靖琪却左右开弓双手同时开打两面算盘，行云流水般迅捷准确。

肖金水看着靖琪的架势，呆住了。"厉害厉害，老子还从来没见过能俩手打算盘的。"

马万年朝靖琪看了一眼，头上虚汗直冒，有些手忙脚乱。

东方靖琪算毕，用毛笔在白纸板上快速写下一串数字，把白纸板高高举起，从容道："十万七千八百六十四。"

杜远山气定神闲地说："稍等等。"

杜府的四名账房先生还在用算盘认真演算。

马万年也举起了白纸板，道："十万三千七百二十一。"

四名账房先生反复核对终于算完，分别把得数郑重其事地写在纸板上呈了上来。

杜远山看过四块纸板以后，激动地向台下众人展示，大声道："四位账房的演算结果都是十万七千八百六十四，东方掌柜胜出。”

马万年本是成竹在胸，哪知因为杜远山的安排，半路杀出个程咬金。

杜远山淡然道：“马贤弟，你一个想要当大管家的人，居然不如手下掌柜的，我这庙小实在容不下你这尊大佛，只好对不住了。”

马万年满脸通红，阴着一张脸下台。

台下哄笑声一片。马万年脚步踉跄差点摔倒，马致远急忙将他扶住。

金会长笑道：“杜老爷，你今天这大管家遴选简直是一波三折啊！到现在这大管家反倒选没了，难道你把我们折腾一次还不够，还想再选一次？”

杜明江微微欠身，道：“金会长多虑了，既然没有选出新的大管家，我看还是让原任大管家王富贵继续担任大管家吧。”

杜远山还未置可否，杜明海抢过话来，道：“凭什么是王富贵，靖琪既然能胜了马万年，那靖琪就是状元里的状元，这次的大管家就应该是靖琪的。”

肖金水拿着杜家招聘管家的英雄帖上只限男性的条件，阴阳怪气地做文章。

金会长沉吟道：“依我看，这东方靖琪才智过人。为了暨阳商业大计，杜老爷不如去除陈规陋习，大胆录用女管家。这也算是破除旧俗，弘扬新风，为三民主义的发扬光大做出贡献嘛！”

众商会成员纷纷点头。

金会长的话正合杜远山心意。杜远山笑道：“好，既然金会长这么说，那我就听会长的。现在我就宣布东方靖琪为我杜家新任大管家。”

台下台上，掌声雷动。

杜明海激动地竟抱起身边的长寿转了一大圈。

长寿一愣：二少爷你没事吧。

台下，王富贵正佝偻着身子灰溜溜地离去。

第二十章

杜远山将象征大管家权力的金钥匙双手递给靖琪，慎重道："东方掌柜，这是我杜家大管家的金钥匙，今天我当着金会长、肖局长和全暨阳商会同仁的面，把杜家全权交给你这个大管家。"

在众人的欢呼声中，靖琪欲言又止，却没有伸手接过金钥匙。

杜明海看着杜远山的双手尴尬地停在半空中，悄悄拉了拉靖琪衣角，道："靖琪，还愣着干什么，快接啊！"

靖琪冲台下举手示意，欢呼声渐小。

"各位，既然杜老爷这么瞧得起我东方靖琪，我也愿意为杜家拼尽全力，只是在我接任大管家之前，我有个不情之请，希望杜老爷能够答应。"说完，靖琪定定地望着杜远山。

杜远山示意她说下去。

靖琪郑重道："在接手大管家之前，我希望清查杜府的主要账目！清查结束，靖琪才能继任杜府大管家。杜家有选大管家的规矩，我东方靖琪也有当大管家的规矩。"

杜明江一听靖琪这样说，吓得浑身冷汗直冒，怒道："东方靖琪，你这是无理取闹，哪任大管家接手都得查账，可没有马上就提这种要求的，当着这么多人的面，你是想给我爹难堪吧！"

靖琪一笑，道："大少爷多心了。亲兄弟尚且要明算账，何况杜府这么大的产业。我东方靖琪贸然接手，如履薄冰，不得不小心谨慎。"

杜远山回道："这有什么难的，清查家底是好事啊，也是大管家接任必须要做的一件事。"

靖琪立刻道："那就请杜老爷即刻下令，把杜府所有账房都贴上封条，从即日起直到查账结束，任何人不得擅入。"

杜远山当即令杜明海去办。

东方靖琪来势汹汹，逼得杜明江不得不兵行险招。他凑出一万大洋的银票，安排王富贵离开，造成畏罪潜逃的效果。

王富贵为了自己那寄养在杜家孤儿院的傻儿子王聪明，不得不答应杜明江的要求。只是日久生情，他虽然与大太太、杜明江沆瀣一气，但对自己为之服务了二十年的杜家，还是很有感情的。无奈形势不由人，人生就是这样，一招错，满盘输。

翌日，晨曦初露，阳光映照着整个暨阳县城。

王富贵带着鸡腿到孤儿院见了王聪明，看着只会吃鸡腿，什么都不知道的王聪明，王富贵不由得悲从中来。他一生都是为了这个傻儿子，到如今却因为行差踏错而要抛下他，自己背井离乡去逃命……悔当初，悔不当初，回不到当初。

王富贵长叹一声，抹了一把眼泪起身，掀起衣服下摆，将系在腰上包裹解下背在了肩上，一步三回头地离去。

东方靖琪带着六名账房先生来到杜家账房门外，她撕下封条，用力推开两扇紧闭的门。

所有账房先生都垂手而立，望着东方靖琪。

几个时辰后，东方靖琪给前来视察的杜远山递上一摞清单，道："老爷，这是这次查账的清单，请您过目。"

杜远山仔细看着清单，眉头慢慢皱了起来，他生怕看得不仔细，连忙伸手去抓老花镜，手哆嗦着竟然没有抓到。杜远山越看越吃惊，匆匆翻完那一摞清单，眼睛惊讶地瞪大：亏空竟然有十万大洋。

杜远山手哆哆嗦嗦地放下账单，道："王富贵呢？快，长寿去把王富贵叫来！"

长寿犹犹豫豫地说："老爷，大管家他……今天一早就不见了。"

杜远山急忙吩咐了人去追。

杜明江的房间内，杜明江正对着何家宝说："听着，王富贵今天早上刚走，但是没想到东方靖琪对账那么快就结束了。等下我们会分散四下找人，你带上胖大海，找到后……”杜明江做了一个“杀”的手势。

何家宝点点头，问：“我往哪个方向找？”

杜明江道：“你往虎扑岭走。到虎扑岭后，一条路通往嵊县，另一条路抵达义乌，你往义乌那个方向追。王富贵说他有个远房表弟在嵊县。如果我没猜错，王富贵跟我玩的一定是虚晃一枪。你听我说……”杜明江把嘴附在何家宝耳边，何家宝不停点头。

等到何家宝闪身而出，杜明江倒了一杯茶，跷起二郎腿。

此时，门外传来杜明海的声音：“人呢？人都集合好了吗？我们马上动身。他奶奶的，我一看这姓王的就不顺眼，找到他了，看我怎么收拾他。”

杜明江放下茶杯，打开房门，站在屋檐下。

药厂的年轻人已经在院子里集合完毕，杜明海站在院子里嚷嚷。

靖琪嘱咐道：“各位，医院、药房、药厂、丝厂等处再找一遍。另外，码头、茶楼、客栈及旱路分头查找。明海，你跟我一起走。”

杜明江看了人群中的何家宝一眼，何家宝点了点头。

走到弄堂口，靖琪顿住脚，问杜明海道：“知道应该往哪个方向走吗？”

杜明海摇摇头。

靖琪一笑：“哪个方向都是错的，只有跟上何家宝才是对的。”

杜明海一惊，道：“你是说，何家宝知道王富贵藏哪儿去了？”

说到曹操，曹操到。两人眼看着何家宝带着一帮人从弄堂口奔过。

靖琪道：“跟上！”

岔路口上，两块划着箭头的路牌。一块指向嵊县，一块指向义乌。

何家宝无意间看到了不远处有两个若隐若现的人影，眼珠子转了转，往嵊县方向追去。

少顷，杜明海和东方靖琪跟上。

何家宝突然停住，眼睛四下张望，一猫腰蹿进树丛中，对身边人压低声音道：“快，跟我来。”

胖大海忙不迭跟上，抱怨道：“你怎么回事，怎么又岔到树丛里去了。”

一会儿，东方靖琪和杜明海跟了上来，却继续往前追去。隐身在树丛后的何家宝得意地笑了。

胖大海仿佛悟到了什么，竖起拇指赞道："高，实在是高。"

何家宝道："别跟我拍面前拍马屁，那是大少爷高。走！"

靖琪和杜明海往前追出一段，没有看到人影。靖琪越走越觉得不对劲，突然停了下来，转身匆匆往回赶，然后一路都在观察着路边的树丛。突然她看到了被踩倒的树丛，她猫着腰钻进树丛，懊恼道："我们上当了。跟我来！"

当靖琪和杜明海从树丛中冲出时，还是晚了。何家宝和胖大海在干号，地上躺着浑身湿透、显然已经死去多时的王富贵。

何家宝扯着嗓子假哭道："王大管家，你我认识那么多年，蒙你关照。你怎么可以一走了之，你还有聪明呢，你是不是太绝情了。你让我怎么向老爷交代啊……"

何家宝边号边偷看胖大海一眼。胖大海忙跟着号，但他号不出内容，只能呜啦呜啦乱哭。

靖琪和杜明海一看不对，三步并作两步，赶到了他们面前。杜明海看看何家宝，又看看躺在一旁的王富贵，道："怎么回事儿，怎么一转眼人就死了？"

靖琪迅速搭脉，翻开了王大管家的眼皮，无奈地对杜明海摇了摇头。。

何家宝抽了抽鼻子，站起身来，望着杜明海道："二少爷，王大管家良心不安，投河自尽了。"

杜明海难以置信，他素来莽撞，不会委婉说话，开口便质问是不是何家宝与胖大海害死了王富贵。

何家宝马上朝杜明海要证据，口中振振有词地道："二少爷，说话要负责任的。你拿出证据来！如果你这样也可以信口雌黄，那我也说是你害死了王大管家！"

杜明海大怒，举起拳头就打。待靖琪拉住他的时候，何家宝脸上已有了一块乌青。

何家宝摸了一下嘴角的血渍，笑了，"二少爷，你继续打，你要打死我了，警察局不会放过你。一命抵一命，你的命比我这个外姓人的命可值钱多了。"

靖琪见越闹越不像话，出声制止道："行了，都别说了，何家宝，胖大海，你们把王管家抬到警察局。"说完，返身就往回走。

警察局大院里，马致远给王富贵的尸体盖上白布，然后摘下白手套扔给身后的警察。

靖琪忙问："怎么样？"

马致远把湿透了的银票递给靖琪，纳闷道："身上财物俱全，很像是失足落水，但脖子上有轻微外伤。"

靖琪将字迹模糊的银票仔细看过，又递给杜明海，担忧道："明海，我刚当上杜府大管家，就出了这样的事儿……我总有种不祥的预感。"

杜明海连忙安她的心，道："你放心，有我在，没人敢动你一根毫毛。"

靖琪望着马致远道："致远，凭你的感觉，王大管家是他杀还是自杀？"

马致远肯定道："他杀。你想，他都带了银票上路，作了去外地生存的打算，为什么会自杀？"

靖琪问道："这案要怎么查？"

马致远面带难色："没有证据，很难查。"

杜明海急了："我看就是何家宝和胖大海那两个混蛋害死了王管家。那俩人本来就不是什么好东西！就是他们把王管家从水里捞起来的，谁知道是不是他们把王管家先淹死再假惺惺当好人。"

马致远冷冷道："二少爷，我还是那句话，没有证据！"

一日无果，杜明海只能把银票带回去给杜远山，将马致远的话据实相告。杜远山虽不相信王富贵会自杀，但人死如灯灭。杜远山交代杜明海，等警察局结案后，买一口上好的棺材，厚葬王富贵。

待杜明海与靖琪离开，肖金水漫不经心地问着马致远案子的进度。因为拿了杜明江的钱，肖金水想要这案子不了了之。马致远虽然有心细查，但官大一级压死人，与肖金水大吵一架后，也只能作罢。

这天，杜家天井里，家仆齐聚。杜远山、二太太、杜明江、杜明海和杜明霞均在场。

长寿大声道："杜府大管家上任仪式现在开始。第一项，杜府新任大管家东方靖琪为管家祖师爷范蠡敬香。"

靖琪毕恭毕敬地给管家的祖师爷范蠡画像鞠了三个躬，虔诚地上香。

长寿又拉长了声调："第二项，杜府新任大管家东方靖琪受领杜府金钥匙。"

杜远山将红色锦盒里的金钥匙郑重地交给靖琪，宣布："从今天起，东方靖琪正式接任杜府大管家一职。"

靖琪接过金钥匙，冲杜远山深深一躬："谢杜老爷信任。我东方靖琪有生之年一定尽职尽责，恪守本分，为杜府老少当好这个大管家。"

杜远山又道："还有一件事我要跟大家说一声。我最近身体欠佳，府里有什么大事小情，除了请示大管家，也可以请示二少爷。"

杜明江脸上的笑容瞬间僵住了。

远山药厂的办公室内，靖琪在忙着算账。

一个男子走进门，摘下礼帽含笑道："东方掌柜，别来无恙啊！"

靖琪这才抬头，看见是周山口，惊喜道："山口兄！快坐快坐。前几天我还想给你写封信，推荐一下我们的新药，没想到你亲自上门来了，真是太好了。"

这时，杜明海大大咧咧地进门，看见周山口，一愣："周山口！你怎么又来了？"

周山口笑道："你这个少东家就是这么对待客商的？"

杜明海凑到周山口耳朵边，低声道："你别以为我不知道你心里打的什么小九九，我警告你，靖琪现在是我们杜府的大管家，任期五年，这五年里她哪儿都不能去。"

靖琪端茶过来，见二人神色不对，疑道："杜明海，你又在胡说八道些什么？"

杜明海岔开话题，道："对了，靖琪，北平来的药商要订购一批中药饮片，但是对咱们的饮片样品不满意，你要不要亲自去跟他们谈一下。"

靖琪头疼道："我这边还有一大摊子事忙不过来，你稍等一下……"

周山口起身道："不如我跟二少爷去车间看看你们的中药饮片吧，也许能帮点小忙。"

杜明海陪着周山口边走边看，一旁还有个管事的。

车间里，周山口边看边摇头："难怪北平的客商看不上，你们这种加工饮片的方法太过普通，在北平那种大药店，顾客都很挑剔，这种普通的加工方法很难卖个好价钱。"

杜明海不服气地道："不就是切片吗？怎么切不是切？"

周山口耐心道："当然不一样，比如这个白芍要锉成蜻蜓翅片，甘草要切成短斜片，黄连则要锉成五爪平片，茯苓要用平刀切片、卷片，这样一来才可以增加疗效。"

隔行如隔山，从来没有务过正业的杜明海对这些确实是一窍不通。听周山口说的挺像回事，他半信半疑道："一个小小的切片真有这么多讲究？"

管事的凑上前，低声道："周先生说得很有道理。"

周山口笑道："如果你相信我，就请试着先按我说的方法把这几种药的饮片加工一部分，然后给北平的客商过目。”

杜明海犹豫了一下，对工人们道：“那就按照周先生说的，赶紧连夜加工出一些样品来，越快越好。明天我要拿给北平的药商看。”

东方靖琪在整理账本，四个账房先生在忙着打算盘。

靖琪拿起一串钥匙，按照上面标注的甲、乙、丙、丁、戊、己、庚、辛、壬、癸打开了一个印着“癸”字样的壁柜。她刚想把一摞账本放进去，却发现里面端端正正地摆着一尊财神，遂纳闷道：“这里怎么会有一尊财神？财神爷按理说都是放在明面上受香火的，怎么能放在柜子里呢？”

靖琪把账本放在一边，正要动手搬动财神，杜明海气喘吁吁地跑进来，兴奋地道：“靖琪，可找到你了，告诉你个好消息。”

靖琪好奇道：“什么好消息，把你乐成这样。”

杜明海递上一张订单，“北平的药商同意订货了，而且要的量很大，足够饮片车间忙活半年的。”

靖琪看着订单，惊喜道：“这么多！你不是说他们没看上样品吗？”

杜明海有些不好意思地道：“你还别说，周山口那小子还真有两把刷子，我按照他说的方法让车间的人重新加工了一批样品，北平的药商一看就转变了态度，当场就把订单签了。”

靖琪把柜门一锁，笑着说：“好事！走，咱们告诉老爷一声去，让他也高兴高兴。”

杜家客厅里，杜明江给杜远山递上一个手炉，殷勤道：“爹，这是我特意让人从北方给您带过来的。您身子弱，咱们这地方阴冷，这手炉您一早一晚的用得到。”

杜远山接过来，颇感欣慰。

这时，靖琪和杜明海风风火火进门。

靖琪笑盈盈道：“恭喜老爷。”

杜远山和蔼地问：“东方大管家又有什么好消息？”

靖琪递上订单，说：“刚才二少爷跟北平的药商谈拢了一笔大生意。”

杜明海一本正经：“北平的客商说了，咱们的饮片下半年他们全包了。”

杜远山连连点头，对杜明江说：“咱们的饮片生意一直不温不火的，这次突然有这么大的进展，明海功不可没啊！”

靖琪接着说：“本来北平的药商没看上咱们的饮片，多亏二少爷让工人按照新的加工方法重新加工了饮片。”

杜明海忙接道：“这里面也有周山口周先生的功劳。今天他来厂里看货，顺便对我指点了一下。”

杜远山笑道：“你小子也有谦虚的一天！那要好好感谢感谢人家喽！周先生见多识广，你要多跟他学学。”

杜明海低头道：“是！”

杜明江皮笑肉不笑地说：“二弟真是越来越有出息了，真得好好庆贺庆贺。”

杜远山哈哈大笑，拍着杜明海的肩膀道：“好啊！我就知道我杜远山的儿子差不了！”

翌日，靖琪想起那尊藏在柜子里的财神，又把柜子打开，自言自语道：“财神啊，你老藏在柜子里干什么，也出来透透风，好保佑咱们东家来年发个大财。”

她试图把里面的财神抱出来。账房先生有财忙过去帮忙，满脸讨好：“大管家，我来我来”。

靖琪一挥手：“不用不用。”

二人推让的过程中，靖琪突然失手，财神“咣当”落地，瓷片四溅。

碎瓷片中赫然出现了一卷白纱，上面似有字迹。

靖琪将白纱一把捡起，缓缓打开，有财也鬼头鬼脑地凑过来看。

一行大字映入眼帘：自白书。落款：王富贵。

靖琪迅速瞄了一遍，忙把白纱卷了起来。

有财眼珠转了转，道：“好像是王大管家的东西。”

靖琪严肃道：“这件事千万不要外传。”

有财赶紧捂住嘴巴。

靖琪把那卷白纱拿到一边，仔细看了起来，越看越惊讶……

“如果我没猜错，你就是继任大管家的人选。你看到这封自白书时，我王富贵十有八九已不在人世。我要告诉你一个秘密：这么多年，我除了为杜府当大管家，还暗中帮大太太和大少爷放高利贷。若此次遴选大管家失败，我怕杜明江会丢卒保帅。为免不测，我对大太太假称高利贷的账本已经焚毁，其实账本被我藏到了一个隐蔽的地点，详见附图。另，请转告东方靖琪，我知她心地善良，若我三个月内不来接王聪明，一定是被杜明江所害。他心狠手辣，生性贪婪，比大太太狠毒百倍。请务必拜托东方靖琪替我好好照顾在孤儿院的王聪明。此生无以为报，唯有说出实情，望代为申冤，来世为牛为马定当报还。王富贵百拜。”

有财贼眉鼠眼地观察着靖琪的表情，偷偷溜出了门。

杜家院子一侧，有财嘀嘀咕咕地跟杜明江一阵耳语。

杜明江大惊失色道：“有财，你说的可是真的？”

有财慎重道：“千真万确，我亲眼看到的。虽然具体写的是什么我没看清，但肯定是大管家手迹。”

杜明江焦急地道：“你要是能想法子拿到这东西，我再给你一千大洋。”

有财眼前一亮：“我一定想办法弄到。”

杜明江嘱咐道：“越快越好。”

账房内，靖琪正把自白书摊在桌子上，皱着眉头研究那副附图。

门一响，靖琪忙把桌子上的东西卷了起来。

有财匆匆进门，道：“大管家，你快去看看吧！二少爷在外面敲锣打鼓的喊你出去。”

靖琪一听，门外果然有敲锣打鼓的声音，便顺手把白纱卷装进一个牛皮信封，锁进抽屉里，匆匆向外走去。

靖琪出门一看，顿时愣住了。

杜明海竟然光着膀子，背着长枪，在卖力气地敲一面巨大的鼓，边敲边喊：“东方靖琪，快出来。东方靖琪，你快出来。”

几个吹鼓手在杜明海身后起劲地吹着唢呐助威。

靖琪急步上前，夺下杜明海手里的鼓槌扔到一边，嗔怒道：“杜明海，你在这儿胡闹什么？”

杜明海大声道：“东方靖琪，我杜明海要向你求婚。”

靖琪脸一下子羞得通红，嗔道：“求什么婚，我看你是发昏，快跟我走。”

这时，长寿引着周山口过来了，杜家老小也都闻讯赶来。

靖琪的脸变得滚烫，忙道：“杜明海，你别胡闹了，你看把老爷、太太们都惊动了！”

杜明海浑不吝地道：“他们来得正好，我敲锣打鼓就是要让他们都来给我做个见证。各位，听好了！今天是我杜明海向杜府大管家东方靖琪求婚的大日子！。”

杜明海把背后的长枪卸下，双手举起，单膝跪地，慎重道："东方靖琪，嫁给我！从今天起，我杜明海就是你的俘虏，生是你的人，死是你的鬼。这把长枪就是咱俩的定情之物，你要是答应就收下它。"

靖琪一脸犹豫。

周山口咬着下嘴唇一言不发。

杜明江站出来，义正词严地道：""明海，不是大哥说你，我记得你好像小时候还订了一门亲事。"

杜明海一愣，靖琪也愣住了。

杜远山若有所思，道："明海，那斯家姑娘的父亲是我的救命恩人，当年给你们订婚，三媒六聘一样不少。虽说这十几年断了音讯，可那门亲事不能不算数，我不许你再有别的想法。"

杜明海急道："爹，那是当年你们订的娃娃亲。靖琪，别听他们的，我和那姓斯的女娃娃长这么大从来没见过面，我的亲事我自已说了算，你答应我，嫁给我。"

杜明海热切地望着靖琪，众目睽睽之下，靖琪接过长枪，众人哗然。

杜明海正欲上前拥抱靖琪，却听靖琪严肃地道："二少爷，枪我替你收着，我怕你再拿枪闯祸。亲事得听老爷的，杜家最重的是诚信二字，你和斯家既然已有婚约，恕靖琪不能答应你。"

杜远山终于松了口气。

靖琪拿着枪扭头进了账房，"砰"的关上了门。

第二十一章

肖金水带着一张结案通告来到杜远山面前。

杜远山看着结案通告，不可置信地道："看这结案通告上的意思，王富贵是自杀？"

肖金水叹息道："不错，经过这几个月的追查，没有任何他杀的线索。据此推断，王富贵是卷款私逃，路上惊慌失措，失足落水。"

杜远山道："可我听说王富贵脖子上有轻伤，这作何解释？"

杜明江急于掩饰，连忙道："也许是打捞上岸时被不小心伤到的。要真是他杀，这伤哪儿能这么轻。"

肖金水哈哈笑道："杜老爷，我这可是为你好。上次你让大少爷去找我，你的意思他可说得明明白白。"

杜远山一愣，"明江去找过你？"

肖金水道："是啊！怎么，不记得了？"

杜明江慌了："对对，那次我是找肖局长问了这个案子，爹不是也很关切吗？"

杜远山心有疑惑，又不好意思明说，只道是自己老糊涂了。

屋里的三个人还在有一搭没一搭地说着，靖琪正好走进门。杜远山把结案通告递给靖琪。 靖琪接过通告来认真地看了一遍，摇头道："这未免太过武断了。"

肖金水把手中的杯子一放，严肃道："武断？你凭什么说我们武断？这可是警察局操劳了几个月得出的结果！我告诉你，说话要讲证据的！"

靖琪毫不客气地回道："我手里正好有一份证据能证明王富贵可能是他杀。"

杜远山惊讶地道：“什么证据？”

杜明江的面孔因为过分紧张已经开始微微抽搐。

“王富贵留下了一封自白书。”

杜远山忙问：“自白书？什么自白书？上面说了些什么？”

靖琪镇定地道：“老爷，那自白书上写得清清楚楚，说他王富贵这么多年除了为杜府当大管家，还暗中帮大太太和大公子私放高利贷！我这就去拿给您看。”说完，便告辞离开。

杜明江恼羞成怒，冲着门口喊：“东方靖琪，我看你是唯恐天下不乱，血口喷人！爹，肖局长，东方靖琪这是污蔑！看她能拿出个什么证据来！”

杜远山没有说话，而肖金水是个看热闹不嫌事大的主，冷笑道：“无端诬告他人自然是要处罪的。”

半晌，靖琪气喘吁吁跑进门来，气愤地看了杜明江一眼，道：“老爷，肖局长，那自白书平白无故地不见了！”

杜远山问：“大管家，你可找仔细了？”

靖琪无奈地摇摇头。

肖金水厉声道：“东方靖琪，你干扰警察办案不说，还污蔑大公子，我看你就是存心捣乱！”

靖琪不肯死心，据理力争道：“肖局长，那证据的确是我亲眼所见，王富贵说了，若遴选大管家失败，大少爷怕是要置他于死地啊！”

杜远山突然一惊，顿觉一阵天旋地转，昏了过去。

“老爷！老爷……”靖琪连忙唤了几声，上前检查脉象。

杜明江和肖金水你看看我，我看看你，愣在原地。

靖琪扭头看着他俩，气不打一处来，怒道：“还不快叫人！老爷气血上逆，中风了！”

杜明江用手指着靖琪，怒道：“东方靖琪，你是个害人精！老爷就是让你给气的！”说着，忙跑出门外。

几个家仆在杜明江的带领下匆匆赶来，七手八脚地把杜远山抬上床。

靖琪等杜远山的脉象平稳了些，吩咐下人去拿药，然后悄悄地叮嘱二太太：“二太太，我去找二少爷，您千万看好了老爷，一定要寸步不离！”

日落西山，许久不见杜明海的靖琪在药厂孑孑独行。周山口看见她这样，有些心疼，就把自己听说杜明海去了后山的消息告诉了靖琪，靖琪当即朝后山走去。

周山口不放心，紧追几步，跟着一起去了。

天色渐黑，两个人一步一滑，边喊边找。

草木萧萧，无人应答。

夜，越来越深，风越来越大，毫无预兆的电闪雷鸣后，暴雨倾盆。

周山口忙脱下衣服给靖琪披上，带着靖琪藏到山洞里避雨。两人看着这来势汹汹的暴雨，束手无策。

他们没有猜到，此刻杜明海却在拼命拍着靖琪的房门，房里自然无人应答。

担心了一天的二太太听说杜明海回来了，吩咐长寿守着杜远山，自己急急忙忙去看儿子了。

一个闪电划过长空，长寿一个哆嗦。

杜明江闪身进门，支开长寿，迅速插上房门。

他一步步走到杜远山床前，盯着躺在病床上紧闭双眼的杜远山，用针管从一个小药瓶里往外抽液体……

突然，一个炸雷响起，闪电苍白的光把杜明江狰狞发青的脸映得像是阴曹地府里的鬼。

杜明江紧张地望向窗外，颤抖着手挤出针管上面的空气，眼中闪过一丝寒光……他面露狰狞，一步一步走向紧闭双眼昏睡着的杜远山。暴雨狂风，电闪雷鸣，树影不停地摇晃，倒映在窗户上，似乎在预示这个不平静的夜晚。

等到雨小了些，靖琪与周山口告别，匆匆返回杜府。回去后，靖琪发现杜远山房里一个看护的人都没有。她急步走向杜远山，只见躺在床上的杜远山正喘着粗气，痛苦万分。

靖琪试图扶起杜远山，无奈怎么努力都没能做到。就在靖琪急得满头大汗的时候，杜明海搀着二太太进门了。

杜明江也从门外跟进来，三个人同时看见床边满脸慌乱的靖琪。

杜明海讶然道：“靖琪，你怎么也在这里？”

靖琪道：“我刚赶回来。老爷好像情况不对。”

话音未落，杜明江接口道：“东方靖琪，你好大的胆子！你刚才对我爹做了什么？”

杜明海骂了杜明江一句，面带忧虑地看着靖琪。

靖琪用笔在纸上“唰唰”的写着，然后把纸递给杜明海，吩咐道：“快去把这些药抓来，老爷可能是中毒了，需要催吐。”

杜明江伸手一拦，道：“慢！你开的药我信不过！我怎么知道你开的药有没有毒？”

杜明海急道：“别他妈胡说！你不信，我信！”

二太太大哭：“这都什么时候了，你们还吵，快救人啊……”

杜明江几下撕碎靖琪开的药方：“来人，传陈守礼过来。还有，通知警察局，有人要害我爹！”

冯铁头带着几名警察气势汹汹地冲进来，众警察迅速排成两排。仆人们见状纷纷闪避。

冯铁头道：“东方靖琪，你涉嫌下毒谋杀东家杜远山，现在我奉命逮捕你！”

杜明海冲过来，挡在靖琪身前，道：“冯铁头，你哪只眼睛看见靖琪下毒了？要是拿不出证据，我就去告你！”

冯铁头不耐烦地说：“别给我耍嘴皮子！杜明海，我这是奉命行事，你有什么冤枉去找肖局长说！来人，带走！”

几名警察一拥而上，要抓靖琪。

杜明海抄起顶门杠，吼道：“我看你们谁敢抓人！”

靖琪拦住他：“明海，不要动武！不做亏心事，不怕鬼叫门。我跟他们走，有什么事我会去说清楚。你照顾好老爷，切记，一定要寸步不离！”

冯铁头一挥手，两名警察上前架住靖琪离开了。

铁栅栏内，靖琪枯坐在乱草中出神。

牢门“咣当”一响，肖金水晃了进来，嬉皮笑脸道：“东方大掌柜，别来无恙啊！”

靖琪愤愤道：“肖金水，你有什么证据抓我进来！”

肖金水蹲下，正色道：“证据就是杜大少爷亲眼看到当时只有你一个外人在作案现场。你不但有作案时间，还懂得用毒。东方靖琪，我看你就从实招了吧！”

靖琪怒道：“肖金水，你堂堂一个警察局长，只凭他人一面之词就要草菅人命吗？”

肖金水恬不知耻地道："错！我破案不只靠证词，我还靠摇卦、抽签。"

"无耻！庸才！"

肖金水仰天大笑："哈哈！你终于有点儿了解我了！当官的哪有不是庸才的。我这个庸才还真就能一手遮天，把黑的说成白的，把白的说成黑的！"

"你黑白颠倒，究竟是想怎样？"靖琪气得胸口发闷。

肖金水色眯眯地打量着靖琪，道："怎样？我告诉你，你这件事可大可小。我既可以说查无实据，又可以说你谋害雇主、图财害命，想说什么，不过是我肖金水动动嘴皮的事！要不，你还是考虑考虑，做我的四姨太？"

靖琪讥讽道："凭什么？就凭你能搜刮地皮，让暨阳县的百姓怨声载道？凭你娶了三房太太还看着碗里的盯着锅里的？凭你无德无能，靠跑官买官当了一个狗屁警察局长？"

肖金水站起身，居高临下地说："东方靖琪，你别给脸不要脸。你要是不答应，不出三天，我就按恶性案件直接处决了你！你要是答应了，我那三个太太都在省城，你一个人在暨阳独大，要是能给我生出个儿子来，我让你和老大平起平坐，使奴唤婢，穿金戴银……"

靖琪冷笑道："肖金水，你真恶心。"

肖金水恼羞成怒："东方靖琪，这暨阳县城还没有我肖金水办不到的事！你要是不答应，我也不强求，三天之后，我就毙了你！何去何从，你可给我好好想清楚了，到时候可别哭着喊着来求我。"

东方靖琪冷笑："我现在就想清楚了。"

肖金水一甩袖子离开。

杜远山卧室里，杜明霞拧干了毛巾，正小心翼翼地给杜远山擦拭。

长寿惊慌失措地闯了进来，气喘吁吁地道："老爷！大小姐！不好了，二少爷拿着刀出去了！"

杜明霞一惊："他去哪儿了？"

长寿道："不知道，可我看着苗头不对！他可能听说了东方大管家要被砍头的事。"

"不好，二哥一定是去警察局拼命了！"杜明霞气得直跺脚。

可怜杜远山躺在床上，"呜呜"的出着声，一句完整的话也说不出来。

杜明海抱着一小坛酒，揣着刀走到警察局门口，抬眼看了一下警察局的门牌，走了进去。肖金水把腿架在办公室的桌子上给老婆打电话。杜明海大踏步进门，走到肖金水面前，把一坛酒往桌上一放。

肖金水斜着眼睛望了杜明海一眼，不以为意，继续打电话。

杜明海看肖金水没完没了的打电话，脸上渐渐不耐烦，把话筒一把抢过来，挂断了电话。

肖金水暴怒："杜明海，你敢挂老子的电话！你吃了熊心豹子胆了？"

杜明海并不理会他，自顾自地找了两只茶杯，倒满酒，递过一杯："来，我敬你一杯酒，这酒就是感谢酒。要是肖局长能秉公执法，日后我敲锣打鼓送一块'明察秋毫'的牌子来局里给您挂上。"

肖金水强压怒气，接过杯子。

"来，我敬您。"杜明海举起胳膊要上前碰杯。

肖金水突然把脸一板，把杯子上下颠倒，酒泼了个精光："姓杜的，你也不掂掂自己几斤几两！敢闯警察局，你就不怕吃枪子？"

杜明海压抑着怒火，道："肖局长果然有气势。我求你再查查东方靖琪这事儿，万一弄错了，这一刀砍下去可不是好玩的。"

肖金水不耐烦道："这件事不用多说了！三天后，你就等着给东方靖琪收尸吧！"

杜明海放下了酒杯，拿起酒坛，仰脖"咕咚"喝了起来，然后一抹嘴巴，将坛子砸在了地上。他走了两步，猛地掏出刀子架在肖金水的脖子上，狠声道："肖金水，你敢无凭无据杀人，我也敢无法无天地抹你脖子。"

肖金水瞬间软了下来："别别别，杜明海，你这是干什么！有话好说，有话好说嘛！"

门突然被撞开，冯铁头把身子探进来，一看眼前的情景，连忙往前走，嘴里高喊着："哎哎哎！杜明海，你可千万别玩愣的！哎哎哎！快来人啊！"

肖金水趁杜明海看向冯铁头的工夫，使劲挣脱了一下，快步躲到了冯铁头的身后。"杜明海，你个小兔崽子，今天我要不崩了你，我肖金水就是这个。"肖金水一边擦着头上的冷汗一边破口大骂，说着还做了个乌龟爬的手势。

闻声赶来的众警察一拥而上，用枪托、皮靴劈头盖脸地打杜明海。

遍体鳞伤的杜明海被扔进了死牢。

世事如棋局，人情纸半张。整个杜家被一片愁云惨雾所笼罩。

面对突然昏迷不醒的杜远山，二太太跪在床前哭诉着："老爷，你倒是睁睁眼啊，你成了这个样子，明海又被打入了死牢，可怜我们母女俩连个主心骨都没有了……"

杜明霞擦了擦眼泪，直起身道："娘，光哭有什么用，我们得想想办法啊。"

长寿推门而入："二太太、大小姐，大太太让你们现在都去客厅。"

二太太疑声道："你看看老爷这儿哪离得了人？"

长寿道："大太太说了，有重要的事宣布，让您和大小姐务必到场。我在这儿照顾老爷。"

二太太和杜明霞无奈起身。

杜家三位叔公长辈和大太太坐在客厅上首喝茶，杜明江在一旁陪坐着。

面色哀戚的二太太在杜明霞的搀扶下到来，母女二人忙给几位长辈行礼。三位叔公却是傲慢地点点头，并不说话。

大太太冷冷地道："既然人都到齐了，我作为杜家的长房长媳，有一件事要宣布。你们都知道，现在老爷中毒昏迷，杜明海又被打入死牢，为保杜家产业，我这个当家大太太不能不出来理事！"说完，大太太将头扭到一边，道："明江，把遗嘱给三位叔公过目。"

杜明江将一个锦盒小心翼翼地捧到三位叔公面前，三位叔公掏出老花镜边看边点头。

杜明霞大声质问："我爹还活着呢，你现在说什么遗嘱？"

大太太不满道："老爷当年被水匪所害，身受重伤，特意早早立下了遗嘱。本来我是不想拿出来的，可如今老爷不省人事，我是万分不得已才把诸位叔公请来，请叔公们给做个见证。二叔公，老爷的遗嘱上怎么写的，您当着大家面念念吧，省得有人疑心我偷做手脚。"

二叔公摇头晃脑地念："余杜远山以病废之身，恐去日无多，为免两房之子为财产纷争，特在尚还明理之时立下此嘱，余百年之后，将杜府之远山药厂、慕江南丝厂、裕盛钱庄、惠民医院、孤儿院等一并交由长房长子杜明江打理。望明江明海兄弟同心，明海要悉听尊长，一切以明江是从。"二叔公抬头看看杜家两房的脸色，接着念道："其余产业处置，以及二房和明海之利益，均悉听大房何大莲分配。明霞出阁之日，以五千大洋为嫁妆。余不一一赘述。中华民国十八年十月立。"

第二十二章

二太太只身一人去找肖若云，对着肖若云哭哭啼啼：“若云，明海被你哥哥投进死囚牢了，我可怎么办啊。现在只有你能救明海了，菡姨求求你，一定要救救明海！

肖若云坐不住了，拽起二太太直奔看守所。看门的警察拦也拦不住，只能马上将消息报给肖金水。

肖若云在走廊里一路走一路呼喊杜明海的名字，二太太紧跟在后面，却是哭个不停。终于，两人发现了躺在地上的杜明海。

肖若云扑到牢房门口，抓着铁栅栏，急切地唤：“明海，明海！”

杜明海眼都没睁。

二太太扑倒在地：“明海！我可怜的孩子啊！”

杜明海这才爬起来：“娘，你怎么来了？”

二太太心疼地抚摸着杜明海脸上的伤口。杜明海斜眼道：“喂，肖若云，看看你哥哥干的好事！你们见到靖琪了吗？我做了什么我就认了，可靖琪是被冤枉的！”

肖若云内心不忿，脸色一变，道：“那你就劝她嫁给我哥当四姨太，只要她答应，我哥肯定能保她活命。我就纳了闷了，这个靖琪哪里好，让你们这些大男人一个个神魂颠倒的！你发痴也就算了，连我哥也跟着发癫！”

杜明海气不打一处来，道：“别拿你哥跟我相提并论，他也配？靖琪要是就这么被砍了头，我杜明海也活不下去了。”

“别一口一个靖琪，天底下就一个靖琪是女的是不是？”肖若云彻底恼了。

杜明海嘴一咧，道："你说对了。在我眼里，全天下就她一个女的能给我当媳妇。"

二太太一看苗头不对，忙劝："明海，若云都是为了你好，你快求求若云，让她救救你啊！"

杜明海凑到肖若云跟前："若云，我求求你给靖琪说说情，我知道你哥听你的，你救救她！"

肖若云气得脸涨红："杜明海，都什么时候了你还想着她！你不是想让我给靖琪说情吗？可以！但我有个条件！"

杜明海喜上眉梢："你说你说，就是一百个条件我都答应你！"

肖若云狡黠地笑了："你得娶我！"

杜明海和二太太都愣住了。

"怎么？不愿意了吧？不愿意拉倒！我肖若云绝不强求！你在这牢里别想出来！你就等着给靖琪收尸吧！"肖若云转身欲走。

"明海，娘求求你，为了娘你答应了吧！答应啊！"眼看刚出现的希望又要破灭了，二太太急得眼泪直流。

杜明海痛苦无奈，咬牙道："喂，肖若云你给我站住！我答应你！"

肖若云站定，慢慢转过身，脸上挂着泪痕，道："说定了，两天后咱们就成亲。成亲那天晚上，我就让我哥放了靖琪！他要敢不放，我死他面前。"

等到报信的小警察带着肖金水赶来，已经挽救不了什么了。肖金水正好听到了刚才的话，气急败坏地指着肖若云的鼻子骂道："肖若云！你这个混账东西！丢人现眼……看我怎么收拾你！"说罢，又指着杜明海骂道："小兔崽子，我告诉你，谁也救不了你！"

次日，肖若云一步步走向靖琪的牢房，她身边跟着一名持枪的警察。

靖琪看着肖若云不动声色。

肖若云在牢房门口蹲下身来，平静地道："东方靖琪，现在你满意了吧。明海被你害进死牢了，现在谁也救不了他。"沉默了片刻，肖若云的语气突然愤怒："自你来到暨阳以后，杜家再也没有安宁过。你就是明海的灾星！你就是个丧门神！你自己死没有关系，为什么非要拉一个不相干的人做垫背的！你简直是坏到了骨头里，坏透了！"

靖琪望着上气不接下气的肖若云，淡淡道："你骂够了吗？"

肖若云吼：“没有！骂你能顶什么用？我就算把你撕成碎片，也解不了我心头的恨意。你把明海还我！”

靖琪眼里已有泪光闪烁，她平息了一下自己的情绪，道：“你想办法让我见肖金水，我还你一个杜明海。”

肖若云不敢相信自己的耳朵：“还……还我？你怎么还？”

靖琪决然道：“告诉你那混蛋哥哥，只要他肯饶明海一命，我就嫁给他做四姨太。但他必须明媒正娶，三媒六聘一样都不能少。”

肖若云破涕为笑：“东方靖琪，说出去的话泼出去的水，你可不许反悔！”

旗开得胜的肖氏兄妹一起分享着胜利的果实，但他们没有想到，呆头鹅般的马致远已经策马去了省城。

权利，是个好东西。官大一级压死人，总有开眼的。马致远对此坚信不疑。

新一天的到来，靖琪换好了新嫁衣，戴好了首饰，那是前一晚肖金水的手下送来的。今天本是行刑的日子，但经过了一番折腾，不知道还会发生什么，她能做的只有安安静静地等待。

冯铁头带着两名背着枪的警察进来，拿着一张通告宣读：“东方靖琪毒杀杜远山一案，因证据不足且多方侦查查无实据，即日起宣告东方靖琪无罪释放，特此通告。暨阳县警察局，此告，民国三十五年三月十八日。”

靖琪脸上挤出一丝苦笑。

冯铁头喜笑颜开，道：“四姨太！请您快点，别让局长等急了。”

这一日，杜府大院里也是鼓乐齐鸣，鞭炮阵阵。全体仆人肃立两边，肖若云盖着红头巾，在两名嬷嬷的搀扶下经过院门，迈过碳火盆，顺利走进院子。

嬷嬷高声吆喝：“新嫁娘进门槛，迈火盆，一生顺利，夫妻恩爱。红红火火，儿孙满堂。”

红头巾下，肖若云浮起了甜蜜的笑意。二太太想出门去看看，却发现门已经被人从外面牢牢锁住。二太太气愤地骂道：“何大莲，你抢了我的儿媳妇不说，还敢软禁我，老爷要是好好的，谅你也没这么大胆子。”骂了这句，也不知道还要说什么了，二太太干脆扑到床边，哭天抹泪地道：“老爷啊老爷，你倒是睁开眼看看，这杜府现在都成了什么乌烟瘴气的样子！”

房间外，大太太喜气洋洋地督促道：“快快，把新媳妇直接送入洞房。”

肖若云小声嘀咕：“不是得先拜堂吗？”

大太太的声音充满了慈爱：“你先歇息一阵，司仪还没准备好。”说着，冲嬷嬷点了点头。

肖若云被搀进洞房，一把扯下头上的红盖头，问了一连串：“莲姨，明海呢？司仪怎么还没准备好？没拜堂就把新娘送洞房，这也是头一回听说。怎么也没见菡姨？”

嬷嬷一脸尴尬，一个丫鬟端着一碗莲子汤站在一旁。大太太对两人一使眼色，嬷嬷和丫鬟便告退了。

大太太端起莲子汤，递给肖若云，道：“若云，既然你已经嫁进杜家，咱们就是一家人了，不要再叫我莲姨，多生疏啊，叫我娘就行了。明海忙着招呼客人呢，我怕你累了，特意嘱咐厨房给你做了碗莲子汤，祝你连生贵子。你先喝了歇息一阵，一会好进行典礼。”

肖若云道了谢，大大咧咧地喝了汤，却感到整个人越来越恍惚。

大太太望着昏过去的肖若云，急忙将她的腿抬到床上放好，把门打开。杜明江闪身进来，大太太冲杜明江点点头，离开的时候从外面关严了门窗。

杜明江走向肖若云，把胸前的大红花解下来扔到一边……

警察局内，鼓乐喧天。肖金水穿着崭新的绸衫，一身新郎官装束，脸上喜气洋洋。东方靖琪骨头再硬又怎样？还不是被自己啃下来了！

蒙着盖头的靖琪被两个嬷嬷搀过来，这一场看似喜乐的婚礼，怎么热闹，也掩盖不了它交易的本质。盖头下的靖琪表情木然，顺手从旁边一个警察身上偷到了一把匕首，藏到袖子里。

主持人冯铁头宣布：“肖局长与四姨太东方靖琪的婚礼现在开始。”

肖金水拱手道：“各位兄弟，今天是我肖金水大喜的日子。我没请外人，只请了咱们警察局自己的兄弟，就是为了让你们认识认识新嫂子。以后四姨太就是我肖金水在暨阳的随军夫人了，你们一个个的给老子恭敬着点，别拿四嫂子不当嫂子，都得给我叫声嫂夫人。”

众警察起哄：“嫂夫人，嫂夫人，嫂夫人。”

肖金水：“行了，行了，别他娘起哄了，开始典礼吧！老子都等不及了！”

马致远风尘仆仆地闯了进来，大喝一声：“慢！”

听到熟悉的声音，靖琪心跳得厉害。

肖金水先是一愣，然后笑道："我当是谁来砸场子呢！原来是马致远你个浑小子。你小子不想活了？这几天不告假就溜号了不说，喝喜酒还敢来晚！快，罚酒三大碗。"

马致远走到肖金水身边，低声说："肖局长，今天这洞房我看你是入不了了。我这有点贺礼想送给肖局长。"说完，马致远拍了拍手上的牛皮纸袋。

众警察不明就里地望着他们。

肖金水看着那个瘪瘪的牛皮纸袋，不以为然地说："那边有账房，去那边写账。趁着老子现在心情好不和你计较，给老子滚一边去。"说完，拉起靖琪就要走。

马致远从纸袋里掏出一张银票的存根在肖金水面前一晃。肖金水瞪大了眼睛，欲抢过来。

马致远一躲，道："肖局长，借一步说话。不然，明天就有人帮我把这些东西送到省城的警察厅去。"

肖金水盯着马致远，两人剑拔弩张，互不示弱。最终肖金水气势弱了下来，无奈道："好小子，算你狠。走，有话厢房说。其他人，该吃吃该喝喝，别给我杵在这儿！"

靖琪掀开盖头，急步跟了过去。

过了不知道多久，马致远和靖琪从厢房走了出来。院子里，警察们一片哗然。

靖琪站住脚步，抓过一个酒坛倒酒，然后举起酒碗冲着众警察大声地道："各位兄弟，马致远前几日受肖局长差遣去了趟崂山，他从崂山神仙那儿占卜问卦，人家说我和肖局长八字不合，命犯天煞，要是成了亲会把肖局长和他的三个大老婆全部克死。肖局长说了，今天的婚礼不算数。"

刚从房里出来的肖金水一听，马上跟着大声道："对对，他娘的，今天的婚礼不算数。老子不能光为了一时痛快，把小命搭上。"

靖琪把酒碗举起来敬给肖金水："既然不算数，我和肖局长也算好聚好散，就请肖局长满饮此杯，一笑泯恩仇。"

肖金水满脸含笑地接过酒碗，一口喝干，把酒碗狠狠摔在地上，干笑了两声："一笑泯恩仇！泯了泯了。"

马致远带头鼓掌。

第二十三章

太阳初升，一声凄厉的尖叫响彻杜家大院。

新房里，衣物散落一地，只穿着红肚兜的肖若云正歇斯底里地哭喊着，对杜明江又打又踹。

杜明江光着膀子边躲闪边说：“若云，是你弄错了，这是我的房间，咱俩已经成亲了。”

肖若云怒道：“你放屁，婚书上写得清清楚楚，我嫁的是杜明海。”

杜明江从柜子里拿出婚书，递给肖若云，道：“看清楚了，白纸黑字，那个字念江，是草写的，不是海。”

肖若云定睛一看，抓过婚书撕了个粉碎，叫嚷着要去警察局找肖金水问清楚。

杜明江拽住肖若云，不让她走。肖若云气急败坏地一个耳光甩过去：“杜明江，我要休了你！你给我记住了，从今天起，你要是再敢动我一个指头，你不得好死！”

一辆车停在警察局的街对面，司机拿了个铁皮桶放在汽车旁边，打开油箱盖，正要给汽车加油。肖若云走过去，一言不发，提起汽油桶，大摇大摆地走向警察局。追来的司机被站岗的警察用枪逼退了。

肖若云一言不发踹开局长办公室的门，把汽油到处乱泼。闻着汽油的味道，肖金水大惊失色：“肖若云，快住手！你疯了！”

肖若云摸起桌子上的火柴，冷笑道："肖金水，我是被你给逼疯的。你做的好事你自己解决。要是不让我休了杜明江，我就烧死你，也烧死我自己，咱们一家四口在地底下大团圆。"

肖若云说着把火柴一扔，火焰借着汽油立刻轰然而起。

肖金水大惊，转身就跑。跑出几步，回头见肖若云站着不动，肖金水猛地折回，大喊着"我的姑奶奶"，扛起肖若云就往外跑……

前后脚跟着肖若云来的杜明江也匆匆赶到，见肖若云要死要活地要往火里冲，连忙上前阻拦："若云，若云你怎么回事？"

肖若云不看见他还好，看见他更是怒火中烧，拼了命似的反抗："你给我滚开！滚！"

杜明江心生怯意，无奈往后退开。

肖金水使出全身力气把肖若云抱起扔在地上，肖若云爬起来又要往火里冲，肖金水无计可施，一下子跪倒在肖若云面前："若云，这次就算哥错了，哥给你认错，给你认错还不行吗？"

肖若云僵住，眼中竟噙满了泪。

肖金水一把鼻涕一把眼泪道："妹子，咱俩能活下来不容易。当年爹娘走的时候我才十二，你才六岁，娘临终的时候说让我好好照顾你，我要是敢欺负你，她饶不了我。我出去要饭，每次回来都捡最好的给你，要的少了，就自己饿着肚子不吃……妹妹，当哥的总是盼着你过得好，是不是？"

肖若云也跪了下去，哭道："哥！我知道你对我好，可你不该做主我的婚姻大事，你知道我这辈子心里只能放下杜明海一个人。"

"可哥真的是一心为了你好啊！哥怕你受委屈，怕你跟着杜明海过不上好日子，要早知道你这样，哥说什么也得再惯着你这回。"肖金水看上去动了真情，肖若云一时也不知道如何是好。

杜明江一见这阵势，干脆也跪倒在地，膝行几步向前，抓着肖金水的手，诚恳道："大舅哥，你千万别逼若云，千错万错是我一个人的错。"

肖金水连忙道："你看看，看看，多好的姑爷，你还不知道珍惜。你现在已经嫁过人了，生米已经煮成了熟饭，你就不要想着再嫁杜明海了！"

肖若云一双眼里要喷出火来。

杜明江自知理亏，假装情真意切道："若云，一日夫妻百日恩，你放心，只要你不离婚，我一辈子都会好好对待你，绝不让你受半点委屈。"

肖若云似有所动，杜明江的情意，她也不是没有感觉，他能这样说，肖若云还是有几丝感动的。但是，既然自己嫁给了杜明江，那杜明海呢？想到这里，肖若云盯着肖金水，一字一顿道："那你到底放不放杜明海？"

肖金水纳闷道："他跟你还有什么关系，他要是死了，杜家的财产可都是你们两口子的了。"

肖若云歇斯底里地喊："我要他活着！你现在就放了他，不然我死给你看。"

杜明江紧张道："大舅哥，快，快答应了若云吧。"

肖金水自然清楚自己妹子的性格，忙道："好好好，我这就放人。你马上跟明江回家，踏实在家给我等着。"

肖金水答应肖若云放了杜明海，还真就马上放了杜明海。没有办法，他也看出来了，要是再不放杜明海，肖若云真的会去死。

等冯铁头宣读完放人的通告，杜明海大大咧咧地离开牢房，走之前还打了冯铁头一拳。

冯铁头擦着鼻血，拔枪怒道："奶奶的！你袭警！"

杜明海猛地回转身威胁到："小心肖大小姐找你的麻烦！"

冯铁头气愤难平，一会儿，把枪插回了枪套，兀自道："滚！肖大小姐真是瞎了眼了。"

肖若云坐在饭桌边，心不在焉，不时向大门口望一眼。

大太太满脸不快，敦促若云赶快吃饭。肖若云无论如何也要等杜明海回来再吃。大太太面色不快，只是这儿媳妇背后有个当警察局长的哥哥，自己婆婆的架子也不太摆得起来。

终于，肖若云看到衣衫褴褛的杜明海从大门口进来，她喜出望外地往外跑，鞋子都快掉了。大太太忍无可忍地追了出去，一把拽住肖若云，道："你是做嫂子的，可别坏了自己名声。"

肖若云甩开大太太的手，走到杜明海面前。眼见心爱的人就在眼前，却成了自己的小叔子，肖若云肝肠寸断。她想要抚摸一下杜明海的脸庞，却停住手慢慢帮杜明海系上了一粒扣子。

杜明海大大咧咧地拍了肖若云的肩膀一下："若云，这次你够兄弟，保大哥我出来。下次的阿宝烤鸭和同山烧，我请。"

肖若云眼眶中的泪水晃了一下，终于忍不住掉了下来。

杜明江干咳了一声："明海，我跟若云已经完婚，从今往后你要尊称若云一声大嫂了！"

杜明海愣住，指点着肖若云和杜明江，"你们两个……成婚了！好，好事。怪不得穿那么光鲜。肖若云，你赚了，以前我管你叫兄弟，如今得管你叫大嫂。那这样吧，以后叫你嫂兄弟。"

"杜明海，你混蛋。"肖若云一个巴掌打过去。

杜明海一把攥住肖若云的手腕，"嫂兄弟，你这脾气可得好好改改了，都成家立业了，可不能跟以前似的抬手就打，张口就骂，对你大哥我得好点知道不？"

杜明江掰开杜明海的手，把肖若云护到身后，微笑道："明海，若云是你嫂子，长嫂如母，你以后要是再敢没大没小，我这个当大哥的可饶不过你。"

杜明海诧异道："哟哟，这还没怎么着就护上了。得，得，兄弟我这回正式谢过嫂兄弟。"

说完，杜明海冲着肖若云深深一揖。肖若云却掉头离开，所谓痴心错付，不过如此。只是付了这么多年，竹篮打水一场空不说，那个人还不以为意地践踏自己的真心。

杜明海一脸不解地嘟囔道："真是女人心，海底针，这好也不是，歹也不是，还让不让人说话了？"

大太太翻了一眼杜明海，摇着头离开。

听到消息的二太太奔了过来，上下打量，不敢相信地道："明海，你回来了！"

杜明海咧嘴一笑，道："娘，我不回来我还能站你面前？靖琪回来了没有？"

"谁知道她跑哪去了，听说昨天就被宣告无罪出狱了，可到现在连个人影都没看见。"也不知二太太是真不知道，还是对靖琪不归一事心有芥蒂。

杜明海大失所望道："她能去哪呢？她不回杜家她去哪儿了呢？"

二太太到底还是露出了一些不快，道："听说昨天马致远在肖金水的婚礼上带走了她，说不定啊，人去了马家！"

杜明海气势汹汹地闯进马家大院，正好遇到刚从外回家的马致远。他上前一把揪住马致远的脖领子，质问道："混账王八蛋，你把靖琪藏在哪儿？"

马致远一脸不屑："你还有脸问，昨晚你不是跟肖若云成亲了吗？"

杜明海茫然道："我杜明海在牢里成个什么亲？成亲的是杜明江，肖若云现在是我嫂兄弟。”

马致远犹豫了一下，声音闷闷地说：“要找靖琪你就跟我走。”

杜明海这才注意到马致远提着的药，紧张道：“靖琪病了？”

马致远冷哼一声，道：“别给我张牙舞爪的，能带你来这儿，是因为我觉得靖琪心里头苦。她是病了，但她病了还不是因为你这个混蛋？”

靖琪听到门响，忙慌张地擦干自己眼角的泪，闭上眼睛装睡。

杜明海走进来，轻轻摸了一下靖琪的头，拧了块湿毛巾给靖琪敷上。

靖琪微微睁眼：“谢谢你，致远。”

杜明海轻声道：“是我，靖琪。”

靖琪突然一把掀开被窝下床，揪住杜明海耳朵，厉声道：“出去！”

杜明海也急了，“你发什么疯，你让我出去干吗？”

“你不是成亲了吗？你一个成了亲的男人，跑这里来干什么？”靖琪心中涌出无限委屈。

杜明海一愣，连忙道：“谁说我成亲了？成亲的不是我，是杜明江。”

靖琪一下子愣了。原来不是他，幸好不是他。

杜明海见她神色有所松动，嬉皮笑脸道：“松手呀，把我耳朵揪下来你就很快活是不是？”

靖琪松开手，眼里又含上了泪。见她一哭，杜明海顿时手忙脚乱，“喂喂，怎么回事你？”

靖琪突然笑了，泪水也从眼眶掉了下来。

杜明海一把将靖琪拥入怀中：“靖琪，你又哭又笑的，让我心里一点儿也不踏实。我真想拿根绳子，一头拴牢你，一装拴牢我。看着你我心里才踏实。”

门口，马致远望着两个人，揉了揉眼眶，悄然离去。

杜明海与东方靖琪双双回到杜府，逼得一心想霸占家产的杜明江不得不想点其他办法。他特意到惠民医院里找了陈守礼，询问了杜远山的病情。

在陈守礼斩钉截铁地表示杜远山的病难以痊愈之后，杜明江有意无意地把话头往靖琪身上带。“听说东方靖琪可是每天都给他去做针灸按摩，不知道西医不行，中医管不管用。”

陈守礼头摇得像个拨浪鼓，道：“我反正不信针灸能起死回生，都这么久了，还一点起色都没有，再恢复过来的可能性几乎为零。如果大少爷还不死心，可以送到省城里外国人开的洋医院试试。”

杜明江仿佛松了口气：“这明海也真是的，不管用还老这么让靖琪折腾爹，把那些针在老爷头上扎来扎去，你说他到底是孝顺还是不孝？”

陈守礼笑笑，“那要是不扎针，二少爷还能干什么？大少爷比我懂，好多面上在做的事，未必是想要做成什么。你说县衙里头的那帮人，你说警察局那姓肖的，不全是一个样？”

第二十四章

虽然日子不如心如意，但也这么一天天过下来了。肖若云每天还照样逗鸟逛街。或许，唯一的区别，就是换了个地方作威作福。

这天，肖若云带着丫鬟在大街上四处闲逛，丫鬟手中抱着一大堆刚买的绸缎、布匹、玩物。肖若云从瓷器摊上买了个花瓶，付了钱，看到丫鬟双手已经满满的，只好自己抱着。一转身，遇到冯铁头带着四名巡逻警察走过大街，看见她，都齐刷刷的敬礼问好。

说话间，肖若云看到不远处，靖琪带着两名药厂的工人行色匆匆地走过来。情敌见面分外眼红，肖若云一肚子新仇旧恨，当下就故意晃了过去。靖琪走得匆忙，没有看到肖若云，两人毫不意外地撞上了。肖若云故意撒手，手里的花瓶摔了个粉碎，瓷片飞溅，声音清脆。

肖若云惊叫一声："哎哟，你是想撞死我啊！还是不想看到我抱着这么好个花瓶回家养花？"

靖琪一看，笑道："大少奶奶，我赔。"

肖若云岂会轻易放过靖琪，她口口声声地说那是明朝成化年间的古董，靖琪赔不起。靖琪无奈，从地上捡起一块碎了的瓶底，举到肖若云面前一晃。

瓶底一行小字清清楚楚：江西景德镇瓷业公司。

肖若云恼羞成怒，要靖琪给她下跪道歉。

遇到这么个不讲理的主儿，靖琪也无可奈何，只想找个法子尽早脱身。她故意盯着肖若云的脸，看了半晌，突然出手握住肖若云的手腕。

肖若云还没来得及发作，靖琪已经松开手，作揖笑道："恭喜大少奶奶！大少奶奶面色不华、五脏失调，气血却旺盛有余，肾之平脉沉而软滑，滑为阳，孕妇聚血以养胎，故血盛而滑。大少奶奶有喜了！"

肖若云怒气冲冲地回了杜府。她跟靖琪在大街上打了一架，以及她怀孕了的消息自然也随之传到了杜府。

一听肖若云怀孕了，杜明江禁不住沾沾自喜，心底也松了一大口气。想来，这回肖若云就是被拴上线的风筝，想飞也飞不了了！

为了安抚肖若云，杜明江满口答应要收拾东方靖琪。不过大太太念在东方靖琪对杜远山很是照顾，示意他做人留一线，不要赶尽杀绝。

思前想后，杜明江以靖琪涉嫌毒害杜远山一事尚未查明、担心街坊邻居背后嚼舌根为由，夺了靖琪的大管家之权，将靖琪弄到杜家名下的孤儿院去了。

杜明海自然不服，嚷着要分家，要把孤儿院分给自己。杜明江顺水推舟。

堂堂暨阳县第一首富杜家的分家一事就这样落定了。

几日后，杜明海带着靖琪住进了孤儿院。在靖琪的建议之下，杜明海把杜远山也接到了孤儿院。

家分了，杜远山也被送走了，整个杜家已经完完全全落在了杜明江手里。

杜明江也觉得人生没有什么遗憾了，唯有一事——成亲没在肖若云心里留下什么，怀孕也好像没有在肖若云心里留下什么。她依旧我行我素，大白天踩着高跟鞋就出门了，径直奔孤儿院的方向而去，路上还特地买了烤鸭和酒准备送给杜明海。

夜幕降临，杜明江阴沉着一张脸，直挺挺地跪在祠堂的列祖列宗面前，嘶吼着让长寿叫大少奶奶来祠堂。

刚从外面回来的肖若云一脸懊丧，听清了长贵的话，不满地道："去那地方干吗？阴森森怪吓人的，牌子上的人我一个也不认识。你告诉他，我累了，不想去，有什么事回头再说。"

说完自顾自向后院走去。

长寿愣了一下，只得到祠堂告诉杜明江，大少奶奶累了，不想来，回房了。

酒壮怂人胆，何况杜明江本来就不是善茬。他重重给祖宗磕了头，起身时顺手抄起一根篾条。

杜明江刚进院子，正好看到肖金水带着八名警察耀武扬威地走了过来。杜明江忙扔了篾条，迎上前赔笑打招呼，引着肖金水进到房里。

肖若云的气还没有消，对肖金水和杜明江爱搭不理的。杜明江见状，连忙道："若云，大舅哥好不容易来一趟家里，你不要太任性。"

肖若云没好气地道："这没你说话的份。滚一边去！"

杜明江看看肖金水，一脸尴尬，忙又赔笑道："好好好，算我没说。"

肖金水也清楚自己妹妹的性子，半真半假地道："妹夫，我可告诉你，我妹妹脾气不好，你多担待着点。在家我可把她惯坏了，嫁到你家了你可得接着惯着她，我可不许她受半点委屈！"

杜明江赔笑道："大舅哥放心，若云现在有孕在身，我不会让她受半点委屈。"

肖金水认真道："我妹妹啊就这脾气，都是我惯的，现在她有孕在身，你可得给我照顾好了，要是我妹子或者外甥出点差错，我把你抽筋剥皮。"

杜明江倒抽一口凉气："大舅哥放心，我一定把若云照顾得好好的。"望着肖金水在前面带路的背影，杜明江擦着头上的冷汗，暗暗道："这哪是娶老婆，简直是请了个姑奶奶回来。"

无事不登三宝殿，肖金水既然来了杜家，肯定不是来看看妹妹这么简单。

杜明江一问，果不其然。当初靖琪被投进死牢，杜明海提着刀去救她，打伤了一个叫胡老三的警察。肖金水想趁机敲杜明海一笔，就安排胡老三一直住院。胡老三也是个老油子，找了这点由头，在局里支了七十六块大洋，说是贴补医药费。肖金水见胡老三领了这么多钱，心疼不已，便要在杜家找补找补，这不，就上门来了。

杜明江怎么会不知道他心里的如意算盘。不过，有钱能使鬼推磨，钱能解决的事情都不是事情，钱能买到的方便，一次方便，次次方便。

隔天，杜明江送了一箱子银圆到警察局。

肖金水望着箱子里一卷卷的银圆，眉开眼笑道："明江，你这五百大洋有点多吧！"

杜明江赔笑道："大舅哥，五百大洋是替杜明海交的医药赔偿费，另外多拿了二百大洋是大舅哥的辛苦钱。"

肖金水假意推让一番，二人终于说到了点子上——暨阳县的大码头。

杜明江道："说句不好听的，这大码头本来就是马万年从我们杜家手里抢过去的，我心里一想起来就不舒服。以前也就算了，如今有了大舅哥这门好亲戚，要是再这样被人欺负，怕要让外人笑话。”

肖金水一拍大腿，道：“说得好！那你有什么想法？”

杜明江试探道：“想法倒是有，可再来次竞标恐怕也不现实吧？”

肖金水慎重道：“明江，今天我得跟你说句实话，马家这大码头我也是有分红的。这马万年，可不比你笨啊。”

杜明江一惊，忙笑着道：“那我可不敢再打大码头的主意了。”

肖金水摆摆手：“错了。这马万年毕竟是外人，再说这个马致远又屡次跟我作对，我要是不把他弄死，这心里是怎么也不踏实。”

杜明江试探道：“那大舅哥的意思是？”

肖金水道：“你尽管放手去干，把码头搞乱，事越闹大越好，闹出人命才好。放心，我不会出警力的。”

杜明江道：“接下来，我再出面收购？”

肖金水笑道：“到时候我会让你拿一个最低价。嘿嘿，但是，你心里可得有数，这天上可不能白掉馅饼。”

杜明江自然是懂的。两人一拍即合，一切商定，杜明江提着肖金水给肖若云补身子的几盒燕窝，兴高采烈地回了家。

杜明江回到家，发现杜明海已经等他很久了，一问，原来孤儿院断粮了。杜明江拿着帮胡老三报医药费的由头，振振有词，说一切都是杜明海惹的祸，还说什么当初分家的时候，杜明海自己说了“好女不穿嫁时衣，好男不吃分家饭”，现在再给孤儿院出钱是不可能的了。

杜明海直言道：“你来真的？”

杜明江嘲讽道：“你红口白牙说出来的话难道不算数？”

杜明海被杜明江这样挤兑，抬腿就要走。杜明江却叫住了他，拍给他几块大洋，说是杜远山的生活费。

杜明海将大洋一扔，道：“用不着，爹我也能养活！”

话说得干脆好听，但一分钱难倒英雄汉。杜明海想了又想，拐回了自己原来的房间，翻箱倒柜地翻出一件貂皮大衣，抱着包袱去了当铺。

大衣当了十块大洋。十块大洋虽然少，但至少可以缓孤儿院的燃眉之急。

打发了杜明海，杜明江的心思就全扑在了暨阳县大码头上。不日，他的努力就有了成效：码头工人于老三被大梁砸断了腿，他哥哥胖头鱼于老二借此机会鼓动工人们闹事，要马家赔两千大洋。

出事的时候，被肖金水降级成一个小巡警的马致远刚刚回家。他抄起茶壶，正准备扬起脖子猛灌，却听自家账房先生说码头出事了。马致远拍案而起，奔警察局而去。

不料，他带着冯铁头等警察荷枪实弹正要出警察局的大门时，却被肖金水拦了下来。肖金水三言两语把冯铁头等人打发到五里亭去了。

马致远再想当警察也咽不下这口气了，他三下两下扒下自己的警服，摔到地上，气冲冲地离开。

肖金水嘴角露出阴险的笑："恕不远送！一路走好！"

等马致远赶到大码头，马万年和孙账房已经被胖头鱼等人拿着铁锹、棍棒、镐头逼到货堆的角落里了。那些看热闹不嫌事大的人，里三层外三层地围了个水泄不通。

胖头鱼故意扯着嗓子，高声道："马老爷，今天你要是不拿出两千大洋，这事没完。"

马致远见到这一幕恼火不已，顺手抄起一根木棒。见被人群挡着无法过去，他索性跳上货堆飞奔过去，从货堆上居高临下指着胖头鱼，喝道："胖头鱼，给我退后，反了你了，你再敢往前走一步试试。"

胖头鱼狐假虎威地道："我就走了，不但走一步，我还要走两步。你看你看，三步，四步……"说着，胖头鱼又往前走了两步，铁锹逼近马万年，一副"你敢动我，我就先下手为强，砸你爹"的架势。

马致远连忙从货堆上跳下来拦在马万年面前，朝胖头鱼道："胖头鱼，你今天是想要混的？"又回头安抚马万年，"爹，你不用怕！"

胖头鱼咽咽口水，后退半步，举着铁锹道："马致远，别以为你是警察我就怕你。"

马致远无所谓道："我现在还就不是警察了，有种你跟我单挑。以少胜多，不算个男人！"

马万年眼看马致远要惹祸，忙冲过去拦住，道："胖头鱼，有话好说，不要动手……致远，你退后，你别给我逞能。"

马致远听马万年这么说，重重一哼，退后一步。

胖头鱼趁机朝货堆看了一眼。杜明江远远躲在货堆后，冲胖头鱼重重地点了一下头。胖头鱼会意，一咬牙冲着马万年就是一拳，马万年被打了个乌眼青。

马致远彻底被激怒了，挥起木棍砸向胖头鱼，胖头鱼举起铁锹一挡，手持铁锹步步逼近马致远。见他们打得激烈，胖头鱼后面的十几个同伙也纷纷逼近马致远，双方顿时剑拔弩张……

第二十五章

混乱中，胖头鱼举起铁锹，冲着马致远后脑猛地一击，马致远听到背后风声不对，一歪身子躲掉致命一击，到底还是被击中了后背，立刻血流如注，摔倒在地。几个胖头鱼的同伙扑过去对马致远拳打脚踢。

正在这时，听到消息的靖琪匆匆赶到，挤进人群。

杜明海带着李歪脖冲到了靖琪身边，看到这一幕，忍不住皱起了眉头，急了："马致远这个废物，自己家的码头，还让人闹出了那么大动静。"边说边冲了上去。

靖琪连忙道："明海你给我小心点。"

杜明海大声答道："放心，有我杜明海在这，死不了人！"话音还未落，就见胖头鱼一铁锹砸在靖琪后背，靖琪喷出一口鲜血。杜明海大惊，凌厉出脚，把正要再次朝靖琪砸下铁锹的胖头鱼飞踹倒地。

杜明海一步一步向前，道："胖头鱼，几年不见你本事大了，当年老子没给你拔光了鱼鳞，你现在又给老子出来炸刺了。"

胖头鱼也发了狠，道："杜明海，我弟弟为马家造仓库，被大梁压断了腿，马家不赔钱我们绝不罢休。再说这马家的事也用不着你出来挡横，该干吗干吗去。"

"你打了我的女人，我今天要不拍扁了你，我就不是杜明海。"杜明海说着，挥舞铁锹，冲向刚刚捡起一把镐头爬起来的胖头鱼，两人打在一起。

胖头鱼一镐头打断了杜明海的铁锹把，杜明海一个翻滚捡起掉落的铁锹头绕到胖头鱼的身后，用铁锹头锋利的刃指住了胖头鱼的咽喉，胖头鱼正高高举起镐头要打杜明海，才发现自己的生死已经拿捏在别人手里了，顿时不敢妄动。

闻讯赶来的肖若云，正好看到这一幕，兴奋地跳起来，大声喝彩："杜明海，好身手！打得好，狠狠打！打死他！"

靖琪却同杜明海低声道："别闹出人命。"

杜明海点点头，用铁锹头逼住胖头鱼，威胁道："别乱动，万一老子不爽，就把你这大头割下来炖成鱼头汤。"

靖琪见杜明海已经掌控住带头闹事的胖头鱼，便大声道："各位，听我说一句！我相信各位一定是来解决事情的，不是来闹事的，对不对？"

众人把目光纷纷投向靖琪。

靖琪从贴身的衣服里掏出一小瓶伤药，走到于老三面前，慎重道："你这腿伤如果不及时止血接骨，下半辈子比死了都难受。我问你，治，还是不治？"

于老三看看胖头鱼，又看看自己的伤腿，咬牙道："治！"

靖琪大声道："好，于老三自己说要治，别人谁也管不了。"说完，脚一勾，勾起地上半截木棍，用这半截木棍为于老三固定接骨。只是在一寸寸摸骨的时候，靖琪的脸色变了，疑云顿起，眼睛转向了胖头鱼，胖头鱼仿佛有些心虚。

靖琪从自己的衣服上撕下一条布，手脚麻利地开始给于老三固定上药，包扎止血。靖琪边包扎边盯着于老三，怀疑道："你这条腿真是大梁压断的？"

于老三迟疑片刻，看了看胖头鱼，咬了咬牙道："是被大梁压断的，痛死我了。"

靖琪包扎完毕起身，对众人大声道："各位暨阳县的父老乡亲！各位码头上的工人！虽然我东方靖琪跟这件事情无关，可我今天想替这位受伤的兄弟说几句公道话。大家都是靠干活吃饭的，既然这位兄弟腿受伤了，当然要算工伤。除了医药费，我还想请马老爷给这位兄弟出三个月误工费！不知各位意下如何？"

围观群众议论纷纷："嗯，这也不错，还算合理。"

杜明海用铁锹头威胁胖头鱼，恶狠狠道："你服还是不服？给个痛快话！"

胖头鱼固执道："不服！这三个月倒是有工钱了，可三个月后呢？我兄弟腿残了，不能出来做工了，这以后的日子可怎么过啊？"

马万年连忙上前，讨好地握住胖头鱼的手，情真意切道："胖头鱼兄弟，你兄弟的腿是为我马万年做工残的，以后有什么难处尽管来找我。"

胖头鱼不满地道："光说好听的有什么用，我要两千大洋你又不肯答应，你就说以后要怎么办吧？"

马万年无助地望向靖琪。他知道以德大药房经常施药赠药，靖琪说的话，那些闹事的工人多少会听，就算不听，他们的头子胖头鱼的命还在杜明海手里攥着呢。

靖琪思考了一下道："马老爷，您看这样行不行？三个月后，等于老三伤好了，就让他来码头干些轻省活计，工资就按丙等，您看怎么样？"

眼看事情能得到解决，马万年答应得十分爽快。

于老三擦了两下眼睛，不敢相信地道："马老爷，您说的可是真的？"

马万年道："我马万年一言既出，驷马难追，当然是真的！只要我马万年的码头在一天，我就养你于老三一天。"

肖若云晃荡到胖头鱼面前，趾高气扬道："胖头鱼，你再不答应，那就先让明海好好教训你一顿。我哥是警察局长肖金水，我让我哥抓你去坐牢。"

胖头鱼突然发力，挣脱杜明海的控制。杜明海猝不及防，倒在地上。胖头鱼举起镐头一镐砸了下去。眼看杜明海被打，肖若云疯了一样上前，举脚猛踢胖头鱼。"敢打明海，不想活了你！"

胖头鱼被她踢得心头火起，猛回转身，一肩膀撞翻了肖若云。货堆后，杜明江看到此情景一惊，肖若云还怀着孕啊！他刚想要现身，一想到肖若云根本不在意她怀的这个孩子，从来都不考虑自己的感受与处境，又隐身观望起来。

此时杜明海已起身，一脚踹翻胖头鱼。想到肖若云身怀有孕，杜明海急红了脸，猛踹胖头鱼，"给你脸不要脸，你敢动我嫂兄弟，我今天斩了你，还剥了你的皮！"说着又一脚踹上胖头鱼胸口，胖头鱼吐出一口血来。

肖若云脱了鞋"噼里啪啦"向胖头鱼脸上打去："抽死你，我抽死你！敢打明海，我抽死你！"

杜明海大笑道："嫂兄弟，狠狠地抽，看他以后还敢不敢对女人动粗。你要是不过瘾，拿铁锹把他拍成肉饼。"

杜明海信口开河，肖若云竟然真的从地上捡起了铁锹。好在肖若云把铁锹挥起来的时候，被靖琪一把抓住了手腕。

靖琪道："你退后，让我来。我保证胖头鱼不敢再闹，要是你不信，那我走，你来处理这烂摊子。你砸死个人，你哥也保不了你！"

肖若云想了想，无奈地退了下来。

靖琪对着胖头鱼笑了，"胖头鱼，现在我问你答，你要两千大洋是不是？"

"是。"

靖琪又道："这两千大洋是赔你弟弟的钱，你弟弟是腿被马家码头仓库的大梁压断了是不是？"

胖头鱼寸步不让，答："是。"

靖琪看看左右，蹲下身，轻声而严厉地道："你撒谎！你弟弟的腿是被铁锹敲断的，根本不是被大梁压断的。被大梁压断，骨头会变成碎片。你要是还想留面子，赶紧见好就收；你要是不想要面子了，我就把真相说出来，让你在暨阳县城混不下去。怎么合算，你打打你的小算盘，好好算算。"

胖头鱼见事情败露，不停向货堆后望去，希望能得到杜明江的指示。不料杜明江早已离去，胖头鱼只得同意了靖琪的安排。

就在事情迎刃而解之时，肖若云突然用手捂住了肚子，表情痛苦，带着哭腔道："明海，快，明海，你送我回去。"

孩子没了。

肖若云表情木然地躺在床上，望着床顶。

杜明江埋着头，痛苦地一言不发，拳头慢慢捏紧，面容狰狞。一会儿，他的脸色又变了，变得和蔼可亲，对肖若云柔声说："若云，不要紧，大人比小孩永远都重要。你好好养着身子，来年咱们可以再要一个。"

杜远山在院子里面无表情地晒太阳。马万年戴着礼帽，拄着文明棍，领着仆人，挑着一担礼物走进门来。

靖琪纳闷道："马老爷，真是稀客，哪阵风把您吹到孤儿院里来了？"

马万年道："昨天码头上那事多亏了你，我是特意来谢你的。"

靖琪忙道："马老爷太客气了，致远少爷跟我都是朋友，朋友帮朋友，天经地义，这个忙我当然应该帮。"

马万年看看左右，"好好，有你这句话我心里就有底了。"

马万年走近杜远山，绕着杜远山转了一圈。

靖琪心里明白他不会无事来找自己，直言道："马老爷有何贵干？"

马万年拉着靖琪走到院子一角，神秘地说："依我看，杜远山这病怕是好不了啦。我看你就不要在杜家这棵歪脖树上吊死了。如今是杜明江当家，你这个千挑万选来的大管家都被拿下了，挺好的一个栋梁之才被拿到孤儿院当烧火棍用，岂不是太可惜啦。"

靖琪一笑："马老爷有话尽管直说，不用绕这么大弯子。"

马万年听罢，干脆道："我马万年也算闯荡江湖多年，不是吹牛，就是一只蚊子在我眼前晃一下，我都能分清几条腿，是雌是雄。经了昨天一事，更证明我马万年看人没有错。靖琪，我是向你来求婚的。”

靖琪眉毛一竖。

马万年从怀里掏出一个红帖，忙道：“不对不对，我是代我儿子来向你求婚的。这是我马家的求婚帖，你看看。”

靖琪并没有接。

马万年诚恳道：“只要你当了我马家大少奶奶，吃香喝辣，我把马家所有产业让你来管，你说怎么样？”

靖琪道：“马老爷，求婚帖请您收回吧。我跟致远不可能，我心里有人了。”

马万年一听，不以为然地说：“你是说杜明海吧？就他那两下子，怎么能跟我们致远比？马家可就这一个大少爷，到时候我两腿一蹬，马家这一大堆家产，可都是你们两口子的。杜明海他有什么？现在可是杜明江当家，杜明海怕是最后什么也落不着……”

“马老爷，这么说吧，就是杜明海以后拉棍去讨饭，我也跟定他了。”靖琪回道。

马万年长叹一声，收起了婚帖，道：“东方管家，不说求婚这事儿了。我想请你出山去我们马家当大管家的，这个总可以吧？至于月例多少你自己提，你说是多少就是多少！”

靖琪又道：“马老爷，我早就让致远转达过我的意思。杜老爷对我有恩，我是不会离开杜家的。”

马万年不死心，继续游说：“此一时彼一时，人挪活树挪死，你又何必固执！”

靖琪坚定道：“马老爷，我意已决，不用多说。”

马万年只得告辞离去。

马万年垂头丧气地回了家，马致远见他神色不对，随口打趣了几句。马万年便将为他求亲失败的事情说了出来，得知结局的马致远更是沮丧。求亲虽然失败，但生意还是照样要做下去。靖琪这边失败了，马万年重整旗鼓，准备朝杜明江下手了。

昨日码头闹事，马万年一看便知道是杜明江与肖金水联手搞的鬼。他好斗的性子怎么可能忍气吞声？眼下回到家，马万年听了孙账房对一众药材的报价，便吩咐下人挂出牌子，按一块五角的价格敞开收购三七。

马致远不解其意。

马万年耐心解释道：“如今正是三七上市的季节，杜家销量最大的红伤药必须以上好的三七做原料。杜明江现在重用何家宝这个蠢材，听说他们拿杜家钱庄的钱都去私下放了高利贷，现在杜家钱庄银库空虚，我只要提高收三七的价格，药价就会暴涨，杜明江必会慌着来抢购。到时候我就顺势而为，一定杀他个片甲不留。”

马致远不依，道："爹，做生意就得光明正大的，你这样不合规矩。”

马万年怒骂道："我看你是当警察当傻了，规规矩矩做生意永远发不了大财！更何况，这次我不是为了钱，就是为了出码头你被打伤这口恶气！不整垮了杜明江，他就不知道我马万年的厉害。还有，你永远都不许忘记，你爷爷是怎么死的？”

马家与杜家的价格战，算是交上手了。

几日之后，马家收购三七的价格已经涨到了四元一斤。

对此，杜明江也讶异不已。何家宝出了馊主意，让杜明江以次充好，用三十头的三七入药。好在杜明江吃过做假药的亏，并没有认同。无奈之下，杜明江只好暂停了收购，让何家宝去办两件事：第一，让远山药厂加大马力生产，把成药马上抛售出去套现，回来接着收原料；第二，马上去磐安的药市转转，看有没有其他货源，如果价格比暨阳低，有多少就吃进来多少。

孤儿院里，靖琪在洗衣服。曹多嘴挑着一担柴进来，道："听说了没有？杜家和马家在抢购三七，现在这三七可成了金疙瘩，已经炒到了四块现大洋一斤。”

靖琪惊了："四块大洋一斤！成本这么高，那红伤药还卖得出去吗？”

曹多嘴道："谁说不是呢，这才几天啊，这三七就翻了好几番。马老爷说了永远要比杜家高一头。”

靖琪十分焦急，衣服也不洗了，急匆匆去了马家。

待靖琪说明来意，马万年表示自己想多多囤点货，到时候再倒手赚点小钱。

靖琪一笑："马老爷这话说给别人也许会有人信，但跟我东方靖琪说，我是不会信的。虽然我不知道马老爷的葫芦里到底是卖的什么药，但我还是想劝马老爷一句，商场如战场，伤敌一千自损八百，到时候两败俱伤对马老爷也是不小的损失。靖琪相信马老爷是个聪明人，一定会想明白的。”

马万年一笑，眼里闪过一丝诡异。

因为暨阳杜马两家打三七的价格战，连带着磐安的三七都水涨船高，卖到了三元五角一斤。

何家宝一圈转下来，竟真给他找着一家，上等二十头的三七只卖三元。

据说这位叫做金三的老板，求的就是个薄利多销。只是要求预付一半的定金，否则不肯发货。

杜明江看过何家宝带回来的样品也是激动不已。

虽说这金三并不坐地起价，但却告诉杜家，马家也找了人跟自己洽谈，哪家先付定金就给哪家发货。

杜明江一咬牙，让药厂停止了收购，吩咐何家宝将所有的现大洋都拿去交给金三，付款后，何家宝得寸步不离地盯着，督促马上发货。

马家院子里，马万年哈哈大笑，欣喜道：“好！鱼就要咬钩了！你告诉金三，马上给他们发货。”

这一切，竟然是马万年的计谋！

孙账房道：“老爷，现在给他们发货，价格比咱们的收购价低那么多，咱们不得赔死啊？”

马万年慢条斯理道：“你不懂，必须得让杜明江先尝到甜头，让他放下防备，到时候他一定会恨不得把金三的货一口吞下，下一笔定金金三一定会顺利拿到。”

孙账房迟疑道：“那拿到定金以后，咱们的货还要不要再发？”

马万年道：“你真是个榆木脑袋，到时候金三就会从人间消失，还发哪家子货。”

孙账房赞了一声，又问道：“那咱们的三七还收不收，杜家那边已经停了。”

“收，一定要大张旗鼓地接着收。”

马万年与杜明江的较量就这样在暗中铺开了。马万年给杜明江画了一个硕大无比的饼，杜明江上钩了，他胸有成竹地去找了肖金水，向他借了五万法币的高利贷。他要利用这笔钱，吃进金三的货，转手卖给马万年，从中赚取差价，牟取暴利。

马万年呢，等着他为了这巨大的利润铤而走险，空手套白狼。

鹬蚌相争，渔翁得利。

就在杜明江与马万年都安心等着收线数钱的时候，金三卷了两家预付的钱，跑了。剩下马万年与杜明江合力承担残局。马万年为了与杜明江打价格战，已经出现了十万大洋的窟窿，甚至他还预付了金三五万大洋；而杜明江向肖金水借了五万利滚利的法币，用药厂、宅子去银行作抵押贷款……杜家竟已面临破产。好在，肖金水是杜明江的大舅哥，就是为了肖若云，肖金水也不会置他于死地，答应容他喘口气，慢慢还，或者拿远山制药厂的股份抵债。杜明江自然不愿，用肖若云的名头搪塞了肖金水。

肖金水也不强求，只是给他出了个主意——让靖琪重回远山制药厂当大掌柜。

杜明江知道眼下不是置气的时候，他要想咸鱼翻身，还真仰依仗东方靖琪。他当即就到孤儿院去请靖琪，不料却扑了个空，东方靖琪不在。这件事一出，靖琪就去了马家，现在正在给马万年把脉开药。一番交代之后，才起身告辞。她刚走，杜明霞就来了。马家出事，要说旁人里谁最难受，那一定是杜明霞。无奈马万年不买账，强撑着精神头跟她说话；马致远也不买账，他根本不管她的真心。

第二十六章

杜明江在孤儿院门口来回踱步，一看到靖琪从外回来，满脸堆笑地迎上去：“靖琪，你回来了，我今天来看看孩子们。”

靖琪疑道：“你哪有心情来看看孩子们？说吧，到底什么事？”

杜明江单刀直入：“靖琪，我想请你回药厂去当大掌柜。前些日子药厂收购三七用掉了一大笔钱，现在三七价格暴跌，想转都转不出去。厂里没钱买其他药材，工人工资也发不出，车间全部停产了。就你那熟人周山口还催着我要货呢！靖琪，回来吧，大家都盼着你呢。”

见靖琪若有所思，杜明江趁热打铁：“靖琪，这次你要是能帮我一把，重振杜家产业，我爹要是知道，心里一定很高兴。”说完，杜明江盯着靖琪，心里已不抱希望。

谁知靖琪竟一口应了下来，只不过提出三个条件。第一，给孤儿院的孩子们每人做一身过冬的新棉衣，发一床新被褥，以后按月按人头发放伙食费；第二，杜明海要和她一起出来做事；第三，把杜远山送回府，由大太太和二太太一起照顾。

杜明江大喜过望，满口答应，催靖琪早日去药厂上班。

第二日一大早，靖琪来到药厂，看到紧闭的大门，不禁微微皱起眉头。谁知刚推开大门就看到杜明江满面含笑地率领全体药厂员工笔直地站着。

“欢迎东方大掌柜重新执掌远山药厂。”杜明江高声道，全体药厂员工鞠躬行礼。

靖琪微笑还礼："多谢各位，一会请各车间的管事到我房里来一下，我要分配一下接下来你们要做的事。"

杜明江纳闷道："可是原料还没有……"

"原料的事你不用担心，昨天你走以后我就到电话局给周山口先生打了电话，他的人脉广，已经答应马上调配一批原料过来，三天之内到货，钱会在他的成药款里抵扣。"靖琪马上答道。"好了！除了各车间的管事，其他人都马上回自己的位置，做好复工准备。"

众工人齐齐鞠躬："是！"

这天，杜明霞刚学会炖鱼汤，便拎着盛了汤的瓦罐去了马致远家。谁知马致远说，自己最近生了疮，受靖琪嘱托，不能喝鱼汤。杜明霞的一腔热情被瞬间浇灭，气冲冲地把瓦罐一放，夺门而出。

杜明霞正赌气地走着，发现很多人围在警察局门口，便凑上去看热闹。原来警察局门口贴着一张悬赏通告。

杜明霞从第一个字念到最后一个字："接上锋严令，知有乱党蹿入我暨阳县，结党营私，扰乱治安，妄图颠覆国民政府，有知情者检举揭发，一经查实，赏银一百大洋。特此通告，暨阳县警察局局长肖金水。"

众人议论纷纷。

杜明霞想也不想，直通通向大门里走去，对两名守卫说："我要见肖局长！我要揭发！"

在肖金水的办公桌前，杜明霞煞有介事地表示马致远家的赌馆抽老千、耍手段，坑了不少人。

肖金水笑了，向她保证这件事一定会秉公办理。说完，肖金水招呼书记员将记录好的案卷递过来，让杜明霞签字画押。

马致远被警察推搡着出门时，只当肖金水是要敲诈他家的钱，想着自己身正不怕影子斜，过个堂，说清楚，就能回家了。

杜明霞听说后却害怕了，为自己的举动后悔不已，一个人跑到警察局，吵吵着要撤案。

"杜明霞，这警察局是你家开的？你说撤案就撤案，白纸黑字红手印，你可给我签字画押了！"肖金水说着把一本案卷扔到杜明霞面前。

杜明霞捡起案卷看着，慌乱地摇头："不对不对，这记录有问题，我告的是他们家开的赌馆抽老千，没有说马致远是乱党。你们怎么能乱写一气！”

肖金水厉声道："杜明霞，那天你、我还有书记员都在场，你来告的马致远，还签字画押了，我们警察局一向秉公办事，怎么是乱写？”

警察局的审讯室里刑具林立，马致远被吊在架子上。

肖金水趾高气扬地道："马致远，这个地方你熟，把你是怎么参加乱党的事，如实招来，咱们都省事。就不用我动手了吧？ ”

马致远冷笑："肖金水，老子这些日子在家养伤，就没出过门，上哪给你参加乱党去！”

肖金水啧啧道："不说是吧！你那些书可都是反动书籍，证据确凿。”

“别胡说八道，我那些闲书都是些《三侠五义》和《水浒传》，还反动书籍？我倒是想看，也得有地方弄去！”

肖金水突然亮出了几张纸，恬不知耻地道："在反动书籍里，还夹着几张结党营私的宣传单。所以，把你的同党告诉我？不然，那我就不客气了！”

马致远咆哮道："你要是敢这样陷害我，那肖金水我告诉你，你一定会有报应。”

肖金水冷笑："报应，就等报应来了再说吧，哈哈。来人，给马致远这个乱党来个全套的，狠狠地打！”

上来动手的是两名新警察，他们与马致远没有什么情分。局长交代的事情，他们执行得十分彻底，轮流用木棍狠狠殴打马致远。

马致远已经嘴角流血，却笑骂道："小兔崽子，把吃奶的劲都使出来！看等我出去了不好好收拾你们。”

冯铁头推门进来，看到这一幕，忙喝止道："停！停！你们俩小王八蛋别把人打死了！没轻没重的，老子没教过你们，问出口供之前不许下狠手。”支开了两个警察，冯铁头上前把马致远从吊着的架子上解下来，低声道："大哥，你说你这是何苦呢。要不是你这么一根筋，老是和肖金水对着干，你怎么至于落到这份上。你让老爷子给他送点钱呗。”

马致远吐了口血唾沫："不行！金钱事小，失节事大。我就不信他肖金水这么作恶多端遭不了报应。总有一天有他哭的时候。”

冯铁头叹了口气，无奈地摇摇头。

马万年爱子心切，在马致远被带走当晚就凑了十万大洋给肖金水送去了。听说马致远在牢里一天，就要熬一天的大刑，马万年舍不得，赌不起。肖金水却糊弄着说案件还再审理中，最后什么样他也当不了家。

见马万年眉头紧皱，肖金水假意道：“在这暨阳县你马老爷可是头一份，什么码头、药厂，富可敌国不敢说，这暨阳县的半壁江山可都是马老爷你的。说起半壁江山我突然想起一件事来，我家有件祖传的玉屏风，请马老爷鉴赏一下。”

马万年一愣，立刻会意：“好好。”

待玉屏风被搬上前，马万年围着那屏风转了一圈，又敲了敲，嘴角浮现出一丝冷笑，转过脸去早已换上了讨好的笑容：“好东西，好东西啊！肖局长这架玉屏风流光迷人、纹理清爽、质地润透，真是无价之宝。我这次出个大价钱，还请肖局长忍痛割爱。”

肖金水连连推让道：“不行，不行，我得好好考虑考虑。这可是我祖传的玉屏风，十万大洋就让我给卖了，那不是愧对祖宗吗？”

马万年怎么会听不出来肖金水的言外之意，近乎哀求地道：“肖局长，我老头子求求你，就把这个玉屏风转让给老朽吧！”

肖金水想了想，忍痛割爱似的说：“好啦好啦，在这小小暨阳县城，咱们抬头不见低头见的。看你这么喜欢，你再出个价吧，我听听看合不合算。”

马万年一狠心，从怀里又掏出一张契约：“这是我马家药厂的房契。”

肖金水接过来面无表情，颠了颠：“我要这东西也没用啊，我又不会造药。”

马万年又从怀里掏出一张房契：“这是我马家大院的房契。”

肖金水微微皱皱眉头：“我那三个老婆都在省城，我一个光棍要你的大宅院何用？”

马万年颤抖着手从怀里掏出一张契约，拍到肖金水的手里：“肖局长，你知道我马家三代单传，就马致远这一棵独苗，我求求你放了致远，这是大码头五十年的契约，这些东西我都给你，只求你保我家致远一条命。”马万年说着，两腿一软，跪在了肖金水穿着闪亮皮靴的脚下。

肖金水眼中闪过一丝得意，忙用手去搀扶马万年：“马老爷，你这是干什么，快起来起来！致远年轻不懂事，加入了乱党，我这个当局长和大哥的也有责任。这样吧，我再重新调查一次，希望能有一个好的结果，你……明白了吧？”

马万年嘴唇颤抖着说：“明白了。肖局长，这玉屏风我以全部身家买下！”说完，他神色恍惚地告别离去。

次日，一个警察胳膊底下夹着扫帚，打着哈欠，睡眼惺忪地打开警察局大门，只见两条腿直愣愣地吊了下来！那警察吓得跌坐在地，失声叫着："不好啦，不好啦，有人上吊啦！"

冯铁头系着衣服扣子，骂骂咧咧地出来，凑到近前一看，大惊："这是马老爷啊！快快，把他弄下来。"

几个警察上前，七手八脚把马万年放下来。冯铁头凑过去试探了一下鼻息，起身就往院子里冲，嘴里喊着："局长，不好了不好了！马老爷子在咱们大门口上吊死了！"

第二十七章

灵棚高搭，白色挽幛高挂，一口大红棺材已经停在了院子里，棺材的正中摆放着马万年的画像。

孙账房一身缟素，跪在棺材边给马万年烧纸。他喃喃道："老爷，树倒猢狲散啊。大早上的，咱药厂好多工人来到家里，一帮人像土匪进村一样见什么搬什么，我没用，我拦都拦不住啊。"

刚刚被释放的马致远冲了进来，直愣愣地走到遗像面前，盯着马万年的遗像，嘴唇哆嗦："怎么回事？我爹是怎么死的？"

孙账房哭道："老爷为了救你，在肖金水身上耗尽家财。但他还是放心不下，为了逼肖金水放你出来，昨天晚上在警察局大门口上吊自杀了！"

马致远红着眼睛来到棺材边，望着棺材中大睁着双眼的马老爷，伸手去捋合马万年的双眼，两次都不成功。

看到不远处厨子正要杀鸡，马致远扑过去夺过菜刀，提着刀走到马万年的棺材前，狠狠划了自己的手掌一刀。看着滴落的鲜血，马致远沉声道："爹！儿子今天发下血誓，一定会让肖金水粉身碎骨！我要报仇雪恨，夺回家业。"说完，他提起菜刀就往外冲，显然是要去找肖金水拼命。

孙账房连忙起身拦在马致远的面前："少爷，你现在不能走！老爷可是为了你才拼上了性命，你要是现在去找报仇，怎么抵得住人家人多势众啊！"

马致远愣住。

"老爷尸骨未寒，还没入土为安。少爷，三思啊！"孙账房抱着马致远的腿慢慢跪下。

马致远嘴唇渐渐哆嗦起来，眼泪扑簌簌流下，跪在棺材前重重地磕头。

次日，马致远背起行囊离开了暨阳。

杜明霞听说后，也留下一封信，不告而别。

马家大院空空荡荡，毫无生机。而杜家大院门口却是张灯结彩，喜气洋洋。

一帮仆人在长寿在指挥下，正在忙着往大门口挂写有双喜字的大红灯笼。老妈子和丫头们抱着贴着“喜”字的箱子、盒子进进出出，众人有说有笑。

原来自马家一夜之间没落，而杜明霞也离家出走后，二太太倍感世事无常，敦促杜明海和东方靖琪早日成婚，给杜家增加一点喜气。

杜明海去省城给靖琪买新娘出嫁时戴的花冠。靖琪在新房里试嫁衣。二太太递给靖琪一个金镯子，慈爱地说：“靖琪，这个金镯子是杜家当年给我的聘礼。你和明海就要成亲了，我今天就把它送给你吧！”

二太太帮靖琪戴好镯子，嘱咐道：“戴上了就不能再摘下来，从此你就是杜家的人了。”

靖琪抚摸着手镯，羞涩道：“好，我一直戴着。”

长寿在门外禀告：“二太太，大少爷请您马上去客厅一趟，说有重要的客人来访。”

靖琪茫然地看看二太太，二太太自己也摸不着头脑。

长寿又道：“听说是位姓斯的姑娘。”

二太太一惊：“啊？”

靖琪也愣住，她想起之前大太太说过，杜明海订过一门娃娃亲，那姑娘家好像就是姓斯。

二太太为难地看了靖琪一眼，急匆匆向外走去。靖琪不安地跟了上去。

二太太在靖琪的搀扶下走进客厅。

大太太忙道：“老二，你来得正好，你快看看是谁找上门来了！”

二太太和靖琪看到一旁坐着一个蓬头垢面的姑娘，那姑娘的鞋子破了一个洞，脚趾头不安地往回缩。

二太太试探着问道：“你是……雅贞？”

“正是，家父斯文轩，斯宅千柱屋人。”那姑娘起身，答得倒是有礼有节。

二太太惊讶道："雅贞，这么些年一直没有你们的消息，斯老爷可还好？"

斯雅贞神情悲戚地道："家父命薄，一年多前在外被土匪所杀，身首异处。可怜我们娘俩在济南没有近亲，孤苦无依。娘念起当年我和杜家二少爷订下了娃娃亲，就雇了一辆马车拉上这些年积攒下的家私细软来暨阳县投亲。没想到那车主起了坏心肠，半路上抢了财物，抛下我们母女。我们一路变卖首饰，一路乞讨，而我娘身虚体弱，不幸染上了风寒，死在破庙里了。"斯雅贞说着，眼泪一个劲地往外流。

二太太也不由红了眼圈，拉起斯雅贞的手道："孩子，苦了你了！来来，快坐。"

大太太和杜明江神情古怪地望望靖琪。

靖琪拿起茶壶倒了杯水放到斯雅贞面前："来，姑娘一路辛苦，喝杯水吧。"

二太太望着靖琪，恳求道："靖琪，这孩子实在可怜，娘求你先让她留下吧。"

靖琪虽然纠结，但也同意了二太太的建议。抱着看好戏态度的大太太一听斯雅贞要留下来，赶忙吩咐下人烧热水给斯雅贞洗澡。

二太太虽然心软，头脑还算清醒，拉着斯雅贞道："不瞒你说，当年你爹救过我家老爷一命，两人意气相投，这些年我们明海没成亲都是在等你。可惜你家十几年音讯全无，而明海早就到了嫁娶之年，男大当婚，耽误不得啊。我以为你已经另嫁他人，现在老爷病重不能理事，我这个当娘的就自做了一回主张，让明海迎娶靖琪姑娘。"二太太又扭头看了靖琪一眼。

斯姑娘低首垂眉道："伯母，这怪不得您，要怪就怪我自己命苦。"

杜明海捧着一个装有花冠的礼盒兴冲冲地回来，杜明江迎面拦住了他，幸灾乐祸地将新娘子多了一个的消息告诉他。

杜明海抱着装有花冠的礼盒进门，一眼看到有一个不认识的年轻女子，假作不知，只问道："娘，靖琪呢？"

二太太一把拉杜明海，向他介绍斯雅贞。

四处看不见靖琪，杜明海心里急，斜着眼看斯雅贞，没好气道："斯雅贞，你怎么早不来晚不来偏偏这时候来？"

斯雅贞怯怯地道："明海哥，我真不是故意来捣乱的，是爹娘告诉我有这门亲事，不能当儿戏……"

杜明海满脸不耐烦。

"杜明海，你这叫什么混账话，人家姑娘千里迢迢，要饭要到你们家门口了，你居然不认人家，我看你比陈世美还陈世美。”发话的竟是肖若云。

“我陈不陈世美和你没关系，我要是认了她，那我在靖琪那儿就不是陈世美了吗？告诉你，这儿没有你说话的份。”杜明海急了，说完转身就要去找靖琪。

二太太忙把他拉住按在座位上，让他把饭吃了再说。肖若云见状，忙起身打圆场，还示意斯雅贞给杜明海夹菜。

靖琪进门看到这一幕，顿时满脸窘迫。

杜明海忙起身，拉起靖琪向大门口走去。

二太太忙追上去，道："靖琪，我找你有话要说。"

“娘，你这是什么意思？”杜明海急得直抓头发。

二太太道："靖琪比你明白事理，有的事我得找她商量商量。"

靖琪劝住了杜明海，让他先去吃饭，自己与二太太走了。

第二十八章

二太太要跟靖琪商量的自然是斯雅贞的事情。二太太怕杜明海担上背信弃义的骂名，希望靖琪去劝说杜明海，让他认下斯雅贞，三个人一起成亲，两房同大。

靖琪自然不同意。何况这斯雅贞早不来，晚不来，偏偏在她成亲前一天来，实在蹊跷，让人不得不疑。

二太太无法说服靖琪，便是丝毫办法也没有了。只是二太太不知道，她没有办法，却有人有的是办法。就在她同靖琪讲话的时候，餐厅里面，肖若云趁斯雅贞不注意，偷偷往杜明海的酒杯里扔了一片药。杜明海举起酒杯，一口干了，瞪着一双醉眼望向对面的肖若云和斯雅贞。

第二天，红日高照。一家人正等着开饭，可杜明海迟迟不现身。靖琪和二太太匆匆来到杜明海的房间外，靖琪上前敲门。

杜明海听到声音惊醒，迷迷糊糊地应："来了，来了！"

正要起身，杜明海突然发现自己臂弯里睡着半裸的斯雅贞，他一下子被吓清醒了，一把推开斯雅贞跳下床去，慌手慌脚地穿衣服。

斯雅贞也醒了。

杜明海看着她，气急道："喂，你……你，这怎么回事？"

斯雅贞含羞带怯，低头不语。

门外再次传来二太太和靖琪的喊声，杜明海慌得连衣扣都扣错了。他走向门边却不敢开门，只躲在门后，支支吾吾道："大……大清早的，找我有啥事？"

二太太与靖琪还没顾得上搭话，大太太与肖若云正好路过。

肖若云从房门口的角落捡到了一只耳环，坏笑着看靖琪："哟，怎么这么不小心呢，你耳环落这儿了。"

靖琪认出那不是自己的东西，脸色更难看了，又拍了拍门："明海，你把门打开说话。马上！"

二太太也跟着催促："明海，你倒是快开门哪。"

门倒是开了，却没有全部打开，杜明海双手攥着两扇门，用身体堵在门口。肖若云灵敏地一挤，身子迫不及待地往里面探。只听她尖声叫道："斯姑娘！你怎么在这儿？"

靖琪懵了，二太太也懵了。

二太太上前一步，推开门，看到斯雅贞还坐在床上扣衣扣，差点站立不稳。

肖若云火上浇油地挤兑道："哎哟喂，杜明海，不得了喽。"

靖琪脸色难看，扭头就走。

杜明海忙追出去，仓皇道："靖琪！你听我解释，我昨天晚上喝多了，什么都不知道，我真的什么都没做。"这话，杜明海自己都觉得苍白无力。

肖若云也跟过来了，冷言冷语地道："男人管不住裤腰带就说自己是无心的，可怜了女人啊，真以为男人把自己当宝了。"

杜明海怒道："肖若云，你少在这儿给我煽风点火！"说完，他上前拉住靖琪，靖琪却不看他，只顾着抹泪。

杜明海一脸冤屈道："靖琪，我杜明海敢作敢当，但这件事一定有蹊跷。你不能走，你要是走了，我不是比窦娥还冤？"

大太太和二太太也追来了，斯雅贞紧随其后。大太太严肃道："明海，你做出了这样的事，要是再不认下雅贞，杜家会被暨阳县百姓戳断脊梁骨的。"

还没等杜明海说话，斯雅贞忙不迭地表示，自己只要能在二太太身边做个丫鬟就行了。

一时间，几个女人闹哄哄乱作一团，杜明海不知道如何收场。人活脸树活皮，杜明海和斯雅贞孤男寡女衣衫不整可是有目共睹的，事情到了现在这地步，杜明海不能撕破脸皮不认。

二太太虽不相信儿子会做蠢事，却也只能劝杜明海先进屋，而自己放下身段去求靖琪接受斯雅贞。

靖琪一个人待在房间里，任凭二太太怎么说也不应声、不开门。直到门外没了动静，靖琪才开门出来，见四下无人，便掩上房门，从后门悄然离去。靖琪走出院门，回头望一眼院门上挂着的喜字，落寞伤感地离去。走廊里的大红灯笼还是那么喜庆，石板路上却是遍地黄叶，如同她无助的心境。

不知不觉，靖琪走到了孤儿院，却看到杜明海拿着个包袱站在门口。

杜明海听到脚步声，转过身来，对着靖琪一笑。

靖琪夺路欲走，委屈道："你来这里干什么？你应该在杜府里等着拜堂成亲。"

杜明海上前挡住靖琪去路："我就是因为要拜堂成亲，所以我的媳妇在哪里，我就在哪里。"说着，晃了晃手上包袱，"你看，我把你的嫁衣都带来了。"

靖琪猛地扇了杜明海一个耳光，眼泪却忍不住往外涌。

杜明海怔了一会儿，慢慢扭回头来，认真道："打得好。这一巴掌打完，我杜明海跟你发誓，这辈子我都不会再沾一滴酒，这辈子我都不会再让你伤心。"

"太迟了，明海。"靖琪黯然地摇了摇头。"我爱的是敢作敢当的男人，不是始乱终弃，不负责任的男人，你做了那样的事，就要对斯姑娘负责。"

杜明海气笑了："我对那个姓斯的负责，那谁对你负责？靖琪，事情都没搞清楚，凭什么我要吃这哑巴亏？"杜明海见靖琪不作声，索性一把扛起靖琪。"走吧，去他娘的杜家二公子，去他娘的杜家大管家，咱们都不干了。老子自立门户，一样光宗耀祖。"

一条货船泊在码头边，船夫解开缆绳正要启航，杜明海扛着靖琪大步踏上货船。

船夫厌恶道："下去下去，这条船不搭客！"

杜明海不理船夫，而是把靖琪放下，夺过船夫的撑竿，一竿撑离了岸边。

船夫目露凶光，当即招呼船上另外两名船夫抄起船桨，朝着杜明海砸去，几个人战作一团。

打斗中，一只箱子被摔破，箱子内的东西散落一地，

靖琪眼尖，捡起一小包，看见上面清清楚楚写着"马记药厂"。靖琪闻了闻，大惊："是烟土。"

这下，几名船夫彻底发狂了。一名船夫绕过杜明海，冲到了靖琪面前挥桨向她打来，还好被杜明海拦下来了。

躲在不远处观望的冯铁头带着几名巡警迫近岸边，恼火拔枪，高声呵斥道："都给我住手！不然我就开枪了！"

杜明海不理冯铁头，一拳打翻了一名船夫。

此时，李歪脖一路小跑过来："大哥！东方掌柜，回来，你们快回来！"

冯铁头一把抓住李歪脖做人质，用枪顶住李歪脖，威胁道："杜明海，你再不住手，我就一枪毙了他！"

李歪脖眼珠一转，道："二太太的头风病又犯啦，等着大掌柜回去救命呢。"

靖琪见状，也劝明海住手。

小船缓缓靠岸，杜明海和靖琪跳下船来。靖琪径自走到冯铁头面前，拿着那个纸包，说："这条船上有违禁物，请冯队长明察。"

冯铁头装傻充愣，指挥着手下的警察粗粗翻了一遍，最后却是什么都检查不出来。

李歪脖凑上前告诉靖琪，他在远山药厂的车间里也发现了鸦片的痕迹。

这样一来，靖琪和杜明海也顾不上成亲的事情了，带着李歪脖直奔药厂。

远山药厂的"辛"字号仓库大门紧锁。李歪脖对着仓库指了指，靖琪拿起一串钥匙开了门。

一排排货箱排列整齐。杜明海撬开一个货箱，发现里面整箱都是烟土。

李歪脖惊叫："乖乖，这么多？"

杜明海取出一包递给靖琪，靖琪仔细查看，闻了又闻。随后，在另一口箱子里，她发现了一些马家药厂的标签。

杜明海思索着："你说，咱们仓库的这些货和船上的货会不会是同一个主子？"

靖琪点头。

李歪脖建议马上报警。可是，警察局局长肖金水就是个贼喊捉贼的，指望他主持公道，还不如期待太阳从西边出来呢。

靖琪想了想，叫上杜明海直奔县政府报案。

可是，冯铁头也把杜明海与靖琪撞破那一船鸦片的事情向肖金水做了汇报。肖金水正在权衡利弊，就接到了县长秘书打来的电话。

面临着挑战仕途乌纱帽的大事，肖金水慎重万分，刚挂下电话，马上对冯铁头道："马上通知杜明江，让他把我放在药厂的货全部运走，越快越好！"

等李县长带着人和杜明海、靖琪返回药厂时，药厂里没有运出去的几十箱鸦片已经出了暨阳城了。

县长的汽车停在药厂附近的一个路口，司机正坐在车内等候。何家宝的心腹偷偷掩着身子过来，装作无意的样子，把几枚钉子撒在了轮胎底下。

远远地，县长和靖琪、杜明海等人匆匆赶来。

车内司机立刻发动汽车，准备掉头。车子启动，轮胎压过钉子，钉子深深地扎进了轮胎里，司机丝毫也没有察觉。

县长和秘书等人坐进了汽车。靖琪和明海站在车边，道："你们开车过去，我们抄小路赶过去，到码头会合。"

望着汽车驶出，靖琪和明海对视一眼，齐齐向一个巷子跑去。

经过大半天的折腾，靖琪跑了一段路就累得弯下了腰。杜明海看到一个邮递员的自行车停在了路边，径自走了过去。靖琪来不及细想，已经被杜明海一把抱起放在了自行车前梁上。

"靖琪，你坐稳了！"杜明海跨上车，载着靖琪向前骑去，一切的猜忌和苦闷也都随风逝去了。

第二十九章

杜明海骑车载着靖琪来到码头，一眼看见不远处码头上站立的肖金水和何家宝，还有一条刚刚离岸不久的船。

李县长和秘书、稽查科长和四名办事员匆匆赶到。

肖金水脸上立刻变色："李县长，哪阵风把您给吹来了？"

县长望着渐渐开远的货船，道："肖局长，本县问你，刚刚开走的那条船运的是什么？"

肖金水答道："是一个萧山的朋友托我采办的一批丝绸。"

县长疑道："是吗？我可接到线报，有人私自制售烟土企图送走，还请肖局长把刚开走的这条船叫回来查验。"

肖金水磨磨蹭蹭争执不过，便拿起胸前警哨，三长两短地吹了三声。

四名办事员登上船翻箱倒柜地查找。过了好一阵子，办事员走出船舱，道："报告县长，船上所载货物确实是丝绸。"

肖金水一脸成竹在胸的神色，冷冷地瞥向靖琪和杜明海。

杜明海喊道："不可能！要不是我们眼瞎了，要不就是这船上出鬼了。"他一跃上船，肖金水也不拦他。

杜明海把船舱里的几个箱子翻了个底朝天也没有看到烟土的踪影。

李县长扑了个空，自然没有好气，正欲问责。肖金水却不知道打的是什么主意，只装模作样地让杜明海与靖琪向李县长道歉。

靖琪立刻向县长行礼，道："对不起李县长，没能找到证据，让您白跑一趟，这是靖琪的错。但靖琪可以用性命保证，确有人将烟土私藏在我家药厂，至于他们如何事先得知消息，转移了烟土，靖琪尚不得知。要是有线索，靖琪一定会再向县长汇报请罪。”

李县长怒气冲冲地走了，肖金水忙不迭地去送。匆匆赶来的杜明江站在一旁，悄然对肖金水竖起了大拇指。

待李县长一行人离去后，杜明江若无其事地招呼靖琪与杜明海回家。

杜明海死活不肯回去，靖琪却淡淡说了句："明海，回家再说。"说罢，离开了码头。杜明海赶紧跟了上去。

路上，杜明江高声斥责着靖琪："你这是什么意思？告发杜家，大义灭亲？我杜家怎么就请了你这么个吃里爬外的管家？"

靖琪却规规矩矩道："大少爷，靖琪以为，私藏烟土之人才是想为害杜家的罪魁，靖琪此举只为找出内鬼，还杜家清白。"

"还杜家清白？让县长从我们药厂仓库里搜出烟土，杜家还怎么清白？"杜明江大怒。

靖琪依旧恭谨道："仓库私藏烟土之事，靖琪身为远山药厂大掌柜未能及时明察，是靖琪的失职。但我相信，大少爷若是得知此事，必定也会公事公办，绝不姑息。靖琪以为，向县长告发此事并没有错，错在未及时向大少爷禀报此事。实在是事出紧急，怕内鬼走漏了消息。只可惜还是晚了一步……"

"没错。一定是肖金水使了什么诡计，要不那些烟土怎会说没就没了？我杜明海没那么空闲，盯紧了这条船，这船就一定有猫腻。"杜明海立刻声援。

杜明江顾左右而言他道："明海，你说你们在仓库看到烟土，我信你们。可你们要说这事跟肖金水有关，那可得拿出真凭实据。今天码头上要不是他替你们说好话，你们说，你们要怎么向县长交代？这事就先过去了，你得先管好你自己的婚事。"

这一句话说出来，靖琪更是黯然，杜明海气呼呼地拉着靖琪就要走。

杜明江自知命令不了杜明海，只好敲打靖琪，"东方靖琪，你口口声声说我们杜家是你的再世恩人，你现在要是跟明海走了，你对得起杜家吗？男人三妻四妾本是寻常之事，你要是不识大体，就是陷我们杜家于不义。你三思吧！"

靖琪心中抑郁纠结，无处排遣。这样的局面，她确实不知道怎么办才好了。

对于婚事，杜明海态度很坚决。对于烟土的事情，他却不能不上心。待到回家与靖琪谈过之后，他只身来到杜家药厂。

有人在杜明海身后不远处吹了声口哨，他一回头，看到李歪脖正站在墙角冲他招手。杜明海迅速跑到墙角质问道："歪脖，你上哪去了？不是让你看着库房吗？怎么还是让他们把货转移走了？"

"这不是看不住吗？何家宝带着人，上来就是一闷棍，除了装死，我还能干啥？"李歪脖愁眉苦脸地告诉杜明海，当时他被何家宝手下的两名工人锁进了一间小屋子，他在屋子里叫天天不应，叫地地不灵，如果不是上工的工人多了，有人放他出来，他现在还在屋子里蹲着呢。

杜明海无奈回到家中，靖琪认真地劝他娶斯雅贞。

靖琪的话说得很清楚：娶了，她留下来继续做大管家，打理远山药厂；不娶，她就一走了之。

杜明海大醉一场，同意了。

翌日，斯雅贞坐在镜前，靖琪早早地赶来，支开旁人，主动帮她梳头。

斯雅贞楚楚可怜地道："靖琪姑娘，我真不是有意要跟你争抢，二少爷喜欢你，娶你就是了，我作小，作丫鬟都可以。现在弄成这个样子……要是二少爷不开心，我也不会开心的。"

靖琪勉强笑了笑，摇摇头，然后问道："二少奶奶历尽辛苦才回到暨阳县，这路上一共走了有多少日子？"

斯雅贞回道："去年五月初八离开济南的。"

靖琪又问："那二少奶奶的母亲又是什么时候，在哪里病逝的？"

斯雅贞毫不犹豫地道："今年的六月十五，在江苏徐州。"

"那天我听二少奶奶说，伯母离世的时候只有一张草席葬身。等忙过这一阵，我会安排家丁陪二少奶奶回去，为伯母重新装棺，运回暨阳县厚葬。日后清明扫墓冬至上坟，也好方便一些。"

斯雅贞却脱口而出："不用了！"

靖琪顿感疑惑。

斯雅贞慌忙解释："我娘走的时候葬得匆忙，连块墓碑也没来得及立。那个村的名字我也记不清了，就算回去也不一定找得到。"

靖琪认真道："再麻烦也要找。为人子女，为父母安葬立碑，本来就是应有的孝道。"

"那倒也是，这事还是以后再说吧。"说完，斯雅贞不再开口。

靖靖若有所思，但不动声色。

靖琪离开后，斯雅贞由丫鬟陪着到了肖若云门前，然后打发走了丫鬟，自己敲响了房门。

靖琪静静地站在走廊的一角，屏息捕捉动静。

肖若云的声音隐隐约约传来："你还有什么不满意的？得了名分还不够，你还真想得到明海的心啊？"

斯雅贞的声音道："我不是这个意思。玲儿能有今天的荣华富贵，都是大少奶奶的恩赐。"

言谈间，还提到了靖琪。

肖若云道："你得小心那个东方靖琪，她眼睛毒，说不定什么时候把你看穿了，你就完了。"

斯雅贞的声音显得十分慌张："大少奶奶，今天早上东方大管家问了我一些话，不知道……不知道她是不是起疑了。"

肖若云突然听到门外传来一声轻响，吃了一惊。"谁？"

门外传来靖琪的声音："大少奶奶，是我。"

斯雅贞大惊失色，肖若云也慌了神，但她故作镇定，起身前去开门："你来干什么？"

靖琪变魔法似的端出一盘点心，随意道："厨房新做了些好吃的，我拿点过来请大少奶奶品尝。咦，二少奶奶也在啊？"

斯雅贞定了定神，道："是啊，我过来跟大少奶奶聊聊天。"

靖琪自顾自推开门，肖若云只得闪身让开，让靖琪进去。

靖琪热情道："二少奶奶，今天厨房做的点心是玫瑰糕，你尝尝，好吃吗？"

斯雅贞拿起一块玫瑰糕，"哇，做得可真精致。"

靖琪不经意地道："这玫瑰还是从济南平阳运过来的。"

斯雅贞随口问道："济南平阳？"

"是啊，二少奶奶在济南待了这么久，不会不知道平阳是出名的玫瑰之乡吧？"靖琪道。

斯雅贞道："啊……哦，我当然知道。平阳，玫瑰之乡。"

肖若云听出靖琪话里有话，但又不知道哪里不对劲。

靖琪笑了笑，接着问道："那斯家在那边，这些年做的都是什么生意？"

斯雅贞望向肖若云。

肖若云帮不上忙，没好气地道："你问这些作什么？"

靖琪不依不饶："听说从前斯家一直做的陶器生意，去了济南，应该还是做老本行吧？"

斯雅贞结结巴巴道："是，是陶器生意。"

靖琪道："最好的瓷器在景德镇，出名的陶器就多了，济南文祖的黑陶也算一个。黑如漆、亮如镜、薄如纸、硬如瓷，可算得上是陶中珍品。"

斯雅贞赞叹道："大管家懂得可真多。"

靖琪突然提高音量，道："二少奶奶，你冒名顶替斯雅贞之事，是你自己跟大家坦白呢？还是由我来告诉大家？"

斯雅贞脸色煞白，手中的玫瑰糕失手落地。

靖琪却毫不留情的道："济南府的玫瑰之乡是平阴县，根本不是平阳县。济南出名的黑陶也不在文祖，而在龙山。这个女人要真是斯姑娘，还在济南生活多年，怎么可能对此一无所知？如果不是我从小游走江湖，略知地理，差点就真被你蒙过去了！"

斯雅贞扑向肖若云，跪下抱住了她的腿："大少奶奶救我！"

靖琪一看，自是什么都懂了。

斯雅贞又爬到靖琪面前："大管家，求求你，求求你不要说出去！"

肖若云对斯雅贞呵斥道："给我起来！"

斯雅贞一脸无助，跪着不敢动。

肖若云瞪着靖琪，有恃无恐地说："东方靖琪，你是唯恐天下不乱吗？明海已经跟她拜过堂了，杜家现在只认她是二少奶奶。"

靖琪的态度更加强硬："要不要我把杜家各位叔伯都请来，问一问他们，他们是愿意认这个冒名顶替的女人作二少奶奶，还是要把她扫地出门，送官问罪？"

这一番话确实吓到了斯雅贞，她忙不迭地哭求："不要啊！求求你，大管家，不要把我送官，是我贪图钱财才假冒斯家姑娘，可我也是为了救我娘，我娘的病要是再没钱医治，就只有死路一条了。我真不是有心要害你……"

肖若云乱了阵脚："喂，你胡说什么！你敢把尿盆子扣我头上，看我不把你嘴撕了！"

靖琪逼视着肖若云，道："你这么做，就算骗得了别人，骗得了自己吗？"

第三十章

靖琪走到院子里，不停地徘徊。她的脑中不停回闪着斯雅贞的哭求、肖若云的后悔，以及二太太同她说的顾全大局。她终于还是停下了脚步，痛苦地返身回到了肖若云的房间，将二太太给她的金镯子赠予了斯雅贞，然后黯然离去。

不过，靖琪胸中自有丘壑，就算是再怎么难受也不会耽误了正事。肖金水那船莫名其妙消失了的烟土，她吩咐李歪脖一直盯着。肖金水假公济私地玩了一回掉包，靖琪怎么可能让他顺顺利利地把烟土送出去？

在肖金水悄悄发货那天，收到杜明海捎信的石友琴带着水匪把两船烟土烧得一干二净。听到这个消息，靖琪终于一扫这些天来的愁云惨雾，真心高兴了一回。

肖金水不用多想也知道劫道烧烟土的事情一定是靖琪与杜明海背后指使的，苦于不敢声张，只得暗暗记下这笔账，待时机成熟，狠下杀手。

这天，靖琪正准备去孤儿院。途经马家药厂时，她一时好奇，便凑到门边朝里看，却看到工人们在忙忙碌碌地搬运着纸箱。靖琪突然想起当时在船舱里捡起来的烟土小包上印的就是马记药厂的标记，顿时愣住了。

一只大手拍在了靖琪的肩膀上，靖琪吓了一跳，惊惧回头，原来是曹多嘴，她这才把心放回肚子里去。

曹多嘴拉着靖琪，低声道：“走走，快走。”

靖琪和曹多嘴匆忙离开马家药厂门口。

走出去老远了，靖琪才好奇道：“这马家药厂里面怎么会有人？”

曹多嘴也一脸迷茫，“说来奇怪，我这几天从这路过，见里面的人总是鬼鬼祟祟的，昨天半夜还有人来运货，离远了看，那背影好像就是杜府的大少爷。靖琪，你可千万别再多管闲事了，这个厂子现在在肖金水的手里，老虎的屁股可摸不得。”

靖琪摇摇头，“不行，这事得找李县长，让他派人调查。”

两人到了孤儿院后，把水果分给一帮孩子们，在台阶上坐下。

看着王聪明大口大口吃着香蕉，曹多嘴摇摇头，叹息道：“要不怎么说命无定数呢，你看这王聪明，当年那可是王大管家的掌上明珠，如今却成了无依无靠的孤儿。大少爷呢，原来不过是老爷从安庆捡来的一个孤儿，如今整个杜家都成了他的了。”

靖琪一惊：“您说杜明江是老爷从安庆捡来的？”

见靖琪好奇，曹多嘴补充道：“那可不是，这全暨阳的闲事哪有我不知道的。听说来的时候还受了重伤，每天病恹恹的，大太太守了他三天三宿才醒过来。从此以后宝贝得不得了，当亲生儿子养着。”

大惊之下，靖琪把去找李县长的事情都忘记了，失魂落魄地离开了孤儿院。

第二天，靖琪送货去杭州，随便参加一个药展。

正在监督装货时，何家宝过来说大少爷请大掌柜去核对工人的出工记录，准备发工钱。靖琪应了一声，也就去了。何家宝却让装箱的李歪脖等人去抬车间的坏机器去修。与杜明江核对出工记录的时候，靖琪装作无意地同杜明江提了一句，让他离肖金水远一点，杜明江很是不耐烦。

靖琪无奈，微微躬身离去。

靖琪并不知道，杜明江与肖金水已经设了一个局，要置她于死地。她心中很乱，甚至没有留意到一箱货因为捆扎不牢掉到了地上被摔散，里面的黑色烟土露了出来。

在梅岭驿关卡前，靖琪和工人大壮被冯铁头拦住。警察以例行抽检为由，在靖琪携带的箱子里找到找到了两块烟土。

十名警察用枪指牢了靖琪和大壮。

“东方大掌柜，这烟土哪来的？”冯铁头问。

马车上所有的药箱被打开拿到靖琪面前，被翻得乱七八糟的箱子里确实夹带有烟土，靖琪骇然。

冯铁头反背着双手，道："东方大掌柜，你私贩烟土被我们人赃俱获，你还有什么话说！来人，带走！"

两名警察上前抓住靖琪和大壮就要带走。

冯铁头又转身指着那些被打开的药箱，"远山药厂大掌柜东方靖琪，走私贩卖烟土，证据确凿，按省厅严令，马上拘押！"

牢房内，肖金水倒捂着鼻子进来："东方大管家，旧地重游，还习惯吧？真想把这号子给你挂一块牌子，上面写着东方靖琪专用。"

靖琪心中一凛："是你和杜明江设下的圈套？"

"胡说八道！我堂堂的警察局长怎么会诬陷良民。不过，这次抓到你我一点也不意外！"肖金水的心情显然很好，并不介意靖琪言语中的无礼。

"为什么不意外？"靖琪并不相信肖金水的说辞。

肖金水掩饰道："自打你上次贼喊捉贼，说你们仓库里有福寿膏，我就盯上你了！果然，这次被我人赃俱获！"

靖琪不服道："我是冤枉的！被人陷害的！"

肖金水脸一沉："胡说八道，我肖青天秉公执法，你要是再胡说八道，那你可是罪加一等，犯诬陷罪的。"说完肖金水阴着一张脸离去。

靖琪在药品中夹带烟土的消息被肖若云带回了杜家。她不知道，杜明海正带着李歪脖等人在警察局门口闹腾。

杜明海头上扎着白布条，正中写着一个大大的"冤"字，用力擂响一面大鼓，引来大批民众围观。

李歪脖、张大壮举着白色条幅，上书一行血红的大字：为东方靖琪大掌柜鸣冤！

围观的人越来越多，但肖金水却避而不见。

天色渐晚，万般无奈之下，杜明海只能求助于肖若云。

次日，在看守所门口，肖若云给两个看守一人两块大洋，推着杜明海往里走。

铁栅栏内，靖琪被上了手铐脚镣躺卧在乱草中闭目养神。

杜明海扑到铁栅栏前，心痛不已："靖琪！你还好吧？"

靖琪听到喊声，如梦方醒，她不敢相信自己的耳朵，回头望向杜明海，露出了惊喜的笑容，道："挺好，能吃能睡。我让你找的记录找到了吗？"

杜明海回答："找是找到了！可上面什么都没写。"

靖琪失望地问："我的案子肖金水怎么说？"

杜明海犹豫地道："靖琪，你放心，要是肖金水敢怎么样，我就是劫法场也要救你！"

靖琪立刻悟出其中的意思，颤声问："死罪？"

杜明海低下头。

靖琪却已经想到了身后之事，仔仔细细地嘱咐道："听我说，第一，药厂的生意你要盯紧了，周山口的那几单货一定要保质保量按时发货，上次的原料钱在里面冲抵；第二，老爷的针灸不能停，可以请萧山的刘神医每礼拜针灸一次，另外我总觉得老爷似乎已经有了知觉，就是不知道他为什么一直不能开口说话；第三，二太太的头风病每年春天要服一次药防复发，药方二太太那里有，你一定要记住嘱咐她吃；第四，不要老和大少爷怄气……你弄不过他。"

杜明海流下眼泪："靖琪，你不要再说了！"

肖若云满脸嫌弃地走过来，催促杜明海离开。

靖琪喃喃道："这些话我要是不说，就怕以后再也没机会说了。"

第三十一章

杜明海在看守所门口与肖若云分别，在街角迎面撞上周山口。

周山口愤慨地叹道："靖琪的事我听药厂的人说了。我就不信，这么大的暨阳县，他肖金水一人就能掌握生杀大权了？"

杜明海耷拉着脑袋，闷声回："肖金水就是一心想杀了靖琪。"

周山口试探着问："有钱能使鬼推磨，要不……"

"肖金水可不是什么小鬼，他简直就是活阎王！上次马家的事就是个例子！"杜明海打断了周山口的话，随即看了周山口良久。

周山口见状问道："有什么话，你就直说。"

杜明海扬了扬眉毛："我就问问，你有没有胆子和我一起劫法场？"

周山口沉默不语。

杜明海冲周山口拱了拱手，转身离去。

两人分开不久，周山口去找了肖金水。

肖金水的手指从周山口送的一箱子金条上滑过，挑起眉毛，问："周先生，咱们素昧平生，你突然送这么重的礼到底是什么意思？"

周山口彬彬有礼地答："肖局长，周某虽然是外地人，但也知道在这暨阳县要是有什么为难的事，只要来找肖局长，一定可以迎刃而解。"

肖金水笑了："有什么话就直说吧！不管是水路的生意还是陆路的生意，只要你开口，在这暨阳县有我肖金水这块金字招牌，我保你财源滚滚一本万利。"

周山口微微一点头，说："肖局长您误会了，我不求财，只求肖局长能高抬贵手，放一个人。"

肖金水问："你有亲戚犯在我手里了？"

周山口："正是！"

"说吧，他叫什么名字？是死的我给你弄活了，年头长的我给你弄年头短了。"肖金水摇头晃脑地看着对方。

周山口徐徐开口："东方靖琪。"

肖金水眉毛一跳："东方靖琪？我说周先生啊，你怎么也赶这趟浑水，她可是私贩烟土的重犯。"

周山口看了看肖金水，说："东方靖琪是我的未婚妻。"

肖金水面露难色："你要说别人都好办，只是这东方靖琪犯的可是私贩烟土的大罪，两天之后就要给毙了，案子我已经上报到了省里，到时候会有专员来督查监刑。这事可难办喽！"

周山口微微侧身，从怀里拿出一块怀表，摆到肖金水面前："肖局长，这块怀表是瑞士出产的名表，表上面镶嵌的每颗钻石都价值连城，如果你肯放了东方靖琪，这块怀表也请笑纳。"

肖金水看见钻石怀表两眼放光，假意推辞道："你这是干什么，民国的法律难道是金钱就可以收买的吗？"

周山口不接那话，道："只要肖局长喜欢，好东西我还有的是。"

"放心，我不会让你吃亏的！看你这么实在，咱们交个朋友。我家有架玉屏风，那也是价值连城！今天我就转赠给你，一会我就派人给你送到客栈去。"肖金水眉开眼笑地接过钻石怀表。

周山口皱了皱眉头："肖局长客气了，玉屏风就不必了，东方靖琪的事怎么说？"

同一天，杜明海去找了石友琴。

石友琴听完杜明海的一席话，背着自己的娃娃拍案而起："这也太欺负人了！大当家的，你别急！本来这个山寨就是我替你临时看着，这些人马也都是你的，别说是去救对我们娘俩有恩的东方姑娘，你就是叫我们上刀山、下火海，我们也万死不辞！"

杜明海一听，反而急了，他要救靖琪，但落草为寇的念头可是万万没有的。

杜明海连忙拱手道："大奶奶，大当家的我不敢当，只是凭着以前的交情来你这里，请弟兄们给我助个威！这大当家的还是你来当。"

"这怎么能行，当时我就说过，谁杀了独眼龙替阿贵报了仇谁就是我们铜锣寨的大当家的，是我儿子小海的干爹，我石友琴不能言而无信！再说了，你只有当了大当家的，弟兄们才好听你指挥，一鼓作气救下东方姑娘！对不对？弟兄们！"石友琴说着，将阿贵生前的配枪拔出来，一步步走到杜明海面前："这是阿贵用过的抢，你要是接下了，你就是东白山上的人。"

这下子，杜明海算是被架住了。他心知肖金水恨极了东方靖琪，才设了这个局，一心要取靖琪的性命，要救靖琪只能劫法场，可是劫法场这种事情凭一己之力实难办到，只能借助水匪的力量。杜明海一咬牙，拿过了石友琴递过来的枪，对着一枝高燃的油灯就是一枪，油灯应声而灭。

石友琴高声道："好！弟兄们，大当家的已经接枪了。择日不如撞日，今天既然杜大当家的已经上山，咱们就请杜大当家的上坐，拜大当家的！"

两名小土匪就势把杜明海架坐到虎皮椅上。

石友琴将一块令牌递到杜明海的手里，恭谨地道："大当家的，这是阿贵的令牌，在东白山周边水陆两道三十里范围内就是圣旨，令出必行、说一不二，请杜大当家的收好。"

这条路，一旦走上，断无回头的可能了。

不过，杜明海是个爽直的人，既然决定了，当晚便在聚义厅内和石友琴及癞头阿四等土匪研究法场周围的路线图。几个人决定藏在法场对面的一条叫宝珠弄的弄堂内，装扮成是进城的百姓。由杜明海带人从宝珠弄冲出去抢出靖琪，再由阿四带人在弄堂里接应。

末了，杜明海又叮嘱一番："为了避免伤到老百姓，我们要打快战，抢了人就走。还有，我们要蒙上脸。我不能让人认出我是杜家二少爷，不然我永远都别想回杜府看看。"

次日，梳洗过的靖琪在警察的押解下缓缓走向刑场。刑场周围挤满了看热闹的人。

肖金水坐在主席台正中，身边是四名穿中山装的男子。

刑场中间有一个高台子，那就是断头台了。靖琪在高台前停了下来，向人群中观望，没有发现杜明海的身影，不由露出了失望的神情。

周山口在人群中张望，看到靖琪的身影后心头一紧，冲到主席台面前大声质问："肖局长，你言而无信！"

肖金水慌忙下了主席台，凑过去，低声道："周老弟，误会，误会啊！这事可真怪不得我。省厅专员亲自督办，我一个小小的警察局长，哪有那起死回生的本事。"

看着肖金水若无其事的嘴脸，周山口的脑子一片空白，索性趁警察不备，拨开人群跳上高台。"靖琪！"他凄然地喊着这魂牵梦绕的名字。

靖琪闻声冲他一笑："山口兄，谢谢你来送我。"

肖金水猛拍一下大腿，示意两个警察把周山口拖了下来，大声喊："时辰到！各位暨阳县民众请肃静！今天，我代表暨阳县警察局在这里对私贩烟土的毒贩东方靖琪进行公开判决。现在，宣读判决书！"

跪在台上的靖琪突然站起来，道："东方靖琪一生清白，无罪可判，暨阳县百姓帮靖琪记下今天这个日子，这是靖琪蒙冤屈死，暨阳县暗无天日的日子。"

肖金水大怒，狂吼："把她的嘴给我堵上，再还敢喷半个字，把她脖子给我割了。"

立即有警察将一块布头塞进了靖琪的嘴巴，另一个警察一脚踢在靖琪的膝弯，靖琪"扑通"一声跪下。

宝珠弄的入口处，杜明海和石友琴带着一帮弟兄已经蒙好面。

杜明海对癞头阿四扬了扬头："阿四，你们几个在这接应我们。"

阿四点头："好！大当家的，你可千万得小心哪。"

杜明海带着二十余人，手持长短枪向对着刑场的弄堂另一端冲去。

肖金水正拿着判决书宣读："……综上所述，东方靖琪贩卖烟毒，罪大恶极，不杀不足以平民愤，不杀不足以安民心，现在我宣布……"他咽了下口水，威风凛凛地环视众人，接道："……就地正法。"

话音刚落，一声枪鸣。

一个警察高呼道："不好了，有人要劫法场。"

肖金水阴险地一笑："来得好，我还怕他们不来呢！"

四名警察迅速用枪指住了靖琪，行刑警察结结巴巴地问："局长，要行刑吗？"

肖金水摇摇头，得意扬扬地道："不，我要安排更精彩的戏。"

肖金水踱到了靖琪边上，用手枪托起了靖琪的下巴，慢条斯理地道："你看你看，人缘多好。有人来救你了，那就是匪党。按我今天的计划，是要一网打尽的。好，我让你免费看看这些人的下场……哈哈……"

肖金水突然抽枪，朝天连开数枪，狰狞地狂笑："关门打狗，哈哈。"

两辆装满麻袋的大车被十几名警察疯狂推了出来，封锁了杜明海等人的去路，几十名警察数十条枪架起，对准了宝珠弄的出口。

冯铁头一边挥手，一边喊："开火！全给我端了，到时候找局长领赏。"

瞬间乱枪齐发。杜明海所带土匪有三、四名立刻中枪倒地，或伤或死。

杜明海惊道："不好，我们中埋伏了！奶奶的肖金水，果然是条老狐狸。"

石友琴对众人发令："快！撤回弄堂里去！"

众土匪被迫缩回弄堂，纷纷寻找掩体藏身，愤怒还击，

冯铁头一挥手，一批警察撤下上子弹，另一批警察顶上前开枪射击，两批警察来回轮换。

双方相互射击，一时火光四射、子弹横飞……

警察身后，围着断头台看热闹的几名老百姓四散逃跑过程中，中了流弹倒地。

老百姓惊慌失措："打死人了，打死人了！"

"他奶奶的，弟兄们，看准了再打！别伤了无辜百姓！"杜明海大喊着，还想往前冲，身边的匪众看情形不对，在石友琴的示意下架着他强行往弄堂里拖。

杜明海用力甩脱两个抱住他的土匪，想了想，蹿进了一家酒楼。他冲到后院，翻上围墙，又爬上了屋顶，手持双枪，在屋顶上快速奔跑。石友琴怕他出事，一路都紧跟着他。

枪声如爆豆般在四周响起。

肖金水蹲在东方靖琪的身边，阴阳怪气地说："热闹瞧得差不多了，你该上路了。在你上路前，我要告诉你一个真理。胳膊扭不过大腿，鸡蛋砸不过石头。下辈子你投胎的时候，一定要牢牢记住这句话。"

靖琪死死地盯着肖金水。突然，她猛地蹿起，不要命地撞向肖金水。肖金水被撞翻在地，气急败坏地起身，狠踹了靖琪一脚。

肖金水拿起喇叭，大声说："乱匪们给我听好了，我宣布……"

没有随人群避开的周山口，紧张地看看靖琪，又望望肖金水的喇叭。

此时，杜明海距弄堂口最后一间瓦屋近在咫尺，他纵身一跃，跃到了屋檐边缘。他扑卧在屋顶上开枪，无奈心慌气躁连开数枪，都没有击中行刑警察。

肖金水手指向弄堂边的屋顶，立刻有数名警察用子弹压住杜明海。杜明海刚想抬头，被紧随其后的石友琴一把按住。

肖金水挑衅地看着杜明海，用大喇叭对着屋顶喊：“我宣布，行刑！”

杜明海“哇”的一声吼，发疯地喊：“别开枪，别开枪，千万别开枪。”

没有人理会他，只有一声清脆的枪响。杜明海仰躺在屋顶上，撕心裂肺地对着天空哭喊：“靖琪！”

刑场上，行刑的警察已经倒在了地上，额头上一个血孔，脑袋瓜下流了一堆血，手中的长枪甩得远远的。

不远处，刑场与大道的接口处烟尘滚滚。一身戎装的马致远英气逼人，披着斗篷，骑着高头大马，威风凛凛而来。马致远的手中倒提着长枪，身后一大队士兵手持枪支跑步跟随，如潮涌般而来……

靖琪回过神来，起身奔逃。可惜没能跑多远就被肖金水一把抓住了头发，手枪顶在了脑门上。

万籁俱寂。

石友琴悄悄抬起了头，看到刑场上的靖琪没有死，连忙惊喜地摇着杜明海，道：“靖琪没死！大当家的，靖琪她没有死。”

杜明海一个踉跄翻转身，寻觅到刑场上的靖琪，几乎不敢相信自己的眼睛，激动道：“没死，果然没死，真的没死！菩萨保佑，太上老君，玉皇大帝，孙悟空，你们全都保佑。没死就好，没死就还能有救。石友琴，你帮我救人！救人！救人！”

正在弄堂堵截的冯铁头认出为首的马致远，惊喜道：“是大哥回来了！大家不许反抗！”又转身对马致远喊：“大哥，你可回来了。我带兄弟们缴枪，你让你的兄弟们不要开枪。”

冯铁头对身边警察道：“全部缴枪，都这时候了，咱们还能和一个营的士兵对着干？再说马队长以往对大家可不薄，他和肖金水相比，为人怎么样大伙儿都清楚。缴枪吧！”

众警察齐齐把枪高举过头顶，全都跪了下来。冯铁头单腿跪地：“大哥，铁头可带着兄们投你了，你可要保住兄弟们的性命啊。”

这一切被屋顶上的两个人看在眼里。

石友琴松了口气：“是马致远打回来了。”

杜明海接道：“警察们全都缴械投降了，现在你跟我走，去救靖琪！”说着他纵身从屋顶上跳下，奔向被肖金水挟持的靖琪。

骤变陡生。

马致远在马背上中气十足地吼道：“控制警察，荡平土匪。”

旋即，刑场上的警察被马致远的士兵缴了枪支控制住。还有一些士兵追向了弄堂，向弄堂内的土匪开枪。

“大当家的，马致远的人在弄堂里和咱们的人干上了，咱们得赶紧撤。”石友琴忙喊道。

马致远骑马冲到断头台前，一个士兵冲过去弯下腰，马致远踩着士兵的后背潇洒地跳下马来。

杜明海和石友琴冲到肖金水面前，马致远部下的士兵在向他们开枪。

肖金水步步后退，挟持着靖琪，把靖琪挡在胸前。他用枪抵着靖琪的脑袋，歇斯底里地对二人叫着：“不要过来，别过来，再往前走一步，我一枪崩了她！别以为你蒙着脸老子就不知道你是谁！”

杜明海愣住了，一时间不敢轻举妄动。肖金水和四名警察趁机押着靖琪进入一间空荡荡的裁缝店。杜明海和石友琴躲着马致远手下的子弹，远远地在一块石牌坊后观望。

马致远率领士兵赶了过来，将裁缝店前后左右团团围住。

肖金水躲在二楼，对着窗口喊：“马致远，你小子甭仗着有几杆破枪就吓唬我！老子不是吓大的！你个王八蛋，当初老子就应该弄死你！”

靖琪道：“肖金水，我劝你不要拿鸡蛋碰石头，你这时候要是能放我出去，马致远兴许还能饶你一命。”

“臭娘们，你给我住嘴，老子混到今天这一步，都是拜你所赐，你简直是老子的灾星。”肖金水用枪顶住靖琪的脑袋，把她推到窗户前，面色狰狞地对着下面大喊："姓马的，你有种你开枪呀，你开枪！"

马致远挥手对持枪的手下士兵说："没有我的命令，不准开枪。"

肖金水得意道："怕了吧！马上给老子准备一辆汽车，全体退后五百米。不然我就一枪打死她。"

马致远示意士兵后退："全体后退，给他准备一辆汽车。"

靖琪大声道："致远，别听他的，他要是这次逃走了，那是后患无穷。"

肖金水重重一掌击在靖琪后背，面目狰狞地道："东方靖琪，你再敢胡说八道，我现在就毙了你！"

靖琪冷笑："你要是敢开枪，信不信马上就会被打成马蜂窝！"

"闭嘴！"肖金水急红了眼："马致远，快给老子准备汽车，我数到十，没有汽车我就和这小娘们同归于尽。十、九、八、七……"

马致远示意士兵后退：马上给他准备一辆汽车。

"三、二……"

一辆军用卡车开来，徐徐停在了裁缝店的门口。

肖金水兴高采烈："老子就知道你们不敢不服，咱们下楼。"

靖琪知道，这次让肖金水安全脱身，就真的是放虎归山，后患无穷了。焦急中，她干脆猛地撞向了肖金水，和肖金水两个人撞破了窗户跌落在平地上。

窗框碎屑纷纷抖落。

杜明海从石牌坊后斜刺里冲了出来，石友琴紧跟着也冲了出来。

楼层很矮，肖金水和靖琪并无大碍。肖金水直起身，气急败坏地用枪顶着靖琪的头，面向众人："都给老子退后！"

杜明海和石友琴持枪逼近，杜明海用眼神示意靖琪准备逃跑，靖琪心领神会地点点头。

马致远也带着士兵围了过来。

肖金水惊慌失措，颤抖着说："别过来，都别过来，再过来我一枪打死她！"

僵持中，靖琪一把抓住肖金水握枪的手，不料手枪突然朝天走火。

两人愕然之际，石友琴冲上前，一脚踹开肖金水猛推靖琪："快跑！"

肖金水恼火地朝靖琪开枪，石友琴见状掩护靖琪，结果自己中枪倒地。

周山口冲上来，把靖琪拖到屋角后。肖金水的子弹打在墙上火星四溅。

杜明海冲肖金水瞄准，马致远压住杜明海的枪口，一枪打中肖金水的手腕，肖金水手枪应声落地。

“我说过要让他粉身碎骨，不能便宜了他，所以必须得把他留给我。”马致远低声道，“你小子既然跟土匪混在了一起，就别在这给我出难题，带着你的人赶紧滚蛋，不然，就别怪我不客气了！”说完一挥手，几名士兵持枪冲上去，逼住了受伤的肖金水。

杜明海一愣：“你认出我来了？”

马致远嗤笑道：“不认出你来，你以为我能让你蒙着脸在我面前晃来晃去。想要命的话，快滚！”

杜明海道：“好，那我先走一步。你放我一马，我日后一定回报。”

突然人群中一个破衣烂衫的男子大喊一声：“那不是杜家老二吗？大家快看，那是杜家老二。”

靖琪看到旁人散去，小跑到奄奄一息的石友琴身边，迅速撕下衣服给石友琴包扎止血。

石友琴面色苍白，紧拽着靖琪示意她附耳过来，靖琪忙把耳朵凑到石友琴的嘴边。

石友琴气若游丝地道：“没用了，今天我总算为恩人做了一件事，值了！把弟兄们和小海交给明海当家的我也放心了！只可惜，他这匹野马已入匪窝当了大当家，又成了政府要犯，再也回不了杜家了！”石友琴说罢，头一歪，死在了靖琪怀里。

角落里，蒙面的杜明海见状，擦了一把泪，恋恋不舍地回望了一眼靖琪，转身跑远。

有士兵远远看到，在马致远耳边轻声道：“那个土匪要不要追上去灭了？”

马致远轻声道：“睁一只眼闭一只眼吧，我认识这个混蛋，我不想他死。”

靖琪这才看到马致远，轻声说：“致远，我还以为这辈子再也见不到你了。”

马致远道：“我走的时候，就想着有朝一日回到暨阳县城，必须要做两件事，一要杀肖金水，二要报答你。”

靖琪笑了笑：“那我就不谢了。”

“我说过我欠你一条命。有恩必报，有仇必报，这是我马致远的人生原则。靖琪，从今往后，在暨阳县城没有人再敢欺侮你。”马致远的眼神比声音更坚定。

马致远眯眼望着肖金水。

肖金水爬了过来，一把抱住马致远的腿："致远兄弟，你终于回来了，你把哥哥我想坏了。我正要和你说说当年的误会呢，你说马老太爷当年那事吧……其实……"

马致远抬起了脚，脚底刚好落在肖金水的脸上。肖金水喘着气说："致远兄弟，你这靴子真够气派的。擦擦，哥哥我用脸把你的靴子擦干净。

马致远笑了："你能有点儿骨头吗？"说完，重重一脚踢向肖金水面门，肖金水的脸顿时被踢花，满脸是血。

肖金水声嘶力竭："踢得好，有劲，是当局长的料啊。"

马致远冷笑一声，大喝道："把肖金水拖到断头台上去！让所有的百姓集中起来！"

第三十二章

人生总是充满了种种不确定。刚刚还耀武扬威、生杀予夺的肖金水转眼被绑在断头台高高的架子上，成了阶下囚。

主席台上审判的人换成了马致远。他站得笔挺、英姿飒爽地宣布："各位父老乡亲，今天我马致远奉六十军龙司令之命，武力接防暨阳地区，总揽暨阳县军事权。我相信在龙司令的指挥之下，我马致远一定能还暨阳县一个山青水绿，政务清明。还望各位父老乡亲日后在各方面给予配合、支持。"说完，他一挥手，一门小钢炮对准了肖金水。

一名士兵在马致远的示意下展开一卷公文，大声宣读："兹有六十军突击营营长马致远受命接防暨阳地区军事权，辖区民生事务及民、刑案件悉听处置。六十军军法处，此令。"

副官也掏出一张纸，念道："今查暨阳县原警察局局长肖金水在任期间贪赃枉法、草菅人命、谋夺财产、逼死良善、私贩烟土、知法犯法罪加一等，特准予炮决严惩，以警后人！六十军军法处。"

马致远拿起士兵甲递上的火把，一步步朝小钢炮走去。台下，肖若云拼了命地奔向马致远，却被士兵迅速拦下。

一声炮响，烟雾腾起，肖金水连完整的尸首都没剩下。断头台上飘落下数张带血的银票和衣服碎片，一切灰飞烟灭。

所有人都像傻了一样看着这骇人的一幕。

少顷，肖若云一屁股坐到地上，傻呆呆地道："我哥呢，我哥呢？"

靖琪走过来道："大少奶奶，人死不能复生，我带你回杜府吧！"

肖若云推开靖琪，一双眼睛迷离无光："你走，别假惺惺地到我面前装好人，是你害死了我哥！马致远这个王八蛋，我一定要杀了他！"肖若云起身要向马致远冲去，被靖琪一把拽住。

众人还呆愣着，而坐在轮椅上，一直痴呆的杜远山竟喃喃说道："报应！报应啊……"

杜明江惊愕地发现杜远山有了知觉，顿时惊慌失措。他为了除掉杜远山而做的那些事还历历在目，如果杜远山清醒……杜明江不敢想下去。他看大太太、二太太都紧张地望着台上，便假借给杜远山披衣，突然在衣服里面用力扼住杜远山的脖子，杜远山被掐得连连翻白眼。

侧立在旁的周山口察觉事情不对，关切地问道："杜老爷，你怎么啦？"

杜明江连忙住手，轻拍杜远山的后背："爹，你怎么了爹？"

杜远山连连咳嗽，大太太、二太太急忙赶到杜远山身边。

靖琪看到这边的动静，也忙向这边挤过来。

刚缓过气来的杜远山一把抓住旁边大太太的手："你养的好儿子！"

杜远山竟然开口说话了！大太太的表情凝在脸上，很快又纳闷："老爷，老爷你说什么？"

杜远山用略显含糊的声音说道："明江……明江差点害死了我！"

众人目瞪口呆。

杜明江满头大汗地说："爹，你刚能说话，脑子还糊涂呢！"

杜远山摇头，语调渐渐清晰道："别叫我爹！其实在孤儿院的时候，我已经恢复了一点点知觉，没想到你今天又对我下手。"

大太太瘫坐在地上："老爷，你别吓我。"

杜明江面如死灰地看着众人："你们别听我爹的，我爹是一场大病把脑子给烧糊涂了。"

本来站在主席台上的马致远也一步步地走向前来，拔出手枪，顶住杜明江的脑袋问："你想杀人灭口？"

杜明江不由闭紧了眼睛："致远，小时候我们一起玩，你还记得不……"

大太太连滚带爬地过去，乞求马致远："别开枪，千万别开枪，求你饶我儿子一命吧！"

刘副官示意，两名士兵冲上去架开大太太。

马致远打开手枪保险。

靖琪突然冲上去拦在杜明江面前："致远，你不能杀他！"

马致远奇怪道："他大逆不道，又想害死你，人人得而诛之，我为什么不能杀他！"

靖琪靠近马致远耳边，轻且黯然地说："他可能是……我亲哥！"

马致远愕然，连杜明江都一脸不解。

靖琪又走到杜远山身边，轻声问："老爷，你告诉我，杜远山是不是我的亲哥？"

杜远山喃喃地道："不错，杜明江原来姓东方，是你的亲哥哥。原来你早就知道了。"

靖琪突然捡起一根木棍上前，咬牙出手，接连三棍将杜明江打倒在地，一边打一边道："杜府管家东方靖琪，打你这个不孝弑父豺狼，打你陷害我入狱，打你贩卖烟土坑害百姓。杜明江，你知不知错！"

杜明江抹了一下嘴角的血："东方靖琪，你疯了！"

马致远一拳击倒杜明江，在他耳边轻声道："你个混蛋，她这是在救你！老子真想一枪崩了你这好坏不分的混蛋。"

两名士兵上前拖走了杜明江。

斯雅贞跌跌撞撞跑来，四处观望，口中念念有词："二少爷，二少爷呢？我听人说二少爷回来了！"

二太太茫然道："明海？明海没来啊！"

靖琪道："他来过了，又走了！"

斯雅贞突然瘫坐在地："二少爷一定是不要我了！"话音未落，人已经晕倒在地。

靖琪连忙去号斯雅贞的脉，急道："不好，二少奶奶急火攻心，胎相不稳。来人，快把二少奶奶送回家。"

三天后，新店湾刑场处决了五名死囚。靖琪托李歪脖与大壮收殓了杜明江，埋在城西的小树林。靖琪到杜家大院跟大太太交代过后就回了孤儿院。

肖若云跪在肖金水的坟前，一边烧纸钱，一边念叨："哥，你在那边看到杜明江那个死鬼了吗？听说他也过去了，你们俩一路上就个伴。你们两个都走了，暨阳县我再无牵挂！省城那边，我已经给你三个婆娘写了信，让她们娘几个好好过，你放在警察局里的东西都被马致远那个混蛋没收了，马家大院他也拿回去了，那几个嫂子守不守得住我可管不了了！我的事这回你也管不了了！”上完坟，肖若云直接上东白山去找杜明海。

杜明海看见肖若云大摇大摆走进来的时候，吃了一惊。跟在肖若云身后的是拿着烤鸭、捧着烧酒，满脸堆满了谄媚笑容的两名土匪石头和砖头。

杜明海直皱眉头：“你跑这儿来干什么？”

肖若云气势汹汹地道：“我怎么就不能来！你们杜家那香辣，我不稀罕。我就想在你这儿吃吃喝喝。”

杜明海盯着肖若云：“是不是家里出事了？我娘呢？还是靖琪出了什么事？”

肖若云翻了一眼杜明海，道：“她能有什么事，她那种女人你就是扔到沙漠上，她都能给你打出一口井来，到哪都死不了！”

杜明海高悬多日的心，总算落了下来，长长地松了口气。

第三十三章

胖大海被几个身穿孝衣的人揪押着来到了杜府前，他战战兢兢地指着紧闭的大门，道："就是这儿！"

一个白发老头神情哀戚道："天杀的杜明海，你跑得了和尚跑不了庙，我老任头今天跟你们拼了！"说着，便挥起棍子去砸门。

长寿从门缝探出头来，发现来者不善，慌忙问："哎，你们这是干什么？"

"干什么？你们家二少爷当了土匪，劫法场的时候把我的独生儿子打死了，我老婆子想不开，昨天晚上上吊自尽了，我好端端的一家人，被杜明海害得家破人亡！"老任头气愤不已，指挥众人撞门。

大太太正在喂杜远山吃药。长寿匆匆进来："不好了！老爷，大太太，外面突然来了好多人，冲进咱家打砸呢！"

杜远山一惊："打砸？"

大太太放下药："怎么会这样，他们想干什么？"

长寿道："他们说，前几天劫法场那个土匪头子是咱家二少爷！他们让咱们把二少爷交出去偿命！"

靖琪迈步进院，看到一地狼藉，一帮不认识的人砸得正欢。靖琪大喝一声："干什么呢！都给我住手。"

众人回头看了她一眼，没人理会。

长寿从里屋往外跑着叫人，靖琪忙拦住他。长寿在靖琪耳边说了几句话，靖琪大惊道："住手，都给我住手！有话好好说，不许砸东西！"

老任头气势汹汹地道：“说得轻巧，不砸东西也行，把杜明海交出来！”

靖琪见拦不住，低声吩咐长寿几句，便独自向后宅跑去。

靖琪风风火火地撞进斯雅贞的房间，正在与二太太说话的斯雅贞吓了一跳。靖琪顾不得多说，从床底下摸出一杆用油纸包着的长枪，几把剥下油纸，把几粒子弹放进口袋，手持长枪飞奔而去。

斯雅贞惊得目瞪口呆：“枪！这底下竟然有枪。”

二太太急道：“这枪是明海的枪，究竟发生了什么事。走，我们快去看看。”

院子里，老任头高声道：“到现在还没有个主事的出来说几句，以为咱们是好欺负的吗？走，咱们接着砸！”他冲向客厅，众人一窝蜂就要尾随而入。

靖琪手持长枪赶来，单手举枪，朝天一枪。

一声清脆的枪响，众人都停下动作。

看清开枪的人后，老任头凑到靖琪跟前：“好啊！你们二少爷打死我儿子还不行，还想要我的命是不是？拿去拿去！老头子这条命你们拿去！”说着就撞向靖琪。只是，冲到半路上就被挎着药箱进门的陈守礼拦下，老任头没有摔倒，倒是陈守礼被重重撞倒在地。

二太太、斯雅贞与听到枪响赶来的大太太，一起惊恐地看着眼前的一幕。

靖琪将枪拍在老任头手上，干脆利落地说：“此事因我而起，如果你真想找明海报仇，就冲我来！”

众人面面相觑，老任头颤颤巍巍地举起了枪，哆嗦着瞄准靖琪，靖琪平静异常地面对枪口。

正在这时，一名家仆带着马致远和一队警察赶到。警察们用枪指住任老头，老任头慌忙把枪扔到地上。

众人让出一条道，马致远一步步走了过来，平静道：“谁敢动靖琪？”

“那我儿子就白死了吗？我老婆就白死了吗？”任老头哭道。

一时间群情激愤，马致远开枪时，靖琪替人挡了一下，伤到了肩膀。

靖琪捂着肩膀上的伤口，站直身子，掷地有声地说：“杜明海是杜明海，杜府是杜府，一码归一码。杜家向来乐善好施，没有做过对不起大家的事情。铜锣寨的人因为有了二少爷，都成了义匪，不再打家劫舍。我相信所有的事情，马局长都会秉公处理，我们杜家也愿意为伤亡者提供抚恤金！”

马致远见状，连忙道：“东方掌柜愿意替杜府做主，答应赔付抚恤金，这件事我看就这么结了。”

众人有些人仍在犹豫，老任头看看这个，看看那个，突然眼睛直勾勾地望着墙，浑身颤抖地道：“马致远，你……我可是看着你长大的，如今你不但不替我儿子伸张正义，还偏袒杀人犯，不肯出兵剿匪，我今天就死在你面前！”说着一头撞在了墙上。

一个白发大娘也哭哭啼啼跪下，一边磕头一边说：“我的儿子也在法场上被流弹击中了，恳求马局长为民除害、出兵剿匪啊！”

马致远道：“各位父老乡亲，我马致远发誓一定会剿灭水鬼帮，为你们报仇雪恨。”

长寿这时匆匆赶来，急道：“大掌柜，老爷快不行了，让你进去。”

靖琪急忙返回后宅。

平躺在床上的杜远山看到靖琪和长寿进门，想要从床上坐起来，二太太急忙去搀扶。靖琪一摸杜远山的脉，大惊：“老爷，快躺下！”

杜远山虚弱地道：“靖琪，你不要忙了，我自己的身体自己知道。我就是强撑着一口气在等你来，你既然来了，我也就放心了！”说着，示意她附耳过来，缓慢而虚弱地道：“我想把真正的《神农药典》交给你。书就埋在我睡的这张床下面，掘地三尺，等你见到一块青砖，就找到它了。只有你才配得上余盛德老先生一生倡导的‘仁爱救人’四个字。”说完，杜远山目光殷切地望着靖琪。

靖琪缓慢地点点头，沉声道：“老爷放心，靖琪发誓……”

杜远山摇摇头道：“不用……还有明海，我最放心不下……”

靖琪含泪点头：“我懂。”

杜远山握着靖琪的手渐渐松开，笑容还挂在脸上。

对于杜家发生的种种变故，远在东白山上的杜明海一无所知，他正忙着想把肖若云这尊菩萨送走。可惜，这个女人跟甩不掉的牛皮糖一样，她削尖了脑袋，用尽了方法，收买了一干土匪留下她，总之是要赖在东白山上不走。

而此时的杜家大院灵棚高搭，到处都是白色的挽幛。杜远山的遗像挂在棺材前面，桌子正中摆放着灵牌，上书“杜父讳远山之神主”。

长寿这时大喊：“马致远马局长前来吊唁。”

众人向大门口望去。

马致远带着刘副官和一个班的警察入内，靖琪上前相迎施礼。

马致远望着浑身孝服的靖琪，心生怜爱："辛苦了！"

靖琪递上三炷香示意马致远："请！"

马致远用手解开脖领子下的领扣，准备鞠躬。

长寿忙配合着喊道："一鞠躬！"

马致远摆手制止："不用你喊！我今天来只鞠两躬，第一躬是替我爹给他这个终生的对手鞠一躬，这回他们又可以在那边接着斗了。"

马致远深深一躬，起身："这第二躬，替我自己，因为我一向敬重杜老爷好善乐施，秉性中正的为人。"

马致远又是深深一躬。

靖琪还礼。

鞠躬完毕，长寿比画着："马局长，这边请……"

马致远道："等一下。"说着拔出插在腰里的盒子炮，"弟兄们，亮家伙。"

警察纷纷掏枪，院里众人一脸惊疑。

马致远大声地道："弟兄们，开三枪，为暨阳县德高望重的杜老爷送行！"

马致远说完和警察们一起朝天连开三枪，硝烟弥漫……

靖琪微皱眉头："干吗闹这么大动静？"

马致远轻声对靖琪："我想告诉全暨阳的人，谁都不准得罪你，为了你，我什么都舍得。"

靖琪送马致远出门，踟蹰道："剿匪定下日子了？"

马致远道："暂时还没有。可民情汹涌，不得不为！更何况保土安民、平定地方也是我这个警察局长的责任。"说着，马致远又加重了语气："我执意留在暨阳县就是为了你。如今杜家人丁零落，你一个女人家要当这个大管家就更不容易了。"

靖琪感激道："多谢关照，如果你不介意，以后我想和你兄妹相称，认你做义兄。"

听她这样说，马致远心都凉透了："你真的想这样吗？"

靖琪道："我这几天想了很多，无论是你还是周山口，我真的都无法从内心真正接受。"

马致远问："你只想留在杜家？"

靖琪点点头："杜老爷不在了，我现在只想不负他的重托，当好杜家的大管家，其他的无心考虑。”

马致远不甘地道：“你该不是为了杜明海吧？你要知道他已经成亲了，更何况现在连个人影都见不着，音讯全无，你值得为他孤独终老吗？你告诉我，我马致远哪点比不上那个混蛋！”

靖琪盯住马致远的眼睛，“那你告诉我，明霞又哪点比不上我？”

马致远愣住了，“明霞还没有消息吗？杜老爷去世这么大的事难道也没通知到她？”

靖琪摇摇头：“自从她追着你离开暨阳县，几年来音讯全无，二太太为这事儿不知道哭了多少场。”

马致远叹了口气，无奈地一步步退后，带领警察们大步离去。

时光匆匆，转眼已是半年。

斯雅贞不小心摔了一跤，早产生下个儿子，自己却没能留在这世上。

杜远山死后，一心礼佛的大太太为这个孩子取名“长顺”，希望杜家从此以后再无灾厄，能够昌盛顺利下去。

马致远看中了这个孩子出生的契机，私底下吩咐冯铁头派人盯住杜家大院，监视杜家所有人的动向。马致远觉得，孩子出生了，杜明海作为父亲肯定坐不住。等杜明海重新踏进暨阳城的那天，直接把他擒住，如此一来再打掉铜锣寨就易如反掌了。

果不其然，长顺百日抓周后，杜家两位太太决定带孩子去见杜明海。靖琪为了不让两位太太担心，只说杜明海是在外做生意，而不是如同传闻一样是落草为寇。两位太太自然也就放心让靖琪带着孩子去找杜明海。

树丛中，黑洞洞的枪口瞄准了背着孩子的靖琪。

一只手压下了枪口，石头回头一看是李歪脖，问：“你认识她？”

李歪脖低声道：“这是大当家的相好。”

石头满脸不解：“那家里的那位肖大姑奶奶是……”

李歪脖撇撇嘴道：“那是个惹不起的姑奶奶。”

石头一吐舌头：“那这孩子是大当家的？”

李歪脖一拍石头的头，道：“这话可不准乱说，告诉弟兄们一路放行，不许难为这位姑娘。”

石头猛点头，掏出木哨吹了三个长声。

靖琪畅通无阻地登上了山顶，松了口气，不想却被肖若云带着的两个土匪截住。

肖若云趾高气扬地问："你怎么来了？"

靖琪一笑："你果然在这里。"

肖若云又问："哪来的孩子？"

靖琪道："这是明海的儿子，二少奶奶生的。"

肖若云心情复杂地捏捏孩子的小脸蛋："长得还挺像明海，怎么是你带他来，孩子他娘呢？"

"死了！大出血。"

肖若云一愣："她临死时都说了些什么？"

靖琪意味深长地看了肖若云一眼，淡然道："没说什么，只说让我好好替她照顾孩子。"

杜明海把孩子高高举起，喜极而泣，然后搂紧孩子亲了又亲。孩子却啼哭起来。

靖琪百感交集地望着杜明海，道："好了好了，你的胡子扎痛他了。"

杜明海不满道："这小子怎么这么娇气，一点都不像老子的儿子，还不如我们小海！"

靖琪抢过孩子，心疼地道："他才多大一点，哪有你这么皮糙肉厚。"

杜明海看到靖琪异常疼爱孩子，眼圈不禁一红："这孩子虽说从小没了亲娘，可是能有你这么个知冷知热的娘也算是福分。"说着，领过小海，指着靖琪怀里的孩子道："叫弟弟。"

小海好奇地叫了一声："弟弟"。

靖琪抚摸着小海的头："长这么大了。"

小海认生地躲到杜明海身后。

杜明海嫌弃道："这小子还认生了，都不认得给你接生的干娘了。这半年都是若云在带小海，这小子直接管若云叫娘了。"

"小海能有娘疼是好事。"靖琪微笑道。

杜明海高兴道："你来了就不要走了，以后有长顺和小海玩，两个孩子就都不寂寞。"

靖琪摇摇头道："不，我这次来一是让你看看孩子，二是让你给老爷和二少奶奶烧点纸，念叨几句，也好让他们安心上路。长顺也不能待在山上。我不想让长顺从小就看见他爹舞刀弄枪，杀人越货。我要把他带回去好好教他读书、管账，等他长大了，好把杜家的家业好好交给他。明天天一亮我就下山！”

杜明海叹了一口气：“也好！我亲自送你们回去。”

靖琪走了几步，又停下来，仔细嘱咐道：“你不要回暨阳县，马致远憋着劲要剿匪，我怕他对你不利。”

杜明海不服：“我怕他？”

第三十四章

夜深了，待靖琪和长顺睡下，杜明海推着肖若云走出大厅，道：“明天你替我送靖琪回城。”

肖若云一脸不服气：“凭什么让我去送她？”

杜明海语气软了些，宽慰道：“姑奶奶，你替我送长顺总可以了吧！她一个人带着长顺我不放心，你一个女人家，进城不招眼，总比我方便些。”

肖若云想了想，答应了，不过提出要带从没进过城的小海进城看看，置办几身合适衣裳。

杜明海总算松了一口气。

太阳初升，山脚下密林中，守了一夜的众警察疲惫不堪。

原来，前一日马致远挟了胖大海，一路远远跟着靖琪前来，已经埋伏了一晚。

此时，马致远正拿望远镜聚精会神地望着山路。

冯铁头打着哈欠道：“局长，要是靖琪一下子住个一年半载的，咱们不都得变成石像。”

马致远继续望着山路，道：“放心，我了解靖琪，她惦记着杜家产业，连三天都不会待。”

冯铁头又道：“那杜明海要是不送靖琪下来，咱还不是一场白等？”

马致远道：“杜明海一见靖琪就丢魂，我不信杜明海会不亲自送她下来。”

冯铁头对身边的警察道：“都精神点，再仔细检查一下自己手里的家伙，把子弹都给我上膛，咱们就在这守株待兔了。”

手下们低头摆弄好枪支，一个瘦警察惊慌失措地跑来，一边跑一边嚷嚷：“来了，来了。”

马致远连忙问：“杜明海下来了？带了多少人？”

瘦警察道：“二三十人，不光东方靖琪，还有两个女的。有个……看着有点眼熟。”

冯铁头道：“这个杜明海不会是真在这安营扎寨当起山大王，娶了三宫六院吧？”

众警察暗笑。

马致远瞪了冯铁头一眼：“就你废话多。大家都给我听好了，女人孩子一个都不准伤着，等我的命令。”

等靖琪、肖若云和奶娘背着孩子渐渐走远，马致远终于扣动了扳机。

山弯处，听到枪声的靖琪皱起眉头往回望去。

肖若云盯着靖琪，冷冷地道：“你不会是跟马致远串通好了吧？如果是这样，你也别想活。”

靖琪面不改色，道：“还愣着干什么，走啊！一会儿如果被警察围住，你就说是跟我一起来的。”

枪声越来越激烈，肖若云把小海推给靖琪，道：“我得去看看明海。”靖琪一把要拉肖若云没拉住，只得把两个孩子交给奶娘，自己向前追去。

密集的枪火把杜明海等人压得抬不起头来。杜明海边还击边带着几名残匪往山上撤退。不料，马致远的副官早就带领几名警察跑到了山上，对着山下一阵扫射，彻底截断了土匪们的退路。

杜明海看到肖若云和靖琪跑过来，大喊：“回去，你们两个快回去。”

马致远带着一批警察从密林中冲过来，杜明海来不及反应，被一阵乱枪打中落入江水，瞬间被湍急的江水冲走……

李歪脖奋身跳进江水，向远处游去。跑在前面的肖若云撕心裂肺地叫着明海的名字，却也被子弹打中，摔倒在地。

江水平静地流向远方，没有任何回音，就像一切都没有发生过。

马致远看到靖琪，忙喊：“停火！”

肖若云像一头母狼一样不顾一切地对着马致远撞过去，却被马致远用手臂架开，肖若云只好抓住他的胳膊用力撕咬。

冯铁头见状一脚踢翻肖若云，用枪指住她，道："这不是肖大小姐吗？该不是早就在这入伙当了女土匪吧？"

肖若云嘴角流血摔倒在地喘息着，眼睛直勾勾地盯着马致远："马致远，我要杀了你，替我哥和明海报仇。"

马致远望着手臂上流出的鲜血，自己用嘴吸了一下，"呸"一声吐出："这辈子你怕是没机会了。"

靖琪搀起肖若云，冷冷道："马致远，你跟踪我。"

马致远道："身不由己，官军剿匪历来就是要斩草除根，要怪就怪杜明海不应该去当土匪！"

靖琪无心再理马致远，只顾着扯下衣服帮肖若云包扎。片刻，靖琪回头对冯铁头说："大少奶奶这几个月一直住在街亭的姑姑家，今天早上我去找她，让她和我做伴带着孩子来给明海看看。"

奶娘背着长顺，拉着小海，怯怯地躲在一旁，不敢靠前。冯铁头大步走过去，一把拉住小海，问："这小孩是谁？不会是土匪崽子吧？"

靖琪盯着马致远，道："这是我干儿子。他要是土匪崽子，我就是土匪婆。"

马致远无奈道："冯铁头，送她们回城！"

二太太听说靖琪带着孩子回来了，忙去探望。房间里，靖琪一个人趴在桌子上，肩头微微发颤。

二太太坐下，轻轻拍着靖琪的背，道："靖琪，你怎么哭了？是不是明海出什么事了？"

靖琪抬起头，没有说话，眼睛又红又肿。

"靖琪，你跟我说实话，是不是明海……"

"明海被马致远带着警察剿灭了。"靖琪再也忍不住，哇哇大哭起来。

二太太瞬间泪如雨下，惨笑道："这难道就是报应吗？当年我被铜锣寨的老大山魈强抢，老爷费尽周折才将我赎回来，如今我的儿子莫名其妙成了铜锣寨的老大，又莫名其妙没了。这就是报应，这就是我的报应啊！明海终究是山魈的种，不是杜家的人啊！"

靖琪惊愕不已。

在杜明海头七那天，马致远来杜家找靖琪。

当时，靖琪正把写有杜明海牌位的木牌郑重其事地放到杜远山的牌位下方，听到长寿来禀，便沉着脸道："请他回吧，杜家不欢迎他。"

马致远硬挤了进来，长寿尴尬地看看马致远。马致远挥了挥手，让长寿退下，好言好语地跟靖琪说："我知道因为杜明海的事你对我耿耿于怀，可我马致远绝不是公报私仇的小人，我那么做为的是全暨阳县的百姓。"

靖琪冷冷道："你利用我，你让我成了杀死明海的罪人。"

马致远道："我那是不得已而为之，剿匪安民，是我马致远职责。现在杜家已无男丁，怕是很难再支撑下去了。"

靖琪面无表情道："你放心，我不倒，杜家就不会倒！再说，还有长顺呢。你走吧，难听的话我就不说了。"说完，背过身去，默默为杜明海点燃一炷香，不再说话。

马致远见无法说服靖琪，只能黯然离开。

时间匆匆过去，三年里，马致远也没有再登杜家的大门。

第三十五章

杜府上下一蹶不振，杜府之外亦是风雨飘摇。日本人占领了东北、华北，首都南京已经沦陷，眼看就要打到暨阳来了。

马致远匆匆来到县政府大院，发现政府大院里乱成一团：科员们抱着自己的东西纷纷逃离，文件散落得满地都是。

马致远一把抓住夹着公文包的县长秘书问道："李县长呢？"

秘书神情恍惚道："早跑了！说不定现在都跑出县境了。"

马致远一惊："跑了？"

秘书道："李县长一听说日本人快打过来了！连县长的大印都不要了，说不能为了吃饭把吃饭的脑袋搭上。"

马致远一把推开秘书，冲进县长的办公室。

县长的大印被端端正正地摆在桌子上，屋里十分凌乱，空无一人。

马致远恼火，一拳击在办公桌上，拿起县长的大印离开。

城外，靖琪和大壮赶着一辆大马车风尘仆仆过来，已经能远远望见城门口了。城门口好像挂了什么东西，不过隔得远看不清。

靖琪感叹道："可算到了！"

她带了大壮到杭州去买药，这一路走来，遇到无数难民与伤兵，个个仓皇凄苦。

城门口也有陆陆续续地有伤兵和难民经过。越来越近了，靖琪终于看清悬挂在城门口的是一方印章。

围观的老百姓指指点点，曹多嘴和孤儿院的大小孩子也在围观，众人议论纷纷。

还是曹多嘴按捺不住，主动向冯铁头打听："冯队长，这是怎么回事？这印章怎么挂在城门口了？"

冯铁头小声地道："嗨，别提了，听说日本人要打来了，县长大人却跑了！马局长一生气就把县长的大印给吊起来了。"

靖琪跳下车走过去，正好看见马致远站到了城门楼上。

围观的老百姓安静下来。

马致远大声道："父老乡亲们，今天我有三件事要宣布！第一，日本人已过了钱塘江，离暨阳县不到二百里地了。第二，我马致远身为警察局长，一定会以身作则，死守暨阳，等待国军 206 团前来驰援。但我希望青年壮年，站出来参加民团，和马某共同御敌。"

众百姓一言不发。一位青年举起手想上前，被旁边的女人一把拉住，用眼神制止。

马致远环视四周，道："这第三件事嘛，李县长临阵脱逃，所以我要请一位义士出来，接下县长大印，担当县长之职，带领大家共同抗日御敌。诸位乡亲，马某再问一声，有哪些人愿意参战的，请站出来主动报名。"

众百姓相互看看，有些正在悄悄散去。

目睹了这一切，靖琪大喊一声："众位乡亲，杜府大管家东方靖琪有话要说。"

刚要离开的众百姓纷纷停步。

靖琪站直身子，目光灼灼道："马局长，这个县长要是没人愿意当，我东方靖琪就自告奋勇一把，这个县长我当了！"

马致远先是一愣，然后走过去轻声道："靖琪，你别凑这个热闹。"

靖琪也压低声音道："总得有一个人接印。别人能接，我为什么就不能接？"

众人都看着他们两人。

马致远想了想，大声道："好！那我们暨阳的县长以后就是东方县长了！"

众人先是愕然，紧接着用力鼓掌。

靖琪抱拳拱手："各位父老乡亲，我东方靖琪不才，愿代杜家上阵杀敌，保卫暨阳。今天这个县长我只是暂代，你们中间若有愿意杀敌报国，有才无处用的，我东方靖琪随时愿意让贤。"

有人大声道："东方大管家才智过人，这暨阳县长非东方大管家莫属。"

“对对！”

“我们拥护东方大管家担任县长一职！”

马致远走下城墙，道：“东方县长，我马致远愿意组织一切警察力量和民团队伍，听候调遣。”

靖琪拱手道：“多谢马局长支持！多谢乡亲们信任，我东方靖琪一定会和马局长并肩作战，尽心竭力保卫暨阳无虞。”

曹多嘴也道：“我曹多嘴虽然老了不中用了，也愿意给守城的将士们送水送饭。”

靖琪顿了顿，又道：“东方靖琪在此希望暨阳县城的青壮年一起站出来打鬼子，有钱的出钱，有力的出力。欢迎有猎枪的猎户，有斧头柴刀的柴农，哪怕是锄头铁锹的农户，都加入到队伍中来。所有铁匠铺，日夜打刀子，杀一个算一个，杀两个算一双。暨阳县城不能白白拱手让人。有人愿意报名吗？”

马致远也应和道：“我们已经打开了弹药库，库里的三十多条枪都在这儿，谁愿参战的，我们发枪发子弹。”

众人仍然面面相觑。此时，孤儿院的孩子春生上前：“东方妈妈，我已经十六岁了，愿意跟大家一块儿打鬼子。”

春明、春风也上前一步：“我们也要打鬼子！”

刚才被女人阻止的青年大声道：“算我一个！”

靖琪大声地道：“好，有种，报上名来。”

万事开头难。虽然有人顾惜自己的性命，但是一旦撕开这个口子，匹夫也不畏死。

远处枪炮声传来，越来越近。

警察、伤兵们坚守在城墙口，一个个疲惫不堪。有的紧张地握着枪探头往外望着，有的东倒西歪地打盹。

城楼上，马致远在擦着枪。

靖琪走上城楼，为马致远披上一件棉服，道：“致远，你都一天一夜没合眼了，下去先休息一会吧，养足精神才能打鬼子。”

马致远摇摇头：“我睡不着！再有一个时辰天就要亮了，这枪炮声越来越近，可206团的援军怎么连个鬼影子都没有。”

靖琪安慰道：“也许他们已经在路上了，别着急。”

马致远焦虑不堪地道：“日本人一夜就拿下了钱塘江，正规军一触即溃，只抵挡了区区一天。上面让我们守住三天，说援军马上就到，这还有两天两夜，现在盼只盼援军比鬼子来得更早些。”

这时候，警察甲快步跑来登上城楼，敬礼道：“报告局长！”

“说！”马致远道。

警察甲气喘吁吁地道：“206 团来电话……”

马致远惊喜道：“他们终于来了！”

周围一圈人都露出了惊喜的表情。

警察甲扫了一眼这些人的表情，咽了口唾沫，艰难道：“206 团……他们驰援途中遭遇日军，已经和敌人开火，一时难以赶到暨阳县。上头说了，要我们务必坚守暨阳城三天，绝不准放过日军一兵一卒。”

马致远黯然道：“知道了，你小子下回说话不许给我大喘气！”

靖琪道：“和 206 团继续保持联系，有什么情况马上来报。”

领了命，警察甲转身离开。

望着黑沉沉的夜色，靖琪忧虑道：“致远，这援军一时半会到不了，咱们得好好筹谋筹谋怎么才能守住这三天。”

马致远叹口气：“谈何容易啊！暨阳县是日军前往浙江东南沿海各港口的必经之道，他们这次势在必得。而各港口又是国军的重要军事补给线，暨阳如果守不住，那浙江全线就真的完了。”

靖琪坚定道：“但凡有一线希望，咱们也得拼尽全力，绝不能放日军轻易过了暨阳！”

马致远受到鼓舞，拔出腰间手枪，高声道：“诸位看好了，这把手枪要么杀敌，要么杀身成仁。我马致远这次誓以一死报国，耿耿此心，对天可表，如有异志，天人共戮！坚决歼尽日寇，死守暨阳！”

众警察和伤兵攥拳大喊：“歼尽日寇，死守暨阳！”

这时，远处烟尘滚滚。

靖琪向远处望去：“好像有支队伍过来了！”

马致远一把抓过望远镜向远处望去，纳闷道：“206 团不是一时半会来不了吗！”仔细一看不像是国军的装备，却是一支穿着新四军军服的队伍从远处急行军过来。

马致远更纳闷了：“好像是新四军的人。”

冯铁头抢过望远镜来一看，道：“该不会是东白山上新组建的新四军吧。他娘的，他们来干嘛！”

靖琪也好奇地拿过望远镜。这一望去，靖琪大惊失色，定定地举着望远镜：“怎么那么像……”

马致远发觉异样，一把抓过望远镜，竟然看到了杜明海！

转眼间，杜明海已经来到城楼前200米处。他示意队伍停止前进，一个人跑向城门。到了城门口，望着紧闭的城门，杜明海冲着城楼上大喊：“喂！有主事的吗？出来个活的说话！”

靖琪惊喜道：“是他！真的是他！”

马致远半信半疑地喊：“杜明海？是杜明海吗？”

杜明海怒吼：“马致远你个杂碎，还没找你算账呢，害得老子差点没命！”

城门开了，靖琪缓步走出来，站定，久久地望着杜明海。马致远等人都站在她的身后。靖琪无语，双唇因为太激动而微微颤动。

杜明海大摇大摆地走向靖琪，咧开嘴笑了：“靖琪，我就是个天煞星，阎王爷胆小没敢收留我。”说完，紧紧地抱住靖琪。

马致远重重地咳嗽了一下：“喂喂喂，差不多了啊！”

杜明海松开靖琪，拍拍腰间的手枪：“哟，怎么着。马警官，听上去有点酸溜溜的嘛。今天我是奉命带着小分队来会会你的，后续部队一会就到。老子现在是新四军金萧支队东白山大队副大队长。”他转身勾了勾手，李歪脖和一个女人带着一队新四军战士朝这里跑来，立定。

靖琪见那女人面熟，愣了片刻惊喜地喊：“凤凰姐！”

李凤凰紧紧握住靖琪的手。

杜明海挑了挑眉毛，不怀好意地道：“这是我们大队长李凤凰同志。这位……是警察局的马致远局长。一分队的，都给我看仔细了，本队长要和马警官切磋一下军事技能。”说完，冲着马致远挥拳就打，马致远猝不及防，刹那间鼻血直流。

“老子这一拳是为了差点被你打死的我自己，老子接下来这些拳是为了那些死去的弟兄！”杜明海甩了甩手。

瞬间，杜明海的队伍围了上来，警察们和杜明海的队伍纷纷亮枪指住对方。

靖琪抢过一名警察手中的枪，用枪托重重地砸在杜明海的后背上，厉声道：“打够了没有？打够了，咱们该说说打日本人的正事了！”

城墙上，杜明海用一块断砖比画着：“我们的大队长和指导员在小树林这边已经埋设好了地雷，作为第一道防线；城外这里修建了工事，我带我们的队伍守在这里，作为第二道防线；你带领你的弟兄们把守住城墙，作为第三道防线。”

马致远道：“这第一仗不能让你打了！你来里面守城。”

杜明海不服：“别装蒜，告诉你，老子的队伍比你们这帮警察觉悟高，不拿群众一针一线。老子这次选择留在城外，是为了好好教训一下小鬼子。”

马致远撇嘴道：“你能教训小鬼子，难道我不能？”

杜明海急了：“老子在盐城打了两年游击，难道没你一个警察局长会打仗？”

马致远也抬高了声音：“别老子老子的，老子还当过营长呢，没你个副大队长会打仗？”

杜明海猛地推了一把马致远的胸脯，怒道：“哎哎，你又来劲是不？”

看两人越吵越偏，靖琪不得不出声制止：“行了，别争了，致远，我看这外围还是让明海来，毕竟他们有经验。”

马致远不满道：“好心当做驴肝肺，行，让给你了！”

这时冯铁头进门道：“局长，您快去看看吧，有两个兄弟因为吹牛说谁杀的鬼子多打起来了。”

马致远道：“这都什么时候了，还不养足了精神打鬼子，瞎胡闹，我去看看，你们俩先聊。”

马致远跟着冯铁头离开后，杜明海与靖琪静默了半晌，最后还是杜明海开了口：“我娘怎么样了？你告诉她，明天得空我就回去看她。”

靖琪黯然道：“二太太以为你不在了，伤心过度，一年前就去世了！”

杜明海泪流满面跪倒在地，号道：“娘！儿子不孝啊！”

靖琪搀扶起杜明海，道：“明海，现在说什么都晚了，明天我领你去祠堂祭奠一下二太太。”

杜明海伤心道：“当年我被马致远的人堵截中枪，在水里漂了一天一夜，幸亏李歪脖把我拖上了岸，后来遇上一支新四军队伍，给我治好了伤，我就参加了他们的队伍。再后来给你写了好多次信，没想到这兵荒马乱的邮路不通，一直没能联系上。”

靖琪叹了口气：“也许……这就是命吧！”

杜明海咬牙道：“他 × 的，只要还能见到你，就算我命好！”

城外土路上，烟尘滚滚，日军大队人马开来。皇协军大队在日军一侧前进。

联队长秋田大佐骑着高头大马，副官仓桥跟在身边。

秋田勒住马："暨阳县的兵力布防如何？"

仓桥立正道："报告联队长，暨阳目前无国军正规部队驻守，据说县长已经弃城而逃。根据我们的情报，国军206团驰援暨阳县，但被我大日本皇军本田联队死死拖住了。"

秋田高兴道："看来我们可以实现无血占领了！通知下去，加快行军速度，天黑之前入城休息！"

仓桥："是！"

一大堆杂草下放着一枚枚伪装好的地雷。杜明海带着一帮国军伤兵和大队新四军埋伏在工事里，紧张地向前观察着。

日军大队迈着整齐的步伐前进，秋田警惕的鹰隼一般的眼神向四处望去："停止前进。"

队伍停了下来。突然，一只鸟从树林里钻出来腾空飞起，"啪啦啦"的拍打着翅膀。数名日军连忙出枪，向树林方向一阵乱射。

工事内，刚有人要开枪就被杜明江压住了枪管。

秋田观望了一会儿，最后终于下令继续前进。

两分钟后，日军队伍走进了埋伏圈。地雷连环爆炸，一时硝烟弥漫，队伍前列被炸断了四肢的日军鬼哭狼嚎。秋田被炸得从马背上跌落下来，一脸灰黑。

杜明海舒心道："狗东西终于来了，嘿嘿，今天够你们喝一壶的。"大声道："准备！"

众人推弹上膛，轻轻拉动了枪栓。

杜明海打响了第一枪，喝道："打！"

顿时，枪声大作。

面对埋伏，日军也迅速做出了应对，四门小钢炮调整好方向后，一字排开。

秋田隐蔽到一块大石头后面，大声喊："开炮！"

暗夜无光，静得可怕。除了几名警察在放哨，新四军战士和警察横七竖八地躺倒在地。守城将士们抱着枪和衣而睡。

靖琪轻手轻脚地走过，给几个士兵盖了盖衣服。

突然，一阵电话铃声响起，靖琪几乎从地上弹了起来，冲向不远处架着的电话机，接起电话道："喂，这里是暨阳县城。"

电话里传出一个急切的声音："喂喂，我是206团，我团遭到至少两个鬼子联队的袭击，损失惨重，已难在规定时间赶赴暨阳……"

靖琪尚未来得及说上一句话，电话那端传来一声炮响……

那些战士们原本就没有沉睡，听到动静也一个个醒来，神情急切地看着靖琪。

马致远问："什么情况？206团什么时候能来？"

靖琪低落道："206团怕是来不了了。那边在打仗，电话断了……"

大队长李凤凰思索一下，道："我方死伤严重，为了保存实力，我建议还是趁着日军没有开始大规模攻城，马上突围。"

马致远点点头，冲手下道："刘三金，你带弟兄们先从北门突围，我和铁头在这里牵制日军。"

第三十六章

天色渐白，日军在援军皇协军独立混成第二旅团赶到后，下令攻城。

李凤凰带队突围出城，马致远率部守城。

孤军独守，扛了两天两夜，到底难逃城破。冯铁头战死，马致远为救靖琪而被俘。

但最令人惊讶的是：杜明江回来了。他不但没死，还在日本军队里混了一个大队长做。

杜明江回到暨阳，第一件事是回杜家看了大太太。顺便询问了靖琪这些年的情况，又问了肖若云有没有改嫁。

大太太没想到有生之年还能见到儿子，自然喜出望外。不过她信佛之后，性情温和了不少。杜家接连生变，靖琪与肖若云的所作所为她都看在眼里，倒也没有如以前一般煽风点火，言语之间竟然都是为靖琪和肖若云说好话。肖若云曾随杜明海一起当土匪的事情也被她隐去不说。

肖若云挎着个包裹进门，看到杜明江在，又转过身去。

杜明江看她见到自己的表情不但不惊喜，反倒是充满嫌弃，心里自然不痛快。他腿脚不动，嘴上没好气地喊着：“喂喂，你去哪儿？”

大太太劝解道：“明江好容易回来了，你们两口子还不好好说说话。”

“谁和他是两口子，我来就是告诉您一声，这杜家有他没我，从今天起我就搬到外面去住了！”肖若云说着就要走。

杜明江追上去拉住肖若云，道：“你这是什么意思？你难道盼着我死？”

靖琪往后一躲："你这东西不是抢来的吧？这种来路不明的东西，我是不会要的。"

杜明江假装糊涂道："你这叫什么话，怎么会来路不明？没告诉你吗，这是南洋翡翠。"

靖琪终于爆发，怒道："你与其回来当汉奸，真的不如永远不回来了，也省得杜老爷为你蒙羞。"

杜明江道："你看你，怎么跟肖若云那个没见识的说一样的话！如今全暨阳县城的老百姓，哪个见了你哥我不得点头哈腰的。我这是在给杜家长脸。"

靖琪冷笑道："你一个中国人假日本人的威风，欺负中国人，你不知道羞耻反而自以为荣，我真替你感到害臊。从今以后你不要对任何人说起我们的兄妹关系，我丢不起这个人！"

杜明江也恼了："我还没说你，你反倒教训起我来了！你接印当县长的事要不是我拦着，早被捅到日本人那去了！你说你一个女人放着好好的大管家不当，去掺和什么抗日的事，这事要是让日本人知道了，你知道会是什么后果吗？"

靖琪道："知道就知道，知道了大不了枪毙了我，总比你当汉奸苟活着强。马致远现在还被日本人关在战俘营里，要是你真还剩下那么一点点良心，你就该想办法把他救下来！"

杜明江嘴角一歪，道："救他？他可是死硬的抗日分子，日本人恨透了他，听说明天一早这帮战俘都得枪毙，你让我怎么救？我虽然是个大队长，可在日本人眼里，屁也不算一个！不过，你要是肯认我，我倒是可以考虑考虑，在日本人面前说几句好话。"

靖琪并不接话。

杜明江落寞地转身走到了门边，又站住，像是想起什么似的，犹豫再三，还是开口道："俗话说，识时务者为俊杰，你以后要是遇到了日本人，最好也客客气气的。不然，连我也救不了你！"说完，头也不回地往前走去。

这天，秋田集中了马致远和刘三金等十几名伤兵战俘，准备公开枪毙他们，以此震慑暨阳的老百姓与抗日力量。

杜明江眼珠一转，当即道："为长远计，太君不如枪下留人！"

秋田示意日军暂停射击，问道："你这是什么意思？"

杜明江道："太君，您不是让我再扩充一下皇协军的队伍吗？我们虽然叫大队，可攻城的时候死伤了好几十个人，现在充其量只能算个中队。我看这些个俘虏都当过警察，您要是饶他们一命，他们还不得感恩戴德效忠天皇，到时候咱们的兵员问题也解决了，这不是一举两得的事嘛！”

秋田道：“他们可是誓死抵抗的死硬抗日分子，你怎么能确定他们会臣服于我大日本帝国？”

杜明江道：“太君放心，如果您肯饶他们一命，我杜明江会好好调教他们，把他们调教得服服帖帖。”

秋田犹豫了一下，道：“好！我就相信你一次，我给你三分钟，如果他们不答应加入皇协军，枪毙！”

杜明江连忙向秋田敬个礼，快步走到马致远身边，高声道：“马致远，皇军让我劝你们投降，要是你肯投降，我保你活命！”说完对着马致远猛使眼色，低声道：“要不是靖琪非要我救你，老子才懒得管你的闲事！”

马致远一脸诧异。

杜明江故意提高音量让秋田也能到：“你可想好了，只有三分钟的时间，你要是答应了，这暨阳县皇协军一分队队长的位子我给你留着，你这帮兄弟都能免死，到时候你们跟着我吃香的喝辣的。你要是不答应，这日本人的子弹可不是吃素的！一枪下去，脑袋开花，你们这辈子可就彻底完了。”

眼看两分钟就过去了，马致远还没想好，杜明江也急了，低声道：“马致远，你个一根筋，要生还是要死，你倒是快点拿主意啊！”

其他的伤兵警察本来也不是什么舍生取义的英雄豪杰，如今一听还有活命的机会，个个眼巴巴地望着马致远。

秋田走到马致远的面前，操着生涩的汉语道：“马局长，你不怕死，很好！我听说你当时宁死不突围就是为了这些伤兵，如今这些伤兵都在这里，我现在就当着你的面一个个杀死他们，直到杀完为止。那么，就先从他开始！”秋田指着刘三金，示意仓桥：“杀！”

仓桥拔刀一步一步逼近刘三金。

马致远却还是没有下定决心。投降做汉奸，他是真的不愿意；可拉着兄弟们去死，他也狠不下这个心。

刘三金大吼一声：“大哥！”

仓桥的军刀高高举起，就要劈下……

马致远大声道：“住手！”

杜明江激动道："你想通了？"

马致远含泪道："我马致远死不足惜，可我手下的弟兄们可怜！为了他们，我马致远豁出这张脸不要了！"

刘三金两腿一软，跪倒在地。

杜明江走到秋田面前敬礼，道："报告太君，马致远已经答应投降了。"

秋田道："以后你要好好监视和调教他们，有什么反常情况，马上向我报告，不能掉以轻心。"

招徕了马致远，让杜明江在秋田面前很是有面子。然而老谋深算的秋田又示意他利用与靖琪的血缘关系，说服靖琪出任暨阳县的维持会长。杜明海虽然对秋田的态度很是受宠若惊，但是怎么说服靖琪他真的是一点底气都没有。

当他一屁股坐在靖琪的椅子上，兴高采烈地告诉靖琪这个所谓的"好事"时，靖琪冷笑道："好事？暨阳县都让日本人占了还能有什么好事？"

杜明江一脸的机不可失时不再来，道："正因为暨阳县被日本人占了，才能有这好事。原来我还埋怨你当初接下那个临时县长，怕你受马致远的牵连。没想到啊，这秋田太君非但没有怪罪你，这次还非要让你来正式出任暨阳县新政府的维持会会长。"

靖琪怒道："让我给鬼子干事，亏你想得出！"

杜明江皱眉："你别老鬼子鬼子的，在我面前说说也就罢了，千万别在外人面前乱说。这要让日本人知道了，还得了？"

靖琪不屑道："鬼子就是鬼子，你告诉那老鬼子这会长我东方靖琪不干。"

杜明江道："这能是你说不干就不干的？实话告诉你，太君让我提前给你捎个话，这都是看在我的面子上跟你客气客气，不是你想干就干，不想干就不干的事。靖琪啊，你听哥哥一句，千万不能跟日本人对着干。"

靖琪道："你的意思是这个维持会长我接也得接，不接也得接？"

杜明江急道："你怎么到现在还不明白，这不是我的意思，这是太君……不，鬼子的意思！"

城破前撤退了的东白山大队却丝毫不知道城里的情况。李凤凰见杜明海的伤已经好得差不多了，便派他去暨阳县城侦查情况。毕竟暨阳城他最熟悉地形，人也灵活。杜明海一口应承了，当即整装出发，混进了暨阳县城。

到了若云的茶楼，杜明海让肖若云联系了靖琪，自己则藏在茶楼雅间，一边喝着茶，一边靠窗往外观察。

楼下是一条小巷，很安静。

得到消息的靖琪提着包裹闪身进来，匆匆关上房门。

杜明海放下喝了一半的茶盅，一言不发地走近了靖琪，突然将靖琪紧紧抱住："靖琪，这次你一定得跟我走！"

靖琪无奈道："杜明江回来了，做了汉奸，有事没事总来找我。现在日本人和二鬼子正在到处抓抗日分子，你怎么大白天就跑进城了！"

杜明海笑道："最危险的地方就最安全的地方！我这次来，一是看你好不好，二是侦查一下小鬼子们的动向。另外还要给大队弄些红伤药，药厂里认识我的人太多，所以我直接到若云的茶楼来了。"

"我刚接着若云的信就赶过来了，知道你队伍里用得着红伤药，先给你带了一些过来。"靖琪说着，提了提包裹。。

这时，楼下突然传来何家宝的声音：大队长到！

靖琪一惊："快走！"顺手把包裹递给杜明海，"现在日本人对药品控制很严，你出城的时候小心点。"

杜明海点点头推开窗户，闪身跳下，碰下了一块房顶上的瓦片。

靖琪迅速关上窗户，整了整衣服，故作镇静地推开雅间的门，走了出去。

楼下，杜明江见肖若云吞吞吐吐，心生疑虑，便推开肖若云，带着一队人冲上二楼，各个雅间一顿乱搜。

不一会儿，杜明江就闯进杜明海刚刚待过的雅间。看到桌子上放着一杯被喝剩的残茶，杜明江伸出手去试了试茶壶的温度，茶壶尚温，他又端起茶壶打开盖闻了闻味道，连忙推开窗户往下望去。只见小巷里空无一人，地上有一片碎瓦。

"跑了！"杜明江怒道。

"谁？"何家宝很是疑惑。

杜明江气急败坏地道："还有谁，杜明海！"

"我要不要带人去追？"何家宝连忙问。

"晚了！"

何家宝纳闷道："你怎么知道是杜明海？"

杜明江道："那小子喝茶只喝大红袍。"

靖琪站在门口，道："大红袍我就不能喝了吗？这是我刚喝过的。你要不要也来喝一杯？”靖琪索性进门坐下，倒了一杯茶自斟自饮。

杜明江冲何家宝摆摆手，示意他出去。自己坐在靖琪对面，道：“你不用再替他遮掩了，就算我不知道你最爱的是碧螺春，肖若云这个茶馆老板娘难道不知道你这个大管家的嗜好？再说这种极品大红袍，每年的产量只有几斤，在杜家这些年，除了杜明海，我不知道肖若云还舍得给谁喝过！”

靖琪道：“你也太小瞧若云了！”

杜明江一笑，道：“我们毕竟是夫妻，她脑袋上有多少根头发我不知道，可她的心思我比谁都清楚！还有你！别以为你心里想的什么我不知道，你以后最好离杜明海远点，他现在可是新四军，是秋田大佐明令捉拿的抗日分子。”

靖琪不服道：“我也是抗日分子，你要拿便拿啊！”

杜明江长叹一声，道：“靖琪，你不要这么糊涂，你知道不知道日本人的大清查就要开始了！秋田说了宁可错杀一千，绝不放走一个，凡是有抗日倾向的不审不问立即枪毙。当今之际，除了跟日本人合作，再没有其他保全杜家的好办法了。你知不知道，在秋田面前我是如何低三下四才保下了杜家的产业！日本人早就对药厂眼红了，要不是我拍着胸脯保证会完成供药任务，这远山药厂早就被征用了。”

靖琪冷笑：“征用了难道他们自己会生产红伤药？真是笑话。”

杜明江道：“他们不会生产红伤药，可他们会逼着你交出《神农药典》和红伤药的秘方。”

靖琪大声道：“做梦！”

杜明江道：“听娘说老头子把《神农药典》传给了你？”

靖琪警惕道：“你别想打《神农药典》的主意。”

杜明江道：“《神农药典》我当然也不想交给日本人，可红伤药的秘方你如果想不交出来，那只有一个办法！”

靖琪好奇，问道：“什么办法？”

杜明江道：“和日本人精诚合作，完成供药任务，不然不管是红伤药的秘方还是远山药厂，你都必须得交给日本人。”

靖琪思索道：“如果我不交呢？”

杜明江比画了一个杀头的手势。

靖琪没好气地回道：“你让我想想。”

杜明江一听事情有转机，立马语重心长地道：“这就对了嘛！好汉不吃眼前亏，如今这世道，要想过上好日子，除了抱紧日本人的大腿，我看别无他法。日本人的大清洗明天就要开始了，到时候你躲远点，别怪当哥哥的我没提醒你。”

“杜明江，我也劝你一句，凡事给自己留条后路，日本人可以走，你毕竟是中国人，别把事情做绝了！”靖琪说罢转身离去。

第三十七章

靖琪匆匆赶到日伪军的驻地，与两名站岗的伪军道：“我要见你们的杜大队长。你们通报一声，就说东方靖琪找他有事。”

伪军甲瞄了一眼靖琪，扔下一句“等着”，转身进了大门。

马致远正好从门外回来，把她拉到一边，纳闷地问：“你怎么来了？”

靖琪低声道：“日本人大开杀戒了，说是要大清查。厂里的工人我刚听说昨天被枪毙了一个，这一下子又被抓走了俩。”

马致远也低声回：“这是要杀鸡儆猴呢，而且抓人这件事，日本人都没让皇协军这边插手。说句不好听的，管你有事没事，看着不顺眼就枪毙。”

靖琪犹豫道：“秋田一直想让我出任维持会长，我在想要不要将计就计答应下来，也好给乡亲们求求情。”

马致远叹道：“那你可得想好了！虽然你的心是好的，可这一世的骂名也算是背上了。我就是个活生生的例子，如今走在暨阳街头谁不背后戳我的脊梁骨。”

伪军甲这时跑出来，冲着靖琪说：“大队长有请！”

靖琪义无反顾地向门内走去，马致远无奈地摇摇头。

杜明江一听靖琪答应了出任维持会长，迅速把靖琪送到了日军驻地。

不一会儿，秋田亲自送靖琪走出日军驻地的大门，笑眯眯地道：“东方会长，药品的事就拜托了！”

靖琪道：“大佐先生请回，靖琪一定按时交付药品。那我们厂里的工人怎么办？”

秋田豪爽道："东方会长放心，既然你接任了会长，以后我们就是一家人了！大东亚共荣，我们不会亏待朋友。我已经命仓桥去看守所释放这两名犯人了！"

靖琪冲秋田一鞠躬。

几个路过的老百姓正好看到这一幕，对靖琪指指点点。

旭日东升，一阵剧烈的敲门声传来。

靖琪披着衣服打开门，被仆人告知，一群老百姓吵嚷着杜家的大少爷和大管家都是大汉奸，把惠民医院的药房哄抢一空。靖琪急忙穿好衣服往医院赶去。

惠民医院一地狼藉，民众已经散去，只有陈守礼正在默默收拾残局。

靖琪问："抢药的是些什么人？"

陈守礼道："大部分是些县城的穷苦人，可几个带头的是平常捡便宜没够的二流子！他们打着抢汉奸的旗号，其实就是为了中饱私囊。说不定还要拿这些药去卖高价。"

靖琪叹了口气，还没来得及说话，就看到杜明江带着何家宝冲了进来。原来，杜明江也得到了消息。

望着一地狼藉，杜明江恼火道："陈守礼，你到底怎么搞的？几个刁民你都拿不住！"

陈守礼无奈道："大少爷，人太多，我拦不住啊！"

杜明江怒道："拦不住你不会去找人通知我？到底都是些什么人？带头的是哪个？"

陈守礼下意识望向靖琪，靖琪摇了摇头。但陈守礼到底还是不顾靖琪阻止，说了出来："是赖六和马武领的头。"

杜明江恼火："奶奶的，欺负到老子头上了！何家宝！去把这俩小子给我逮住了，老子要杀一儆百。"

靖琪连忙拦道："不行，这样只会把事情变得更糟。"

"现在还不够糟吗？要是不吓唬住了这帮刁民，今天砸杜家的医院，明天就得砸杜家的药厂！后天就得把杜府也给一把火烧了。何家宝，赶紧！"杜明江怒气冲冲地道。

何家宝的行动很快，赖六和马武没多久就被绑到了荒郊。两人跪在地上，吓得瑟瑟发抖。

杜明江拔出手枪，脸上的表情凶狠得有些扭曲。他居然一句都没问，直接走上前去对人开枪。赖六和马武顶着一个大血窟窿，扑倒在地。

或许二人的鲜血染红的土地颜色刺激了杜明江，或许是初尝权利的滋味让他舍不得放开，总之，这两枪打完，杜明江歇斯底里发疯般大叫："跟我杜明江作对，都得死！"

打死赖六和马武尚不过瘾，杜明江又让手下把两个人的家属也逮捕来枪毙了。

这下子，暨阳县的民众不答应了，集结了许多人到杜家大院去讨说法。杜明江为了压制暴乱，当着大太太的面又杀了几个乡亲。

面对这样的杜明江，大太太终于狠下心，将他逐出家门。

远山药厂的车间里，靖琪撸起衣袖，从一个大木盆是取出已经被水浸软的厚朴，麻利地刮去粗皮，切成丝状。几名学徒模样的人在一旁看着，依葫芦画瓢地跟着她制作。

有一名学徒手中拿着一个空竹匾，接住靖琪飞掷来的切好的厚朴。半晌，靖琪收刀，上前接过学徒手中的竹匾，向上一抖，药片飞向半空，重又落下，均匀地铺满了竹匾。

清脆的掌声响起。

靖琪扭头一看，惊喜地发现鼓掌之人竟是周山口，他的箱子正放在他的脚边。

周山口赞到："大掌柜好身手。"

靖琪惊喜道："山口兄，怎么是你？"

周山口走到靖琪身边，深情道："我告诉过你，无论我走到哪里，你都是我心中永远的牵挂。"

靖琪避开周山口的目光，尴尬地道："一晃，山口兄走了也有三年多了。如今暨阳县已经被日本人攻陷，老百姓都盼着逃离这里，没想到你还会回来。"

周山口道："我来，是想带你离开这里。"

靖琪一怔："我不能走。"

周山口劝道："跟我走吧。你为杜家辛苦了这么多年，欠他们的情也早就该还清了。如今兵荒马乱，你也该为自己打算打算了。跟我走，我可以带你到一个安定的地方，你继续开你的药厂，做你的红伤药，把祖传医术发扬光大。这难道不好吗？"

靖琪道："你大概还不知道，现在我的身份还是新政府暨阳县的维持会长……我自知无才无德，只是赶鸭子上架，也没本事替百姓在日本人面前讨回多少公道。但只要我还在这儿，多少总能安定民心。要是连我也走了，百姓们就什么指望都没有了。”

周山口疼惜道：“靖琪，你背负的太多了。你就没想过要为你自己而活吗？”

靖琪道：“怎么样算是为自己而活？”

周山口道：“明白自己要什么，然后努力获取想要的一切。”

靖琪道：“在我看来，做自己认为正确的事，对得起自己良心的事，就是为自己而活。”她顿了顿，又道，“不管怎么说，感谢你回来看我。明天我请你到若云茶馆喝茶。”

周山口失落又无奈地答应了。

离开药厂，周山口直接到了日军指挥部，一路畅通无阻地走到秋田书房门口。

领路的日兵打开书房门，周山口脱鞋后恭敬地入内，道：“舅舅，好久不见，您可安好？”

秋田抬头看了周山口一眼：“这些年没见，你越来越像个中国人了。”

周山口道：“这个国家并不十分喜欢我们日本人，所以像个中国人也没什么不好。”

秋田笑了笑：“很好。我正需要一个可以信任的、足够像中国人的自己人。”

周山口道：“我之所以愿意与舅舅共同谋事，是因为我也想获取红伤药的配方。关于中日交战之事，我只想做一个中立者。”

秋田道：“能获取红伤药的配方，就能更好地为我们大日本帝国的军人服务，你就是我们的功臣。你怎么中立？别忘了，你虽然不是军人，但归根结底是一个日本人。”

周山口沉默了。

秋田又道：“我知道一些你和那个女人的往事，但是我敢打赌，一旦她知道你是日本人，她对你绝不会再有半点情意。”

周山口纠结道：“所以，我应该放下她，去获取自己可以得到的东西吗？”

秋田道：“当然。你一定可以得到。”

周山口望着窗外，长长叹了口气。他是真的喜欢靖琪，如果可以，他真的不想欺骗她。可笑的是，他从一开始就在欺骗她。

靖琪从药厂出来，走在大街上。当走到一处街角时，忽然有人向她投掷烂白菜。靖琪的衣裙被击中，张嘴就要惊呼。结果，还没出声，她便被人塞住了嘴。两个黑衣男子用布袋套住了靖琪的脑袋，然后迅速将布袋拉下，将靖琪整个人装进了袋子里扛走。靖琪不知道发生了什么，自己眼前一黑，双脚离地，想要大声呼喊却无法出声。

两个男子一路跑到河边，见四下无人，将装有靖琪的麻袋放下，踹了几脚。

周山口恰好路过，见那麻袋一阵乱动，里面似是有人，便大喊一声："喂，你们在干什么？"

麻袋被掷入河中，两个男子迅速跑远。

见麻袋迅速沉没，周山口来不及脱衣便跃入河中，奋力去抓。

麻袋里，靖琪渐渐有些窒息。

周山口抓着麻袋的边缘，费力地解开绳子。靖琪在迷糊中微微睁眼……

日军司令部里，两名日兵站在秋田面前，向秋田汇报："看到山口君救起那个女人，我们就离开了。"

秋田对日兵挥了挥手。开门间，另一名日兵带着周山口前来。

周山口与秋田两人盘膝相对而坐。秋田给他倒了一杯茶，道："这么说，她已经深深地相信了你，并愿意让你到她的药厂去帮忙？"

周山口低头道："是的，我告诉她我会调派工人过来帮助她，我会一直在她身边保护她。而且我会花钱收买你身边的人，来为药厂获取一些她需要的便利。"

秋田大笑："山口，你是一个天生的间谍。这是一个很好的开端。"

周山口脸上并无笑意，道："其实我知道红伤药的配方是哪几种，但具体的配比和制作过程才是它最神奇的地方。我保证在我拿到红伤药的秘方后会与你共享，但你也要答应我，以后不要再对靖琪有任何伤害。"

秋田道："你就只对红伤药有兴趣吗？"

秋田话中有话，周山口疑惑地看着他。

秋田道："据我所知，她有一本家传的《神农宝典》，里面的每一种药，都是疗效奇佳的瑰宝。"

周山口摇摇头，道："我听说过《神农宝典》，但她告诉我这本书早已失传。"

秋田笑了："看来她并不真正信任你，她的哥哥杜明江明明白白地告诉我，这本书一定在她的手上。"

周山口将信将疑地道："真有这本书吗？"

秋田抿了一口茶，慢悠悠道："如果你能获得这本宝典，你的医道必定大有长进，山口世家的医药事业也将由你再现辉煌。你要记住，我们大和民族是世界上最优秀的民族，我们有能力也有资格获取这个世界上最好的东西。无论是巧取还是豪夺。不论是土地还是文化，中国的一切，早晚都是属于我们的。"

周山口点头："是。"

郊外一个山包上，杜明海和李歪脖埋伏在山顶丛林中，头上戴着草环。几名新四军战士趴在他们身旁，对面山坡上也埋伏着另一个小分队人马。他们的目光都齐聚在山下道路上。

李歪脖趴在山石上听着："来了，有两辆车。"

杜明海道："准备！"

众战士都拉动枪栓，子弹上膛。过了一会儿，两辆日本军车出现在了山路上，向他们的包围圈驶来。

杜明海的目光盯着山路上一块土有些松动的点，那里有他们事先埋下的地雷。

杜明海道："等一会雷炸了再动手。"

李歪脖点头，有些紧张地道："雷要不炸了怎么办？"

杜明海倒退着离开射击点："你个胆小鬼，又不是大冬天你浑身发什么抖？"

李歪脖强撑道："我哪能发抖？我这是活动一下筋骨。"话音未落，手上的枪不小心走了火。杜明海吓得一哆嗦。

对面山包上的游击队员不明所以，迅速跟着这边的人开起枪来。李歪脖身边的几名游击队员也开起枪来。

日本军车在离地雷不远的地方停住。

车上的日兵小队长用日语叫喊着："山上有埋伏！还击！"

日兵迅速开动后车厢内的两挺机关枪开始向山上反击。

杜明海怒道："谁开的枪？谁他妈让你们开枪的！"

李歪脖被日兵密集的攻势打得抬不起头来："走火，是枪走火。"

然而，已经来不及了。听到枪声，日本军车上的小队长道："两面山上都有埋伏，第一小队和第二小队，兵分两路包抄他们，第三小队射击掩护。"说完，两队日兵分别向山后包抄而去。日兵的机关枪吐着火舌，攻势更猛。

杜明海好不容易探头开了一枪，击中正打算包抄上来的一名日兵。更多的子弹击中他面前的山石，杜明海只得压低了脑袋。

李歪脖紧张道："大哥，鬼子上来了，赶紧撤吧？"

杜明海道："蹲了半天就这么撤了，哪能做这种亏本生意？"

李歪脖急道："等他们冲来，咱想跑也跑不了，那才是亏大本了。"

杜明海想了想，对李歪脖道："把衣服脱下来。"

日本军车上的日兵看到一个人影在山头上移动，立刻将火力齐中射向那个人影。

山包上，李歪脖趴在地上向前爬行，一手举着一个树杈，日兵眼中那个移动的人影正是树杈上挂着的李歪脖的衣服。

杜明海趁李歪脖引开了敌人火力，迅速冒头，一枪射中了一个日兵，另一架冲锋枪迅速向杜明海射击，杜明海身旁的大壮猛拉着他趴下："大哥小心。"

杜明海是趴下了，大壮却被子弹击中了手臂。

杜明海道："大壮！没事吧？"

大壮忍着痛道："挨了一枪。"

趴在不远处的李歪脖心疼地盯着自己那件已经被打得千疮百孔的破军衣，道："大哥，能撤了吗？"

杜明海道："撤！"

杜明海又抬头冒险开了一枪，看了一眼日兵的机枪，不甘地道："差点到手的野鸡脖子又落了空。可惜了。"

第三十八章

杜明海翻窗跃入远山药厂的仓库，见里面无人，就悄悄向仓库门口走去。他这次倒不是擅自来看靖琪，而是带着李凤凰的命令来拿药的。

药材的碎屑在他脚下轻轻地响着。正在药材堆里睡觉的阿威听到动静拿掉了脸上的草，从药材堆里探出了头，看到了杜明海的背影。

杜明海隐隐察觉身后有动静，便回头看了一眼，却什么也没发现。他径自拉开仓库门，走了出去。

看着关上的门，阿威一脸兴奋地站起来，蹑手蹑脚地走到仓库门口，从门缝向外张望，刚好看到杜明海溜进了靖琪的办公室。他赶紧出了仓库，跑到药厂大门跟守门的牛叔借口老娘病了不放心，一溜烟离开了药厂，跑到伪军营地，向杜明江禀报了这一情况。杜明江集结了伪军二分队直奔远山药厂。

到了目的地，杜明江招呼阿威到他身边："你先过去，把大门给我叫开。"

何家宝对伪军二分队的人使了个眼色，众伪军散开将药厂包围，留下几个人守在杜明江和何家宝身边。正蹲在仓库窗外的李歪脖看到伪军跑来，吓了一跳，起身瞄了一眼窗户，迅速开溜。

门外的阿威等人用力推门。门一下子被撞开，牛叔被撞倒在地。药厂的工人们见势不妙，一个个手持棍棒与杜明江的人对峙着。

靖琪带着一帮工人赶来，厉声道："杜明江！你答应过不会再无故滋扰远山药厂，为什么出尔反尔？"

杜明江满脸不在乎，道："有人说这药厂里藏了新四军游击队的人。"

肖若云道："以前不盼着，现在有那么点儿。别以为我不知道你是日本人的走狗！杜家的脸都给你丢光了，老爷子地下有灵，也会让阎王把你个不肖子孙收走。"

杜明江立马抬高了音量："好哇肖若云，看来我真该给你立立规矩了！"

肖若云向来是炮仗一样的性格，又何曾会怕他，当即顶了回去："汉奸你都敢当，什么事情你干不出来？以后咱俩一刀两断，我可跟你丢不起这个人。"

杜明江气急败坏，举起手一巴掌挥了过去，重重落在肖若云脸上。肖若云一惊，一掌奋力打了回去。

眼看杜明江又要打肖若云，大太太急忙制止道："明江，明江，你好不容易回来，可不能打人！"

肖若云揉着被打红的脸，冷笑道："在日本人那像条哈巴狗，打起女人来倒有力气了！"

杜明江威胁道："肖若云，你给我记住了，别以为是你那混蛋哥当警察局长那会儿。你总有跪下来求着我的那一天。"

"我肖若云死也不会求你这个汉奸！"肖若云说完扭头就走。

杜明江还想追上去打，大太太拦住他，道："明江！凡事慢慢来，这几年她对我毕竟不错！我可不许你太难为她！"

杜明江想了想，道："看在娘的面子上，我先饶了她这一次，不过，事不过三，再有下次，看我怎么收拾她！"

从杜家出来，杜明江托人把坐了好几年牢的何家宝放了出来，随后又去远山药厂见了靖琪。

靖琪望着杜明江，淡淡道："你是谁？"

杜明江苦笑了一声，将门合上，转身道："当初在刑场……"

靖琪打断他，道："别提当初。我忘了你是谁，我对你的事情也没有兴趣。"

杜明江道："靖琪，这暨阳城里上上下下都知道我回来了，我那门槛都快被乡绅故旧给踏破了，你这个亲妹妹怎么反倒躲起来了。我回来了，咱兄妹的好日子也就回来了。"

靖琪淡淡道："我哥哥已经被枪毙了。"

杜明江叹了口气，想了想拿出一串翡翠玉坠："靖琪，这是上好的南洋翡翠玉坠，是我在萧山最大的玉铺给你弄到的。来，我帮你戴上。"

靖琪一眼瞥见阿威。阿威挺了挺胸脯，道："我发誓，我看到杜明海了。"

靖琪鄙夷地瞪了阿威一眼，道："有人唯恐天下不乱。我没见过杜明海，你们都给我出去！"

杜明江拉过靖琪，压低声音道："妹妹，你心虚什么？杜明海要真没在厂里，你让我进去搜一圈不就完了？"

靖琪冷笑一声："谁是你妹妹？对不住，远山药厂可不是你想搜就能搜的。"

杜明江强压怒火，耐心道："妹妹，你跟我对着干没用。我是看在我们的兄妹情分上，才跟你先礼后兵。我知道你跟杜明海旧情未了，可这小子不识时务，站错了队。我劝你最好把他交出来，回头我到秋田大佐面前帮你邀个功，这对咱兄妹俩都有好处。"

靖琪面无表情道："我东方靖琪一介平民，不懂什么叫站队。不过既然你提到秋田大佐，那我正好有件事要告诉你。"靖琪一伸手，旁边一名工人连忙递上一个杆子。靖琪把杆子一抖，上面原本卷着的太阳旗"哗"的一下抖开："现在远山药厂是日军秋田联队药品专供基地，没有秋田队长的命令，谁也不许擅闯！"

杜明江讶然道："秋田联队药品专供基地？我怎么不知道？"

靖琪又递上一页协议："那这上面的印章，你总认得吧？"

杜明江仔细一看，协议倒是真的，底下还盖有秋田中队的大红印鉴。

原来，周山口早就买通了秋田大佐的翻译官让杜家药厂做日军的药品专供基地，这样可以保证工人的平安，出入货品也相对安全和自由。

杜明江脸上阴晴不定，道："你什么时候绕过我跑日本人跟前去了？"

靖琪冷着脸道："这你不用管。"

杜明江脸色十分难看，耐着性子道："靖琪，我再跟你说一次。现在你要是把人交出来让我带走，回头到了日本人跟前，我还能替你说句话求个情，跟新四军游击队撇清关系。真要是被日本人听到什么风声，让他们发现你私藏共党，你觉得他们能放过你吗？"

靖琪坚定道："我这儿没什么新四军。远山药厂现在是日本人的地盘，没有日本人的允许不得擅闯！"

"大少爷，怎么办？"何家宝连忙问道。

杜明江铁青着脸，从牙缝里挤出一个字："撤！"

杜明江带着众伪军刚退出门外，药厂的铁门就"哐"的一声关上了，杜明江听到了门内上栓落锁的声音。

何家宝踹了阿威一脚："你确定看到杜明海了？"

阿威忙不迭地道："何副大队，我看到他了，这绝对错不了。"

何家宝看着杜明江道："表哥，怎么办？难道就这么放过他？"

杜明江咬牙道："既然她自己不想留后路，也别怪我不念兄妹情意。我这就去找秋田大佐，签搜查令。"走了几步又道："家宝你留在这，在我带搜查令回来之前，一只苍蝇也不许从远山药厂飞出去。"

没多久，杜明江果然带着一队日本宪兵来到杜家药厂门口。

杜明江招呼为首的宪兵队长："仓前少佐，这边请。"转身对何家宝道："砸门！"

何家宝马上底气十足地拍打着大门，喊道："远山药厂的人给老子听着。大日本皇军怀疑远山药厂窝藏新四军游击队嫌犯，特令杜大队长搜查药厂，搜查令在此，开门！"

门打开了，仓前少佐和杜明江大模大样地走了进来。靖琪毫不畏惧地迎了上去。

杜明江把搜查令在靖琪眼前一晃，道："喏，这是你要的搜查令。这下可不是擅闯了。"

靖琪冷笑："你有没有想过，你兴师动众把日本兵搬来，万一一无所获，他们会怎么奖赏你？"

杜明江脸上的肌肉不由地跳了跳，也有些心虚。他扭头对仓前一脸谄媚道："仓前少佐，可以开始搜查了。"

仓前上前一步，用生硬的中文道："全体工人到空地上集合点名。给我搜！"

持枪的日本宪兵和伪军快步冲入药厂，杀气腾腾。

靖琪镇静地吩咐道："牛叔，叫兄弟们出来集合。"

药厂员工很快就在空地上集合站成一个方阵。杜明江见杜明海没有出现，便咬牙切齿地叫着："继续搜！就算掘地三尺也要把人找出来！"

一间间屋子被踹开，一堆堆杂物被推倒。日本宪兵和伪军用刺刀翻找着一切可能藏人的角落。

何家宝特地冲进靖琪的办公室，查看各个柜子。他甚至跑到一口井边，揭开井盖向井里瞄了一眼，看到井中水面清晰可见，才放心地盖上井盖。即便搜查得如此细致，最后何家宝也只能垂头丧气地回到杜明江面前，对杜明江摇了摇头。

杜明江难以置信地看着何家宝，问："你确定每个角落都找过了？"

何家宝小声道："厂子才多大点地方，能找的地方，都找三遍了。"

仓桥少佐走过来，问道："怎么？找不到吗？"

杜明江忙道："仓桥少佐，请少安毋躁，我会亲自再找一遍。"

说完，杜明江就向厂内走去，何家宝和一队伪军赶紧跟上。

杜明江自然也没找到人。

仓桥少佐怒气冲冲地走了。杜明江也只能带着伪军灰溜溜地从远山药厂撤出来。

等到不速之客都离开了，靖琪才走进办公室。一进门，就把门反锁了。她走到墙上所挂的竹匾前，取下竹匾，后面墙上竟露出一个洞。

靖琪忍不住笑道："出来吧。"

杜明海跳下地来，拍了拍身上的灰尘，道："刚才我在这竹篾缝里看他们找个不停，就找不着我，跟捉迷藏似的，心里别提有多乐呵了。"

入夜，远山药厂里推出一辆平板车，车上有数箱药物。肖若云拿着靖琪给的特别通行证，带着两名药厂工人往城东方向去了。不远处，有个人躲在树背后，见到肖若云押车经过后，他悄然离开，迅速向伪军营地方向跑去。

杜明江听完那伪军的汇报，狞笑道："把城东大门给我堵上。务必拦下他们，查个明白。"

然而，待何家宝拦下肖若云认真搜查后，发现箱内除了药材什么都没有。

夜更深了，李歪脖悄然出现在远山药厂院外。看到两个蹲守在暗处的伪军，他就想要以一己之力制服两个伪军，不料制服不成反被抓。好在马致远来得及时，把他救了下来。然而，马致远前脚到药厂，周山口后脚就到了。牛叔殷勤地开门把周山口迎了进来。

周山口径自走到办公室门口，正想敲门，忽然听到门内有靖琪的说话声。

"你到厂子后门口等我。"

屋里还有一个男人的声音答了一声"好"，不用想也知道是杜明海。随后，他听到了关窗的声音。

脚步声越来越近，周山口立刻走开几步。他刚躲到一堆杂物后面，就看到靖琪走出办公室，前后张望了一下，向工厂后门方向走去。

靖琪走到药厂后门，对杜明海道："我让人送你出去。"

“谁？”杜明海问。

“出去就知道了。”靖琪说着，打开后门小门，与杜明海一起走出。

后门外，马致远和李歪脖等人已经在等着了。

杜明海看到了马致远身上的伪军服装，打趣道：“马兄，几天不见，你可换了一身皮了？还挺人模狗样的嘛。”

马致远顿时脸色不悦：“闭嘴！”

同马致远一起来的刘三金也不乐意了，呛道：“杜明海，你这是什么意思？”

杜明海笑笑道：“没什么意思。我是想问能不能替我也弄一身，下回就能大摇大摆地进城了。”

马致远脸色稍缓，道：“现在不是说这些的时候，先出城要紧。你多留一刻，靖琪就多一分危险。我送你。”

杜明海道：“我一个人走就行。你还是留下来照顾靖琪，日后也好接应我们攻城。”

靖琪摇头道：“你能想到这一层，日本人又怎么会想不到。只怕等不到你们攻城，他们就会对致远下手。所以你们还是一起走的好。”

杜明海点头同意了。

靖琪又道：“我已经让若云去城东方向拖住杜明江了。”

马致远立刻道：“那我们就往城西走。”

靖琪和杜明海几乎同时脱口而出：“不行！”

两人相视一笑。靖琪用眼神示意明海接着说。

杜明海道：“还得往东走。”

靖琪接道：“杜明江一旦发现若云这一路只是我的调虎离山计，他一定会马上赶往城西堵截。”

杜明海点头：“所以我们得反其道而行，继续往东出城。”

靖琪道：“若云也会带着药去跟你们会合。”

周山口悄然躲在门后，将众人的商议听在了耳中。

他神色凝重，迅速离去。

杜明海和马致远奔到城东，只见城门口一片宁静，城门下连守城的伪军也没有。两人不约而同地感觉到了一丝不寻常，不由得站住。

杜明海纳闷道：“不是说肖若云是往城东走的？怎么没见到她？”

马致远道：“会不会已经出城了？”

杜明海摇头道：“不对。怎么连个守城门的人也没有？”

马致远道：“按理到了子时，伪军应该换防，可现在离子时还有半个时辰。”

刘三金猜测道：“会不会是偷懒打盹去了，或是往城西增援去了？”

杜明海想了想，看到地上的一个酒瓶，便捡起酒瓶，将酒瓶掷上了城楼。瓶子落地，一声脆响。

几个日兵出现在城楼上，向楼下急速射击。

第三十九章

杜明海和马致远等人被城楼上的日本宪兵打得无法抬头。

正往城西方向走的杜明江听到枪声后也调转了方向。

眼看前无去路后有追兵，马致远果断命令手下刘三金："带五个弟兄上城楼！"

刘三金应声与五名兄弟一起从旁边的楼梯向城楼上攻去。杜明海在马致远的火力掩护下也匆匆上了城楼。

攻向马致远的火力渐弱。仓桥在两名日兵的保护下一步步后退。杜明海悄然欺身上前，成功击倒两名日兵后胁持了仓桥，用枪顶住了他的脑袋，并卸下了他的佩枪。

仓桥惊恐道："你是什么人？"

杜明海道："老子行不改名坐不改姓，新四军东白山大队副队长杜明海！不想脑门上多个洞，就马上让你的人住手！"

仓桥犹豫了一下，还是按照杜明海的要求命令日兵们停手。已经精疲力竭的刘三金等人喘息不止。

杜明海使劲顶了一下枪道："叫杜明江那帮二鬼子也住手！"

仓桥只得又下令。

杜明江与马致远枪战正酣，听到城楼上传来日兵生硬的叫喊："皇协军队长杜明江听令，仓桥少佐有令，停止射击。"

不远处，靖琪和周山口正往城楼跑着。

周山口拉住了靖琪："靖琪，别再靠近了。"

靖琪听到城楼上传来杜明海的声音："杜明江，你给我听着。鬼子头儿在我手上，你要敢再开一枪，我就要了这鬼子的小命。小鬼子一死，我猜大鬼子肯定也得要了你的小命。"

靖琪稍感欣慰，听到杜明海的声音再次传来，"不想死的，马上给我退出一里地，让我们走。我杜明海跟你的旧账，转天再算！"

正在杜明海说话间，一阵马蹄声响起，肖若云骑马向城门口冲来。她背后还有一群绑着布袋的马跟着跑，马群将杜明江的队伍瞬间冲散。

肖若云在飞驰的马上向杜明江开枪。何家宝立刻将杜明江扑倒在地。子弹未击中杜明江，但击毙了他身边的一名伪军。

马致远和他手下的几名兄弟率先翻身上马。杜明海也胁持着仓桥奔下城楼："走！"

杜明江狼狈地从地上爬起，气急败坏地骂："臭娘们！"顺势，举枪对准了肖若云的背心。

肖若云的手已经伸向了杜明海，笑容明媚的她在夜色中看起来格外美丽，但这笑容却慢慢凝结了。而杜明海已经借力上马，坐到了肖若云身后。黑暗中，杜明海并未发现肖若云中枪，两人一骑向城外飞驰而去。

杜明海朝身后大吼："他奶奶的，还敢开枪？杜明江，老子早晚回来找你算总账。"

肖若云被杜明海环绕在怀中，已没了气息。

杜明海丝毫未察觉肖若云受伤。等到了东白山脚停下，杜明海跳下马来，肖若云的身体直挺挺地摔了下去。

杜明海一扶，才发现肖若云的后背满是鲜血。那些青梅竹马、爱与不爱的记忆，瞬间涌上杜明海的心头。那曾经张牙舞爪的生气与美丽，终究已变成凋零的花。

抓捕杜明海失败，杜明江带着何家宝垂头丧气地回到伪军营地，看到一群伪军围在一个花圈前议论纷纷。

何家宝诧异道："怎么回事？"

杜明江疑惑地上前，看到花圈上写着："肖若云千古　杜明海敬挽。"

杜明江怔怔坐在办公桌前发呆。

何家宝伸手在杜明江面前晃了晃："表哥，你可别吓我啊。"

杜明江终于有了反应："倒酒。"

何家宝连忙到柜子里找到酒瓶，倒一杯酒端到杜明江面前，放在桌上。

杜明江伸手去拿酒杯，他的手在颤抖："若云没了。"

何家宝道："估摸着是昨晚中了乱枪。"

杜明江魂不守舍地道："我开的枪，只有我开了枪。"

何家宝宽慰道："也不一定，黑灯瞎火的，谁看得到啊。"

杜明江疯狂地喊了起来："是我杀了她，所以杜明海把花圈送到我门口来！是我杀了她！"

何家宝道："表哥，你别这样。她虽然曾经是大少奶奶，可你不是已经把她给休了吗？再说，她明里暗里跟杜明海私通，这也是她咎由自取。"

杜明江猛地将一杯酒泼在了何家宝脸上，瞪眼狂骂："胡说什么？你哪只眼睛看到他们私通了？"

何家宝满脸的酒水，摇着头不敢再说。

杜明江肯定地道："若云是我的女人，是我这辈子唯一喜欢过的女人。她是念着杜明海，但绝不可能跟他私通！"

何家宝忙不迭地点头："是，是，表哥说的是。我刚脑子不清楚，说了混账话。"

少顷，杜明江双眼通红地看着何家宝，阴恻恻地道："是杜明海杀了她，对不对？要不是为了救杜明海出去，她就不会出现，对不对？她不出现，我也不会开枪打中她。这一切都是因为杜明海，对不对？"

何家宝哪里还敢说个"不"字，连忙道："对！大少奶奶那一枪，就是替杜明海挨的！她这条命，必须算在杜明海头上！表哥，跟你没关系，你得替大少奶奶报仇。"

杜明江咬牙切齿地道："杜明海，杀妻之仇不共戴天，我一定要杀了你！"

靖琪头戴白花，正在火盆前烧纸钱。

曹多嘴陪在一旁，想安慰，却又不知道该说什么。

靖琪含泪道："要不是我当年一时心软，在刑场上让致远放过了杜明江，就不会有如今这些事。"

曹多嘴有点吃惊，想了想，说："这都是命。一定是上辈子肖若云欠了杜明江的，这辈子嫁给他还债还不够，到头来连命也落在了他手里。"

靖琪满脸悲色。

曹多嘴又安慰道："杜明江作恶多端，想扒他皮的人多了去了。自作孽不可活，老天爷早晚会收拾他。你现在呀，啥也别想。杜明江虽然不是个东西，但也不是一无是处，对你这个妹子还总算维护。如今咱们要在日本人的眼皮底下讨生活，有他在，总还能稍微喘口气。要是没有他，大家的日子指不定更不好过。你不是还想给明海山上送药呢吗？到时候说不定还能靠他使个烟幕弹什么的，你说是不是？"

事实证明，靖琪与曹多嘴还是高估了杜明江。

放走了杜明海，还让马致远也跑掉了，为了让秋田不惩戒自己，杜明江自然要想方设法地讨好他。他带着伪军冲进孤儿院，一通打砸，把曹多嘴绑了起来。

靖琪手中提着一篮菜从外面归来，见状大惊："杜明江！你疯了！"说着，她将手中的菜篮向杜明江掷去。杜明江伸手一挡挡住了菜篮，但篮里的萝卜还是击中了他的脸。

两名伪军上前制住了靖琪，不让她靠近曹多嘴。

何家宝往曹多嘴的嘴里塞了布团，使其不能说话，又一拳击在他腹部。曹多嘴只能发出"咿咿唔唔"的声音，对着何家宝怒目而视。

靖琪惊慌道："杜明江，你到底想干什么？"

杜明江道："问得好，我就等你问我这句话。杜明海是怎么跑掉的？你知道，我也知道，不用跟我装傻。日本人当然也不是傻子。我保了你这么久，也总有保不住的时候，所以你别怪我。"

靖琪道："如果你怀疑是我放走了杜明海，你只管冲我来，冲别人出气算什么？"

"心疼了？心疼就乖乖地把《神农药典》交出来，我才好替你在秋田大佐面前求个情，让他放你一马。"杜明江道。

靖琪道："我早就告诉过你，没有什么《神农药典》。"

杜明江道："这话我信不行，你得让秋田大佐信。不过显然他信不过你。"

靖琪怒道："杜明江，你究竟还有没有一点良心？"

杜明江道："我有啊。我对你够好的了，是你让我在日本人那儿很没面子。你这样下去，会害了我的前程，今天我不能再迁就你了。"

杜明江说罢一枪击中曹多嘴的腿部，曹多嘴软倒在地。

靖琪气得嘴唇哆嗦："有种你就把枪对准我。只要你杀了我，《神农药典》就会永远失传。"

“让我想想，你这句话的意思是，《神农药典》在你这脑袋瓜子里？”杜明江道。

靖琪冷静道：“你怕了吗？”

杜明江一摊手，“我怕什么？”

靖琪道：“你以为你在威胁我，可我分明看到了你在害怕。我不怕死，我这辈子颠沛流离，多活一天都是赚了。但你不是，你太想出人头地，太想证明你才是杜家真正的大少爷，你舍不得死。”

杜明江脸色变幻，显然被靖琪说中心事。

靖琪又道：“你能对我做什么？最后的底牌也不过是杀了我。如果我死了，你拿不到神农药典，那么在秋田眼里，你就是个废物。一个废物还能比我们多活几天？”

杜明江忽然愤怒地朝靖琪身旁的地面连开数枪，吼道：“你说谁是废物？你说谁是废物！”

靖琪怜悯地看着杜明江。

杜明江忽然扭身，把枪指向墙边那些哆哆嗦嗦的孤儿们，道“你不怕死，那你怕不怕他们为你而死？三天后，你要是不交出《神农药典》，我就杀光他们！带走！”

杜明江带走了孤儿院的孩子。靖琪急得像热锅上的蚂蚁。

听周山口说他有朋友是秋田的翻译官，靖琪就托了周山口去救。

几天后，周山口故作沮丧地站在靖琪面前，道：“对不起，我的翻译朋友说，这次他真的帮不了我。”

“不管怎么样，你已经尽力了，所以还是谢谢你。”靖琪对这个结果并不意外。

周山口试探道：“那现在你打算怎么办？”

靖琪沉吟了一下，道：“山口兄，我答应你为秋田联队提供药品，自然得履约交货。否则只怕孩子们没救出来，到时候连工人们也保不住。”

周山口点头，又问：“第一批货什么时候交？”

“三天后。”

“工期很紧呢。”周山口轻叹着。

靖琪点头道：“你的药师来厂里也有几天了，我想让他们负责红伤药生产的前三道程序，可以吗？”

周山口完全没有想到靖琪对他毫不设防，这么快就让他的人参与红伤药的生产。他愣了一下，连忙道："当然可以。"

三天后，靖琪和牛叔推着一平板车红伤药来到了伪军营地。

秋田赞道："东方掌柜，你很守约。"

靖琪冷冷道："大佐阁下，你要的红伤药都在这里。孩子们呢？"

秋田道："《神农药典》呢？"

靖琪道："你得让我先见到孩子，确认他们都好好的，我们才能接着谈下去。"

秋田对杜明江使了个眼色。杜明江会意点头，对一旁的何家宝道："把孩子都带出来。"

靖琪看到孩子们并没有受什么苦，想来秋田只是想要红伤药的配方和《神农药典》。

果然，秋田道："东方会长，你们中国的军队是我们的敌人，但老百姓不是。我们来到这里并不是为了战胜你们，而是为了实现两国的共同繁荣。你看，你们的孩子在这里受到了很好的礼遇，不信你可以问他们当中任何一个人。"

"大佐阁下，感谢你善待孩子们。我知道大佐阁下一直很仰慕我们中国的中医药文化，既然你说到了共同繁荣友好相处，那么任何文化的交流都不应该是通过强迫和掠夺来实现的。请问，是，还是不是？"靖琪道。

秋田脸色不太好看，他意识到自己似乎给自己下了个圈套："当然。但任何国家和个人想要获得平等的机会都必须拿得出可以交换的资源。就好比现在，你得用你的药方来换这些孩子。"

靖琪道："就算我拿出药方，你们就能相信它是真的吗？"

秋田沉吟不语。

靖琪又道：我们的中药方是老祖宗传下来的宝贝，主要的药物成分并不神秘。但每样药物的配比不同、制法不同，才会决定药物的最终疗效，失之毫厘，谬之千里。如果我用一份篡改过的药方来骗您，那对您又有什么好处呢？"

秋田还没说话，杜明江先怪声道："靖琪，你还想拿假药方欺骗皇军，你是不是活腻了？"

"我是说，无论我给你的是真药方还是假药方，你恐怕都很难相信我。这样的所谓交换真的可以得到您想要的东西吗？"靖琪道。

秋田笑了："自从来到中国，我想得到的东西还从未失手过。"

在杜明江的示意下，何家宝对着王聪明的手臂就是一枪。

王聪明的手臂顿时血流如注，大哭起来。

靖琪愤怒地道：“何家宝，他是王大管家的孩子！你怎么下得了手？”

何家宝不屑道：“什么王大管家，人死账烂，人走茶凉。我才不认那个老东西。”

秋田冷冷望着这一幕，道：“这些孩子可以过最好的生活，也可以下地狱，这全都取决于你。如果你用假药方骗我，他们全都得死。”

靖琪愤怒地道：“所以，就算我给你们药方，在你们没有确定真伪之前，也不会让我把孩子带回去，对不对？你们今天根本就没打算放人对不对？”

秋田笑了笑，道：“东方掌柜很聪明，我喜欢和聪明人打交道。”

靖琪忽然从平板车下抽出一根缠着油布条的木棍。牛叔打开车子角的炭炉，靖琪点燃了火把，将火把举向车中的药品。

秋田脸色一变。

杜明江忙道：“靖琪，你想干什么？”

靖琪忿忿然道：“我东方靖琪从来都是良民，但我只顺服于可以让我心服之人。你想要《神农药典》，那也得让我心服口服。”

秋田难色十分难看，愤怒地道：“你这是在威胁我吗？”

众皇协军举枪对准了东方靖琪。

看这阵势，杜明江也不禁有些紧张，连忙劝道：“靖琪，你不要胡来。胳膊还想拧得过大腿吗？”

靖琪不理他，盯着秋田道：“秋田大佐，你可以考虑一下。这些红伤药可以挽回你军中很多士兵的性命，如果我一把火把它们全烧了呢？”说罢，又将火把靠近了药品，道：“药箱都擦过油，我能在你们开枪之前点燃它们。”

秋田脸色铁青。

仓桥忍不住在秋田耳边低语：“队长，药品告急，我们不能再等了啊。”

杜明江不安地看着秋田，小声地道：“秋田大佐，我怕她真做得出来。”

秋田阴着脸，权衡再三，突然挤出一个难看的笑容，道：“杜大队，就按你妹妹的要求做。”说完，转身大步离去。

第四十章

秋田办公室里，周山口与秋田相对而坐。秋田神色如常地擦拭着他的指挥刀。

周山口道："舅舅，今天早上的事我听说了，您一定很生气吧？"

"生气可以制服敌人吗？"秋田平静道。

周山口道："我说过靖琪吃软不吃硬，您还是性急了些。"

秋田突然加重语气道："她要是胆敢在伤药上做手脚，与新四军暗度陈仓，我一定会杀了她。"

周山口道："我倒是觉得，如果她真的暗中为共军提供药品，对我们来说反而是个掌握敌军情报的机会。"

秋田神色一肃，擦刀的手停住了。

周山口接着道："马致远和肖若云都走了，曹多嘴又受了伤，如果她需要有人帮她给共军运送药品，最佳人选就是我。那样我就能找到通往东白山的捷径，为我们打下东白山找到制胜的战机。"

秋田缓缓道："你说得对。东白山的新四军太过狡猾，连我们的伏击都被他们化解，还险些吃了大亏。要想战胜他们，必须深入敌腹。"

周山口轻笑道："但要让她真正相信我，必须得有您的配合。"

为了早日取得靖琪的信任，秋田与周山口找到一个叫阿祥的人假扮掉队遇险的新四军，在恰当的时候，让靖琪是与周山口一起救了他。这是会引来杀头之祸的事。之后，周山口在靖琪那里迅速取得了信任。在周山口的试探与诱哄中，靖琪甚至承认了自己在私下里给东白山上的新四军送伤药的事情。

随着对周山口的信任与日俱增，加上自己身边实在无人可用，靖琪决定开始安排周山口帮忙往东山口上送药送粮。不过，她还是留了个心眼，不让周山口独自行动。

出发那天，靖琪和周山口带着阿祥，推着一辆平板车，经过守城伪军的盘查走出城门。他们身后突然传来杜明江阴阳怪气的声音："慢着。"

靖琪一惊，与周山口对视一眼。

杜明江走到靖琪面前，打量了周山口一眼："这是要去哪儿？"

靖琪道："给秋田联队送药。"

"为什么要你亲自去送？"杜明江追问。

"由百姓运送不容易引起周边匪军的注意，这也是皇军的意思，如果信不过我，你可以亲自去问秋田大佐。"靖琪道。

杜明江阴阳怪气的腔调又出现了："哟，靖琪现在是越来越厉害了，都学会用秋田大佐来压我了。"

靖琪冷淡道："没什么事就请让一让，别耽误我们出城。"

杜明江往她面前一拦，道："秋田大佐明明白白地告诉过我，你不能离开暨阳县城一步。"

靖琪一时无言以对。

杜明江得意道："别以为我不知道你打着什么小算盘。杜明海不敢来了，你该不会是想亲自把药送上东白山去吧？"

靖琪心知这城她是怎么也出不去了，干脆道："不让出城是吗？也行。我跟我的伙计说几句话，让他们出城总行吧？"

杜明江看了靖琪一会儿，道："行，让你的伙计走吧。"

靖琪把周山口拉到一旁，将一个绣有凤凰图案的荷包塞到了他掌心。周山口心中已然明白，这是靖琪交给自己的与杜明海相认的信物。

一切都按照计划按部就班地进行着，周山口想到红伤药的配方，还有垂涎已久的《神农药典》，赶紧捏紧了荷包。

"他知道这是我的东西。"靖琪顿了顿，又道："走吧，路上小心。"

周山口应声，与伙计阿祥一起推着车子出了城门。

车上除了两箱药，还有不少粮食。走出一段距离后，周山口故意落后了几步，若有所思。确定四下无人后，周山口从口袋里掏出枪来对准了阿祥。

阿祥吓得赶紧跪倒在地："周大爷饶命啊，我家里还有八十岁的老娘，我不想死啊，我什么都不要，求求你饶我一命。”

周山口举着枪，似乎有些于心不忍。

阿祥不住地磕头，甚至连额头也磕出血来：“周先生我知道你是好人，救人一命胜造七级浮屠，求求你放过我，你会有好报的。”

周山口终于放下了枪：“走吧，永远不要再回暨阳城。”

阿祥又磕了一个头，转身就跑。周山口还是默默举起枪，从背后对准他。枪声连响三下。阿祥扑着滚进了树丛。

只有死人才不会出卖他人。收好了枪，周山口独自推起平板车向东白山方向走去。

东白山脚下，马致远和刘三金正趴在丛林中负责看守，两人小声聊着天。听到有脚步声，两人立即正色噤声。

山道上，周山口正背着一袋粮食走来。

马致远看到有人爬山，却看不清对方的眉眼，对身边的人低声道：“这儿前不着村后不着店，除了几个熟悉的乡亲，不会有其他人擅自上山。”

刘三金道：“肯定是个奸细。”

马致远对刘三金略一点头，两人向周山口包抄而去。

周山口正埋头爬山，忽然感到脚下一痛，原来是刘三金用棍子击中了他的脚。周山口一声痛呼，跪倒在地，背着的粮食袋滑落在一旁。

马致远将周山口的脸按到了地上。刘三金迅速用绳子反捆住了周山口的双手。

马致远道：“单枪匹马闯东白山，胆子不小。说，是谁派你来的？”

周山口道：“快放开我，我要见杜明海，是东方靖琪让我来找杜明海的。我有信物在身。”

马致远这才认出来人的脸，一愣：“周山口？”

刘三金从周山口的口袋里搜出了靖琪的荷包。马致远将荷包接过一看，与刘三金交换了一个将信将疑的眼神。几个人将周山口蒙了眼，带上了东白山。

营房内，杜明海和周山口相对而坐。

周山口猛灌了一杯水，一捋嘴巴，道：“靖琪说，之前你拜托她为整个金萧支队提供伤药，她知道你现在不方便进城取药，所以最好的办法，就是我们以给城外鬼子驻军送药的名义混出城，替你们把药送来。”

杜明海用审视的目光看着周山口："接着说。"

"我们还听说了前阵子鬼子围山的事，靖琪担心你们没了余粮，所以这次就连药和粮食一起送来了。"周山口道。

杜明海的眼神柔和不少。

周山口道："其实本来她今天也要一起来的，只是出城的时候被杜明江给拦下了。她说只要你见到荷包，就会相信我的。"

杜明海不信道："你这一路上，就没遇见个把鬼子的骚扰？"

"大概是今天运气好吧，确实没遇上。靖琪吩咐过我，实在要是遇上鬼子难缠，只好把这些粮食和药先给鬼子送去了。"周山口的语气颇为侥幸。

杜明海缓缓点点头，给周山口倒了杯水，又问了一些靖琪的近况。支开周山口，他径自去找正在查验粮食药品的杜明霞。

周山口的言辞不能全信也不能不信。最后，杜明海还是选择让人蒙住周山口的眼睛送他下山，临走前将自己的一个绣龙的荷包交给他，托他带给靖琪。

回到靖琪身边后，周山口递上杜明海的荷包。靖琪接过，眼中顿时涌起柔情。

靖琪意识到了什么，将荷包收起，道："跟我说说路上的事吧，怎么不见阿祥与你一起回来？"

周山口编着谎话："本来这一路都还算顺利，但刚到张家村运上粮不久，我们就遇上了一拨鬼子。阿祥为了帮我引开鬼子，牺牲了。"

靖琪沉默了。

周山口故作悲伤道："都怪我，没有保护好他。"

靖琪道："他的牺牲，是为了让你最终完成送药送粮上山的任务。你做到了，他在九泉之下也会瞑目的。"

周山口悲伤难抑地点了点头。

靖琪又道："在东白山，你一定也见着致远了吧？"

"见着了。他说以后可以在东白山附近的花明泉村碰头。那里的百姓差不多跑光了，就剩下一个空村。金萧支队五天后会派人来东白山大队，马致远问我们能不能在那之前再赶出一批药来，到时候他会在花明泉村等我们。"周山口面不改色。

靖琪秀眉微颦："五天？"

周山口道："来得及吗？要不你去跟秋田求个情，让他们把这边的交药期宽限几天？”

靖琪想了想：“不用了。明天我会把红伤药的全部配方告诉你，让你带来的药师也开一条生产线，这样就来得及供应两边的药。”

绕了这么大一圈，终于得偿所愿了。周山口心中大喜，嘴上仍然客气道：“红伤药的配方不是你家的不传之秘吗？你真打算告诉我这个外人？”

靖琪重重地点了点头。

“谢谢你，靖琪，谢谢你的信任。”周山口激动不已。

周山口睁大眼睛盯着自己手下的药师，生怕漏掉什么。见药师们从锅中倒出已经制成的红伤药，周山口的眼中满是欣喜。他拿起一块药咬了一小口，喃喃自语道：“这次终于对了。”

靖琪出现在车间门口，唤了一声：“山口兄。”

周山口扭头看到靖琪，立刻向她走去。

靖琪把周山口拉到角落处：“怎么样？制药还顺利吗？”

周山口道：“有你的配方，一切都很顺利。”

靖琪道：“那就好。我已经把明天打算送去花明泉村的药装好了。”

周山口看到不远处，一些工人正在将几箱药搬上一辆平板车。

靖琪道：“但秋田这里也得应付过去。”

“放心吧。我这里的货足够明天要给秋田的交货量。”周山口保证道。

靖琪点头：“那明天我把药给秋田送去，花明泉村那边，还得辛苦你再跑一趟。”

周山口的眼神略一闪烁，点头道：“包在我身上。”

入夜，周山口摸黑进入仓库。他走到已经装好箱的那车药前，解开绳子，打开箱盖，从自己的口袋里取出一瓶药水和一支针筒，用针筒将药水注入了成品红伤药内。

做完这些事，他回去准备美美地睡上一觉，想着：“秋田已经明确说过花明泉这一战，不会留下任何活口，本来要去的自己也被秋田安排杜明江代替了。靖琪这边，自己要怎么办才能顺理成章地不去呢？”

次日，靖琪和曹多嘴来敲门。周山口弯着腰打开门，虚弱无力地捂着肚皮，眉头拧成一团道：“靖琪，我大概是受凉了，要不就是吃坏了肚子。”

靖琪想了想：“那看样子，今天你是不能出门了。”

周山口咬着牙："不行，必须得去。过了今天，杜明海他们就不知道什么时候再来接药了。"

靖琪犹豫道："可你这身体……"

站在一旁的曹多嘴开口道："要不，我去吧。"

周山口心中狂喜，嘴上强撑着要去，却又装模作样地跑进了茅房。

日头已经正中偏西，曹多嘴一行人刚刚出发，此时的花明泉村已不啻龙潭虎穴。

杜明海带着一帮人躲在村内一个破院子里。

杜明江带着众伪军埋伏在村外不远处的山坡上。

杜明海等得心焦，派李歪脖到村口看看。

杜明江举起望远镜，看到李歪脖探头探脑地出现在村口。

何家宝的手扣上了扳机，却被杜明江按住："不许打草惊蛇。"

一辆平板车出现在李歪脖的视野中。李歪脖认出曹多嘴，大喜，迅速跑了回去。

饵已顺利放下，大鱼快上钩了。杜明江得意扬扬："杜明海一定就躲在村子里，这次我看他往哪儿跑。"

第四十一章

杜明海向曹多嘴问了问靖琪的近况后，失声道：“什么？你说靖琪救过一个叫阿祥的新四军战士？”

“是啊，那人说是你的手下。上次周山口上山给你们送药，就是他带的路。”曹多嘴道。

杜明海脸色顿时变了：“那阿祥呢？”

曹多嘴道：“说是路上为了引开鬼子，被鬼子给杀了。”

杜明海脸色惨白道：“坏了坏了。”

曹多嘴大惊：“什么坏了？”

杜明海道：“山上根本没有叫阿祥的兄弟，周山口上回上山的时候，也根本没提起过这个叫阿祥的人。”

“那这个阿祥是假的？他跟周山口是串通好的？”曹多嘴慌了。

杜明海皱紧了眉头：“没错。你不能再出去，周山口既然知道我们在这里，一定在外面有埋伏。”

话音未落就听到外面几声枪响。

原来，埋伏中的杜明江从望远镜里看不到曹多嘴，心中生疑。他担心杜明海已经发现了这是一个圈套，尤其是看到四个药厂工人向村中走去，杜明江更急了，心一横，道：“不管了，先打伤这几个人再说，必须把杜明海引出来。”

杜明江一声令下，四名工人几乎同时被子弹击中倒地。

杜明海一眼发现杜明江等人的埋伏地点，凝神射击，一枪击毙一名伪军。

曹多嘴焦急地看着，只见两个工人已经没了动静，还有两个工人受了伤，奄奄一息。

杜明江的声音传来："杜明海，你已经被我们包围了。有种你就出来，别让老百姓替你们挡子弹。

杜明海握紧枪杆，高声道："杜明江听好了，我在若云坟前发过誓，一定会杀了你为他报仇，择日不如撞日，今天咱们就把这事给了了。"他边说话边用手势指挥李歪脖、大壮等人。

杜明江大怒："若云明明是你害死的！你少给我废话，你要再不出来，我就把他们打死。"

杜明海瞄准杜明江的位置又是一枪，子弹擦过杜明江的脸庞，划出一道血痕。

杜明江被吓得不轻，大怒："给我冲上去，把他们全都灭了，一个活口都不许留！"

埋伏在草丛中的伪军全都向花明泉村冲去，双方展开激烈枪战。

杜明海道："大壮，你们那边先停火，让他们再靠近一点。"

大壮等人停止了射击。杜明江果然中计，得意道："他们哑火了，冲上去！"

杜明海不由得面露笑容，他从腰间拔出了信号枪，信号弹升空炸开。

已经冲下山坡的杜明江吃了一惊，大为后悔——此时马致远带领的人马从杜明江原先埋伏处的外围冲了下来。他们所到之处势如破竹，迅速将伪军的队伍打散。

杜明江的队伍背腹受敌，死伤无数。

曹多嘴见杜明江的人一时溃不成军，趁杜明海不备，拄着拐快步走向一个受伤的工人，想把他拖回到安全地带，但那工人身体太沉，曹多嘴腿脚不便，只能将他慢慢拖行。

眼看无处躲藏的杜明江见到曹多嘴出现，如遇救星，冲上前去将枪顶在曹多嘴的脑袋上，喊道："杜明海，叫你的人住手，否则我就杀了曹多嘴！"

杜明海不得不放走了杜明江。

马致远为此十分生气，"杜明海，你会后悔的！"

杜明海不理会马致远，对大壮道："大壮，你悄悄跟上去，看曹多嘴是不是安全回城了。"

大壮应声离去。

杜明江劫持着曹多嘴同骑一匹马，仓皇逃去。何家宝和众伪军跟着杜明江的马一路猛跑。直到确定杜明海没有追来，杜明江才松了一口气，一把将曹多嘴推下了马。

曹多嘴猝不及防地摔倒在地，一时动弹不得。

杜明江跳下马来，整个伪军队伍都停了下来。

曹多嘴道："杜明江，你这个挨千刀的，等我回去一定把你干的好事告诉靖琪，她一定不会再认你这个哥。别以为我不知道，你跟周山口串通起来骗我们家靖琪，你们都不是好东西。你别得意，老天爷不是不给你报应，是时候未到！"

杜明江冷笑道："你以为我会给你这个机会挑拨我们的兄妹关系吗？"

说着举枪击中曹多嘴的眉心。可怜曹多嘴圆睁着双眼倒毙，死不瞑目。

杜明江冷漠地看着曹多嘴的尸体："叫什么名字不好，叫多嘴，活该你死在多嘴上。"

不远处一棵树后，悄然掩近的大壮看到曹多嘴惨死，既惊且怒，但不敢轻举妄动。

何家宝看一眼稀稀落落的伪军人马："表哥，咱们损兵折将的，却没捞着一点便宜，就这么回去，可怎么向秋田大佐交代啊？"

杜明江凌厉的目光望向何家宝，一个耳光扇了过去，气急败坏道："刚才你要是死在花明泉村，就什么都不用交代了。"

何家宝捂着脸不敢再说。

杜明江悻悻道："把尸体带回去，给周山口一个人情。"

回到东白山营地，杜明海正在劝解马致远，大壮上气不接下气地跑来道："大哥！大哥！曹大爷被杜明江杀了。"

本就余怒未消的马致远立马恼怒了："听见了吗？听见了吗？我就说根本不该放了他！"

两人正争执中，杜明霞从营房跑了出来，惊慌道："哥，不好了！红伤药里有毒！"

杜明海和马致远顿时都怔住。

受伤的工人在床上躺着一动不动，脸色发青，嘴唇发黑。一名女队员无措地站在一旁。杜明海和马致远走了进来。

那名女队员拿着手上的红伤药，道："本来子弹已经取出来，一切都好好的，但在伤口涂上今天带回来的红伤药之后，他就开始抽搐，然后就……”

杜明海接过红伤药闻了闻，没闻出什么异常。

马致远细心地发现红伤药上一个细小的针孔：“这是什么？”

杜明海道：“一定是周山口在药里动了手脚。这整批药都不能用了，得赶快去通知李歪脖他们把药填埋处理。”

女队员应声跑了出去。

马致远不解道：“你说是周山口动的手脚？”

杜明海道：“十有八九是。让我想想……必须尽快通知靖琪，可别再让周山口那个伪君子给骗了。”

周山口拉着一辆平板车来到孤儿院门口，车上躺着的曹多嘴的尸体被一张破席子盖着，只露出一双脚。他冷漠地掀开席子，看了看曹多嘴死不瞑目的脸，调整了一下情绪，独自一人向孤儿院内走去。

堂屋的门敞开着，靖琪一眼看到周山口，奔出相迎，眼中满是期待，当她看清周山口的神色时，脸色变了。

周山口悲怆地道：“我把曹大爷带回来了。”

“怎么回事？”靖琪悲痛而急促地道。

周山口的眼泪说来就来，道：“我在路上刚巧碰到了杜明江，曹大爷是他从城外找到的。”

靖琪望见门口的平板车，已经预感到了什么。她缓缓地走到门口，嘴唇颤抖着，一步步走到车前，掀开席子，见到了曹多嘴死不瞑目的脸。

靖琪几乎站立不稳，两行泪自她脸上簌簌而下。悲伤来得太快、太猛烈，靖琪只得向周山口告别，独身一人走上街头散心。

走在街角，靖琪冷不丁注意到，有个鬼鬼祟祟的人手中提着几帖中药，走得十分缓慢，那身形轮廓竟与死去的阿祥十分相似。靖琪心中起疑，提着菜篮尾随而去。阿祥似乎感觉到有人跟踪，立刻加快了脚步。靖琪扭头进了一个弄堂。

阿祥走了一阵子，渐渐放慢了脚步，这一段奔跑使他后背伤口迸裂，鲜血渗透衣裳，他已疼得满头是汗。靖琪冷不丁从前面一个弄堂口蹿了出来，正好挡在他的面前。阿祥掉头就想跑，靖琪已经看清了阿祥的脸，她没有追赶，而是对着阿祥的背影喊：“阿祥，你站住！你受了伤了，再跑几里地你就会倒下，那时候就算华佗再世也救不了你。”

阿祥闻言被吓住，果然不敢再跑，他扶墙努力站着。

靖琪走到阿祥面前："告诉我，到底是怎么回事？你怎么还活着？"

阿祥满脸纠结难过的神色，终于他"扑通"一声跪倒在地："靖琪姑娘，求求你千万别告诉周山口你见过我，他一定会杀了我。"

靖琪震惊："他为什么要杀你？"

"靖琪姑娘，我对不起你。本来我也不想骗你的，实在是我娘没钱治病，周山口又给了不错的酬金，我才答应假扮东白山上的人……"

"他为什么要让你假扮新四军的人？"

"他说，那样你和东白山的人才会相信他。谁知道那天刚出了城，他就想杀人灭口……"

阿祥的话对于靖琪来说无疑是一记重击。她疲惫地对阿祥道："走，去惠民医院。走小路，得帮你把伤治好。"

安顿好阿祥后，靖琪回到孤儿院，她趁着周山口帮自己收拾屋子的时机，摆出一副对暨阳和杜家心灰意冷的样子，求他带自己离开。

周山口诧异地道："你怎么突然愿意离开暨阳了？"

靖琪道："我累了。我等不到明海他们回来，我也不想再活在日本人的淫威之下，更不想当百姓们口中的汉奸。现在我唯一可以信任的人就只有你了。但是你知道，我不能就这么一走了之。"

周山口道："你是要跟明海告别吗？"

靖琪摇了摇头："我和他注定是有缘无分了。我要走，但也要带走一样对我来说最重要的，也是日本人一直都想要的东西——《神农药典》。"

见周口山掩不住兴奋，靖琪又道："我把《神农药典》藏在一个秘密的地方，想让你帮忙拿回来。这两天我会处理好药厂、医院和孤儿院的杂事，两天后，待你回来，我们就一起离开这里。"

周山口上前握住了靖琪的手，激动道："好，太好了，两天后我就带你离开这里，我答应你，这辈子一定会好好地照顾你，爱护你。"

靖琪与周山口四目相对，靖琪点了点头。

周山口略显急切地问："那，《神农药典》到底藏在哪儿？"

靖琪道："我来暨阳县之前曾在晋安县的九峰山居住过一段日子，山上有一座悬空寺，我把《神农药典》藏在了寺中的如来佛像之下……"

周山口觉得自己离成功只差一步之遥了，不但知道了《神农药典》藏在哪儿，就连靖琪也准备跟自己一起远走天涯，这下子美人跟药典都能得到了。周山口不打算把这消息告诉秋田。

靖琪冷眼看着这一切，适时地设法让杜明江知道周山口一个人偷偷去找《神农药典》了。果不其然，杜明江马上把这一情报汇报给了秋田。

虽然是舅甥，但秋田与周山口两人的联盟根本就不牢固。秋田立即下令在半路上拦住周山口。周山口无力与秋田抗衡，这口独食是吞不下去了。

就在周山口跟秋田巧言解释的时候，远山药厂里，靖琪让周山口那个制药车间的工人们放假一天。随后，靖琪在牛叔的陪伴下进入裕康钱庄，取出了远山药厂账上所有的现银，准备遣散所有的工人。

牛叔吃了一惊："大管家，你想……你想让大家都散了？"

靖琪道："之前我给周山口的红伤药秘方中，最要紧的两味药我没有给出。现在他做的这批药给了鬼子，用不了多久他们就能感觉出药效的差别。到时候我们就算不想走，他们也决不会放过我们的。"

"那我们要去哪儿？走得了吗？"牛叔迷茫道。

靖琪告诉牛叔，自己打算带着孤儿院的孩子们去东白山上找杜明海，到时候争取能在山上重建药厂。如此这般如此那般地一番耳语后，靖琪叮嘱牛叔乔装上山，把自己的想法带到山上，转达给杜明海。

一轮朝阳升起，照着初醒的暨阳城，让这个小城焕发出倔强的生气。

秋田和仓桥一起走进办公室。仓桥正在向秋田汇报，最近一批远山药厂送来的红伤药送到前方部队后，药效不太理想。

忽然，巨大的爆炸声传来。秋田和仓桥对视一眼，迅速走到窗前，两人同时看到城西方向冒起滚滚黑烟。

仓桥失声道："是我们的城西营地，二大队驻扎地。"

接连的爆炸声再次传来。仓桥扑到桌前摇动电话，接通了二大队。

电话中传来日军二大队队长的声音："我们遭到了新四军的偷袭，他们甚至有大炮……"

秋田气愤地挂上电话："新四军那么穷，为什么会有大炮？他们不是连枪也没有几枝吗？"

仓桥踟蹰道："应该……应该是从我们手中缴获的。"

"马上赶去城西营地！"秋田下令道。

靖琪带着孤儿院的孩子们匆匆向外走去，而杜明江坐着周山口驾驶的篷布大车已经驶入了城东门。

眼看周山口没有把车往指挥部的方向开，杜明江诧异道："你往哪儿开？"

"孤儿院。我要找靖琪问个清楚，晋安县九峰山悬空寺里到底有没有《神农药典》，我不知道书是不是被那些和尚给私藏起来了？"周山口的表情很难捉摸。

杜明江嗤笑道："你到现在还不信她骗了你？"

周口山略显懊恼地道："她为什么要骗我？她都想跟我一起离开暨阳县了，她不可能骗我！"

第四十二章

杜明江跟着周山口进了孤儿院，院内空空如也。

周山口跑到靖琪房间门口，拍了又拍，喊了又喊。

杜明江径直冲向孩子的房间，打开门，只见通铺上空无一人，杜明江转身出来，道："别找了，都跑啦！"

周山口沉思，喃喃道："药厂，她一定在药厂。"说完，他便往外跑去。

杜明江紧随其后，边跑边喊："分头找。你去药厂，我去杜府！"

周山口撞开靖琪的办公室房门，一眼就看见桌上空荡荡的，算盘和账本不见了，墙上、柜中的药典等物也不见了。他不甘心地翻找着桌子抽屉，拉开最底下一个抽屉时，看到了一封信，看字迹，那正是靖琪的手笔。

而杜明江跑到杜家时，杜家已经被熊熊大火吞没。等到火基本上灭了，杜府已是一片断壁残垣，余烟袅袅。杜明江愣愣地跪在杜府门口，手中抱着那块杜府的门匾，门匾已被烧焦了半边。

一具被盖着布的尸体放在杜明海面前——是大太太。

靖琪走之前，一直试图说服大太太与她一起离开。可是大太太还是舍不下杜家，舍不下她养大的孩子，不肯跟她一起走。靖琪万般无奈，料想杜明江也不会对一直对他宠爱有加的大太太做什么，只得让大太太同意她带着长顺先行离去。靖琪走后，老鼠碰倒了油灯，大太太只看了一眼，还是继续念经，任由火苗越来越高，最后成为一片火海。

杜家大太太到死也没有离开杜家。

马致远带着几名队员在药厂的墙角处安放了诸多炸弹。他们将炸药包放进机器中，将引线拖至车间门口，然后点燃了引线。

顿时，药厂内爆炸之声此起彼伏。

走出车间，马致远迎面遇见一队伪军。

领队的杜明江因为大太太的死，红着双眼，疯狂怒吼："开枪，杀了他们！"

何家宝等伪军立刻向马致远开枪。

但爆炸带来的巨大的气浪和尘土让伪军们并不容易靠近。混乱中，马致远从一处断墙顺利撤退。

没有拿到红伤药真正的配方，也没有拿到《神农药典》，秋田大为火光，责骂了周山口与杜明江后，集结了所有的精锐兵力追捕东方靖琪。

杜明海和靖琪带着药厂的工人们和孤儿院的孤儿们向东白山赶去，靖琪的背上还背着长顺。

再经过一个废弃的村庄，就能看到山路了。此时，去攻打城西营地的那些队员也回来了，还带来了一架缴获的轻机枪。

三辆日本军车疾速驶来。秋田、仓桥、杜明江、周山口等人分别坐在三辆车上，军车的后车厢里坐满了荷枪实弹的日本宪兵和伪军。

杜明海连忙冲靖琪道："快走！立刻上山！"然后又扭头吩咐道："李歪脖，大壮，跟我殿后！"

靖琪一把拉住杜明海，眼中尽是不忍。

杜明海道："靖琪，你跟卫生员一起带大家上山，快走！"

杜明海不等靖琪回答，已经冲向前去，吼道："找好掩体，拦下他们！"

卫生员拉过靖琪，道："东方姑娘，快走！"

杜明海带着留下的人找到了有利的射击位置，他们借助建筑、树木的遮挡，等着日军靠近。

日军人未至，炮先行。眨眼间，两枚炮弹已经落到杜明海等人所在的区域。另一枚炮弹射向了奔逃上山的人群，一下子炸伤好几个工人，靖琪虽未被炸伤，但也摔倒在地。孤儿们的哭叫声此起彼伏。

秋田从汽车上下来，抽出指挥刀挥舞着怒道："开足火力，把他们全部干掉！绝不能再让他们撤回山上！"

因为第一波轰炸受了重伤的大壮已经将生死置之度外，没命地冲向日军，最终被炸得面目全非。

三门小钢炮一字排开向山上开火。秋田看着望远镜，从树影间可见一众人马正在往深山中撤离，而杜明海等人正借助虎扑岭地势之利向己方进攻。

秋田道："不能让杜明海他们逃进深山！加强火力，冲上去打！"

杜明江瑟缩着冲在一众伪军的最后面，狐假虎威地道："快，都给我冲上去！一个个胆小怕死，领军饷时候那争先恐后的热情劲儿到哪儿去了？冲！"

向前冲的日兵与伪军踩到了杜明海带人提前埋好的地雷，有人甚至被炸飞了一条腿。

第一波冲锋的日兵退了下来。

仓桥举枪对准了杜明江，道："先带你的人冲上去！杀出一条没有地雷的通道。"

杜明江无奈举枪击毙了一名企图往后退缩的伪军，连何家宝也看呆了。其余伪军只得举枪向前冲去。

伪军小心翼翼地冲进了地雷阵，爆炸声此起彼伏。与此同时，几发炮弹轰了上来，有一枚正好落在杜明海身后。

李歪脖大喊一声"大哥"，扑在杜明海身上，整个后背都被炸得血肉模糊。

杜明海眼见鬼子越冲越近，身边的弟兄死得越来越多，号叫着跃出掩体："兄弟们，放开打，把鬼子全撕了，一个也不许放回去！"

众新四军战士全都冲出战壕，与仓桥等日兵开始近身肉搏。

秋田举着望远镜看一会儿，眼中充满了兴奋之色，扭头对周山口道："你一定没有见过这样惨烈的战斗吧？今天我就让你见识见识，我们大日本的勇士势不可挡，战无不胜。"

周山口正在观察着地形，压根没有听清楚秋田说了什么。他注意到从侧面山坡爬上山，可以绕过正面战场，便乘秋田不备，独自向侧面山坡攀缘而去。

杜明海和马致远杀红了眼，烈火硝烟中，他们带着数名战士，不断用刺刀刺向敌人。两人杀到后来，背靠背站在敌人的包围圈中，浑身是血，气喘吁吁。

杜明江和何家宝见喊杀之声中肉搏的新四军势不可挡，都不由自主地躲到了一旁。

何家宝颤颤抖抖地举枪对准了正在与一名日兵扭打中的马致远，但却因两人不停晃动而难以下手。终于，何家宝一枪击中了马致远的右胸。原本举起一块石头欲掷向日兵脑门的马致远身子晃了晃，手中的石头“咣当”一声落地。

听到身后杀身震天，靖琪再也按捺不住。她想了想，一咬牙将长顺交给卫生员，自己飞奔下山，她恨不得立刻跑到明海身边。冷不丁的，周山口从树后闪出，挡在了她面前。

周山口平静地告诉靖琪，自己其实是日本人。

靖琪悄悄探到腰间摸到匕首，鼓起勇气用匕首对准周山口猛地一划。

周山口颈部被割，顿时鲜血喷溅。

见周山口欲伸手拿枪，靖琪再次扑上前，在他背心补了一刀。

周山口终于没能摸到枪，睁着眼倒地而亡。

战场上，杜明海的身边已满是尸体。

刘三金被三名日本兵同时攻击，三把刺刀同时扎入了他的胸口，他一挺身，将胸口的刺刀穿透了一名日本兵的身体，与日本兵同归于尽。

秋田见新四军死伤惨重，便亲自带着众士兵冲上前，将杜明海等人包围。

秋田抽出了指挥刀。夕阳照在刀刃上，也映在秋田阴沉又兴奋的脸上。只听他道：“杜明海，我要让你知道，不管踏着多少尸体走过去，我们大日本帝国踏平中国的雄心是永远不会改变的。顺从吧，只有顺从才是唯一的出路，大东亚共荣大业无人可挡！”

秋田号叫着挥刀冲向杜明海。身负重伤的杜明海不断被刀刺中，步步后退。

此时山下忽然传来一阵号角声，随之一阵冲锋声响起。秋田不由得脸色大变。

杜明海笑着，艰难道：“是……我们的人来了！”原来，杜明海曾命人向金萧支队送去求救信，到底还是赶上了。

秋田大惊道：“快，迅速下山回防。”

仓桥立刻携日兵迅速向山下跑去。

秋田一分神的间隙，杜明海拼尽力气，奋起一跃，将一把刺刀扎入秋田的心脏。

秋田难以置信地看着自己胸口的刺刀，他缓缓地抬头看了杜明海一眼。

杜明海一字一顿道：“听着，中国人绝不好欺负，你们从哪儿来，滚哪儿去！”说完他利落地抽刀，鲜血从秋田伤口喷出，秋田倒毙在地。

杜明海也已经力尽，一头倒在了尸体堆里。

一直躲着观战的杜明江见状连忙走到杜明海的面前。他的脸晃动着，得意道："你以为你赢了？错了？谁笑到最后，谁才是赢家。"说着他一脚踩住杜明海的胸口。杜明海动弹不得，眼睛直直地盯着杜明江。

杜明江狞笑着道："你斗不过我的，从来就斗不过。"他的声音突然又变得轻柔："再叫你一声弟弟，我送你上路了。"他刚举起枪，背后一痛猛地松开了枪——一把匕首狠狠地扎在他的背上。

杜明江费力扭过身，看到自己身后站着的人是靖琪，不敢相信地道："靖……靖琪，我是你亲……亲哥啊……"话还没说完，他的表情便凝固了。

靖琪浑身颤抖着跪行到杜明海面前，用带血的手捧住杜明海的脸。

"镯子……"杜明海连说话都很吃力。

靖琪慌乱地从怀中找出镯子，道："在这里，在这里。"

杜明海握住镯子，哆哆嗦嗦地道："靖琪，你……怪我吗？"

靖琪大哭，剧烈地摇头。

"我娘……说了……这个镯子戴了就不能摘……怪……怪我不好，害你受苦。"血和泪混在一起，弄花了杜明海的脸。

靖琪泪如雨下："我不苦，我心里有你，也知道你心里只有我。你起来，重新给我戴上这镯子，我再也不摘了，我们永远都要在一起，再也不分开。"

杜明海费力地为靖琪戴上镯子，眼皮子已经抬不起来了，迷糊道："靖琪，能给我唱首歌吗？我他娘的困了……就想，睡着。"

靖琪心知杜明海已经是回光返照，她唯有把他抱进怀中，静静地流泪，道："好。我唱，你想听什么？"

杜明海却不作声。

靖琪抱着杜明海轻轻地哼唱了起来，直至泣不成声。她怀中的杜明海渐渐合上了双眼。而靖琪抱着他，抚着他的脸，就当他只是渐渐熟睡一般，一动也不动。

东白山大队苦苦支撑，终于等到新四军金萧支队顺利赶来，并最终将秋田联队主要兵力全歼，缴获大量重型枪械，远山药厂的工人和孤儿院的孩子们也得以顺利撤回东白山。

靖琪被金萧支队队长任命为金萧制药厂厂长，带领全体队员前往盐城新四军军部，开办新的制药厂，并接管被服厂及修械所。

东白山的荒地里，李凤凰、肖若云等人的坟旁，如今又多了杜明海、马致远、刘三金、李歪脖、王大壮等人的坟墓。

靖琪独自一人背着包袱，带着长顺，站在杜明海的墓前。她摸着腕上的镯子，又轻轻地抱住了墓碑。

牛叔在不远处喊了起来："大管家，该出发喽！"

靖琪回过神来，为自己戴上象征着大管家身份的金钥匙，背好算盘，应声道："来啦！"

春生站在牛叔身旁，纠正道："现在不叫大管家啦，得改叫厂长。"

牛叔道："不管当什么长，靖琪永远是杜家的大管家！"说罢，牛叔笑着戳了春生一下。春生也抓抓头皮笑了。

霞光万丈。靖琪回望着平静的山谷，仿佛看到那些亲爱的人们并肩而立，在向她微笑挥手……